BESTSELLER

Biblioteca

ROBIN COOK

Nano

Traducción de
Fernando Garí Puig

DEBOLS!LLO

Título original: *Nano*
Primera edición en Debolsillo: octubre, 2015

Printed in Spain – Impreso en España

ISBN: 978-84-9062-854-6 (vol. 183/26)
Depósito legal: B-18748-2015

Compuesto en Comptex & Ass., S. L.
Impreso en Novoprint
Sant Andreu de la Barca (Barcelona)

P 628546

Penguin
Random House
Grupo Editorial

Nano *está dedicado*
tanto a la promesa que la nanotecnología representa para la medicina
como a la esperanza de que sus efectos adversos sean mínimos

Prefacio

La pequeñez siempre ha sido un atributo poco apreciado. Constantemente se nos pide que pensemos a lo grande, nunca al revés. Sin embargo, en estos momentos lo pequeño se halla en un punto donde convergen la química, la física y la biología, una intersección que recibe el nombre de nanotecnología. Esta disciplina está transformando el mundo de la investigación y el desarrollo científico y va a tener un enorme impacto en la medicina. A pesar de haber emergido a finales del siglo pasado, la nanotecnología ya mueve miles de millones de dólares, y sus aplicaciones comerciales van apareciendo cada vez en mayor número.

En el mundo de la nanotecnología, lo pequeño es pequeño de verdad. La unidad básica de medida es el nanómetro, que equivale a una mil millonésima parte de un metro, es decir, si una canica representara un nanómetro, el globo terrestre sería un metro. El diámetro de un átomo de hidrógeno mide la décima parte de un nanómetro, una molécula de ADN tiene dos o tres nanómetros de grosor. Entre los organismos vivos, el tamaño de los virus oscila entre los veinte y los cuatrocientos nanómetros; en cambio, las bacterias son más grandes: la salmonela, causante de la fiebre tifoidea y del noventa por ciento de los casos de envenenamiento alimentario del mundo, tiene unos dos mil quinientos nanómetros de longitud y unos quinientos de anchura, además de un flagelo a modo de cola de otros quinientos de largo. Las células que componen el cuerpo humano son aún más grandes. Por ejemplo: los discos que forman los glóbulos rojos de la sangre tienen un diámetro de unos siete mil nanómetros. Y los de los glóbulos blancos superan los diez mil.

Este mundo ultramicroscópico está más gobernado por la mecánica cuántica que por las leyes de la macroquímica y la física, de tal manera que las uniones, las fuerzas y los campos predominan sobre la masa, la gravedad y la inercia. Por si fuera poco, el poder de dichas uniones, fuerzas y campos resulta extraordinario y representa la energía potencial encerrada en los cataclismos de los miles de millones de explosiones de supernovas que se han producido a lo largo de la creación del universo.

Dentro del microcosmos de las construcciones de átomos y moléculas individuales de tamaño nano, los fenómenos de superficie adquieren una especial importancia porque la proporción de esta con respecto al volumen aumenta de modo espectacular, de manera que expone sus campos de electrones cargados negativamente y, en consecuencia, sus características. Así, en el mundo nano el oro no es ni de color dorado ni inerte. Más importante para la nanotecnología es el carbono, el pilar fundamental de la vida, ya conocido por su versatilidad para formar tanto diamantes como grafito. Recientemente, en los dominios de la nanotecnología se ha descubierto que los átomos de carbono sometidos a condiciones tan violentas como las que reinan en el interior de las estrellas denominadas gigantes rojas forman asombrosas estructuras de tamaño nano. Esas estructuras, llamadas «fulerenos», incluyen esferas geodésicas de sesenta átomos de carbono de un nanómetro de diámetro y, lo que es más importante para la nanotecnología, nanotubos de distintas estructuras y longitudes con diámetros de 1,3 nanómetros. Esas asombrosas formaciones tienen características físicas únicas (resistencia, ligereza, estabilidad y conductividad sorprendentes) y su importancia aumentará a medida que la nanotecnología avance.

Esta ciencia abre todo un mundo de posibilidades, pero también de peligros potenciales. Ni siquiera los expertos conocen a fondo los efectos que las nanopartículas tienen en el medio ambiente y en la salud. Por ejemplo, se ha comprobado que las concreciones de nanotubos de carbono (algo que estos tienen tendencia a formar) se parecen a la estructura microscópica del amianto, con sus conocidas tendencias carcinógenas. Se sabe que las nanopartículas pueden penetrar en el cuerpo humano e incluso en el cerebro. Lo que se desconoce por completo son los daños que pueden causar.

El segundo peligro de la nanotecnología está basado en su rápido éxito comercial. Nadie, literalmente, supervisa el multimillonario caos de su investigación y desarrollo. A diferencia de lo que ocurrió con los estudios sobre la recombinación del ADN, no existe el menor control en lo que se refiere al potencial impacto negativo de las nanopartículas. La investigación nanotecnológica se lleva a cabo en miles de laboratorios privados que se empeñan en ser los primeros en conseguir patentes valiosas en un campo muy competitivo, donde el secretismo es la norma y los riesgos se minimizan o ignoran.

Prólogo

Circuito del lago Carter, Boulder, Colorado
Domingo, 21 de abril de 2013, 8.28 h

El ciclista decidió dar un paseo tranquilo. Reanudaría la verdadera preparación el martes, cuando se hubiera sometido a más pruebas médicas. Los entrenadores le habían dicho que podía utilizar la bicicleta para combatir el agarrotamiento muscular que había acumulado el día anterior, pero habían insistido en que no se esforzara demasiado. También se habían asegurado de que llevase los habituales sensores para controlar el ritmo cardíaco, la respiración y la presión parcial del oxígeno, así como el dispositivo GPS para poder monitorizarlo adecuadamente.

La ruta que le habían asignado iba por el norte de Boulder hasta el lago Carter y regresaba. Eran un total de más de ciento veinte kilómetros, pero con muy pocos desniveles. Si tanto él como los demás pretendían competir al nivel deseado, tendrían que ser capaces de pedalear esa distancia sobre terreno llano sin tan siquiera sudar.

Al cabo de unos kilómetros, el ciclista empezó a sentirse aburrido e inquieto. Sabía que debía tomárselo con calma, pero se sentía muy bien. Era como si volara sobre el asfalto. Tenía las piernas más fuertes que nunca, y no solo no jadeaba, sino que además respiraba con la misma facilidad que si estuviera paseando por el parque. Era un precioso día de primavera y agradecía el calor del sol en la espalda. A pesar de las advertencias, estaba listo para aumentar el ritmo. ¿Por qué no aprovechar lo bien que se encontraba? Quizá lo castigaran de alguna manera, pero estaba seguro de que no cumplirían ninguna de las amenazas contra su familia. Aquel tipo de sanciones las reservaban para los que intentaban escapar, no para los que simplemente se esforzaban demasiado durante un entrenamiento. Es más, se le pasó por la cabeza que tal vez incluso lo recompensaran por la evidente mejora de su estado físico.

«¿Qué demonios podría pasarme?», pensó el hombre, y empezó a pedalear con fuerza, inclinado sobre el manillar para reducir la resistencia del aire. Solo llevaba un año dedicándose a la bicicleta, pero dudaba que existiera alguien que fuese mejor que él. ¿Acaso su país no se disponía a demostrar al mundo entero que podían competir a nivel internacional en todos los deportes basados en la resistencia?

En la ruta solo había una cuesta de cierto nivel, y el ciclista la atacó con fuerza y con la respiración contenida al principio. No aminoró la marcha en absoluto, ascendió por la carretera adoquinada como si fuera plana y no tuviese una pendiente del seis por ciento. Había comenzado a correr de verdad, a volar entusiasmado, cuando, de repente, a mitad del ascenso, notó una punzada en el pecho y otra en la parte superior izquierda del abdomen. Se llevó una mano a la garganta y sintió que se le contraía la tráquea. Intentó frenar, pero perdió el control. La bicicleta se desvió hacia la derecha, impactó contra el bordillo e hizo que el hombre saliera volando por los aires. Cayó por el talud de hierba y gravilla que bordeaba la cuneta y dio varias vueltas antes de detenerse. Tenía arañazos en brazos y piernas, y varios cortes, pero aquello carecía de importancia porque era incapaz de recuperar el aliento por más que lo intentara. Era como si hubiese exhalado todo el aire de los pulmones y no pudiera volver a llenarlos. Además, estaba sudando mucho, el corazón le latía a un ritmo frenético y el dolor no remitía. Se hallaba al borde de la inconsciencia, incapaz de levantarse o de moverse siquiera.

No tenía ni idea de cuánto tiempo llevaba allí tendido, aparentemente inmóvil pero fuera de control por dentro, como un reactor nuclear desbocado. Al cabo de un rato, tal vez diez o treinta minutos, se dio cuenta de que había varias figuras de pie a su alrededor. Tres o cuatro personas hablaban entre ellas. Alguien le agarró la muñeca. Se percató de que eran compatriotas suyos. Estaba en Estados Unidos, pero los que lo rodeaban eran chinos, igual que él. Formaban parte del equipo. Notó que lo sacaban de la cuneta y lo tumbaban sobre una superficie dura. Luego percibió otro tipo de movimiento. La última sensación que registró antes de perder la conciencia fue la de que lo trasladaban en un vehículo, seguramente de vuelta a la base.

El técnico de la furgoneta apagó el GPS. Había funcionado. El rastreador combinado con el sensor de constantes vitales había hecho saltar la alarma. El equipo había sabido en el acto que el número 5 estaba en apuros y dónde se encontraba. Les había resultado fácil localizarlo fuera de la carretera, y por suerte nadie lo había visto caer ni se había detenido a ayudarlo. Había aterrizado en un pequeño terraplén que quedaba fuera de la vista de los transeúntes. El médico al mando respiró aliviado.

En aquellos momentos, el sujeto mostraba una serie de síntomas de lo más infrecuentes, pero nada que no hubieran visto ya antes. El GPS indicaba que la velocidad a la que iba era muy superior a la que correspondía a aquella fase del ciclo de entrenamiento. Daba la sensación de que lo estuvieran perdiendo, pero el doctor sabía que aquel mismo día estaba programada la entrega de una nueva remesa de sujetos. En cualquier caso, era una lástima; aquel prometía, ya que había sido atleta antes de tener problemas con la ley.

Llegaron a su destino en menos de veinte minutos. La furgoneta dio marcha atrás y se internó en una plataforma de descarga donde esperaba otro equipo médico. Trasladaron al ciclista a una habitación sin ventanas equipada con aparatos médicos para emergencias. Mientras yacía inconsciente sobre la camilla, un ayudante le cortó la ropa y otro acercó lo que parecía una máquina de diálisis. Una vez conectado, el monitor del electroencefalograma mostró que no había función cerebral. Pero aquello era secundario. Lo prioritario era asegurarse de que el corazón seguía latiendo para que pudieran reciclar la sangre y averiguar qué había salido mal, aunque ya tuvieran una idea bastante clara.

Media hora después, el ciclista estaba clínicamente muerto, pero un sistema mecánico seguía manteniendo su corazón, sus pulmones y sus funciones vitales activos. Con casi toda probabilidad su cuerpo sería conservado en ese estado junto a los demás durante el tiempo que continuara siéndoles útil. Su sangre circulaba por un sistema que la centrifugaba en muestras de cien centímetros cúbicos, y que separaba los aditivos de los componentes habituales antes de reintroducir las células y el plasma en el sistema circulatorio mantenido artificialmente.

Un equipo quirúrgico entró en la habitación. Sus miembros iban vestidos y enguantados como para realizar una operación de rutina. La diferencia estribaba en que ninguno de ellos parecía preocupado por las condiciones de esterilidad y por que su desinfección hubiera sido somera, en el mejor de los casos. Sin la menor ceremonia le extirparon el bazo al ciclista muerto y le tomaron una muestra de tejido pulmonar. Uno de los científicos de mayor rango de la plantilla seccionó tanto el bazo como la muestra del pulmón y los examinó en la misma habitación. Al mirar por el potente microscopio vio lo que sabía que iba a encontrar: una profusión de esferas microscópicas de color azul zafiro bloqueando los capilares. El científico miró el reloj. Sabía que el jefe estaba fuera del país, pero debía informarle de aquello cuanto antes.

1

Boulder, Colorado
Domingo, 21 de abril de 2013, 11.53 h

*La mujer está desesperada y se encuentra indefensa. Un indivi-
duo corpulento está sentado sobre su pecho y la mantiene inmovilizada mientras mira hacia el otro extremo de la habitación alar-
gada. El hombre le impide ver más allá, pero ella sabe que lo que
está ocurriendo, sea lo que sea, es malo. Intuye que alguien a
quien conoce y quiere está a punto de morir. Intenta forcejear y
levanta la mirada hacia su verdugo. Se trata de un tipo al que
conoció en uno de los hogares de acogida en los que creció, alguien que se acercó demasiado a ella. Aparta la vista un momento y luego vuelve a mirarlo. Se ha convertido en otra persona, en
su tío, el peor de los individuos que se hayan cruzado en su vida.
Y sostiene la cámara de vídeo que ella ha llegado a odiar.*

*El tío al que tanto desprecia le dice algo en albanés a un cole-
ga que está en algún punto de la estancia. Es un idioma que ella
reconoce pero que ya no entiende. La expresión del hombre, con
su cruel sonrisa, es la de un depredador. Y ella es su presa. Mientras disfruta del terror de su víctima, vuelve a hablar, pero esta
vez en una lengua que sí entiende. «¡Hazlo! —le gruñe a su compatriota—. ¡Dispárale!» La mujer levanta y ladea la cabeza de
una forma antinatural para poder ver lo que sucede. Hay un
hombre encapuchado y atado a una silla con cinta americana. Se
agita frenéticamente tratando de liberar un brazo o una pierna,*

igual que un insecto atrapado en una telaraña. El otro individuo tiene una pistola. Da vueltas alrededor de la silla gritando en albanés, amenazando con el arma a su víctima, jugando con ella como haría un gato con un ratón acorralado. Luego alarga la mano libre, le quita la capucha al otro y mira a su compañero. La mujer reconoce al hombre maniatado. Es un antiguo compañero de la facultad de medicina llamado Will. Y ahora que puede ver al pistolero, también lo reconoce. Es su padre. Él la mira y se vuelve hacia Will. Entonces, mientras ella grita «¡No!» con todas sus fuerzas, él le pega un tiro en la cabeza al prisionero.

Tan rápidamente como había aparecido, la presión que sentía en el pecho se desvaneció cuando el pesado libro de texto de inmunología molecular que había estado leyendo cayó al suelo con un golpe sordo. La mujer se incorporó en el sofá, desorientada durante un momento. Sudaba y temblaba a causa de la frialdad de la sala de estar de su apartamento. Entonces tomó conciencia de un ruido poco habitual. No se trataba de gritos ni de disparos, sino de un zumbido penetrante. Era el timbre de la puerta, que probablemente no hubiera sonado más de dos veces a lo largo de los dieciocho meses que llevaba viviendo allí.

Todavía confundida, se levantó y caminó con paso inseguro hasta la estrecha entrada del piso. ¿Quién demonios sería el que llamaba? Atisbó por la mirilla, reconoció al visitante y se apoyó de espaldas contra la puerta, de nuevo perpleja. El ronco zumbido del timbre retumbaba en el apartamento casi vacío y parecía más atronador de lo que en realidad era; pero, a medida que iba recobrándose de la angustia y la tensión provocadas por la pesadilla, le resultaba menos insoportable. Se armó de valor y respiró hondo cuando oyó que el visitante dejaba el timbre y llamaba tres veces con los nudillos. Siempre fue muy persistente. Suspiró, se dio la vuelta, descorrió los dos cerrojos y abrió.

—¡Pia, qué bien que estés en casa! —exclamó George Wilson—. ¿Cómo estás?

El joven curvó los labios en una sonrisa incierta mientras intentaba mirarla a los ojos y calibrar su reacción ante tan inesperada aparición. Luego bajó la vista, recorrió con la mirada el cuerpo casi desnudo de la mujer y sonrió más abiertamente. Al menos contemplarla resultaba reconfortante. En su opinión, Pia Grazdani seguía siendo fascinante. En la mano llevaba un ramo de rosas que había conocido mejores tiempos.

—¿Qué demonios haces aquí, George? —preguntó ella subrayando cada palabra y sin molestarse en ocultar su intensa irritación. Tenía las manos en las caderas, el mentón alzado y los labios fruncidos. Solo cuando siguió la mirada de George se percató de que únicamente llevaba puestos un sujetador de deporte y unas bragas y de que estaba asomada a la entrada del complejo de apartamentos, donde jugaban algunos de los hijos de los vecinos. A sus pies se iniciaba un reguero de prendas deportivas que llegaba hasta el sofá sobre el que se había quedado dormida: zapatillas, calcetines tobilleros, un suéter blanco, una camiseta y unos pantalones cortos para correr, así como una mochila pequeña. Un iPod con sus auriculares descansaba sobre la mesita auxiliar.

—Será mejor que pases —dijo con mal disimulada resignación, y dio un paso atrás hacia el salón austero pero elegantemente amueblado—. ¿Para qué son las flores? —preguntó con un tono que reflejaba su exasperación.

—¿Para qué crees tú que pueden ser? Es 21 de abril, tu cumpleaños. ¡Felicidades, Pia!

George sonrió, se encogió de hombros con un gesto defensivo y cerró la puerta tras él; luego puso de pie su maleta con ruedas y plegó el mango telescópico.

—¿Ah, sí? —repuso Pia sin más—. ¿Es hoy?

Era consciente de qué fecha era, pero no se había molestado en establecer el nexo con su cumpleaños. Dio media vuelta y fue recogiendo la ropa de deporte a medida que se internaba en el salón.

George contempló la suave curva del trasero de Pia y comprobó que en carne y hueso tenía una figura tan espectacular como la que había recreado en su imaginación durante los muchos meses que llevaba sin verla. La observó cubrirse rápidamente con las prendas que había rescatado del suelo. Después se dejó caer en el sofá, se abrazó las rodillas y apoyó los pies en el borde de la mesa, y se quedó mirándolo. Aquello le dejó dolorosamente claro que su inesperada visita no la complacía en absoluto. George recorrió el apartamento con la mirada. Tenía un tamaño generoso, aunque apenas estaba decorado. Los muebles eran nuevos pero anodinos. La impresión que le dio fue la de que allí no vivía nadie. No vio objetos personales ni fotos, solo una pila de libros de texto de medicina sobre la mesa del comedor, por lo demás vacía.

—Bonito sitio —comentó, deseoso de mostrarse positivo.

Se sentía nervioso pero decidido. Después de meses enviándole mensajes de voz y de texto no correspondidos e incontables y suplicantes correos electrónicos que apenas habían merecido respuesta, había tomado la determinación de ir a verla con la excusa de que era su cumpleaños.

Desde la última vez que se vieron, dos años antes en Nueva York, George había intentado dar un giro a su vida e incluso había salido con un par de mujeres atractivas del UCLA Medical Center, donde trabajaba como residente de segundo año en radiología. Creía que se había vuelto más fuerte, pero al verse en compañía de Pia comprendió que no estaba menos enamorado de ella que antes, si es que se trataba de amor. Amor sonaba mejor que obsesión. La atracción que sentía hacia ella se había convertido en parte de su vida, y lo más probable era que siguiera siéndolo. Así de sencillo. Era como una adicción. En realidad George no acababa de comprender del todo su propio comportamiento, así que se limitaba a aceptarlo.

Se acercó al sofá intentando establecer contacto visual, pero, como de costumbre, Pia desvió la mirada. Aun así, no se lo tomó a mal. A lo largo de los cuatro años que habían pasado en la facultad se había acostumbrado a la aparente incapacidad de la joven para mirar a los ojos. Había leído mucho acerca del trastorno de estrés postraumático y del trastorno reactivo de vinculación desde que Pia y él se graduaron y emprendieron caminos diferentes. Al principio de su relación, y por sugerencia de Pia, George se puso en contacto con la antigua asistente social de la chica, Sheila Brown, que le dio a entender sin decírselo abiertamente que su amiga padecía esos trastornos. Para George, saber equivalía a poder, y el médico que llevaba dentro deseaba apoyar a Pia y curarla. Al menos eso se decía a sí mismo. Aquella información había sido una gran fuente de ayuda para él, pues durante aquellos años le había permitido enfocar desde un punto de vista médico la incapacidad de Pia para corresponder a su pasión. Gracias a ello logró superar lo que otros habrían considerado un fracaso o incluso un golpe devastador para su autoestima.

Alargó la mano hacia la mesita auxiliar y le tendió las flores. Pia suspiró y dejó caer los hombros, así que a George se le encogió el corazón. La verdad era que albergaba la esperanza de que lo recibiera con más efusividad.

—Feliz cumpleaños —murmuró.

—George, ya sabes que mi cumpleaños me da igual —le espetó Pia sin dejar de abrazarse las rodillas—. Además, es el ramo más patético que he visto en mucho tiempo. —Su tono había perdido parte de la anterior aspereza.

George contempló las flores. Pia tenía razón. Los pétalos estaban marchitos. Se rió de las rosas y de sí mismo.

—Es que han hecho un largo viaje. Las compré sin pensarlo en el aeropuerto de Los Ángeles. Luego, en el vuelo nocturno a Denver, me tocó sentarme entre dos tipos que debían de pesar ciento ochenta kilos cada uno y las llevé en la mano todo el tiempo porque no quería dejarlas en el compartimento de encima del asiento. Por último, tuve que hacer de pie un trayecto de noventa minutos en autobús antes de poder coger un taxi y llegar hasta aquí.

—¿Cómo es que no se te ocurrió comentármelo primero? —preguntó Pia, que sacudía la cabeza con incredulidad al pensar que George había volado desde Los Ángeles obedeciendo a un impulso, confiando en que ella se mostrara receptiva. Era algo que a la propia Pia no se le habría ocurrido ni en un millón de años.

—No podía comentártelo porque hace tiempo que no me contestas ni llamadas, ni correos ni mensajes. Por lo que sabía de ti, podrían haberte secuestrado otra vez.

—No nos pongamos melodramáticos —contestó Pia al tiempo que un escalofrío le recorría la espalda.

El comentario de George le había hecho dar un respingo, como si la hubieran abofeteado. Desde que la secuestraron en Nueva York, después de una serie de trágicos acontecimientos, había intentado borrar la experiencia por completo de su mente pero aún seguía acosándola. Al menos así lo demostraba la pesadilla de la que George acababa de rescatarla.

—Está bien —añadió con otro suspiro prolongado, igual que el de un globo que se deshincha—. Supongo que tienes razón. He estado desconectada, pero no ha sido a propósito. No es que no quisiera saber nada de ti en concreto, sino que he estado muy ocupada. La verdad es que llevo una temporada pasando de todo y de todos.

Pia iba poniendo orden en sus pensamientos a medida que la sorpresa de ver a George y la angustia de la pesadilla remitían.

—Mira —añadió—, no quisiera parecer grosera, pero he tenido una noche muy dura. He trabajado hasta las seis de la mañana y luego, en lugar de volver a casa y meterme en la cama, me he ido a correr y después he intentado leer. Lo siento, pero no creo que sea buena compañía.

Suspiró de nuevo. Empezaba a hacerse a la idea de que no iba a tener más remedio que enfrentarse a George.

Cuanto más se despejaba su mente, más claro veía que, probablemente, fuese por su culpa por lo que George estaba allí, y no solo porque hubiera hecho caso omiso de sus insistentes esfuerzos por reanudar el contacto. En realidad el problema derivaba de lo que ella le había dicho dos años antes en una habitación de hospital de Nueva York, tras los sucesos que habían rodeado su secuestro. Sabía que le había dado esperanzas al hablarle de amor, al decirle que no conocía lo que significaba aquella palabra, que deseaba cambiar y parecerse más a él, que la quería y se lo demostraba con una generosidad inquebrantable a pesar de las escasas recompensas que recibía a cambio.

Aquel día George y Pia hablaron en presencia de su compañero de estudios Will McKinley, que yacía en una cama de hospital, rodeado de monitores y entubado por todas partes. Los secuestradores de Pia —los hombres que habían intentado que primero ella y después George dejaran de investigar el fallecimiento de Tobias Rothman, el mentor de la joven, una muerte que finalmente ella había logrado demostrar que fue un asesinato— le habían disparado en la cabeza, al igual que en su pesadilla, y lo habían dado por muerto. Pia sintió otro escalofrío. Cada vez que pensaba en el espantoso suceso y en el disparo que había recibido Will, dudaba que consiguiera superarlo en algún momento de su vida.

—¿Sabes algo de Will? —preguntó confiando en que George tuviera alguna buena noticia, puesto que suponía que él tenía más contacto con sus antiguos compañeros de estudios que ella.

—Lo último que supe, y de eso hace ya unas cuantas semanas, fue que seguía más o menos igual. Ni los antibióticos ni las múltiples limpiezas del tejido han podido acabar con la infección.

Pia asintió. No era nada que no supiera. La persistente osteomielitis que afectaba la zona donde la bala le había perforado el cráneo a Will parecía inmune a cualquier antibiótico. Claro que lo sabía: los problemas de salud de Will eran en buena parte la razón de que ella estuviera en Boulder, Colorado.

—Pondré las flores en agua. A lo mejor reviven —dijo George, deseoso de tener algo que hacer.

Se encaminó hacia la pequeña cocina contigua al salón y buscó un recipiente adecuado. Al igual que el resto del apartamento, apenas parecía habitada. La nevera estaba vacía salvo por unas cuantas bebidas energéticas y un par de sándwiches envasados. Cogió uno y vio que la fecha de caducidad había pasado hacía más de tres semanas.

—¿Qué tal si salimos a comer algo? —propuso George, que no había comido nada desde el día anterior y estaba famélico. No recibió respuesta, de modo que siguió registrando los armarios en busca de un jarrón o algo parecido. Encontró vasos para agua, pero eran demasiado pequeños. Al final metió los tallos en el fregadero y los contempló con languidez. No se sentía mucho mejor que ellos.

—Escucha, George, lamento no haber respondido a tus mensajes estos últimos dos meses. —Pia se había levantado del sofá y estaba apoyada contra el marco de la puerta de la cocina.

A él le dieron ganas de contestarle que hacía mucho más de dos meses que no tenía noticias de ella, pero se mordió la lengua. Buscó sus ojos, pero Pia le esquivó, como de costumbre. George se preguntó si de verdad habría intentado cambiar, tal como había prometido en la habitación de hospital de Will. ¿Sería capaz de hablar con el corazón algún día o mantendría eternamente aquel muro que los separaba, temerosa de que él la traicionara? Sabía lo que le impedía abrirse. La infancia de Pia en diversos hogares de acogida desde los seis hasta los dieciocho años había sido una sucesión de abusos sexuales y traiciones que habían acabado con su capacidad de amar. Había logrado sobrevivir refugiándose en sí misma y desconfiando de todo el mundo.

—Sé lo que dije cuando estábamos en el hospital con Will —continuó Pia—. He intentado cambiar, estar más abierta al amor, pero creo que no soy capaz de conseguirlo.

Al igual que otras tantas veces, George se preguntó si aquella mujer le leería el pensamiento. En cualquier caso, le resultaba esperanzador que pareciera sinceramente apenada. Si estaba en lo cierto, se lo tomaría como una especie de avance. Aquello no iba a unirlos, pero al menos representaba un paso en la buena dirección.

—El hecho de que mi padre reapareciera como lo hizo y me salvara la vida en el último momento… —prosiguió Pia—. No sé, supongo que debería haberle mostrado más gratitud, pero me resultó difícil. Después de abandonarme en un hogar de acogida creía que podía volver a mi vida sin más. Decía que quería que fuéramos una familia, como si eso fuera posible. Tenía que alejarme de Nueva York y de él, y tú no fuiste de gran ayuda.

George bajó la mirada. Recordaba el desagradable encuentro que había mantenido con el padre de Pia, Burim Graziani —originariamente Grazdani— sin consultárselo ni pedirle permiso a ella. En aquella época, Pia se negaba a hablar de su secuestro, con George y con todo el mundo. La policía lo había interrogado durante días. ¿Qué sabía acerca de la muerte del famoso doctor Tobias Rothman y de su ayudante, el doctor Yamamoto? ¿Qué había ocurrido en la calle cuando Pia fue secuestrada y Will McKinley resultó herido de bala, acontecimientos que él había presenciado? ¿Sabía dónde habían encerrado a Pia y cómo había logrado escapar ella? ¿Había oído hablar de Edmund Mathews y Russell Lefevre, dos banqueros cuyas muertes se creía que estaban relacionadas con la de Rothman? Lo cierto era que George sabía muy poco, y cuando Burim lo llamó para decirle que era el padre de Pia, que se había cambiado el apellido después de darla en adopción y que quería hablar con él, fue como si lo hubiese fulminado un rayo. Aunque no fue muy acertado, en ese momento pensó que podría resultar de ayuda.

Cuando se reunieron, a pesar de lo poco familiarizado que estaba con el lado oscuro de la vida, George comprendió que Burim Grazdani —lo de Graziani no acababa de asimilarlo— era un hombre muy peligroso. Salió de la cafetería donde había tenido lugar el encuentro sumamente alterado, pero aun así aceptó mediar entre padre e hija. Una vez más, el impulso de intentar ayudar fue más fuerte que él. Cuando Pia se enteró del encuentro montó en cólera y le gritó que se mantuviera alejado de su vida, que aquel hombre que decía ser su padre estaba muerto para ella. Fue una de las últimas veces que George la vio antes de que él se mudara a Los Ángeles y ella se marchara para disfrutar de una estancia supuestamente larga en alguna playa —viaje sobre el que nunca le había dicho ni una palabra a George— antes de trasladarse también a Los Ángeles.

—Comprendo que quisieras alejarte de Nueva York y puede que fuera lo mejor para ti —concedió George, a pesar de que lamentó que se marchara—. Comprendo tu repentina confusión respecto a tu carrera, que pospusieras la residencia en medicina interna y que quisieras doctorarte tras la muerte de Rothman. Todo eso lo entiendo. Pero ¿Boulder? ¿Por qué Boulder?

—Porque esto me encanta, George. Me gusta el aire, me gusta mi trabajo y me gustan las montañas. Me he convertido en una entusiasta de la vida sana. He empezado a correr, a montar en bicicleta de montaña e incluso a esquiar.

Pia siguió hablándole de Boulder y le explicó en qué consistía su trabajo en aquellos momentos, pero George dejó de escucharla. No le interesaba Boulder. Lo que realmente quería saber era por qué ella no había terminado en Los Ángeles, adonde había dicho que iría antes de que se pelearan por culpa de su padre. El hecho de que Pia le hubiera comentado que pensaba instalarse en aquella ciudad durante varios años para dedicarse a la investigación había sido la única razón que lo había llevado a rechazar la residencia en el Columbia Medical Center y a mudarse a Los Ángeles. Tal como habría podido predecir, la ciudad le resultaba muy poco atractiva sin ella. Pia seguía hablando:

—… y otra razón por la que me vine a Boulder fue la osteomielitis del cráneo de Will. Por si no te habías dado cuenta, me siento terriblemente culpable por su estado. De forma indirecta, yo fui la responsable. Ahora mi esperanza es que podamos aplicarle la nanotecnología en forma de un tratamiento antibacteriano basado en los microbívoros. En Nano los tenemos, y funcionan. Ahora mismo lo único que nos falta es el visto bueno de las autoridades sanitarias, que es a lo que nos vamos a dedicar tan pronto como finalicemos los estudios de seguridad preliminares. Llevo trabajando con esos microbívoros desde que llegué, y son fantásticos.

—¿Microbívoros, dices? Creo que vas a tener ilustrarme un poco.

—No me has escuchado, George. ¿No has oído lo que acabo de explicarte sobre a qué me he estado dedicando aquí durante los últimos dieciocho meses?

—Lo siento, creo que me he despistado un poco —reconoció él con una sonrisa dubitativa.

El ansiado reencuentro con Pia estaba poniendo a prueba sus ya de por sí deficientes habilidades diplomáticas.

—Se supone que no puedo hablar de lo que hacemos hasta que las patentes se hayan formalizado debidamente, así que no le he dicho una palabra a nadie. Confío en que te guardes para ti lo que voy a contarte.

—Por supuesto —le aseguró George, deseoso de animarla.

Que Pia lo considerara digno de confianza era un paso más hacia la intimidad que él tanto anhelaba.

—Va a ser un nuevo tipo de antisepsia —siguió diciendo Pia—. La época de combatir las bacterias con antibióticos está llegando a su fin. Es decir, las bacterias tardan menos en desarrollar resistencia a esos fármacos de lo que tardamos nosotros en hallar otros nuevos. Nuestra esperanza radica en que la nanotecnología médica acuda en nuestro rescate y nos proporcione remedios eficaces, especialmente para la sepsis. Más en concreto, estoy convencida de que será capaz de curar la osteomielitis de Will.

—¿Cómo puede ayudar la nanotecnología a Will?

—Acabo de decírtelo: mediante la utilización de unos nanorrobots microscópicos llamados, muy apropiadamente, microbívoros, con los que llevo trabajando casi dos años. Son mucho más pequeños que los glóbulos rojos y devoran bacterias y otros microorganismos cuando son introducidos en el torrente sanguíneo de un animal vivo. Incluso será posible programarlos para que localicen, engullan y digieran proteínas infecciosas como los priones o las proteínas tau, asociadas con la enfermedad de Alzheimer, contra las que los antibióticos tradicionales son inútiles.

—Lamento tener que reconocerlo, pero mis conocimientos de nanomedicina son escasos. Conozco sus aportaciones a las cremas solares, pero poco más.

—Bueno, pues tendrás que ponerte al día o te quedarás atrás. La nanotecnología médica es el futuro. Va a revolucionar la medicina por completo, al menos tanto como la técnica de regeneración de las células madre. Dentro de cinco o diez años, el ejercicio de la medicina será completamente distinto gracias a ambas.

—Eso de los microbívoros corriendo por el interior del cuerpo humano mientras devoran bacterias me recuerda a aquella vieja película de ciencia ficción, *El viaje alucinante*.

—Puede ser. No la he visto. Pero esto no es ciencia ficción.

—¿Y dices que son más pequeños que los glóbulos rojos?

—Desde luego. Los microbívoros con los que trabajo son ovoides, con un eje alargado de unos tres micrómetros de longitud, unas seis veces más pequeño que el grosor de un cabello humano.

—Te lo repito: suena a ciencia ficción.

—Pues son muy reales. Trabajo con ellos a diario.

—Bueno, ¿y qué me dices de Los Ángeles?

Pia ladeó la cabeza y miró a George con aire interrogador.

—¿Qué quieres decir con eso de Los Ángeles?

Para ella el comentario de George carecía de sentido.

—Pues que creía que ibas a instalarte allí para dedicarte a la investigación. Nunca mencionaste Boulder…

—Bueno, durante un breve período de tiempo pensé en mudarme allí. Había localizado una empresa dedicada a la nanotecnología que estaba interesada en los microbívoros, pero su programa no ha superado aún la fase de diseño. Solicité un puesto de investigadora, pero entonces un cazatalentos que trabajaba para una empresa de aquí contactó conmigo. El laboratorio se llama Nano, y va muy por delante de sus competidores en lo que a fabricación molecular se refiere.

—Me temo que he vuelto a perderme. ¿Qué demonios es la fabricación molecular?

—Básicamente se trata de la fabricación átomo a átomo, molécula a molécula, de artefactos de tamaño nano. Esa es la clave para crear los nanorrobots. Cuando el cazatalentos me dijo que la empresa ya había logrado fabricar unos cuantos prototipos de microbívoros y que había empezado a probarlos con animales vivos lo tuve claro. Tendrías que ver las imágenes que tenemos de esas cosas vistas a través del microscopio de barrido electrónico. ¡Te quedarías de piedra! De verdad, ¡son increíbles!

—Está bien, ¡preparado para que me deslumbres! —contestó mirando a Pia, que mantuvo el contacto visual más tiempo del habitual.

Sabía que la formidable mente de la joven estaba funcionando a toda velocidad y, como solía ocurrir, le preocupaba que pudiera leerle el pensamiento y descubrir lo poco que sabía sobre el tema que tanto la apasionaba. En ese caso, los progresos que parecían estar haciendo en cuanto a la reconexión a nivel personal se esfumarían.

—Supongo que voy a tener que aprender un montón sobre nanotecnología…

—Espera un momento, George —lo interrumpió Pia—. ¿No te mudarías a Los Ángeles solamente porque yo…?

—No, claro que no —contestó él.

Estaba deseando cambiar de conversación. Lo cierto era que se había ido a vivir a Los Ángeles por ella, pero no estaba dispuesto a reconocerlo. Sabía que Pia detestaba que se mostrase débil y desesperado.

—Ese trabajo con los microbívoros tiene que ser fascinante —añadió con timidez—. ¿Crees que podrías mostrarme lo que haces? Me encantaría verlo.

Pia seguía escudriñándolo con una intensidad que lo obligó a apartar la mirada.

—Me muero de hambre —comentó George, que necesitaba decir algo—. ¿Qué te parece si salimos a comer? —propuso frotándose las manos—. Seguro que tú también estás hambrienta.

Pia miró la maleta con ruedas de George y después a él.

—¿Dónde pensabas alojarte?

—Bueno, la verdad es que confiaba en que... —Dejó la frase en el aire y esbozó su mejor aunque poco sincera sonrisa. Era un truco que le había funcionado con otras mujeres, pero algo le decía que con ella no iba a dar resultado.

Pia cerró los ojos un momento y sacudió la cabeza de manera casi imperceptible.

—¿Cuánto tiempo piensas quedarte en Boulder?

—No mucho —repuso George esperanzado—. Solo tengo un par de días libres. Le dije a mi jefe que tenía una emergencia familiar, así que el martes debo estar de vuelta. Tenía pensado convencerte para que fueses tú a visitarme a mí a Los Ángeles.

—De acuerdo. Ya hablaremos de eso. ¿Comer algo, dices? Está bien, pero tendremos que darnos prisa. ¿Qué tal si después vamos a mi laboratorio? Así podré enseñarte parte de lo que estoy haciendo. La verdad es que tengo en marcha dos experimentos que debería supervisar en breve.

—Me parece estupendo —repuso George.

Se alegró. Tuvo la impresión de que habían progresado algo.

2

*A bordo de un Gulfstream G550 sobre el Pacífico occidental,
de camino al Aeropuerto Municipal de Boulder
Domingo, 21 de abril de 2013*

Zachary Berman nunca era tan feliz como cuando volaba, y especialmente cuando lo hacía como en aquel momento, a bordo del Gulfstream propiedad de Nano, S. L., empresa de la cual era accionista mayoritario, presidente y consejero delegado. Le encantaba la sensación de hallarse suspendido en el aire a quince mil metros de altura sobre el vasto océano Pacífico mientras el aparato se dirigía a toda velocidad hacia el continente norteamericano. Por muy caótica y estresante que fuera su vida en tierra, allí arriba se sentía lejos de todo, a salvo y casi invencible. El avión contaba con un sistema de comunicaciones que rivalizaba con el del *Air Force One*, pero si lo apagaba tenía tiempo para planificar, trazar estrategias y felicitarse por los progresos de Nano, especialmente en los vuelos largos como aquel: de Pekín a Boulder, más de seis mil millas en línea recta. Naturalmente, Zach —como solía llamarlo la mayoría de la gente— sabía que la distancia que recorrería con su avión sería algo menor debido a la ruta polar y a la forma achatada de la Tierra.

En su opinión, el viaje había sido un gran éxito. Tanto que incluso le asomaba una sonrisa. Dejó el trabajo a un lado, bajó el respaldo de su asiento, alzó el reposapiés y convirtió el sillón en un confortable diván. Acomodado en el cuero marroquí seleccionado y cosido a mano, pensó en las necesidades financieras de Nano. Una sonrisa se dibujó en su rostro ensombrecido por la barba incipiente. De momento las cosas parecían ir a las mil maravillas. Incluso se permitió el lujo de dormitar un rato.

Una hora más tarde, ya con el respaldo en posición vertical, miró perezosamente por la ventanilla mientras daba vueltas en el vaso a los restos de su último whisky de malta del viaje. Pensó en su padre. Se preguntó qué habría opinado del enorme y reciente éxito de su hijo y de que regresara de un viaje de negocios a China volando en un suntuoso jet privado que, a todos los efectos, era de su propiedad. A diario, cuando se miraba al espejo para afeitarse, Zach torcía el gesto ante el creciente parecido que detectaba con su difunto padre, Eli, sobre todo a medida que iba acercándose a los cincuenta.

Aquella era una de las razones por las que llevaba el abundante cabello canoso mucho más largo que Eli. El precio de su corte de pelo habría hecho que el viejo empalideciera. Zach había crecido en un hogar de clase media de un barrio obrero de Palisades Park, en New Jersey, y a menudo veía a su padre volver a casa con restos de pintura en la cabeza. Era uno de los inconvenientes de ser pintor, pero Zach siempre se había preguntado por qué su padre manifestaba tan poco interés por las apariencias. Los veranos que Zach había trabajado para él —desde los catorce años hasta que entró en la universidad— siempre había insistido en ponerse una gorra de béisbol como protección contra las salpicaduras, pues temía que estas pudieran delatar su condición de obrero. Zach había apuntado alto desde muy joven.

Una de las diferencias esenciales entre padre e hijo era que Zachary siempre había interpretado la habitual actitud conformista y satisfecha de Eli como una irremediable falta de ambición. Cuando Zach ya triunfaba en Yale y después en la facultad de derecho de Harvard, su padre había seguido sin mostrar el menor interés por hacer crecer su pequeña empresa de pinturas. No obstante, aquello no le había impedido despreciar la incapacidad de su hijo para jugar al béisbol tan bien como él ni protestar por su decisión de no estudiar medicina a pesar de lo mucho que él le había insistido para que lo hiciera.

Con el paso de los años, el desdén de Eli hacia las elecciones profesionales de su hijo no hizo más que aumentar, especialmente cuando Zach abandonó de repente su bien remunerado trabajo de abogado corporativo en Manhattan para dedicarse a las finanzas; y luego, diez años más tarde, cuando dejó su muy lucrativo empleo como analista financiero en Wall Street. Zach intentó explicarle a un desconcertado Eli que se aburría, que para él Wall Street no era más que una gran mentira y que era posible hallar mucha más riqueza y, desde luego, satisfacción creando algo, y no simplemente jugando con papel y apostando dinero ajeno en un mercado amañado.

Cuando la alarma de su reloj emitió un tintineo para avisarle de la hora y, por tanto, de la proximidad de su destino, hizo girar su asiento para contemplar la parte trasera del avión. Un poco más allá se sentaba Whitney Jones, su ayudante personal y secretaria, que lo miró a la espera de sus instrucciones. Estaba perfecta con uno de sus trajes de chaqueta de Chanel. Se había recogido el oscuro cabello para destacar sus llamativas facciones, que combinaban lo mejor de su padre afroamericano y de su madre china de Singapur. Cada vez que Zach contemplaba aquel perfil no podía evitar recordar el famoso busto de Nefertiti que se conservaba en el Neues Museum de Berlín. Berman hizo un ligero gesto con la cabeza, y Jones, siempre atenta, hizo un leve asentimiento, se desabrochó el cinturón de seguridad y se levantó. Por las instrucciones recibidas previamente, sabía que era hora de despertar a los invitados.

Seguro de que ella se ocuparía de todo, Berman volvió a concentrarse en el paisaje y en sus ensoñaciones. «Un duro día de trabajo es una recompensa en sí mismo», le había dicho su padre al menos una vez a la semana durante toda su vida adulta. Le preocupaba el hecho de que su hijo pareciera incapaz de dedicarse a algo de forma continuada y no supiera apreciar lo que él había aprendido durante las décadas que había dedicado a su negocio. Zach sonrió al recordarlo. Sin duda prefería hallarse a quince mil metros de altura a bordo del Gulfstream a cualquier otra satisfacción fruto de un día de trabajo manual.

Jugueteó distraídamente con su anillo de casado. Las semanas que se avecinaban iban a resultar decisivas para su empresa, pues había miles de millones de dólares en juego; sin embargo, su mujer y sus hijos, que deberían haberse involucrado más en su triunfo, se encontraban en Nueva York, apenas conscientes de su trabajo y del papel que él estaba desempeñando en la fantástica evolución de la nanotecnología. Zachary había querido tener hijos, o al menos eso creía, pero la vida doméstica le había resultado tan aburrida como el ejercicio de la abogacía. Desde niño había sido adicto a los desafíos y la creatividad. No soportaba el statu quo ni lo predecible. Había roto varias veces su juramento de fidelidad conyugal —algunas incluso con Jones— y se había acostumbrado a pensar en su familia con un sentimiento que no iba mucho más allá de la obligación de proveerla de todo lo necesario.

—El trabajo es la propia recompensa —murmuró con silencioso desdén. Aquella era otra de las frases favoritas de su padre—. Pues alguien debería habérselo dicho a Jonathan —añadió.

Jonathan era su adorado hermano pequeño, el favorito de su padre, el que sabía jugar al béisbol. Había fallecido a causa de un cáncer de huesos tras un tratamiento fallido que había acabado siendo más doloroso que la propia enfermedad.

—No, papá, la recompensa es conseguir lo que quieres siempre que quieres.

Zach había cambiado tras la muerte de Jonathan. Siempre se había marcado retos, pero a partir de aquel momento fue más allá y empezó a mostrarse temerario. Dejó Wall Street cuando a su hermano le diagnosticaron el cáncer y lo ayudó a llevar el negocio paterno mientras duró el tratamiento.

Por desgracia, la agresiva enfermedad se impuso y Jonathan

falleció cuatro meses después. Eli, a quien se le había partido el corazón, desarrolló una rápida demencia senil y no tardó en seguirlo. Aquello dejó a Zachary, una persona cínica y ambiciosa, al frente de una empresa de moderado éxito que seguía funcionando sin demasiada brillantez.

Como gesto de respeto hacia su hermano y su padre, Zach dedicó seis meses de su vida a convertir Berman Painting and Contracting en algo grande, y se tomó el desafío muy en serio. Bajó los precios de manera agresiva, contrató más cuadrillas y se sumergió en el día a día del negocio buscando un nuevo enfoque para convencerse de que valía la pena que le dedicase sus esfuerzos. Un día se topó con un reportaje sobre las posibles aplicaciones de la nanotecnología en el campo de la pintura y estuvo a punto de no molestarse en leerlo. Al fin y al cabo, la pintura no era más que pintura. ¿Qué importancia podía tener la nanotecnología cuando se estaba dejando el alma en intentar superar a la competencia del norte de New Jersey?

Sin embargo acabó leyendo el reportaje, en especial la parte dedicada a la utilización en pintura de unos nanotubos de carbono capaces de bloquear el paso de las señales de los móviles en las salas de conciertos. A partir de ahí leyó todo lo que pudo encontrar sobre nanotecnología y se convenció de que era un terreno fértil y por explotar. Aunque no entendía casi nada, su enorme potencial le pareció obvio, y un desafío emocionante. En la universidad no había querido saber nada de matemáticas, física, química o biología, y entonces lo lamentó. Tenía mucho que aprender, pero se dispuso a hacerlo con el apetito del hambriento que entra en un restaurante.

En cuestión de semanas vendió la empresa de Eli con un sustancioso beneficio que entregó a la viuda de su hermano. Con eso consideró cumplidas sus obligaciones hacia la familia de Jonathan. Unos meses más tarde, cuando a su madre le diagnosticaron Alzheimer, comprendió que la nanotecnología podría aportarle alguna esperanza y se convenció. De la noche a la mañana se obsesionó con lo que la nanotecnología podía representar para la medicina. ¿Y si lograba curar el cáncer de huesos como tributo a su difunto hermano? Y su madre, ¿lograría ayudarla? ¿Por qué no? Con la nanotecnología, el cielo era el límite.

Notó una leve presión en el brazo. Era Whitney. Se inclinó para hablarle al oído y Zach aspiró el embriagador perfume que llevaba, así como sus feromonas. Aquellos aromas despertaron en su mente la breve pero placentera imagen de su cuerpo, largo y tonificado, tendido en una cama.

—Están listos —susurró Whitney—. Aterrizaremos dentro de cuarenta y cinco minutos.

Zachary asintió, se levantó y estiró los brazos, los hombros y las piernas. La ropa —vaqueros azules y camiseta negra— se le ceñía al cuerpo musculoso. Tras la muerte de su hermano y la enfermedad de sus padres, se había vuelto especialmente sensible a todo lo relacionado con la salud. Aunque estuviera muy ocupado, que era lo habitual, siempre encontraba tiempo para ir al gimnasio y comer de modo saludable.

Berman reconocía abiertamente que se había vuelto un tanto hipocondríaco, y solía aprovechar la circunstancia de que Nano tenía en nómina un buen número de médicos. Lo que lo mortificaba era el miedo a sufrir la misma degeneración senil que había arrastrado a sus padres hacia la más completa inutilidad. Para tranquilizarse, se había hecho las pruebas de la apolipoproteína del gen E4, asociada con el riesgo de padecer la enfermedad. Pero el test tuvo el efecto contrario. Los resultados desvelaron que era homozigótico para el gen, un factor que incrementaba el riesgo de padecer Alzheimer, al igual que el hecho de que tanto su padre como su madre lo hubieran sufrido. Para Zach el interés en las aplicaciones médicas de la nanotecnología no tardó en convertirse en una cuestión personal.

—Ha llegado el momento de dar nuestro pequeño discurso —dijo antes de seguir a Whitney hacia la parte de atrás del avión.

Sentados en unas butacas de cuero parecidas a la suya había tres caballeros chinos vestidos con elegantes trajes de estilo occidental. Al fondo de la nave, en una banqueta plegable, había un individuo caucásico, corpulento y serio, cuya chaqueta abultada escondía todas las armas que se pueden utilizar dentro de un avión: una pistola Taser, cuchillos y una porra de goma. Nunca había tenido necesidad de emplearlas en viajes como aquel, ya que el cargamento principal no presentaba peligro alguno: en los bancos de delante yacían cuatro figuras vestidas con anodinos chándales marrones. Posiblemente los fabricantes del avión hubieran diseñado los asientos y la mesa para que los pasajeros pudieran disfrutar de una partida de cartas o de una comida durante un vuelo largo, pero desde el primer día a Zach la distribución le había parecido perfecta para sus propósitos. Los cuatro (tres hombres y una mujer) estaban esposados unos a otros y encadenados a la mesa. Los habían sedado cuando el avión había alcanzado su altura de crucero y en aquellos momentos se hallaban inconscientes.

Berman, con Whitney a su lado, se volvió hacia sus invitados y empezó a hablar. La joven traducía sus palabras al mandarín con total fluidez. Su dominio de la lengua era una de las razones por las que Zach le pagaba más de un millón de dólares al año.

—Dentro de poco tomaremos tierra en nuestro destino —anunció Berman—. Les ruego que sigan a nuestra representante hasta el vehículo que vendrá a recibirles al pie del avión. Acto seguido, nos dirigiremos al centro de investigación, donde se alojarán con todas las comodidades. Su equipaje llegará poco después a nuestras instalaciones. —Zachary hizo un gesto con la cabeza en dirección a los cuatro pasajeros, a quienes consideraba parte del cargamento—. Estamos entrando en una fase muy emocionante de nuestra asociación. A medida que avancemos en nuestro propósito común, deberemos centrarnos en el objetivo final que hemos definido y para el que hemos trabajado con tanto ahínco. —Hizo una pausa y esperó a que Jones acabara de traducir. Luego terminó su parlamento con unas breves palabras en mandarín—: Bienvenidos a Nano.

Los hombres asintieron y le dieron las gracias. Parecían nerviosos y muy conscientes de la responsabilidad que la rama secreta de su gobierno había depositado en ellos.

Zachary regresó a su asiento, entrelazó los dedos, se recostó en el sillón y cerró los ojos. Deseaba dedicar los últimos cinco minutos de su vuelta a casa a pensar en la mejor razón que pudiera tener para regresar a Boulder. Durante todo el viaje a China, incluso en los momentos más intensos en las negociaciones, un único pensamiento había ocupado su mente: Pia Grazdani.

3

Nano, S. L. Boulder, Colorado
Domingo, 21 de abril de 2013, 12.33 h

—Así que la empresa para la que trabajas se llama Nano. ¿Quién has dicho que era el mandamás? —gritó George para hacerse oír por encima del ruido del viento y del ronco estrépito del motor del Volkswagen, un GTI rojo de gasolina.

No tenía la menor idea de que Pia supiera conducir, y menos aún de aquel modo. Se aferró a los costados del asiento deportivo y contempló con nerviosismo la serpenteante carretera por la que la joven avanzaba a gran velocidad.

Cada vez que tomaban una curva, apretaba por instinto el pie izquierdo contra el suelo, como si pudiera influir en la trayectoria del coche con su freno imaginario. Lo último que deseaba era que el Volkswagen se saliera de la carretera en uno de aquellos giros cerrados. Ascendían por las Montañas Rocosas, que parecían precipitarse sobre Boulder igual que un mar embravecido. A pesar de que no faltaba mucho para que llegara el mes de mayo, los álamos seguían desnudos y sus ramas delgadas tenían un color amarillento que contrastaba con el verde de los árboles de hoja perenne. En las rectas, únicos tramos en los que tenía la sensación de que podía soltar el asiento sin que le fuera la vida en ello, George se rodeaba el torso con los brazos. Acostumbrado al clima de Los Ángeles, el de Boulder le resultaba condenadamente frío. En cambio, Pia no parecía notarlo. Todavía llevaba puesta la ropa de correr y solo se había echado un jersey por encima de los hombros.

—Berman, se llama Zachary Berman —respondió ella alzando la voz.

Conducía con las ventanillas bajadas y el viento le azotaba la negra melena, que le llegaba casi hasta los hombros. Se había puesto unas gafas de sol de ciclista que se curvaban más allá de sus sienes, así que cada vez que George se atrevía a mirarla no veía más que una imagen distorsionada de sí mismo, con los pelos de punta y el rostro ensanchado.

—¿Qué clase de persona es?

—No sé gran cosa de él —contestó Pia.

Era una verdad a medias. A pesar de lo que le ocultaba a George, era cierto que no sabía gran cosa de Zach aparte de lo que se decía en la prensa. Berman era una especie de donjuán en el panorama internacional que encajaba en el mismo molde que otros emprendedores famosos, relativamente jóvenes y con mucho éxito, como Richard Branson o Larry Ellison. Lo que sí sabía era que, pese a tener esposa e hijos, el suyo era, según sus propias palabras, un matrimonio abierto.

Lo que Pia callaba era que Zachary Berman se había topado con ella por casualidad en una de las cafeterías de Nano y desde entonces no paraba de tirarle los tejos. Al principio, se permitió disfrutar de unas cuantas citas informales con su jefe porque estaba sinceramente impresionada por todo lo que este estaba logrando en el terreno de la nanotecnología y por la promesa que Berman representaba para la medicina. Sin embargo, cuando él empezó a tomárselo como algo más personal y ella se enteró de que él tenía una familia en Nueva York, la joven decidió poner punto final a la relación, para disgusto de Berman.

Entonces llegaron los problemas. Acostumbrado a no recibir negativas de ninguna mujer, Berman se transformó en una pesadilla para Pia. Aunque no hubiera estado casado, ella no habría tenido el menor interés en mantener ningún tipo de relación. Estaba en Boulder para trabajar y recuperarse del trauma emocional vivido en Nueva York. Además, no sabía si sería capaz de involucrarse en serio, aun tratándose de otro que no fuese el hombre obsesionado y egoísta que parecía ser Berman. Con el paso de los años, Pia había llegado a conocer muy bien sus propias limitaciones en cuanto al trato social.

—¿Está soltero? —quiso saber George.

—No. Está casado y tiene dos hijos —soltó Pia sin dar más detalles y con la esperanza de que la conversación acabara ahí.

No quería inquietar a George diciéndole que Berman se sentía atraído por ella y que sus atenciones habían llegado al extremo de convertirse en una molestia. Por otra parte, en algún rincón de su mente se agazapaba la fastidiosa idea de que Berman regresaba aquel mismo día de un importante viaje de negocios, gracias al cual se lo había quitado de encima durante casi dos semanas.

—¿Cuántos años tiene? —insistió su amigo.

—Cuarenta y tantos largos, me parece.

La chica apretó los dientes. George podía ponerse francamente pesado cuando quería.

—Creo que he visto una foto suya. En *People*, si no me equivoco, durante el último Festival de Cannes. Tiene uno de esos yates enormes.

—¿De verdad? —contestó ella vagamente, como si no estuviera interesada. Y no lo estaba.

—¿Tuvo algo que ver con que la empresa, como me has dicho, te diera este coche?

Pia acarició el volante de cuero. No le gustaba el rumbo que estaba tomando la conversación, pero no tenía modo de cortarla sin decir que no quería seguir hablando de Berman, y eso dejaría traslucir lo que precisamente intentaba evitar. George se estaba comportando justo como ella recordaba que lo hacía, siempre formulando preguntas con la intención de inmiscuirse en su vida privada. Antes de que Pia consiguiera sacarlo de allí, su amigo había estado dando vueltas por su apartamento durante más de veinte minutos soltando una letanía de comentarios sobre si se cuidaba como era debido sin tener apenas comida en la nevera; incluso había sugerido que en realidad quizá no viviera allí. La joven sabía que lo que trataba de averiguar era si estaba saliendo con alguien.

—La verdad es que sí tuvo algo que ver —respondió—. Se enteró de que iba al trabajo en bicicleta y quiso cederme uno de los vehículos de la empresa. Según él, las carreteras de las montañas son demasiado peligrosas, sobre todo por la noche, cuando tengo que ir a controlar alguno de mis experimentos.

—Parece que está completamente nuevo —comentó el joven mientras examinaba el interior del coche.

—Supongo que tuve suerte —repuso Pia mirándolo.

George era un fastidio, pero tal vez pudiera resultarle útil que se hubiese presentado de aquella manera. Puede que fuera un modo de disuadir a Berman para que la dejara en paz.

—¡Pia! —gritó George.

Ella volvió a mirar rápidamente hacia la carretera y una mancha borrosa cruzó a toda prisa por delante del coche. Se oyó un golpe sordo.

—Le hemos dado a algo —dijo George, que se dio la vuelta para mirar a su espalda.

Ella frenó, detuvo el coche y metió la marcha atrás. Empezó a retroceder mucho más deprisa de lo que a George le habría gustado. Pia paró de nuevo y salió dejando el motor en marcha. Antes de que George pudiera bajarse, ella apareció a su lado con algo en las manos. El chico estiró el cuello para ver qué era.

—Es un perrillo de la pradera —explicó ella—. Creo que solo lo hemos rozado. Al menos eso espero. Parece que está vivo. ¡Maldita sea! ¡Odio este tipo de cosas!

Pia sujetaba una pequeña bola de pelo con ambas manos. George vislumbró una criatura similar a una ardilla, pero más grande. No parecía moverse demasiado.

—Hay muchos en la parte baja de las montañas —continuó—. ¿Se puede saber qué estás haciendo aquí arriba, amiguito?

La ternura de su voz despertó en George la habitual confusión que ella le inspiraba. Sabía que la joven podía mostrarse desdeñosa con las demás personas, incluido él, como si las considerase desprovistas de emociones; en cambio, no había persona más cariñosa con los animales. En el laboratorio de fisiología, durante el primer año de carrera, Pia se negó a tomar parte en los experimentos más avanzados, en los que se utilizaban perros, porque todos ellos eran eliminados al finalizar. Incluso los gatos callejeros que rondaban la residencia acababan siendo objeto de sus atenciones de un modo u otro.

—Toma, cógelo —le dijo.

«Esto ya es más propio de Pia», pensó George.

Le entregó el bulto peludo y todavía caliente.

—En la ciudad hay un veterinario que abre los fines de semana. Vamos a tener que dar un rodeo.

George sostuvo el animal mientras regresaban a Boulder en silencio. En su opinión el roedor estaba muerto, pero Pia no apartaba la mirada del frente, era una mujer con una misión. Pasaron la siguiente media hora en la clínica veterinaria, donde les dijeron que, en efecto, el perro de la pradera estaba muerto, seguramente porque se le había partido el cuello. Pia se puso más triste de lo que George la había visto nunca, incluso se le llenaron los ojos de lágrimas. Sin duda, toda una novedad.

Al salir de la clínica, el joven se alegró cuando Pia aparcó ante un Burger King cercano. No intercambiaron una sola palabra hasta que tuvieron la comida delante.

—Lamento lo del pobre animal —dijo George para romper el silencio.

—Gracias —repuso ella y respiró hondo—. Es la segunda vez que me ocurre. La primera me pasé varios días sin dormir.

George cambió de conversación.

—Cuando me has explicado en tu apartamento que la infección de Will influyó en que te mudaras a Boulder para investigar la nanotecnología como posible cura, me he acordado de Rothman y su muerte. Sé que entonces no quisiste hablar del asunto, pero me encantaría saber qué ocurrió de verdad. Sé que aquellos financieros de Connecticut estuvieron involucrados, pero ¿quién fue el asesino material? ¿Lo sabes?

Pia dejó la hamburguesa y miró a George fijamente, con unas pupilas tan grandes y negras que el chico pensó que podría ahogarse en ellas. La joven apretó los labios con fuerza. Daba la impresión de estar a punto de estallar. Él también soltó la hamburguesa, temeroso de lo que se avecinaba. Se recostó en el asiento para poner cierta distancia entre ambos.

—Voy a decirlo una vez y no volveré a repetirlo —le espetó Pia tras inclinarse hacia él con los ojos entornados—: El tiempo no ha cambiado mi forma de pensar. No tengo intención de hablar ni contigo ni con nadie del asesinato de Rothman. ¡Ni ahora ni nunca! Confórmate con saber que la gente que lo orquestó ha muerto. Aunque me consta que lo mataron con polonio 210, no sé cómo lo llevaron a cabo ni quién lo hizo. Pero sí sé que me matarían si hablara de ello. Y que si te contase lo que sé, te eliminarían a ti también.

—De acuerdo, de acuerdo —consiguió decir George. Veía fuego en los ojos de Pia—. No volveré a preguntar.

El rostro de la joven se relajó. Sabía que los asesinatos de Rothman y su colaborador los había perpetrado una banda albanesa que era rival de otra en la que su padre ocupaba un lugar destacado. En su momento le dijeron que si hablaba de lo poco que sabía no solo provocaría su propia muerte y la de George, sino que además desencadenaría una disputa entre ambos bandos que acabaría con un baño de sangre. Se trataba de una situación en la que siempre saldría perdiendo y de una responsabilidad que sería incapaz de sobrellevar.

Acabaron su almuerzo en silencio y no volvieron a hablar hasta que subieron al coche y tuvieron Nano a la vista.

—Este lugar es impresionante —comentó George mientras estudiaba las instalaciones. Pia se había detenido ante la garita de seguridad.

El complejo ajardinado era mucho más grande de lo que podría haberse imaginado y estaba formado por numerosos edificios modernos, algunos de hasta cinco pisos de altura, que se perdían entre grandes masas de enormes árboles perennes. Toda la zona estaba rodeada por una valla metálica rematada con alambre de espino. Aquello le confería un aspecto más de base militar que de empresa de alta tecnología.

—Parece que aquí se toman la seguridad muy en serio —añadió.

Los guardias del control iban vestidos con elegantes uniformes de estilo militar.

—No te equivocas. La nanotecnología está creciendo muy deprisa y la competencia es feroz. Nano cuenta con su propio departamento legal, donde trabajan varios abogados especialistas en patentes que apenas dan abasto.

Pia esperó a que uno de los vigilantes abriera una puerta y saliese de la garita. Entonces le entregó su identificación y el hombre la examinó detenidamente. Después miró a George, expectante.

—Viene conmigo —le explicó Pia—. Es mi invitado.

—Primero tendrá que dirigirse a la oficina central de seguridad y hablar con un supervisor. —Su tono no era amistoso, pero tampoco hostil; actuaba con profesionalidad.

Cuando la barrera se levantó, Pia siguió adelante.

—Nunca había traído visitas. No está bien visto.

—Espero que no sea un problema.

—Ya veremos qué nos dicen en la oficina central, pero me extrañaría que no te dejaran entrar, al menos en el edificio donde trabajo. Todos los días veo por allí a mensajeros de FedEx y cosas así, de modo que no puede decirse que sea una zona vetada para la gente de fuera.

—Quizá sea mejor que entres tú sola y hagas lo que tengas que hacer mientras te espero al otro lado de la verja.

—Venga ya, George. El que no arriesga no gana.

El joven tuvo que luchar contra la timidez que lo invadía siempre que Pia lo llevaba a algún sitio donde pensaba que no sería bien recibido. En la facultad de medicina la joven había estado a punto de conseguir que los expulsaran a ambos cuando, a pesar de las claras advertencias de la administración, se empeñó en investigar las muertes ocurridas en el laboratorio donde cursaba una optativa. Pero aquello era un laboratorio científico. ¿Qué tendrían que ocultarle? Era residente de radiología, por el amor de Dios.

Cuando entraron en el espacioso vestíbulo ultramoderno, Pia se dirigió al mostrador de seguridad y pidió ver a uno de los supervisores. Mientras aguardaban, se dedicaron a observar las hileras de monitores de circuito de cerrado atentamente controladas por el personal. Las imágenes de los laboratorios, los pasillos y las zonas comunes cambiaban una y otra vez en las pantallas.

Cuando llegó la supervisora, examinó el carné de conducir de George y su acreditación del hospital. Acto seguido le hizo unas cuantas preguntas, le pidió que se sentara ante un escáner de retina y desapareció en las entrañas del edificio. Más de veinte minutos después reapareció y le devolvió la acreditación a George y el pase a Pia.

—El señor Wilson será responsabilidad suya mientras dure la visita —le advirtió en tono seco.

Pia se volvió hacia George.

—Vamos. Ya está todo arreglado.

—¿Por qué crees que ha tardado tanto? —preguntó el joven mientras seguía a Pia por el vestíbulo.

—Estoy segura de que han comprobado tus antecedentes. Deben de haber respirado aliviados al ver que eres un simple residente de radiología de la UCLA; así hay pocas probabilidades de que seas una especie de espía industrial. Tengo la sensación de que eso es lo que les da tanto miedo.

Antes de poder acceder a los ascensores, Pia y George tuvieron que introducir sus pases en una máquina lectora y después someterse a un escáner de iris. Una luz verde se encendió para indicarles que todo estaba en orden. George había visto sistemas de seguridad parecidos, pero solo en las películas.

—Bueno ¿y qué hay en este edificio, aparte de tu laboratorio? —preguntó mientras subían al cuarto piso.

—Este bloque alberga todos los laboratorios de biología, que son bastantes, porque los jefazos de Nano están convencidos de que el verdadero futuro de la nanotecnología se halla en el campo de la medicina.

—El complejo es enorme. ¿Qué hay en los demás edificios?

—No tengo la menor idea —contestó Pia.

—¿Y no sientes curiosidad?

—Supongo que un poco. Bueno, no mucha en realidad. La mayoría de las actuales aplicaciones de la nanotecnología están relacionadas con la pintura, los materiales ligeros, la producción y el almacenaje de energía, los tejidos, la informática… Son usos que no tienen nada que ver con la medicina y que, por lo tanto, no me interesan ni lo más mínimo. Me consta que Nano ha lanzado al mercado algunos aparatos de diagnóstico médico, como sensores y preparados de ADN para los tests y la secuenciación *in vitro*. Eso sí que me parece interesante, pero las otras aplicaciones comerciales no. Lo que realmente me llama la atención son los nanorrobots microbívoros con los que estoy trabajando en estos momentos.

El ascensor se detuvo y las puertas se abrieron con sigilo a un pasillo cegadoramente blanco iluminado por fluorescentes. Pia salió y George la siguió bizqueando. Se puso las gafas de sol que llevaba en la cabeza para protegerse los ojos.

—Como ya te he comentado —prosiguió Pia—, Nano ha hecho grandes avances en el terreno de la manufactura molecular, de modo que en estos momentos es capaz de construir artefactos complejos, como los microbívoros, átomo a átomo.

Pia se detuvo de repente y George la imitó.

—Oye, no tendrás la sensación de que te estoy aleccionando, ¿verdad? Tal vez no te interese saber todo esto. Si es así, dímelo y me callo. Me entusiasma lo que hago en esta empresa. Puede que me viniera a Colorado para alejarme de Nueva York y de mi padre, para digerir mi sentimiento de culpabilidad por lo de Will y para aclararme respecto a mi futuro profesional, pero lo cierto es que el trabajo me encanta. Me parece tan fascinante como lo que hacía con Rothman antes de que lo asesinaran.

—Claro que quiero que me lo expliques —contestó George, deseoso de que Pia siguiera hablando—. De verdad.

—¿Estás seguro?

—Segurísimo.

—Muy bien, porque creo que despertará tu curiosidad, siempre y cuando me escuches y no te despistes como antes, en el apartamento.

—¡Soy todo oídos!

Pia echó a andar de nuevo, gesticulando con las manos como si fuera italiana de la cabeza a los pies y no solo a medias.

George la siguió sin dejar de observarla. En realidad los detalles que le explicaba tan solo le interesaban en parte. El resto de su ser se limitaba a disfrutar de la compañía de Pia, de su entusiasmo y de su notable fisionomía: ojos almendrados, pestañas increíblemente largas y oscuras, nariz esculpida con delicadeza y una piel perfecta hasta el extremo. George la seguiría a cualquier parte. Era un caso perdido, y no sabía por qué, pero le daba igual.

Pia le tomó la palabra y siguió hablando:

—Cada microbívoro cuenta con más de seiscientos mil millones de átomos en su compleja estructura. En realidad son unos cuantos más, pero ¿qué son mil millones arriba o abajo? —Se rió de su propia gracia—. Son unos robots diminutos dotados de brazos móviles que buscan y recogen microbios patógenos y los introducen en su cámara digestiva, donde los eliminan. Son increíbles. Bueno, ya hemos llegado.

Se detuvo ante una puerta anónima protegida por otro escáner de iris. Acercó la cabeza al dispositivo para someterse al examen y una luz verde se encendió sobre el dintel. George se dispuso a imitarla, pero ella le indicó que no era necesario.

—No hace falta. El escáner es solo para abrir la puerta.

Una vez dentro, George no pudo evitar acordarse del laboratorio del profesor Rothman en Columbia, aunque el de Nano era más grande y moderno. Enseguida oyó el familiar zumbido de las campanas de ventilación y de los aparatos médicos que abarrotaban la estancia.

—¡Impresionante! —exclamó.

—Lo es. Mi superior no deja de repetirme que hay más de cincuenta millones de dólares en equipamiento tan solo en este laboratorio.

—¿Tu superior? ¿Te refieres a Berman?

—No. Berman es el mandamás. Mi jefa directa es una mujer llamada Mariel Spallek, y no me cae precisamente bien.

No ofreció más detalles. Dejó la mochila en el suelo, cogió un cuaderno de registro y se acercó a una consola central donde aparecían las lecturas de todos los equipos biotecnológicos. Con la ayuda de un lápiz, marcó algunas casillas de la libreta y escribió en otras.

—¿Todo en orden? —preguntó George.

—Eso parece. Mi iPhone me habría avisado si se hubiera producido alguna anomalía. De momento las cosas pintan bien. Antes de comenzar esta serie de experimentos habíamos tenido algunos problemas de biocompatibilidad con los microbívoros. Cuando los introdujimos en nuestros primeros especímenes, nos sorprendió descubrir que se daban casos de reacciones alérgicas. No muchos, pero sí suficientes para que nos preocupáramos. En el momento en que comencemos a trabajar con mamíferos, en especial con primates y humanos, no puede haber ninguna reacción de ese tipo. Al principio observamos que el sistema inmunológico de nuestros sujetos en ocasiones trataba a los microbívoros como invasores extraños, que es lo que son en realidad. Nuestra sorpresa se debió a que la superficie de los microbívoros es de carbono diamantoide, que es lo más inocuo y poco reactivo que puede haber. ¿Me sigues?

—Sí, claro —contestó George casi con demasiada rapidez.

Ella siguió hablando de todos modos:

—Dedujimos que algunas moléculas se habían adherido a la

superficie de los microbívoros a pesar de su supuesta falta de reactividad y que eso había provocado cierto nivel de respuesta inmunológica. Supongo que recuerdas todo esto de las clases de inmunología de la facultad, ¿no?

—Sí, claro. ¡Por supuesto! —repuso George con la esperanza de poder disimular que no se acordaba prácticamente de nada de lo que le estaba diciendo.

La memoria de Pia para los pequeños detalles nunca dejaba de impresionarlo. Siempre que hablaba sobre cuestiones científicas su rostro se iluminaba con una especie de pasión interior. Además, en aquellos momentos no tenía dificultad para mantener el contacto visual, algo que era incapaz de hacer en una conversación normal, especialmente si se trataban cuestiones personales, como las emociones.

George asintió con entusiasmo e intentó pensar en una pregunta inteligente, cosa nada fácil de hacer estando tan cerca de Pia. Inhalaba su maravilloso aroma, que le resultaba embriagador y le recordaba las pocas veces que se habían acostado juntos.

—¿Qué clase de animales estáis utilizando como sujetos en estos experimentos? —logró articular con la voz entrecortada.

—Un tipo de lombriz intestinal. Pero no tardaremos en empezar a ensayar con mamíferos si estos sujetos dejan de mostrar respuestas inmunes, como viene siendo el caso. No me apetece nada trabajar con mamíferos, como podrás imaginarte. Estoy segura de que recuerdas lo que opino al respecto.

George asintió de nuevo.

—Si llega el momento de inyectar esos nanorrobots en un cuerpo humano, en el de Will McKinley, por ejemplo, ¿de cuántos microbívoros estaríamos hablando?

—De unos cien mil millones, más o menos el mismo número de estrellas que hay en la Vía Láctea.

George soltó un silbido.

—¿Qué tamaño tendría entonces la dosis?

—Muy pequeño, alrededor de un centímetro cúbico diluido

en cinco de solución salina. Eso te dará otra perspectiva de lo diminutas que son estas cosas. Cada microbívoro mide menos que la mitad de un glóbulo rojo.

—Así pues, ¿en esto es en lo que has estado trabajando durante los últimos dieciocho meses, en la biocompatibilidad de los microvíboros?

—Sí, ha sido mi principal tarea, y hemos hecho progresos importantes. Se produjo un avance considerable cuando propuse incorporar a la superficie diamantoide del microbívoro ciertos polímeros oligosacáridos.

George no pudo evitar dar un respingo ante semejante comentario. Pia hablaba a un nivel muy superior al suyo. El joven recordaba vagamente la palabra «oligosacárido» de su primer curso de bioquímica —algo relacionado con los azúcares complejos—, pero poco más. Para desviar la atención de su ignorancia, añadió a toda prisa:

—En tu apartamento mencionaste que tenías unas imágenes obtenidas con el microscopio de barrido electrónico. ¿Podrías enseñármelas para que me haga una idea de cómo son?

—Buena idea —contestó Pia animada.

Llevó a George hasta una pantalla de ordenador cercana y, tras unos cuantos clics, apareció una imagen. Se hizo a un lado y la señaló con orgullo. La imagen era en blanco y negro y mostraba varios microbívoros, oscuros y relucientes, en presencia de un objeto más grande con forma de rosquilla. Pia se lo explicó:

—Eso es un glóbulo rojo; el resto son microbívoros.

George se acercó para verlos mejor y se quedó asombrado.

—Parecen naves espaciales con una boca enorme.

—Nunca se me había ocurrido verlos de esa manera, pero tienes razón.

—¿Qué son esos objetos circulares dispuestos alrededor del casco?

—Son los sensores encargados de detectar los microorganismos o las proteínas que constituyen su objetivo, según cada caso. También contienen unos dispositivos de sujeción para que el objetivo se adhiera a ellos. Los círculos más pequeños que rodean los sensores son las tenazas que van moviendo los objetivos por el cuerpo del microbívoro, como si fuera una cadena humana, para arrojarlo finalmente a la cámara de digestión.

—Que es ese agujero, ¿no?

—En efecto. Una vez que el nanorrobot se ha tragado lo que buscaba, por decirlo de alguna manera, lo digiere mediante un proceso enzimático y lo convierte en una serie de subproductos inofensivos que después devuelve al torrente sanguíneo.

—¿Y dices que estas cosas son seis veces más pequeñas que el grosor de un cabello humano? Parece increíble.

—Tienen que ser así de pequeños para atravesar los capilares más finos, que tienen un diámetro de unos cuatro micrones.

George se incorporó y miró a Pia. Seguía sin tener problemas para mantener el contacto visual con él.

—¿Y cómo sabe este robot en miniatura qué tiene que hacer y cuándo?

—Lleva un ordenador de a bordo —contestó Pia—. Gracias a los nanocircuitos y a los nanotransistores, dispone de un ordenador con cinco millones de bits de código, un veinte por ciento más que el ordenador de la sonda Cassini en su misión a Saturno.

—Cuesta creerlo —señaló George, y lo decía muy en serio.

—Bienvenido al futuro. Cuando volvamos al apartamento te enseñaré un artículo que un futurista llamado Robert Freitas escribió hace más de una década. Predijo todo esto cuando la manufactura molecular no era más que un sueño imposible. Es bastante exhaustivo.

—Seguro que es una lectura de lo más divertida —repuso George, incapaz de contener el sarcasmo.

Afortunadamente, Pia lo pasó por alto, pues había vuelto a centrarse en la imagen. Por su postura y expresión, George comprendió que se sentía muy orgullosa de lo que estaba haciendo.

—Creo que te resultará fascinante.

—O sea, que el cazatalentos te trajo a Boulder para que te ocuparas de esto.

—No, lo que me trajo hasta aquí fue que Berman, el presidente de Nano, había leído el trabajo de Rothman sobre la salmonela en el que yo participé. Verás, desde un punto de vista operativo, los microbívoros tienen un problema con las bacterias provistas de flagelo, ya sabes, esas pequeñas colas como la que tiene la salmonela. Cuando un microbívoro se traga una salmonela, el flagelo no entra en la cámara digestiva, sino que se suelta y queda flotando. Ese fragmento es capaz de causar tanto daño inmunológico como la bacteria entera. Berman pensó que mi experiencia con ese tema en el laboratorio de Rothman podría contribuir a solucionar el problema.

—¿Y fue así?

—Bueno, he estado dándole vueltas y he hecho algunos avances. Tengo una idea acerca de cómo resolverlo, pero cuando me enteré de las dificultades que tenían con la biocompatibilidad me interesé más en ese asunto. Lo del flagelo es solo una cuestión mecánica, en cambio la biocompatibilidad plantea cuestiones más interesantes. Me pareció un desafío mayor.

Pia continuó hablando y George no pudo evitar pensar de nuevo en cómo era posible que él hubiera acabado en la UCLA.

—¿Cuándo te hicieron la oferta los de Nano?

—¿La oferta? No lo recuerdo. En junio pasado, creo, justo antes de la graduación. ¿Por qué me preguntas otra vez sobre lo mismo?

George sintió que la frustración lo invadía al darse cuenta de que su decisión de trasladarse a Los Ángeles había sido totalmente absurda. Tendría que haberse quedado en Nueva York. Por suerte, algo distrajo su atención antes de que pudiera decir nada. La puerta del laboratorio se abrió y entró una mujer vestida con bata blanca. El joven la estudió con atención. Era impresionante, de porte atlético, más alta que Pia y llevaba el cabello rubio recogido en una coleta. Su gesto era imperioso y la mirada que les lanzó primero a Pia, luego a él y finalmente de nuevo a Pia no podría describirse como amistosa. A continuación consultó la carpeta que llevaba en la mano. George se sintió incómodo en el acto.

—¿Este es el señor Wilson? —preguntó la recién llegada.

—Sí, Mariel. El doctor Wilson, en realidad.

George se adelantó con la mano tendida, pues supuso que se trataba de la jefa que Pia había mencionado antes.

—Encantado de conocerla. Soy George Wilson.

La mujer se limitó a asentir con la cabeza y el joven retiró la mano.

—El señor Berman regresa hoy. Es posible que incluso haya aterrizado ya. No le gusta que haya visitas en Nano, por eso no están bien vistas. Creía que lo habías entendido. Me atrevería a decir que le disgustará especialmente que un joven haya venido a verte a ti, Pia. Nano espera que seas productiva. Fuiste contratada por razones muy concretas.

George miró a su amiga. ¿Qué había querido decir aquella mujer con esas palabras?

—George y yo estudiamos juntos en la facultad de medicina. Es residente en la UCLA y será mi invitado en casa durante un par de días. No creo que el señor Berman lo considere una infracción en absoluto. No afectará a mi rendimiento.

«¿Invitado?», pensó George. Aquella era la primera noticia agradable que recibía en lo tocante a donde iba a alojarse, pero no dijo nada. La tensión entre las dos mujeres resultaba evidente, y estaba claro que tenía que ver con Pia y Berman. Tal vez su intuición y sus miedos estuvieran justificados, teniendo en cuenta lo que sabía de Zachary Berman. Había visto con demasiada frecuencia cómo reaccionaban muchos hombres ante Pia, incluido él. Y un Volkswagen nuevo parecía un tanto excesivo como muestra de generosidad entre un jefe y su empleada.

—¿Qué hace exactamente el señor Wilson en este laboratorio?

—He venido a comprobar cómo van las pruebas de biocompatibilidad que inicié anoche —contestó Pia—. Quería asegurarme de que avanzaban según lo previsto. Además, sabía que solo serían unos minutos, así que le he pedido que me acompañe. Casi hemos terminado.

Mariel Spallek le lanzó a George una mirada que hizo que este se sintiera todavía más incómodo. La situación le recordó que Pia tenía una habilidad especial para meterlo en líos.

—Me aseguraré de que el señor Berman sepa que estás aquí —dijo Mariel mirando a Pia por encima del hombro antes de salir. Pero George se preguntó si no se referiría a él en realidad.

—¿Se puede saber a qué ha venido todo eso o es mejor que no pregunte? —quiso saber él cuando la mujer se hubo marchado—. A juzgar por sus palabras, se diría que entre Berman y tú hay algo. ¿Es cierto o son imaginaciones mías?

—Será mejor que no preguntes —repuso Pia sin más.

Estaba contenta, ya estaba segura de que su jefe se enteraría de que un joven había ido a visitarla. Quizá aquello calmara sus ardores. En cuanto a lo que George pudiera estar pensando tras aquel incidente con Mariel, ni siquiera se lo planteó.

4

Nano, S. L. Boulder, Colorado
Domingo, 21 de abril de 2013, 14.45 h

A pesar de que no se había topado con ninguna dificultad durante la llegada y la descarga y de que todo había ido como la seda en la terminal del aeropuerto, la agradable sensación de tranquilidad de la que Berman había disfrutado durante el vuelo se había esfumado. Uno de los coches de Nano había llevado a los dignatarios a la sede de la empresa, donde fueron conducidos hasta su alojamiento. Los huéspedes involuntarios habían sido discretamente desembarcados del avión en un camión de catering y en aquellos momentos se encontraban asimismo en Nano, aunque en un entorno menos confortable que sus compatriotas. Berman apremió a su chófer para que lo dejara en su despacho lo antes posible. El acuerdo extraoficial que mantenía con las autoridades del aeropuerto le otorgaba fácil acceso a todas las áreas, de modo que pudieron salir directamente desde la pista a la carretera de circunvalación.

Zach se internó en las instalaciones de Nano por una modesta entrada para vehículos, seguido por la limusina de Whitney Jones. Una vez dentro del edificio, una puerta exterior se abrió a un pequeño vestíbulo donde dos vigilantes armados montaban guardia junto a otra entrada provista de un escáner de retina. Todos, Berman incluido, tuvieron que pasar por él para acceder al núcleo de las instalaciones.

Cuando el hombre entró en su oficina se encontró con que Mariel Spallek lo estaba esperando.

—¿Qué tal ha ido el vuelo? —preguntó ella.

—¿Quién es el tío que está con Pia? —contestó el presidente sin molestarse en responder la pregunta.

Mariel sabía que su jefe se centraría en aquella parte del correo electrónico que acababa de enviarle. No le hablaría de la situación de los cuatro nuevos sujetos, se olvidaría de informarle del resultado de las negociaciones, no le preguntaría por los progresos de las numerosas pruebas que estaban en marcha en los distintos sectores públicos y privados del complejo; lo único que le interesaría sería saberlo todo acerca de Pia y del joven que la había acompañado en su visita a Nano.

—Se llama George Wilson y es residente de radiología en la UCLA. Lo hemos comprobado y está limpio.

—¿Y qué está haciendo aquí?

Mariel vio que Berman intentaba tranquilizarse pero fracasaba estrepitosamente. Parecía un león enfurecido. Zach cogió unos cuantos informes de la mesa y fingió interesarse en ellos, pero en realidad su mirada saltaba de un extremo al otro de su escritorio. Las noticias sobre Wilson lo estaban volviendo loco, y una parte de ella disfrutaba con su tortura. Desconocía qué tipo de relación existía entre Pia y Wilson, pero se lo calló y dejó que Berman pensara lo peor.

—Me ha dicho que ha venido a pasar unos cuantos días con ella. Fueron compañeros de estudios en la facultad de medicina. Aparece en el informe de la investigación sobre Pia que encargamos antes de contratarla. Fueron amigos durante los cuatro años de carrera, aunque el alcance de dicha amistad no está claro. Lo que sí consta es que se vio involucrado en el incidente del secuestro.

—Sí, lo recuerdo. Era a él a quien se suponía que tenían que disparar.

—Así es —confirmó Mariel—. Sin duda parece un joven con suerte.

Berman alzó la vista y fulminó a Mariel con la mirada. ¿Acaso pretendía fastidiarlo? Sabía que ella estaba al corriente de su interés por Pia, y tenía aún más claro que su breve aventura con Spallek había sido un grave error. Se le había pegado como una lapa y le había costado librarse de ella a pesar de la diferencia jerárquica que los separaba en el trabajo. Mariel se sintió despechada, pero Berman estaba convencido de que ella esperaba que la pasión se reavivase y que volvería a su lado sin pensárselo dos veces.

A Zach le habría encantado poder despedir a Spallek para que su presencia no le recordara constantemente el error cometido, pero nadie sabía más que ella sobre el programa de nanotecnología médica de la empresa. Es más, la suma de sus conocimientos acerca de Berman y de Nano la convertía en una persona peligrosa para él, de modo que tenía que caminar sobre la cuerda floja. Quizá algún día saltara, pero todavía no había llegado el momento. Se preguntó por qué aquella mujer no podía comportarse con la misma madurez que Whitney Jones, que era consciente de que la relación profesional que los unía era demasiado importante para ponerla en peligro por algo tan frívolo como unos cuantos revolcones.

—¿Quieres ir a verla? —Mariel rompió así el incómodo silencio—. Cuando la he dejado, y de eso no hace mucho, estaba en el laboratorio con ese joven comprobando unos datos. Puede que siga allí.

—Y sus experimentos, ¿cómo van?

Berman seguía de cerca el trabajo de Pia y sus resultados lo tenían impresionado, cosa que no hacía sino aumentar su deseo. Era una mujer atractiva e inteligente, dos cualidades que a él le resultaban irresistibles, en especial cuando se combinaban en la misma persona.

—Al parecer bien. Por el momento no hemos tenido ninguna reacción de inmunidad. Pero todavía no han acabado.

—Está bien —dijo Berman tras ponerse en pie—. Tengo que hablar con ella sobre el tema del flagelo. Después de los progresos que ha hecho con lo de la biocompatibilidad es necesario que empiece a trabajar en el asunto para el que la contratamos.

—Desde luego —contestó ella mientras se hacía a un lado para dejar pasar a Berman.

Conocía la verdadera razón por la que su jefe deseaba ir al laboratorio de Pia y lo siguió a cierta distancia. Ansioso, Berman no tardó en dejarla atrás.

—Los hombres son siempre tan predecibles —masculló desesperada para sí.

Cuando entró en el laboratorio donde trabajaba Pia, Mariel se encontró a Zach de pie y solo en medio de la estancia, con una carpeta en la mano.

—Se ha ido —anunció él—. ¿Se puede saber qué significa esto?

Le entregó la carpeta. Spallek estaba perfectamente al corriente de los experimentos de Pia, pues había ayudado a diseñar los protocolos de la mayoría de ellos.

—Es un resumen actualizado de la evolución de las pruebas. Como podrás ver, todas las casillas que se refieren a reacciones inmunológicas están marcadas negativamente, lo cual resulta alentador. El nuevo diseño del microbívoro, en cuya superficie exterior hemos incorporado las moléculas de glicopolietileno, parece ser una genialidad. Está claro que Pia tenía razón. A partir de ahora creo que deberíamos emplearlo donde tú ya sabes.

Puede que Mariel no fuera la persona más fácil de tratar del mundo, pero era honrada hasta el extremo. Pia le caía mal no solo por su habitual actitud distante, sino también porque Berman se sentía atraído por la joven en lugar de por ella. También sabía que el rechazo de Pia hacia su jefe no hacía sino aumentar los ardores de este, que siempre deseaba lo que no podía conseguir. Aunque Pia era para ella un constante recordatorio de que Zach la había rechazado, era capaz de reconocer la valía y la inteligencia de su subordinada.

—Si los resultados positivos continúan, creo que podremos pensar en iniciar los primeros estudios de seguridad con mamíferos —señaló él.

Spallek estudió el rostro del hombre. Daba la sensación de que se hubiera olvidado de Pia durante un instante. Reconoció aquella expresión. Era la que mostraba siempre que daban un paso adelante hacia el objetivo que perseguían. Para ella, la mirada de Berman delataba algo más que simple expectación ante la promesa de un negocio sumamente lucrativo. Era casi de anhelo.

5

Apartamento de Pia, Boulder, Colorado
Domingo, 21 de abril de 2013, 15.30 h

Pia estaba sentada en el sofá y, mientras George se daba una ducha, repasaba los mismos resultados que Mariel y Berman acababan de ver. Los datos eran sin duda favorables, lo bastante para que pudiera prever que no tardarían en invitarla, si no obligarla, a ocuparse de nuevo del problema del flagelo; así pues, empezó a darle vueltas a la cuestión. Su intuición le decía que resolver el asunto de la biocompatibilidad no iba a resultar tan sencillo. Tal como le había explicado a George, lo del flagelo era más una cuestión mecánica, y por tanto suponía que la solución también debía de serlo. Pia se había hecho una imagen mental muy clara de la lucha que tendría lugar en el cuerpo entre las bacterias y sus queridos nanorrobots.

—¿Puedes repetirme la cifra? Diez elevado a menos nueve, ¿verdad?

La pregunta de George interrumpió su concentración como si hubiera entrechocado unos platillos junto a su oreja, y no pudo evitar dar un respingo involuntario. A lo largo de los dieciocho meses que llevaba en Boulder jamás había tenido compañía en su apartamento.

Le lanzó una rápida mirada y lo vio de pie en el umbral, envuelto en su única toalla de baño grande. Le había ofrecido una de las varias de mano que tenía, pero al parecer no le valía. Pia era muy especial con sus cosas y su espacio. Había tenido que luchar por ambos en todas las instituciones por las que había pasado.

—Un nanómetro tiene ese tamaño, ¿no? —siguió diciendo George.

—Eso es, una mil millonésima de metro —respondió Pia.

Cerró los ojos y contó hasta diez. El tema de la toalla le resultaba irritante; la mera presencia de George la sacaba de quicio. ¿Qué demonios iba a hacer con él hasta el martes?

—Me quedé anonadado cuando me describiste la relación entre un metro y nanómetro como el equivalente entre el tamaño de una canica y el de la Tierra. Y cuando añadiste que las uñas humanas crecen a razón de un nanómetro por segundo comprendí lo realmente pequeños que son.

—No sabes cuánto me alegro —repuso Pia con un dejo de sarcasmo que pasó inadvertido para George.

—Antes de hoy no sabía nada de nanotecnología. ¿Dices que dentro de unos cuantos años el quince por ciento de todo lo que se fabrique utilizará la nanotecnología en un sentido u otro?

—Puede que incluso dentro de tres años. En 2011 la nanotecnología facturó más de cincuenta mil millones de dólares en todo el mundo. En estos momentos ronda los setenta mil millones.

—¿Y quién la regula?

Pia tamborileó con los dedos sobre el reposabrazos del sofá. Las cuestiones sociales y políticas relacionadas con la nanotecnología no le interesaban lo más mínimo. Para ella todo era ciencia, una ciencia extraordinariamente prometedora.

—No lo sé, George. Dudo que exista regulación alguna. ¿A quién le importa si el marco de una raqueta de tenis es más ligero y resistente? A mí no, desde luego.

—Me refiero más bien a esas nanopartículas que mencionaste cuando volvíamos en el coche, las esferas geodésicas y los nanotubos. Siendo tan pequeños, me imagino que se absorberán a través de los pulmones e incluso de la piel. Yo diría que hay cuestiones relacionadas con la salud y el medio ambiente que habría que considerar, especialmente si son tan estables como dices.

—Lo más seguro es que tengas razón —convino Pia, aunque su mente ya estaba volcada en el problema del flagelo. En su cabeza comenzaba a germinar una solución mecánica.

—Y esos microbívoros con los que trabajas, ¿crees que son seguros?

Pia puso los ojos en blanco cuando sus incipientes ideas se esfumaron bajo la presión de las preguntas de George.

—Demostrar que son seguros es precisamente a lo que llevo dedicándome dieciocho meses.

—Eso no es cierto. Hasta el momento tan solo te has asegurado de que son inertes desde un punto de vista inmunológico, pero eso no quiere decir necesariamente que sean seguros. ¿Y si de repente empiezan a hacer cosas inesperadas, como devorar capilares o glóbulos rojos? Por la forma en que los has descrito, bien podrían convertirse en insaciables tiburones blancos en miniatura.

El joven se rió de lo que consideró una metáfora ingeniosa. Después se secó el pelo mientras fingía no dar importancia a su desnudez.

—Como ya te he explicado, han sido diseñados para tener como objetivo bacterias, virus, hongos y, con suerte, proteínas perjudiciales. No van a desmadrarse, descuida. Cada microbívoro cuenta con múltiples sistemas de apoyo, igual que un avión a reacción, y pueden conectarse y desconectarse desde fuera del cuerpo utilizando señales de ultrasonidos. Tienes mucha imaginación. Has visto demasiadas películas de desastres.

—¿Y si esas esferas geodésicas y esos nanotubos salen de los laboratorios de Nano flotando en el aire? ¿Ha pensado alguien en eso?

—Todos los laboratorios de nanotecnología de la empresa equivalen a los de nivel 3 de bioseguridad, como los de Columbia cuando trabajábamos con la salmonela. De hecho, los equipos que tenemos aquí son más modernos que aquellos. Mira, estamos al comienzo de los estudios sobre la seguridad de los microbívoros, y van a ser largos y exhaustivos. De lo contrario no conseguiremos la aprobación de las autoridades sanitarias. Tú tranquilo, cuando los microbívoros estén disponibles como tratamiento se habrá demostrado su seguridad más allá de cualquier duda.

Pia no consiguió tranquilizar especialmente a George al mencionar las instalaciones de Columbia. El mentor de la chica había muerto a causa de un envenenamiento por radiación en su laboratorio de nivel 3. En su opinión, los recintos donde se realizaban investigaciones punteras resultaban peligrosos. Observó que Pia volvía a centrarse en los papeles que tenía entre las manos. Le resultaba increíble que pudiera resultarle tan atractiva a pesar de ir vestida con su ropa de deporte y estar despeinada tras el viaje en coche. Por primera vez se fijó en que llevaba el pelo un poco más corto. Allí de pie, tan cerca de ella, contemplándola, tuvo que hacer un esfuerzo para contenerse y no tocarla. Justo cuando se estaba planteando la posibilidad de acercarse al sofá, el móvil de Pia empezó a sonar. La joven dirigió su atención hacia el aparato y George volvió a la realidad.

—¿Por qué no acabas en el baño y te vistes? —le dijo ella sin alzar la mirada. Era otro mensaje de texto de Berman—. Yo también quiero ducharme y cambiarme de ropa.

Su jefe le había enviado tres en los últimos veinte minutos, cada uno de ellos una variación del anterior, pidiéndole que lo llamara lo antes posible. Pia suspiró. Al parecer la presencia de George no había servido para desanimar a Berman como esperaba, sino que más bien lo había enardecido. Los mensajes eran a cuál más exigente.

Volvió a arrepentirse de las pocas cenas que habían compartido. Tendría que haberlo pensado mejor, porque había oído rumores sobre su reputación y acerca de que estaba casado. Pero pensó que eran fruto de la envidia de las mujeres que lo consideraban una presa codiciada. En esas salidas se lo había pasado bien. Berman se comportaba de un modo muy profesional y le hablaba de su deseo de triunfar en la nanotecnología médica y de su promesa de enfrentarse al cáncer y el Alzheimer. Aunque Zach no ahondó más en la cuestión y ella no le hizo más preguntas, él sí que le dio a entender que su interés había surgido de la experiencia personal.

Durante los primeros encuentros informales, Pia se dijo que Berman parecía distinto a los otros hombres con los que había tenido que tratar. No había intentado ningún tipo de acercamiento. Los temas más personales que habían tratado habían sido el interés de la joven por la investigación y lo agradecido que él le estaba por que hubiera pospuesto su residencia y su doctorado para mudarse a Boulder y colaborar con su programa de microbívoros, que, según él, lograría que todo el mundo hablara de Nano.

Después hubo otro par de cenas amistosas, pero entonces, de repente, empezaron a lloverle regalos. Primero flores, después vinos caros, bombones y joyas, para culminar con el coche. Aparte de las flores, que no podían devolverse, el único obsequio que conservaba era el Volkswagen, aunque sabía que tarde o temprano también tendría que deshacerse de él. La última vez que se vieron en privado él le confesó que estaba loco por ella, y cuando insistió en entrar en su apartamento, Pia tuvo que quitárselo de encima. Se las ingenió para hacerlo sin tener que recurrir a sus conocimientos de artes marciales.

Era más que aficionada al taekwondo desde que lo aprendió en la Academia Femenina Hudson Valley, la ruinosa institución donde la habían encarcelado los del programa de acogida. Aquella última velada con Berman se sintió orgullosa de cómo había resuelto la situación sin ofender la ebria dignidad de su jefe. Aquello había ocurrido una semana antes de que él se marchara a China, pero había regresado e intentaba contactar con ella sin importarle que tuviera un invitado.

—¿Qué quieres hacer esta tarde? —preguntó George.

—Pensaba dormir un rato —contestó Pia.

Se sentía repentinamente agotada tras haber pasado la noche

trabajando. Decidió ignorar los mensajes de Berman, como ya había hecho con los tres anteriores. Estaba segura de que su jefe quería interrogarla acerca de George y también de que este se moría por saber más cosas de Berman. Quizá lo mejor fuera permitir que ambos pensaran lo que les diera la gana, que dejasen volar su imaginación. Un par de horas de sueño le irían muy bien y le proporcionarían cierta perspectiva. Los domingos estaban hechos para tomárselos con tranquilidad.

6

Nano, S. L., Boulder, Colorado
Domingo, 21 de abril de 2013, 18.04 h

El hombre solo había pasado unas horas en aquel extraño lugar antes de que lo arrancaran de un profundo sueño, le entregasen ropa de deporte para que se la pusiera y lo condujeran a la habitación donde se hallaba en aquel momento. Un compatriota que no les había acompañado durante el viaje en avión le repetía que todo iba bien y que únicamente necesitaban hacerle un par de pruebas en una bicicleta estática. Iba vestido con traje y se mostraba afable, pero no le ofrecía explicación alguna en cuanto a dónde se hallaba. Su acento sugería que era originario de una provincia distinta a la suya.

El ciclista contempló la estancia profusamente iluminada, la bicicleta y las paredes llenas de estantes con aparatos médicos salpicados de luces parpadeantes. No tenía la menor idea de dónde estaba. Lo único que sabía era que se encontraba en algún punto de Estados Unidos. Cuatro occidentales vestidos con ropa de quirófano, capuchas y mascarillas se afanaban a su alrededor comprobando el instrumental. Se parecían al hombre que les había puesto, a él y a sus tres compañeros, una inyección nada más llegar. Una de las figuras con mascarilla dijo algo. Había llegado el momento de subir a la bicicleta.

—Hemos ajustado la bicicleta con los mismos parámetros que en la prueba de esta mañana —anunció uno de los occidentales.

—Muy bien. Este es el control. Tenemos que comprobar si el incidente ha sido una anomalía o si se trata de un problema sistémico —comentó otro, que era el que mandaba.

A continuación le indicó al funcionario chino que tenían que empezar. Con la ayuda de un traductor, este último le explicó al ciclista que notaría que el ritmo aumentaba y bajaba de intensidad y que lo único que debía hacer era ajustarse a él. Iban a monitorizar los efectos del ejercicio en su cuerpo.

—Dígale que no tiene nada de qué preocuparse —añadió el líder, y otro de los individuos con mascarilla le lanzó una mirada asesina.

—Confiemos en que así sea —añadió el jefe en un murmullo.

El ciclista empezó a pedalear. Había reparado en que la rueda trasera de la bicicleta estaba insertada en un mecanismo, y entonces comprendió el motivo. La máquina empezó a acelerar, así que se esforzó por seguir. Había practicado ciclismo antes, y aquello le pareció bastante más sencillo. Si ese iba a ser el único trabajo que tenía que hacer, podría realizarlo fácilmente. Ni siquiera le faltaba el aliento.

—Muy bien, ¿nos acercamos? —preguntó el líder al cabo de unos minutos.

—Estamos llegando al punto de crisis —respondió alguien.

Habían hecho salir al traductor antes de que empezara el experimento. Las constantes vitales del ciclista indicaban que todo iba bien. Quizá lo de aquella mañana no hubiera sido más que un accidente.

El ciclista experimentaba una sensación cercana al regocijo y deseaba que la máquina lo pusiera más a prueba. ¡Aquello era demasiado sencillo! Observó los rostros de los individuos que lo rodeaban y se alegró al ver que parecían complacidos. Sin duda sus posibilidades de obtener la libertad aumentarían si les proporcionaba lo que deseaban.

La resistencia aumentó y el ciclista se esforzó más. Lo invadió una sensación de libertad, hasta que de repente se sintió como si una zarpa le atenazara la garganta. Soltó un alarido y trató de arrancarse la mascarilla de oxígeno que llevaba puesta.

Los médicos y los técnicos empezaron a gritar al unísono. Las constantes vitales se habían descompensado... Parecía que el corazón del sujeto había fallado. El líder observó el caos que se había desatado ante él, pero no hizo siquiera amago de intervenir. Era el mismo tipo de incidente que el que había tenido lugar por la mañana, y ya estaba pensando en qué iba a decirle a su jefe. Resultaba obvio que no había sido una simple anomalía. Estaban ante un problema muy serio que tendrían que resolver.

7

Complejo asistencial Valley Springs, Louisville, Colorado
Domingo, 21 de abril de 2013, 19.15 h

La mujer que tomaba el té no sabía quién era su visitante, y este era tan consciente de ello que ya no se sorprendía ni se disgustaba. «Si existe un Creador —se dijo—, tiene un sentido del humor francamente macabro.» Los seres humanos no deberían retirarse de la vida de aquella manera.

Se había acostumbrado a la rutina a la que debía someterse para poder verla, pero seguía sin comprender qué sentido tenía. Durante su espera en la sala de estar de la casa en la que la atendían, un joven enfermero se había encargado de los preparativos para la visita: ordenó el cuarto de la mujer, se aseguró de que estaba cómoda y adecuadamente vestida y preparó dos tazas de aquel maldito té, una de las cuales permanecería intacta sobre el reposabrazos de su sillón. «¿Qué importancia tiene todo esto? —se había preguntado—. Me da igual el aspecto que tenga, y si se siente incómoda en algún momento, tampoco va a acordarse.»

Zachary Berman contempló a su madre, que miraba por la ventana de la planta baja de su casa de una sola habitación. Fuera había un árbol con un comedero para pájaros. Cuando hacía buen tiempo, ella se quedaba allí sentada todo el día y contemplaba las aves volar, picotear y reñir por un lugar donde posarse. La mujer depositó su taza de té sobre el platillo y miró a su hijo. Zachary se volvió y cogió una foto enmarcada que había sobre un escritorio que había estado en su casa de New Jersey durante años. Era demasiado grande para aquella habitación, pero Zach creía que era buena idea que su madre tuviera tantas cosas que le recordaran a su hogar como fuera posible. Aunque aquello había sido antes de que la pobre perdiese la cabeza por completo.

El marco contenía diez fotos pequeñas. Había una de sus padres el día de su boda, de él y de su hermano de niños y de ambos casados, con sus esposas y sus hijos. Zachary le mostró el marco a su madre y señaló una foto de Jonathan.

—Mira, Susan, este es Jonathan. ¿Te acuerdas de él? Tenía diez años cuando le hicieron esta foto. Recuerdo ese día a la perfección.

—¿Por qué lo recuerdas? —preguntó ella.

Hacía tiempo que Zachary había dejado de insistirle en que ella era su madre y Eli su padre, porque aquellos conceptos la alteraban profundamente. Estaba claro que Eli era alguien a quien ella conservaba a salvo en un rincón de su mente.

—Me acuerdo porque la saqué yo. Fue una primavera que estuvimos en Poconos, buscando un campamento. Cogí la cámara prestada y le hice la foto. ¿Ves cómo sonríe? A Jonathan le encantaba esta imagen. Era su favorita.

—¿Cómo sabes que era su favorita?

—Porque me lo dijo, Susan.

—¿Qué hora es?

—Son las siete pasadas. ¿Por qué?

—¡Vaya, maldita sea! ¿A qué día estamos?

—Es domingo, Susan.

—Mi programa favorito está a punto de empezar. Es a las siete —dijo, y volvió a mirar por la ventana hacia el oscurecido jardín interior—. Será mejor que no me lo pierda.

El enfermero se asomó a la puerta.

—¿Cómo la ve? —preguntó.

—Igual que hace unas semanas. Al menos es la sensación que me da. ¿Han notado ustedes algún cambio?

—Últimamente se altera cada vez más a menudo —contestó

él—. Está obsesionada con que quiere ver un programa de televisión, pero no hemos podido averiguar cuál. Ya sabrá que la semana pasada intentó escaparse por la salida de incendios. Realmente es una lástima que no podamos hacer nada por ella.

Berman se sorprendió ante el candor del joven, pero estaba en lo cierto. El Alzheimer se había apoderado de su madre, el cerebro de la mujer estaba consumiéndose, y con él su personalidad y todo lo que la convertía en Susan Berman. A todos los efectos, la persona que fue había sido borrada y sustituida por aquella versión espantosamente reducida de sí misma, la de una mujer que no tardaría en perder el control de todas sus funciones corporales, cuando su cerebro se desconectara por completo. En aquellos momentos su madre era como un niño pequeño, pero aquella analogía no resultaba del todo adecuada para ella. Berman pensaba que tenía incluso menos capacidades.

Gracias a sus extensas investigaciones, sabía perfectamente lo que le estaba ocurriendo a su madre. Su cerebro era un conjunto de neuronas o células nerviosas que se transmitían información unas a otras. Los pensamientos, las ideas, los recuerdos, capacidades como la de reconocer al único hijo que le quedaba con vida: todo ello podía describirse como el resultado de interacciones químicas o eléctricas entre las células nerviosas. En algunas personas, como Susan, dichas interacciones comenzaban a verse interrumpidas o bloqueadas por ciertas anomalías llamadas placas amiloides, compuestas de una proteína beta-amiloide o por marañas neurofibrilares provocadas también por unas proteínas desplazadas y llamadas tau. Tanto en un caso como en el otro, las proteínas duras se acumulaban de tal manera que acababan bloqueando la transmisión neuronal y matando las neuronas una por una. Cuando las proteínas tau desempeñaban sus funciones correctamente, colaboraban en la alimentación y el mantenimiento de las neuronas; sin embargo, en ciertas condiciones, las tau se agrupaban como hebras de hilo que interrumpían y destruían los microtúbulos que formaban la estructura de las neuronas.

Zachary se estremeció, incapaz de evitar el espanto que suponía imaginarse a sí mismo sentado en el lugar que su madre ocupaba en aquellos momentos. A pesar de que el complejo asistencial estaba limpio y bien administrado, seguía apestando a vejez, a personas incapaces, a orines y a Dios sabía qué más. Odiaba ver a su madre en aquellas condiciones y detestaba hallarse en un lugar tan deprimente. No obstante seguía visitándola, a pesar de que ella ni siquiera lo reconocía ni recordaba que había estado allí.

Mientras la contemplaba, experimentó una sensación de ansiedad creciente: tenía que acelerar el trabajo con los microbívoros. Debían estar listos para cuando él iniciara su propio declive, tal vez incluso antes de que aquello sucediera. Cada vez que olvidaba algo o no recordaba un nombre o una cifra, creía que el proceso degenerativo había empezado. Unas horas antes, mientras se hallaba a bordo del avión, se había asustado al darse cuenta de que se había olvidado de cómo se llamaba su actor favorito. Hasta que llegó a su oficina de Nano, el nombre de Tom Hanks no apareció en su mente y despejó su angustia.

Estaba convencido de que los microbívoros serían la respuesta, ya que teóricamente eran capaces de operar dentro del cerebro e identificar y destruir las proteínas tau y las placas amiloides. Pero si su equipo seguía el protocolo de desarrollo, quedaban por delante años de trabajo y una ingente tarea de recaudación de fondos que lastraba su creatividad. Por suerte había encontrado una fuente de financiación y solo tenía que asegurarse de que el grifo siguiera abierto, lo cual quería decir que necesitaba resultados.

—¿Quién es usted? —gritó Susan de repente—. ¿Qué hace en mi cuarto? ¡Salga de aquí!

Sus alaridos hicieron que el enfermero llegara corriendo.

Zachary no dijo nada. Ya había ocurrido antes, y nada de lo que había hecho en tales ocasiones había logrado consolar a su madre. Necesitaba al enfermero, a quien en cierto modo lograba reconocer. El joven la tranquilizó y Susan volvió a mirar los pájaros por la ventana.

Tras su éxito inicial con la nanotecnología fuera del ámbito médico, Zachary había invertido grandes cantidades de dinero y contratado a los mejores cerebros disponibles para orientar la empresa hacia el campo de la medicina, sobre todo después de los avances que habían logrado en la manufactura molecular. Había sido su idea de imitar la manera en que las células vivas utilizaban los ribosomas para fabricar proteínas lo que le había dado a Nano una sustancial ventaja sobre sus competidores en el terreno de los nanorrobots. Gracias a su constante presión, el primer producto fruto de aquel método había sido el microbívoro de Nano, que había sido teóricamente diseñado hacía más de una década.

Al mismo tiempo que puso en marcha el proyecto de microbívoros de fabricación molecular, Berman inició un programa de investigación privado sobre la enfermedad de Alzheimer. Muchos de los científicos que había contratado trabajaban en pruebas diagnósticas con la idea de que cuanto antes pudiera detectarse la acumulación de proteínas, más posibilidades tenían los médicos de reducir el avance de la enfermedad. Fue en aquella época cuando se sometió en secreto a las pruebas para determinar si tenía el gen predictivo, cuyos resultados solo sirvieron para aumentar su inquietud general.

Cuando empezó a anochecer al otro lado de la ventana, Zachary se puso en pie lentamente. Aborrecía de verdad aquellas visitas. En cierto sentido, le parecían una falta de respeto hacia Susan como persona. Estaba convencido de que, si ella hubiera sabido cómo iba a acabar, habría sido la primera en decirle que no fuese y que la recordara como cuando era una madre atenta y cariñosa.

Salió sin molestarse en decirle adiós y recorrió el largo pasillo hasta el vestíbulo respirando lo menos posible para evitar el olor. Se sentía asqueado y se odiaba a sí mismo por ello, pues sabía lo tenues que eran los hilos de las fibras nerviosas que separaban su estado mental del de su madre.

El sol se había puesto tras las montañas cuando salió al exterior. La oscuridad cayó rápidamente mientras atravesaba el jardín y el aparcamiento de camino hacia su Aston Martin.

Puso en marcha el motor y miró el reloj. Era hora de regresar al laboratorio y averiguar de qué quería hablarle con tanta urgencia Stevens, el jefe de investigadores del estudio chino. Acababa de mandarle otro mensaje y no sonaba nada bien. A Berman no le gustaban las sorpresas. Cuando salió a la carretera, aceleró y dejó la marca de los neumáticos en el asfalto como un adolescente temerario.

8

Apartamento de Pia, Boulder, Colorado
Lunes, 22 de abril de 2013, 6.15 h

George se dio la vuelta en el duro sofá de Pia y notó que le dolía
la espalda. Tras acostarse, se había despertado cada media hora
intentando ponerse cómodo, pero no lo había conseguido. Miró
el reloj y vio que en Colorado era temprano, pero para su cuerpo, habituado a la hora del Oeste, era incluso más temprano.
Tardó un momento en comprender dónde se encontraba. Luego
oyó la ducha. Aquello significaba que Pia se había despertado y
que se estaba preparando para ir a trabajar. Era lunes. Pensó en
entrar en el cuarto de baño y charlar con ella mientras se duchaba, pero no se atrevió. Supuso que Pia se lo tomaría como una
intrusión en lugar de como una manifestación de cariño. La noche anterior no lo había invitado a su dormitorio, y con aquel
gesto había dejado bien claro que deseaba mantener su espacio.
George volvió a tumbarse.

La visita no estaba saliendo como él pretendía y esperaba.
Era consciente de que se había presentado de improviso y sin
invitación, pero había dado por hecho que su amiga se mostraría
más cordial. Aunque le había permitido quedarse en su apartamento, durante la mayor parte de la noche anterior Pia se había
comportado como si George no existiera. Su cabezada se había convertido en una siesta de tres horas. Fue tan larga que
George comenzó a preguntarse si no empalmaría con la noche.

Como él había viajado obedeciendo a un impulso, no se había llevado nada para leer. Pia no tenía televisor ni radio, así que tuvo que conformarse con escuchar música en el iPod y hojear los libros de texto sobre inmunología que se amontonaban encima de la mesa del comedor. No le resultaron especialmente entretenidos.

Pia reapareció al fin a las ocho de la tarde, envuelta en una bata y con aspecto de vampiro. Al menos eso pensó George, que estaba bastante molesto. Enseguida se hizo evidente que ella no estaba de buen humor ni dispuesta a darle conversación. Su comportamiento aparentemente depresivo no hizo sino aumentar la preocupación que George sentía por ella desde hacía tiempo. Hasta el momento, nada de lo que había visto de su vida en Boulder había aliviado aquella inquietud.

No pudo evitar pensar en las simples necesidades de la vida que, sin duda, Pia descuidaba: la nevera estaba casi vacía y apenas había objetos personales en el apartamento. Ella siempre solía actuar como si estuviera de paso, pero lo cierto era que en aquella casa había menos cosas de las que un viajero llevaría a una habitación de hotel. Y luego estaba lo de Berman. Su intuición le decía que la situación no era tan maravillosa como Pia quería hacerle creer. Lo último que deseaba George era incordiarla o presionarla, porque sabía que entonces se retraería por completo, pero quería demostrarle que se preocupaba por su bienestar sin llegar a cabrearla. La cuestión era cómo lograrlo.

Nada más despertarse de la siesta, Pia se había metido en la cocina. Él la siguió y se apoyó sobre la encimera mientras ella sacaba un poco de té verde de un armario y ponía agua a hervir. Pia lo miró y a George le pareció que estaba adormilada aunque se mostraba desafiante al mismo tiempo.

—Bueno, George. A juzgar por tu silencio y tu expresión, diría que estás a punto de largarme uno de tus sermones.

El joven se ruborizó. Se había convencido de que ella era realmente capaz de leerle el pensamiento.

—Bueno… —empezó a decir con tono dubitativo—, no hace falta ser un genio para ver que no has echado raíces en este sitio.

—¿Qué quieres decir con eso?

—No sé, mira este apartamento —contestó señalando a su alrededor con un gesto de la mano—. Parece la habitación de un hotel. Y eso siendo generoso, porque incluso en las habitaciones de hotel hay más fotos que aquí. Estoy preocupado por ti. Han pasado dos años desde el trauma y sigues incomunicada y lo más alejada posible del resto del mundo. Eso no es sano.

—Nunca he sido una gran aficionada a eso que llamas el resto del mundo.

—Muy bien, pues alejada de mí, entonces.

—Estoy bien, George —contestó mientras vertía el agua en una taza con un poco de té.

No había preparado una segunda taza, pero aquello no pareció preocuparla.

—Entiendo que estás a gusto en Nano y que disfrutas de verdad con tu trabajo —prosiguió George—, pero ¿qué me dices de ese tipo llamado Berman?

—¿A qué te refieres con lo de «ese tipo llamado Berman»? No estoy con ese tipo llamado Berman. Solo es el jefe de mi jefa, y sí, me gusta Nano. El trabajo que hago es estupendo. No es necesario que pienses que no sé cuidar de mí misma. Si quieres que te diga la verdad, me parece humillante.

—Pues no es mi intención. Solo quiero que sepas que me intereso por ti.

—Hablemos de otra cosa.

Pia puso fin a la conversación.

Un poco más tarde rehusó la propuesta de George, que quería invitarla a cenar para celebrar su cumpleaños, argumentando que le daba pereza vestirse; sin embargo, aceptó llevarlo a una tienda para comprar algo para la cena. Todavía vestida con la bata, se quedó en el coche mientras él entraba a por lo necesario para preparar un simple plato de pasta y una ensalada. Cuando volvieron al apartamento, él preparó la comida mientras Pia se ocupaba de la colada en el sótano. La cena resultó agradable, pero ella se esforzó en mantener la conversación alejada de su persona y bombardeó a George con preguntas sobre Los Ángeles y su trabajo como residente en la UCLA.

Antes de irse a dormir, Pia buscó una sábana y una manta para su amigo. Él había esperado que se produjera algún gesto de intimidad, pero no hubo ninguno y, mientras trataba de quedarse dormido en el sofá se preguntó si alguna vez sería capaz de intimar con ella de verdad.

En aquel momento, al oír que la ducha paraba, no supo qué hacer. Ante la duda, decidió no hacer nada. Fingió dormir mientras se preguntaba cómo actuaría ella. En su imaginación la vio salir y mirarlo con añoranza para después acercarse y despertarlo suavemente; tal vez incluso se tumbara con él un momento para rememorar el hecho de que en el pasado habían hecho el amor puede que media docena de veces.

Oyó que la puerta del dormitorio se abría con sigilo y que, un instante después, se cerraba de igual modo. Durante unos momentos reinó un silencio nervioso. En su mente, George la veía aproximarse al sofá. Por instinto, se puso instintivamente tenso mientras esperaba sentir su contacto. Pero aquello no sucedió. Lo siguiente que oyó fue la puerta del apartamento que se abría y cerraba con rapidez.

El joven se incorporó, invadido por una dolorosa sensación de incredulidad, y contempló la puerta cerrada del piso. Pia se había marchado. Saltó del sofá y corrió hacia la ventana. Llegó justo a tiempo para verla subir a su Volkswagen. Por desgracia, estaba desnudo, así que la idea de asomarse y despedirla con la mano no lo convenció. Segundos más tarde, sus opciones se esfumaron cuando la vio abandonar el aparcamiento y perderse con las primeras luces de la mañana.

Cerró las persianas de nuevo y se dio la vuelta. Recorrió la estancia con la mirada y se sintió como un náufrago a la deriva.

—¡Por el amor de Dios! —exclamó con disgusto.

Ante él se extendía un día completamente vacío.

9

Nano, S. L., Boulder, Colorado
Lunes, 22 de abril de 2013, 6.30 h

Siendo como era un hombre hiperactivo y sumamente competitivo, Zachary Berman no necesitaba dormir mucho. Por lo general se despertaba tras haber descansado cinco o seis horas, a veces tan solo cuatro, y se levantaba de la cama de inmediato. Tomaba un poco de fruta y hacía ejercicio en la bicicleta estática mientras veía las noticias económicas de Bloomberg. Después se marchaba a Nano, donde solía llegar antes que nadie, a excepción de Mariel, que era la más destacada adicta al trabajo de la empresa. Aquella mañana, sentado tras su escritorio, Zachary no estaba de muy buen humor. Aparte del delicado estado de salud de su madre, tenía en mente otros asuntos que lo inquietaban.

Después de salir del complejo asistencial donde la mujer estaba internada, se había dirigido directamente a Nano para entrevistarse con el jefe de su equipo científico, Allan Stevens. Este le había informado del trágico final del segundo ciclista, el sujeto número 5. Berman se había puesto furioso al enterarse de que el equipo había permitido que el primer sujeto se sobreesforzara hasta el punto de provocar su propia muerte durante un recorrido por el exterior de las instalaciones; sin embargo, Stevens había defendido a su gente diciendo que sus instrucciones habían sido muy precisas y que la responsabilidad era del ciclista, que había decidido hacer caso omiso de ellas. Cuando repitieron la prueba y comprobaron que el problema se hallaba en el programa y no en los sujetos, Berman pidió que depositaran sobre su mesa un informe completo de los incidentes antes de veinticuatro horas. Necesitaba saber en qué diferían o en qué se asemejaban aquellas muertes a las otras que se habían producido a lo largo del programa.

—¿Qué crees que ha ocurrido a nivel celular? —le había preguntado a Stevens antes de marcharse.

—No estamos seguros —había reconocido el científico—. Los análisis microscópicos muestran un bloqueo congestivo del bazo y los pulmones de ambos sujetos.

—¿Y la causa?

—Suponemos que vuelve a ser inmunológica.

—¿Estamos aprovechando lo que hemos descubierto últimamente con los microbívoros?

—Hoy recibiremos nuevos cultivos, así que la respuesta será definitiva. Le inyectaremos los nuevos agentes a la última remesa de sujetos.

—Resulta irónico. Creíamos que el programa de resistencia iba a ayudar al programa de los microbívoros, y no al revés.

—Sí, es irónico —convino Stevens.

Después de revisar la correspondencia que se había acumulado durante su viaje a Pekín, Berman se recostó en su sillón ergonómico y miró el paisaje montañoso sin llegar a verlo. Pensó en qué debía decirles a sus huéspedes; afortunadamente, ninguno de ellos había presenciado el incidente. En el acuerdo estaba implícito que los sujetos del programa de pruebas eran prescindibles, pero aquellas muertes demostraban con claridad que algo no había salido como estaba previsto. Decidió que contárselo sería contraproducente. Por otra parte, sabía que los dignatarios estarían bajo los efectos del cambio horario durante su primer día en Estados Unidos. Todo el mundo sabía que viajar hacia el este resultaba más incómodo que hacerlo en sentido contrario, y no había necesidad de incrementar su malestar. Así pues le envió un mensaje a Whitney para que organizara un almuerzo con los dignatarios en el comedor de ejecutivos de la empresa. Él asistiría personalmente, junto con algunos de los altos cargos de la empresa. También debía informarles de que tendrían el resto de la tarde libre. Berman no quería tener compromisos porque tenía planes más interesantes.

A continuación escribió otro mensaje, este para Mariel, que tan solo decía: «Ven a verme». Sabía que ella estaría en alguno de los laboratorios de biología, como de costumbre. En cuanto a Whitney Jones, no esperaba que apareciese antes de una hora.

Mariel se presentó en su despacho exactamente tres minutos después. Era una de las tres únicas personas que tenían acceso a él a través del escáner de iris situado a la entrada de la suite. Las otras dos eran el propio Berman y Whitney Jones.

—Ayer perdimos otro ciclista —anunció Berman—. Eso son dos en un mismo día.

—Lo sé. Es una desgracia.

Mariel se sentó en una de las dos butacas situadas frente a la mesa de su jefe. Cruzó las piernas. Vestía pantalón, como siempre, y una blusa de seda bajo su bata de laboratorio inmaculada e impecablemente almidonada.

—El primer ciclista se saltó el protocolo, aunque nunca deberían haberlo dejado salir solo y tan pronto tras recibir el tratamiento. No obstante, si miramos el lado bueno, eso nos proporcionará más información acerca de los niveles de tolerancia, cosa que nos resultará muy útil. Lo que demuestran estos incidentes es que el sistema funciona tan bien o mejor de lo que habíamos imaginado. Quizá sea el cuerpo el que deba adaptarse, como sucede con la escalada a gran altura.

—¿Sabemos exactamente qué ocurrió?

—Stevens cree que se trata de una reacción autoinmune debida a o sumada a un estado hipermetabólico. Sabremos más cuando nos entregue el informe a lo largo del día. Todo el equipo está centrado en descubrir qué sucede.

—Me interesará conocer los detalles.

Se produjo una pausa incómoda en la conversación. Mariel se

dio cuenta de que Berman miraba la pantalla de su ordenador y no a ella. Ignoraba para qué la había llamado, pero tenía que volver al trabajo. No creía que Berman la hubiera convocado para hablar sobre la muerte del segundo ciclista, puesto que Zach ya había analizado el asunto en detalle con Stevens.

—¿Me necesitas para algo en concreto? —preguntó al cabo de un momento.

—¿Qué? —repuso Berman como si se hubiera olvidado por completo de su presencia.

—Te preguntaba si querías hablar conmigo de algo en particular. Tengo que volver al laboratorio.

Berman se pasó una mano nerviosa por el cabello y durante un instante volvió a mirar la pantalla del ordenador antes de centrarse de nuevo en Mariel.

—La verdad es que necesito que hagas un par de cosas por mí. En primer lugar, quiero que me cuentes todo lo que sepas sobre ese individuo que ha venido a ver a Pia. ¿Cómo dijiste que se llamaba?

—Se llama George Wilson, y ya te he contado todo lo que sé de él. Fue su compañero en la facultad.

—¿Eran amantes? ¿Lo son ahora?

Ante la inquietud de Berman, Mariel experimentó la misma punzada de satisfacción que el día anterior. Estaba claro que para su jefe la presencia de Wilson era como si le echaran sal en una herida. Se lo merecía, después de que la rechazara tras haber conseguido de ella lo que quería. Sabía que Berman era la clase de hombre que desea sobre todo aquello que no puede alcanzar. Para él solo contaban la caza y los números, nada personal.

—El informe sobre sus antecedentes no mencionaba el tipo de relación que mantenían —contestó la mujer. Habría preferido insinuar otra cosa, pero no pudo. No sabía mentir—. Ayer te conté todo lo que sabía, que fueron compañeros de clase en la facultad y que él se vio implicado en el episodio del secuestro.

—¿Y dices que es residente de segundo año en el departamento de radiología de la UCLA?

—Eso fue lo que reveló la comprobación de antecedentes.

—¿Qué aspecto tiene?

Mariel se encogió de hombros.

—Describir hombres no es uno de mis fuertes. Tiene aspecto de lo que es: un joven médico que está cursando su especialidad.

—¿Dirías que es guapo?

Mariel se encogió de hombros otra vez.

—Supongo que sí, según el estereotipo habitual. Alrededor de metro ochenta, pelo rubio, figura atlética, ni flaco ni gordo.

—¿Te pareció atractivo?

—No es mi tipo, Zachary. Esa idea no se me pasó por la cabeza en ningún momento.

El tono de Mariel y el hecho de que mencionara su nombre de pila llamaron la atención de Berman. Le recordaron otra de las características de aquella mujer que más lo irritaban. A menudo tenía la sensación de que Mariel lo reprendía, incluso en los momentos de intimidad, cosa que no resultaba precisamente excitante. Había sido una de las razones por las que acabó plantándola cuando lo hizo. Con ella todo parecía mecánico, incluso el sexo.

—Bueno, creo que debería conocer a ese joven, averiguar si está aquí solo por Pia o también por Nano.

—Sus antecedentes no han revelado ninguna relación con la industria, solo que es residente de radiología.

—La radiología, al igual que la medicina en general, va a beneficiarse mucho de la nanotecnología —dijo Berman—. Pero estoy de acuerdo contigo. Las probabilidades de que sea un espía industrial son mínimas. Aun así, quiero conocerlo. Me gustaría que le pidieses a Pia que lo trajera a cenar esta noche a mi casa. Asegúrate de que comprende que es una orden. En otras ocasiones se ha negado a acudir sola, pero creo que aceptará si es acompañada.

Mariel tragó saliva con dificultad. Estaba asombrada. Un momento antes estaba disfrutando de los indiscutibles celos de Berman ante la presencia del invitado de Pia, y acto seguido su jefe decidía abrirle las puertas de su casa, un lugar al que ella nunca había sido invitada, a Wilson y a su anfitriona.

—Dile que su amigo y ella deberían llegar a las ocho —prosiguió Berman—. Pero deja claro que se trata de un encuentro social. Dile que ha de ser esta noche porque el resto de la semana voy a estar muy ocupado atendiendo a nuestros invitados chinos.

Mariel se levantó y se abrazó a su carpeta. Miró a Berman a los ojos pero no dijo ni una palabra. Era consciente de que su jefe se estaba aprovechando de ella y humillándola a propósito. Era una de las personas más importantes de Nano y la pieza clave de su programa de investigación y desarrollo biomédico; sin embargo, él la trataba como a su recadera y le pedía que le organizase una especie de cita extraña y enfermiza. Sabía, por su propia y amarga experiencia, cuáles eran las verdaderas intenciones de Berman.

Mariel se dirigió a la puerta sin añadir nada más, pero él la llamó antes de que saliera y ella se detuvo sin volverse hacia Zachary.

—Se lo dirás tal como te lo he explicado, ¿de acuerdo? Le explicarás que se trata de una reunión social entre amigos y que tiene que ser esta noche.

Mariel vaciló y durante un instante pensó en darse la vuelta y decirle a Berman que se encargara él mismo de sus recados personales, pero no lo hizo. A pesar de su actitud hacia ella, seguía enamorada de Berman. Así pues dirigió toda su frustración y resentimiento contra Pia, la muy zorra.

10

Mansión de Zachary Berman, Boulder, Colorado
Lunes, 22 de abril de 2013, 20.20 h

George dejó escapar un silbido y sacudió la cabeza con incredulidad. Pia y él permanecían sentados en el coche de la joven, que había aparcado en el camino adoquinado que llevaba a la imponente mansión de madera de Berman.

—¡Menuda casa! —exclamó—. Parece más un hotel que una residencia particular. Ese rollo de la nanotecnología debe de ser un buen negocio.

Como Pia se había marchado a trabajar, él había dedicado el día a informarse en internet sobre la nanotecnología en general y los microbívoros en particular. Se había convertido en una especie de experto de salón. Incluso se había tomado la molestia de leer el artículo de Robert Freitas, ese que Pia había sugerido que le resultaría interesante.

—Es un gran derroche, porque su familia ni siquiera vive aquí —comentó Pia, que estaba tan impresionada como George, especialmente por la combinación de la obra rústica con los grandes techos a dos aguas. La casa, que se alzaba al final de una gran escalinata de piedra, dominaba el entorno como un castillo medieval.

—¿Te ha sorprendido la invitación? —preguntó George.

Se sentía desconcertado por el hecho de que lo hubieran incluido expresamente en ella. Desconocía qué papel desempeñaba

Berman en la vida de Pia y no sabía qué esperar. Tan solo estaba seguro de que, si las cosas se ponían feas, no podría competir al nivel de un hombre con los recursos de Berman.

—¿Que si me ha sorprendido? Me ha dejado de piedra —reconoció Pia.

Era lo último que se habría esperado, sobre todo teniendo en cuenta que había ignorado los cada vez más insistentes mensajes que su jefe le había enviado a lo largo del día anterior. Se había pasado toda la jornada preocupada por si Berman se presentaba de pronto en el laboratorio y se producía una confrontación. Pero no había sido así. De hecho, no lo había visto en todo el día y, cuando había preguntado por él, le habían contestado que estaba en un almuerzo con un grupo de invitados chinos recién llegados.

—Al principio —prosiguió—, intenté rechazarla, pero Mariel me dejó bien claro que se trataba de una orden. Además, ella ha estado insoportable conmigo, más que nunca. Era como si le hubiera estropeado alguno de sus experimentos, cosa que no he hecho. Me ha repetido al menos una docena de veces que no me olvidase de la cita de esta noche, y también ha demostrado mucha curiosidad hacia ti: «¿Se lo está pasando bien tu amigo?», «¿Qué le ha parecido tu apartamento?», «No te olvides de que el señor Berman quiere conocerlo…».

—¿Y tú no sabes por qué quiere conocerme? La verdad es que estoy un poco nervioso.

—No, George, no tengo ni idea de por qué quiere vernos a los dos. Pero te digo una cosa: me alegra que estés conmigo. Si no fuera así, no me habría acercado a menos de un kilómetro a la redonda de este lugar.

—¿Por qué lo dices?

—No te lo había contado porque no quería preocuparte, pero entre Berman y yo hubo un pequeño encontronazo antes de su último viaje. Ocurrió tras una cena de lo más inocente. Te lo explicaré en pocas palabras: Berman y yo compartimos unas cuantas citas profesionales. De repente todo cambió, y no porque yo hiciese algo para provocarlo. Decidí no volver a verlo a solas, así de sencillo. Sigo respetándolo como el emprendedor visionario que es y por lo que ha conseguido en el campo de la nanotecnología, pero no me mudé a Boulder para complicarme con una relación, y menos con un hombre casado.

George asintió. Al ver el coche de Pia y el extraño comportamiento de Mariel hacia ella no le había costado imaginarse que entre su amiga y Berman había habido algo. Agradeció su franqueza, pero no pudo evitar preguntarse si le estaría contando toda la verdad.

—En fin —siguió diciendo ella—, me alegro de que estés conmigo porque tenía curiosidad por conocer este sitio. He oído hablar de él muchas veces durante los descansos, pero jamás pensé que llegaría a verlo. Que no quiera una relación con mi jefe no significa que él no me interese como persona. Es un personaje único que ha contribuido enormemente a la ciencia médica, igual que Rothman, aunque no de la misma manera.

George sonrió para sus adentros. El mero hecho de que Pia dijera que se alegraba de tenerlo allí justificaba de sobra su viaje a Colorado. Tal vez incluso hubiera sido una buena idea. Aquella mañana, cuando ella se marchó del apartamento sin decirle una palabra, se había convencido de lo contrario, y más aún cuando Pia reapareció por la tarde sin pedirle disculpas ni ofrecerle explicación alguna.

—¡Vamos! —exclamó Pia de pronto—. Salgamos del coche. Sabe que estamos aquí, hace diez minutos que nos abrió la verja. Intenta relajarte y pasarlo bien. Al contrario que a mí, se te da bien conversar. Además, ¿no decías que querías que saliéramos a cenar?

Se apeó del Volkswagen y George la siguió, aferrado a la botella de vino que había comprado para el anfitrión. Había pasado más de diez minutos examinando los tintos de la tienda de licores más cercana antes de decidirse por un Shyrah de Sonoma que le había costado más de cien dólares, un gasto que podía permitirse a duras penas.

Cuando llegó a lo alto de la escalinata, unos pasos por detrás de Pia, vio que Berman ya había abierto las enormes puertas de madera de la entrada y los esperaba en el umbral. Iba vestido con una chaqueta de seda italiana bastante ceñida y un jersey de cuello alto. A juzgar por las protuberancias que se marcaban en los lugares adecuados, George dedujo que hacía pesas. Su confianza en sí mismo se desmoronó. Aquel individuo no solo era rico, sino también apuesto.

—El doctor Wilson, supongo —lo saludó Berman cuando sus invitados alcanzaron la entrada.

A continuación lo miró de arriba abajo, como si estuviera examinando ganado. Al menos aquella fue la sensación que tuvo George, que llevaba unos vaqueros y una camisa de franela que, por comparación, le hacía parecer un paleto. La sonrisa de su anfitrión le resultó más cruel que sincera.

—Ese soy yo. Me alegro de conocerlo. Le he traído esto… —añadió, y le entregó la botella de vino envuelta para regalo.

Ambos se estrecharon la mano, Berman hizo pasar a George al interior y después se volvió hacia Pia.

—¿No habías estado nunca aquí?

—No —contestó ella, consciente de que no había sido más que una pregunta retórica.

Berman sabía perfectamente que era la primera vez que ella ponía los pies en su casa. Si Pia esperaba algo de sinceridad, aquella no era buena manera de empezar la velada. Por de pronto, ya le había sorprendido que Berman hubiera dedicado sus primeros comentarios a George.

—Es una casa espectacular.

Berman la besó castamente en ambas mejillas, al estilo europeo, y a continuación la condujo hacia el interior.

La joven no solía dejarse impresionar por los detalles materiales, pero incluso ella podía darse cuenta de que se trataba de una mansión impresionante. La entrada principal daba a un atrio cuyo techo se alzaba a una altura de dos pisos, hasta el tejado inclinado. Entre las vigas de madera el yeso era de color adobe.

El salón, que era todavía más grande y de techos más altos, estaba formado por un entramado de traviesas de madera talladas a mano que, según Berman, habían llegado directamente de Montana.

Cuando llegaron al centro de la sala, Pia ya había contado tres grandes chimeneas donde ardían troncos de más de un metro. El mobiliario era igualmente enorme y los sofás estaban tapizados en cuero color borgoña. Unos grandes cojines repartidos al azar remataban un ambiente acogedor. La única pared desprovista de chimenea era de cristal y se alzaba a lo largo de los tres pisos hasta el tejado a dos aguas. A un lado había un sofisticado sistema de música y entretenimiento que distribuía por toda la estancia el sonido de una discreta música clásica. Resultaba imposible decir con exactitud de dónde procedía.

Berman los llevó hasta la veranda que rodeaba toda la parte trasera de la casa. Desde allí se disfrutaba de unas magníficas vistas de los montes Flathead, bañados por la luz de la luna. Los invitó a sentarse en unas grandes mecedoras de madera y un sirviente apareció de inmediato para ofrecerles algo de beber. George se fijó en que su anfitrión había dejado la botella de vino que él había llevado en un discreto rincón.

—Ya conoces a la señorita Jones, Pia —comentó Berman cuando la secretaria hizo su oportuna aparición.

Al igual que su jefe, iba vestida con elegante sencillez. Llevaba el pelo echado hacia atrás y recogido en un moño del que no escapaba un solo cabello. Su cuerpo esbelto y tonificado llamaba la atención.

George se puso rápidamente en pie para las presentaciones. A pesar de que la veranda estaba poco iluminada, pudo apreciar lo impresionante que era aquella mujer, y se alegró de que Berman tuviera una novia tan atractiva.

—La señorita Jones es mi inapreciable ayudante y secretaria personal. Este es el doctor Wilson, que ha venido con Pia. Le he pedido a la señorita Jones que nos acompañe para equilibrar las parejas.

«Pues de novia nada», se lamentó George en silencio.

—Bienvenido a Boulder —lo saludó Whitney antes de sentarse a su derecha.

Pia y su jefe estaban a su izquierda. Berman acercó su asiento al de la joven y empezó a hablar con ella. George cogió el vaso de vodka con tónica que acaban de servirle y tomó un largo trago. Iba a necesitar una buena dosis de alcohol para sobrevivir a aquella velada.

—Gracias —le contestó a Whitney mientras esta cruzaba las piernas e invadía su espacio tanto con su cuerpo como con su perfume.

El chico aguzó el oído para intentar espiar lo que Berman le decía a Pia, pero hablaba en voz demasiado baja. Aun así, enseguida notó que ella se ponía tensa.

—Bueno, doctor Wilson, ¿qué le parece Los Ángeles?

A pesar de su curiosidad por la charla entre Pia y Berman, George notó que, sin ningún esfuerzo, Whitney lo envolvía cada vez más en su conversación. Sin duda, su escote desempeñaba un papel fundamental, pero lo más importante para él era que la mujer mostraba interés por lo que él tenía que contar y, a su vez, era una persona interesante. La joven contestó sus numerosas preguntas sobre Nano con un montón de datos que se sabía de memoria. Tan absorto estaba charlando con ella que no se percató de que le iban rellenando el vaso discretamente. Lamentó que la señorita Jones se levantara para ir a comprobar cómo iban los preparativos de la cena.

En aquel momento, Berman se puso en pie, se apoyó en la barandilla de madera y contempló el paisaje.

—Esto no se parece a Los Ángeles, ¿verdad, doctor Wilson?

—No, desde luego —repuso George tras lanzarle una breve mirada a Pia.

Ella le respondió poniendo los ojos en blanco, un gesto que él no alcanzó a interpretar.

—¿Le parece que es un buen lugar para especializarse en radiología? —quiso saber Berman.

—La formación es de primera, pero la ciudad no acaba de gustarme —respondió él.

—Quizá debería pensar en mudarse aquí, a Boulder —comentó Berman, que parecía hipnotizado por las montañas—. La Universidad de Colorado tiene un programa estupendo.

—No puedo negar que el entorno es precioso —contestó George.

Luego miró nuevamente a Pia y, moviendo tan solo los labios, le preguntó «¿Qué?». Ella se limitó a negar con la cabeza.

—He intentado que Pia me hablara sobre su secuestro —dijo Berman antes de volverse y mirar a George a los ojos—, pero al parecer prefiere no comentar el asunto. Sé que usted estuvo involucrado en el suceso, ¿qué puede contarme?

George intentó que su mente reaccionara deprisa, pero se dio cuenta de que estaba más bebido de lo que creía. Había reparado vagamente en que el nivel de su vaso no descendía jamás gracias a los atentos camareros, pero no le había dado importancia. No obstante, a pesar de su ligero aturdimiento, recordó lo mucho que aquel episodio afectaba a Pia y lo poco que le gustaba hablar de ello, incluso con él. Sabía que tendría que tener mucho cuidado para que ella no se enfadara.

—La verdad es que no sé gran cosa —farfulló atropelladamente.

—¡Venga ya! —exclamó Berman con un dejo de irritación—. Entiendo la reticencia de Pia, pero no la suya. ¿A usted también le resultó traumático?

—Sí, pero sobre todo porque Pia corrió peligro físico.

—Estoy segura de que el señor Berman no quiere oír nada de eso —terció Pia por primera vez.

—No, al contrario, me gustaría conocer todo lo que ocurrió. De hecho, lo que más me interesa es el uso de polonio 210 para asesinar a los investigadores. Como todo el mundo, había oído hablar de lo ocurrido en Londres. ¿Llegaron a averiguar de dónde habían sacado el material? Tengo entendido que el polonio 210 no es precisamente fácil de obtener.

—Así es —convino George, que consideró que aquella cuestión no podría herir la sensibilidad de Pia—. Se utiliza como detonador en las armas nucleares.

—No sé a qué viene tanto secretismo. Aquí fue un notición durante varios días. Tengo entendido, Pia, que el mérito de que descubrieran que habían empleado polonio fue tuyo.

—Era la única sustancia que explicaba todos los síntomas.

—No te otorgas el mérito que mereces. Leí que, en opinión de varios analistas, el razonamiento deductivo fue brillante. Verá, doctor Wilson, ese es el nivel de los científicos que tenemos aquí, en Nano.

Berman hablaba como si intentara fichar a Pia para su empresa, y aquello confundía a George, que sabía que Nano ya contaba con la lealtad de su amiga. Antes de que nadie pudiera responder, Whitney Jones anunció que la cena estaba lista.

Como era de prever, la comida resultó excelente. Berman no volvió a mencionar el asunto de Rothman, pero señaló con orgullo que todos los ingredientes eran de procedencia local, y se mostró especialmente locuaz acerca del solomillo de venado, que constituía el plato principal. A pesar de lo incómodo que se sentía en un entorno tan elegante y ajeno a él, George se dijo que Berman tenía todo el derecho del mundo a presumir de la carne porque, aunque conservaba un ligero aroma a caza, estaba exquisita.

Sin pensárselo mucho, se tomó varias copas de un vino tinto que sabía que era mucho mejor que el que él le había regalado a Berman. Hacia el final de la cena, el ligero aturdimiento que había notado antes se había intensificado. Cuando Pia y Berman se levantaron y salieron de nuevo a la terraza para observar las abundantes estrellas a través de un impresionante telescopio electrónico, George concentró su atención en Whitney, que se quedó con él como el epítome de la perfecta y atenta anfitriona.

—Bueno, ¿y de qué va todo esto? —le preguntó en tono confidencial tras inclinarse hacia ella.

Estaba lo bastante bebido para olvidar el sentido de la propiedad y la contención. Había una pregunta que le quemaba en los labios y había llegado a la errónea conclusión de que Whitney se había encaprichado de él.

—¿De qué va qué? —repuso ella en voz baja para seguirle el juego. Tuvo que reprimir una sonrisa—. ¿A qué se refiere?

—Mire, soy consciente de que he bebido más de la cuenta y Dios sabe que en circunstancias normales nunca me atrevería a preguntar algo así.

Tomó otro trago de vino.

—¿Algo como qué, doctor Wilson?

—¿Berman y Pia se acuestan?

Whitney rió por lo bajo.

—Se lo está preguntando a la persona equivocada. No sabría qué contestarle. ¿Y no es algo que debería responderle su amiga?

—Sí, claro, pero… Bueno, no sé si lo haría.

—¿Y eso por qué?

—Es muy cabezota, y eso por expresarlo con delicadeza. Ya me entiende. Odia que los demás se metan en su vida. Pero a mí me interesa saberlo, y no solo por celos. No me consta que haya tenido una relación íntima duradera con nadie.

—¿Ni siquiera con usted?

—Sí —repuso George, y se recostó en su asiento—, esa es una buena pregunta. —Se le trababa la lengua—. Me temo que yo también estoy incluido. Llevo cuatro años intentando perforar su caparazón.

—Lo lamento —dijo Whitney—. No debe de ser tarea fácil. Aplaudo su determinación.

—Sí, resulta difícil.

—Salgamos fuera —propuso ella de repente—. Hace una noche preciosa.

Se levantó y fue a reunirse con Pia y Berman.

George permaneció sentado durante unos minutos, ya convencido de que probablemente Berman se acostaba tanto con Pia como con Whitney. Se maldijo por haberle hablado de aquella manera a la joven. Incluso sin alcohol, sabía que el trato social no era uno de sus fuertes. La pregunta que acababa de hacerle se correspondía con el tipo de comportamiento pusilánime que Pia había intentado que abandonara, si no de palabra, sí con el ejemplo. Se sirvió un poco más de vino y se levantó para reunirse con los demás en el exterior. Estaba francamente mareado y tuvo que caminar más despacio de lo normal y apoyarse en los muebles para mantener el equilibrio.

En la terraza, Berman seguía presumiendo de su telescopio y había apagado las luces del salón para que las estrellas se vieran mejor. Cuando le llegó el turno, George se sintió impresionado, una vez más, a pesar suyo. Nunca había contemplado los anillos de Saturno, que resultaban claramente visibles. Tras observar otros cuerpos celestes, incluyendo una lejana galaxia en forma de espiral, se situó junto a Pia. El alcohol no solo le había soltado la lengua, sino que lo había vuelto más efusivo, incluso posesivo.

—Ha sido una velada realmente encantadora, pero creo que deberíamos volver a casa —soltó de repente.

Se atrevió a pasarle un brazo por la cintura a Pia y se sorprendió cuando ella no se esforzó por zafarse, como de costumbre. Si Berman se fijó en el gesto, no lo demostró. Whitney, por su parte, le hizo un discreto gesto de aprobación.

—La noche todavía es joven —objetó Berman.

—La verdad es que es tarde —intervino Pia. En su opinión, ya llevaban allí demasiado tiempo—. Además, como bien sabe, señor Berman, yo tengo mucho que hacer.

—Zachary, mi nombre es Zachary, o Zach.

—Muy bien, Zachary. Gracias por la maravillosa cena. Y a usted también, señorita Jones.

—De nada. Ha sido un placer.

George no se movió hasta que Pia se encaminó hacia la puerta con Whitney. Berman esperó a George, que se tomó su tiempo para superar el peldaño de la terraza y cruzar el salón a oscuras.

—¿Volveremos a verle por aquí? —le preguntó Berman.

—Nunca se sabe —repuso él enigmáticamente.

Cuando llegaron a la puerta, el joven se despidió de Whitney dándole un beso en la mejilla y ella le dijo que había sido un placer conocerlo. Después George le estrechó la mano a Berman, cogió a Pia del brazo y bajó la escalinata de piedra fingiendo que era él quien la ayudaba a ella. Una vez llegaron al coche, los dos se dieron la vuelta y miraron hacia la casa. Berman y Whitney, de pie en la puerta, los saludaron con la mano.

—Una cena y una pareja de lo más extraño —comentó George.

Se encaramó al vehículo y se dejó caer sobre el asiento con un gran suspiro, como si estuviese agotado.

—¿Estás borracho? —preguntó Pia.

—Desde luego. Era la única manera de sobrevivir a una velada así.

—Has estado muy...

—Borracho, eso es lo que he estado. Y lo sigo estando. Vamos, Pia, estamos otra vez sentados en el coche como un par de pasmarotes. Salgamos de aquí de una vez.

11

De camino al apartamento de Pia, Boulder, Colorado
Lunes, 22 de abril de 2013, 22.45 h

Al principio, George se mantuvo en silencio en el coche. Estaba ahíto de comida y vino, y el movimiento del vehículo no le estaba haciendo ningún favor a su estómago. Le pasó el brazo izquierdo por los hombros a Pia y, aunque no se acercó a él, la joven tampoco evitó el contacto. La velada había sido tensa, así que estaba cansado y todo le daba vueltas. Tenía la impresión de que Berman había organizado cuidadosamente la cena para monopolizar a Pia mientras dejaba que Whitney empleara sus considerables encantos con él. Seguía enfadado consigo mismo por la pregunta que le había hecho a la señorita Jones. Miró a Pia con expresión culpable, pero ella estaba concentrada en conducir por la oscura y serpenteante carretera. Como de costumbre, estaba preciosa. Se preguntó si Whitney le contaría a Berman lo que él le había confesado. Si lo hacía y este se lo decía a Pia, todo aquello le costaría caro.

—¿De qué hablabais Berman y tú? —preguntó.

—¿Cuándo?

—Pues toda la noche. Está claro que ha monopolizado tu atención.

—De asuntos de trabajo, sobre todo, salvo cuando ha intentado que le cuente lo de Rothman y el secuestro.

—También ha tratado de tirarme de la lengua a mí.

—Lo sé. Lo he oído, y debo felicitarte por lo bien que has manejado la situación. Gracias.

—De nada.

—También me ha hecho unos cuantos cumplidos por mi trabajo con los microbívoros en el terreno de la inmunología.

—No me sorprende. Son merecidos —repuso George. A continuación sacudió la cabeza para intentar librarse del aturdimiento.

—También me ha dicho que quiere que vuelva a trabajar en el problema del flagelo del que te hablé, que es para lo que en realidad me contrataron.

—¿Se te ha ocurrido alguna idea?

—La verdad es que sí. De hecho, le he estado dando vueltas mientras hablaba con Berman. He pensado que podría programar los microbívoros que enviamos a combatir las bacterias flageladas para que las conviertan en una bola. ¿Entiendes lo que quiero decir?

—Me temo que no.

George se llevó la mano a la frente. Su frescura lo alivió. Empezaba a dolerle la cabeza.

—Ya te he explicado que los microbívoros cuentan con instrucciones vinculantes contra las bacterias hacia las que los enviamos. Pues bien, mi idea consiste en programarlos para que las enrollen unas cuantas veces sobre sí mismas antes de introducírselas en la cámara digestiva. De ese modo, los flagelos quedarían enredados sobre las bacterias y serían digeridos al mismo tiempo que el resto. Creo que es una idea genial. Mi única preocupación es la cantidad de código que requerirá. ¿Qué opinas?

—Suena bien —contestó George, a pesar de que le estaba costando concentrarse.

Lo que realmente deseaba era preguntarle a Pia si había tenido una aventura con Berman, tal como le había sugerido Whitney, pero no se atrevía.

—Me ha dado la impresión de que Berman también piensa que es buena idea, pero él no es un hombre de ciencia. Lo suyo es recaudar dinero, y por lo que parece se le da muy bien. Me ha dado a entender que ha encontrado una fuente de financiación prácticamente ilimitada. Es extraordinario.

—Da la impresión de que os entendéis bien.

Pia le lanzó una mirada furibunda, pues su comentario demostraba que estaba celoso.

—Lo mismo digo de la señorita Jones y de ti. Es muy guapa, ¿verdad?

—No está mal.

—¿Que no está mal? George, ¡es una mujer deslumbrante! Y la has tenido toda la noche para ti.

—Creo que Berman pretendía sonsacarme a través de ella —dijo el joven en un susurro.

—¿Sobre qué?

—Sobre nosotros. Habría resultado indecoroso que me lo preguntara él mismo. Me da la sensación de que es de los que guarda las apariencias, así que le ha pedido a su secretaria que me hiciera unas cuantas preguntas.

—Pues no me ha parecido que el interrogatorio de Whitney te molestase.

—Tienes razón, no me ha molestado.

A George se le pasó algo por la cabeza: ¿estaría Pia celosa, aunque solo fuera un poco?

—¿Y te ha preguntado sobre nosotros?

—No directamente.

—Espero que no le hayas contado gran cosa, sobre todo nada personal.

—No, claro que no —mintió George. Estaba intentando recordar qué había dicho con exactitud, tarea nada sencilla. Fuera lo que fuese, en aquel momento deseó no haber abierto la boca.

—Berman se ha disculpado por el incidente que te conté antes.

—Me alegro. ¿Qué te ha dicho exactamente?

—Que lo sentía, que había estado sometido a mucha presión

para cerrar el acuerdo de financiación y que había bebido demasiado. Luego añadió que quiere que nuestra relación empiece de cero, porque aprecia mucho mi contribución a Nano.

—¿Le crees?

—Más o menos. Pero no tanto como para tener encuentros sociales sin que tú estés cerca. De todas maneras, después me ha dicho algo que me ha parecido interesante, algo que ya sospechaba.

—¿Qué? —preguntó George. Se irguió en su asiento e hizo un esfuerzo por aclararse la cabeza.

—Ha reconocido que su interés por la nanotecnología en general y los microbívoros en particular proviene de razones personales muy poderosas, y que eso es lo que lo ha empujado a buscar tal financiación. Cree que es posible que los microbívoros controlen, prevengan o curen el Alzheimer. Al parecer su madre lucha contra esa enfermedad en un centro asistencial cercano.

—Muy noble por su parte.

Pia apartó los ojos de la carretera durante un instante y miró brevemente a George.

—¿Estás siendo sarcástico?

—No lo sé —admitió el joven—. He bebido demasiado.

Minutos más tarde, Pia entró en el aparcamiento de su complejo de apartamentos. Se apeó del coche y echó a andar dejando a George atrás. El aire fresco de la noche vivificó al joven, que se entretuvo tanto como pudo en el exterior. Una vez en el apartamento, bebió tres vasos de agua seguidos y se tomó un par de ibuprofenos para prevenir un dolor de cabeza que, sin duda, iba en aumento.

Cuando volvió al salón, la puerta del dormitorio de Pia ya estaba cerrada. Vio que aún tenía la luz encendida. Suspiró y empezó a desvestirse. Ante él se extendía otra incómoda noche en el sofá.

Entonces la puerta del dormitorio de Pia se abrió y la joven apareció en el umbral.

—Gracias por venir para que pudiera conocer la casa de Berman. Lo he pasado bien.

—El placer ha sido mío. —George intentó establecer contacto visual, pero Pia apartó la mirada.

—¿De verdad tienes que marcharte mañana?

—Sí. Solo he podido cogerme dos días libres.

Tras un silencio embarazoso, ella lo miró brevemente a los ojos.

—¿Por qué no entras? No me parece justo hacerte dormir otra vez en el sofá —dijo un instante antes de desaparecer.

George, medio vestido, medio desnudo, se apresuró a llegar al dormitorio. No quería que Pia cambiara de opinión. Entonces sí que deseó no haber bebido tanto.

12

No había sido la mejor de las mañanas para Pia. Primero había tenido que despertarse más temprano que de costumbre para acompañar a George a la estación de autobuses, donde cogería el que llevaba al aeropuerto de Denver. La joven aborrecía las despedidas, sobre todo las que podían acabar en lágrimas, así que no le gustó que George tratara de alargarla quedándose sentado en su coche. Al final había llegado a agradecer su visita, especialmente porque le había permitido conocer la casa de Berman y asegurarse de que su jefe se enteraba de que tenía novio. Sin embargo, la noche anterior, cuando volvieron de la cena y ella lo invitó a su dormitorio para acostarse con él, George fue incapaz de responder por culpa de todo el alcohol que había bebido. Así que se alegraba de que tuviera que marcharse ya, pero no era capaz de conseguir que se bajara del coche. Estaba impaciente por volver al trabajo y preguntarle a alguno de los programadores de Nano si su solución mecánica al problema del flagelo era factible. Cuando al fin George se bajó del Volkswagen, Pia se marchó a toda velocidad para impedir que le hiciera prometer de nuevo que respondería a sus mensajes y que iría a verlo a Los Ángeles.

Por si la despedida de George no hubiera sido suficiente, la primera parte de su jornada laboral había resultado decepcionante. Primero descubrió que ninguno de los programadores asociados al proyecto de los microbívoros estaba disponible al menos hasta el día siguiente, y tal vez ni siquiera pudieran atenderla a lo largo de toda la semana. Después, Mariel siguió mostrándose tan resentida como el día anterior. Pia tenía que trabajar estrechamente con ella, y aquello no era fácil cuando Mariel estaba de mal humor.

Pero lo peor de la mañana fue la repentina aparición de Berman, que llegó de un humor desacostumbradamente jovial y hablador. Para disgusto de Pia, dio la sensación de que los acontecimientos de la noche anterior no habían acabado con su empeño por establecer una relación social con ella. La joven tenía la esperanza de que al presentarse con un novio le hubiera transmitido el mensaje adecuado a Berman, pero al parecer no había sido así. Es más, a pesar de la presencia de Mariel, Berman parecía más lanzado que nunca, y aquello hizo que Pia se preguntara qué le habría contado George a Whitney Jones durante la cena.

Berman la había invitado a una cena informal con la delegación china e incluso a ir al cine en algún momento del fin de semana. Pia se había excusado en ambas ocasiones diciendo que iba a estar muy ocupada atendiendo a su invitado, pero aquella no resultó ser una disculpa apropiada, pues Berman le contestó diciendo: «Pero ¿no se ha ido esta mañana a Los Ángeles?».

La joven había intentado cubrirse las espaldas lo mejor que había podido, y Berman se lo había puesto fácil buscándole el lado humorístico a la situación y echándose a reír. «Vas a tener que inventarte algo mejor. Y ten esto en cuenta a la hora de decidirte: te prometo que no volveré a ponerme tan pesado como la última vez. Palabra de honor —le había dicho alzando la mano como si estuviera realizando un juramento—. No tienes que responderme ahora mismo —añadió—. Piénsatelo. Solo quiero mostrarte mi gratitud por tu contribución a Nano. Sin compromisos.»

Pia accedió a pensarse lo de las invitaciones, pero se sintió como una tonta por no haberse imaginado que George acabaría yéndose de la lengua por culpa de la bebida.

Cuando por fin dieron las doce y despejó su banco de trabajo del laboratorio, se sintió aliviada de poder salir a correr un rato. Aquella era otra de las facetas de la nueva Pia, la mujer que se había aficionado al deporte y el ejercicio al aire libre, tal como fomentaba la política de vida sana de la empresa. Si los empleados hacían ejercicio y no fumaban, la prima del seguro médico era significativamente más baja.

Siempre que podía y el clima se lo permitía, se ponía la ropa de deporte de la empresa, cubierta casi por completo con el logotipo de Nano, y salía a correr durante alrededor de una hora en mitad de la jornada. Como persona de costumbres que era, siempre utilizaba el mismo camino de tierra que ascendía por la montaña y se alejaba del complejo.

El ejercicio la ayudaba a centrarse. Aquella mañana en particular se concentró en mantener un ritmo constante y en los actos físicos de correr y respirar. Tanto su trabajo como los obvios y diferentes problemas que Berman y George le planteaban pasaron a segundo plano. Inhalando el aire fresco, aumentó el esfuerzo y comenzó a disfrutar de las sensaciones que le transmitían sus cuádriceps, tendones y pantorrillas. Había salido el sol y, a más de mil quinientos metros de altura, notaba su fuerza en el rostro.

La carrera le estaba yendo especialmente bien, así que le echó un vistazo a la aplicación para correr del iPhone que llevaba sujeto en el brazo derecho. Tenía el GPS encendido, así que la aplicación le indicaba su posición y establecía un registro de tiempos y distancias. Pasó ante un viejo abeto que utilizaba como referencia y vio que estaba haciendo un gran tiempo. El deporte la sosegaba. Era como si no tuviera nada de qué preocuparse en este mundo.

Fue entonces cuando divisó el cuerpo de un hombre tendido en el camino boca abajo, con los brazos en cruz y las piernas estiradas, como si lo hubieran crucificado y después bajado al suelo en la misma postura. No se movía. El pulso de Pia, que hasta el momento se había mantenido estable a un ritmo moderado, se aceleró de repente. Su instinto le decía que el hombre tenía problemas, y su primer pensamiento fue si estaría en situación de echarle una mano. Había estudiado medicina, pero en lo que a las urgencias se refería, su formación solo le servía para ser consciente de lo mucho que ignoraba. A ser médico de verdad se aprendía durante la residencia, y Pia aún no la había cursado. Sabía muy bien que existía una razón por la que una persona todavía en formación no podía obtener una licencia para ejercer hasta que hubiera alcanzado un cierto nivel de educación médica.

Controló su nerviosismo lo mejor que pudo y corrió a arrodillarse junto al desconocido, que iba vestido con la misma ropa de deporte que ella. Era asiático. Tras comprobar con rapidez que no respiraba y que al parecer no tenía pulso en la muñeca, le dio la vuelta y lo zarandeó para intentar reanimarlo. Acto seguido se inclinó sobre él y le acercó el oído a la boca. Ya no cabía duda, ¡aquel hombre no respiraba! Vio que tenía la boca entreabierta y un poco de espuma en las comisuras de los labios. Aquello le hizo pensar que quizá hubiera sufrido un ataque.

Sin perder ni un segundo, puesto que sabía que el tiempo era vital, le buscó el pulso nuevamente y no lo encontró. Entonces le golpeó el pecho con la palma de la mano en varias ocasiones. Recordaba aquella maniobra de alguna de sus clases. De lo que no se acordaba era de para qué servía, pero la realizó de todas formas. Al cabo de unos segundos cogió el móvil para llamar a emergencias y pedir ayuda. Gracias al GPS de su teléfono pudo facilitarles su situación exacta tras explicarle al operador que acababa de toparse con un desconocido que estaba inconsciente y que no tenía ni pulso ni respiración. Su último comentario fue que no sabía cuánto tiempo llevaba tendido junto al camino en aquel estado.

Cuando le aseguraron que enviarían una ambulancia, comenzó a practicarle la reanimación cardiopulmonar. Lo primero que hizo fue aplicarle treinta compresiones pectorales con la parte trasera de las manos entrelazadas. Al menos recordaba el procedimiento básico. Se aseguró de que las compresiones alcanzaran una profundidad de cuatro centímetros como mínimo. No le resultó difícil. El hombre estaba delgado, debía de rondar los cuarenta y parecía en buena forma, por lo que era flexible. Su intención era bombear manualmente sangre a través de las válvulas de su corazón para que llegara al sistema y mantuviera con vida el cerebro del hombre hasta que pudieran reanimarle con un desfibrilador.

Tras treinta compresiones, se detuvo. Le tapó rápidamente la nariz, combatió su reticencia a pegar su boca a la de la víctima y empezó a insuflarle aire. Comprobó que el pecho se hinchaba correctamente. Lo repitió dos veces y reanudó las compresiones. Aplicó treinta más y volvió a repetir las respiraciones no sin antes buscarle el pulso en la muñeca una vez más. No lo encontró, de modo que le levantó la manga del brazo derecho para buscarlo en la vena del codo y lo que vio la impactó. El desconocido tenía una serie de números tatuados en el antebrazo. A Pia le recordaron a los de las víctimas de los campos de concentración nazis. Apartó aquel pensamiento y siguió adelante.

Para su sorpresa, en el codo sí le pareció notar una leve pulsación. Animada, probó en la arteria carótida. ¡Allí había un latido! Era leve y acelerado, pero una buena señal si la circulación conseguía hacer llegar oxígeno al cerebro. Al ponerle la mano en el cuello, notó otra cosa: aunque no había rastro de sudoración en su frente, el hombre tenía la piel caliente. Se le ocurrió que tal vez hubiera sufrido un golpe de calor a pesar de las bajas temperaturas.

Sin embargo, lo contradictorio de los síntomas la confundía. Además del complicado cuadro cardíaco del hombre, Pia le detectó en el brazo lo que parecían picaduras de insecto o quizá una urticaria. A juzgar por los restos que había en el suelo, también estaba claro que había vomitado. Se preguntó si, a pesar del débil pulso, el hombre no estaría a punto de morir a causa de un shock séptico provocado por su elevada temperatura.

Se inclinó de nuevo para reanudar la respiración artificial, pero al intentar insuflarle aire notó una inesperada resistencia. Para su asombro, el desconocido empezó a respirar por su cuenta. Incluso tosió. Pia le tomó el pulso en la muñeca. Era más fuerte y regular. Entonces el hombre abrió los ojos.

Como si se despertara de un profundo sueño, miró a Pia con evidente sorpresa y la agarró del brazo. La zarandeó como si su presencia lo desconcertara y quisiera asegurarse de que era real. Empezó a hablar a toda prisa en un idioma que Pia supuso que era chino. A continuación se apoyó en ella para intentar incorporarse, pero solo lo consiguió a medias y tuvo que tumbarse de nuevo. La joven estaba bloqueada, como si se estuviera enfrentando a un fantasma. Había sido una recuperación repentina: hasta donde ella era capaz de entender, el hombre estaba muerto y, un instante después, estaba vivo y coleando. No paraba de mirar en todas direcciones. Parecía aterrado.

—No pasa nada —le dijo Pia para intentar tranquilizarlo.

Miró el reloj y se preguntó cuánto tiempo habría estado el hombre sin respiración y en estado de parada cardíaca. Ojalá la ambulancia llegara pronto.

El corredor intentó incorporarse de nuevo y, al ver que no era capaz, volvió a hablar rápidamente. ¿Qué estaría intentando decirle? No tenían una lengua común, pero por su expresión comprendió que el miedo que sentía iba en aumento.

—Tranquilo, no pasa nada —le repitió—. La ambulancia está a punto de llegar. Intente tumbarse y permanecer inmóvil.

Sabía que era normal que las personas que acababan de superar una crisis médica estuvieran nerviosas, pero aquello era diferente. Aquel hombre intentaba levantarse y marcharse. ¿De quién tenía tanto miedo?

A Pia le preocupaba que pudiera sufrir una segunda parada cardiorrespiratoria, pues no se había hecho nada para aliviar lo que le había provocado la primera. Aun así, el desconocido parecía más alerta por momentos. Cuando oyó la sirena de la ambulancia que se acercaba, pareció asustarse aún más y empezó a negar con la cabeza.

—¡No! ¡No! —le dijo a Pia. Aquellas eran sus primeras palabras en inglés—. ¡Por favor!

Se sentó y en aquella ocasión consiguió mantenerse erguido.

—No pasa nada —repitió Pia con calma y poniéndole la mano en el hombro—. No pasa nada, estará a salvo.

La ambulancia llegó acompañada de un coche de la policía de Boulder. Ambos frenaron bruscamente. Dos enfermeros y un agente corrieron junto al desconocido y se sorprendieron al hallarlo incorporado y mirando con nerviosismo a un lado y a otro.

—Soy médico —se apresuró a decirles Pia—. No ejerzo, pero soy médico. Había salido a correr y me lo he encontrado tendido en el camino sin respiración ni pulso. Le he estado reanimando hasta que he conseguido restablecer un pulso muy débil. Luego se despertó bruscamente. Pensé que se encontraría bajo algún tipo de shock, pero ahora parece bastante estable.

El corredor parecía más inquieto con la llegada del policía y los enfermeros. Hablaba en voz alta, gesticulaba frenéticamente e intentaba ponerse en pie una y otra vez, pero Pia lo mantenía sentado en el suelo sujetándolo por el hombro.

—Señor, tranquilícese —le dijo uno de los enfermeros—. ¿Qué le ocurre?

—Creo que no habla mucho inglés —le explicó Pia—. Está muy alterado.

—Eso es evidente —contestó el otro—. No podemos llevarlo al hospital si se niega a ir. No sé, pero parece que está bien.

—Tiene que ir. No sé cuánto tiempo ha estado sin respiración. Tenemos que comprobar sus funciones cerebrales y averiguar por qué se le ha parado el corazón. Se lo repito, cuando lo encontré, este hombre estaba muerto.

—Bill tiene razón —intervino el policía señalando al enfermero—. Si se niega a recibir tratamiento…

—Creo que trabaja en la misma empresa que yo, Nano. Habrán oído hablar de ella, ¿no?

—Claro —repuso el policía.

—Como pueden ver, lleva la misma ropa de deporte que yo. La empresa facilita este equipamiento a todos sus empleados.

El sanitario llamado Bill se acercó al hombre para tomarle la presión, pero el corredor soltó un grito e intentó zafarse de Pia.

—Estamos intentando ayudarlo —le dijo ella—. Tenemos que llevarlo a un hospital.

Pia, que había estado arrodillada junto al hombre, se levantó. Al verse libre de la mano de la joven, el desconocido intentó ponerse en pie, pero le fallaron las piernas. Dejó de oponerse con tanta firmeza.

—Yo lo acompañaré —le dijo Pia, que se señaló primero a sí misma, luego a él y después a la ambulancia tras fingir que agarraba un volante imaginario.

Luego indicó el logotipo de Nano que llevaba en la ropa y a continuación el de él. El hombre asintió como si comprendiera. Los enfermeros intentaron que se tumbara en la camilla que habían desplegado, pero él se negó e insistió en que lo ayudaran a ponerse en pie. Los dos paramédicos lo ayudaron a subir a la ambulancia y, una vez dentro, lo ataron a la camilla. El hombre ya había dejado de resistirse, pero Pia vio que el miedo no había abandonado su mirada. Subió a la parte trasera con él cuando el conductor se puso al volante.

La ambulancia arrancó y empezó a bajar la montaña. Si bien el paciente estaba más tranquilo que hacía un rato, se notaba que aún seguía nervioso. Pia se preguntó de qué tendría tanto miedo y, si realmente trabajaba en Nano, en qué departamento lo hacía. No tenía aspecto de científico, pero ¿qué sabía ella? Solo parecía capaz de articular un par de palabras en inglés y tenía todo el aspecto de ser un extranjero en tierra extraña. Le cogió la mano para intentar tranquilizarlo, y él se lo agradeció dándole un ligero apretón a modo de respuesta.

13

Camino del Hospital Boulder Memorial, Boulder, Colorado
Martes, 23 de abril de 2013, 12.55 h

Pia continuó intentando comunicarse con el corredor mientras la ambulancia descendía la montaña a trompicones camino del centro de Boulder. El paramédico que los acompañaba aprovechó que Pia estaba distrayendo al paciente para tomarle el pulso, la presión y la temperatura.

—¿Trabaja en Nano? —le preguntó Pia al corredor—. Yo trabajo en Nano —añadió al tiempo que se ponía la mano abierta sobre el pecho.

Por desgracia, sus intentos no obtuvieron respuesta alguna.

—¡Madre mía! —exclamó el sanitario, que miraba con sorpresa la lectura del termómetro—. ¡Está a casi cuarenta de fiebre! —Como si no se creyera lo que estaba viendo, le puso la mano en la frente al enfermo—. El termómetro debe de estar bien. ¡Está ardiendo!

—¿Y qué me dice del pulso y la presión? —preguntó Pia. Tras haberlo tocado, ya se imaginaba que el hombre tendría fiebre.

—Totalmente normales —contestó el enfermero.

—¿No podría haber sufrido una insolación? ¿Qué le parece si procuramos enfriarlo un poco?

El paramédico comunicó las constantes vitales del paciente al conductor para que avisara a los médicos del servicio de emergencias del hospital, luego cogió una bolsa de hielo y se la ofreció al corredor. El hombre lo miró sin comprender qué debía hacer. El enfermero le demostró cómo funcionaba aplicándosela en su propia frente y a continuación volvió a ofrecérsela. El desconocido se la puso en la cabeza y pareció agradecer el frío.

—No lo entiendo —le comentó Pia al sanitario—. Debe de trabajar en Nano, igual que yo, pero no habla una sola palabra de inglés. Por cierto, me llamo Pia.

—Yo me llamo David, y el que conduce es Bill. Encantado.

—¿Cuánto falta para llegar al hospital?

—Unos diez minutos —contestó David, y después lo confirmó con el conductor.

Pia abrió el cierre de velcro y se quitó el iPhone del brazo. Marcó un número. Mientras se establecía la llamada tuvo que apoyarse contra la pared a causa de los saltos y bandazos que iba dando la ambulancia. No llevaban puesta la sirena porque no había tráfico y el paciente parecía hallarse sorprendentemente estable.

—Mariel, soy Pia. Te llamo desde el móvil. He salido a correr y me he encontrado con un hombre vestido con la ropa de deporte de la empresa y desplomado en el suelo.

—¿Un hombre? ¿Quién es? ¿Está consciente? ¿Dónde se encuentra ahora? —Mariel se mostró extrañamente angustiada.

—No sé cómo se llama. Está consciente, pero no habla inglés y tampoco lleva encima identificación alguna. Ahora mismo estamos en una ambulancia y vamos camino del hospital.

Al otro lado de la línea se hizo el silencio y Pia tuvo que mirar la pantalla del teléfono para ver si la llamada se había cortado. Pero no, al parecer la señal era buena.

—¿Estás ahí, Mariel?

—Pia, escúchame, esto es muy importante. ¿A qué hospital os dirigís?

—Un momento. David, ¿a qué hospital vamos?

—Al Boulder Memorial de Aurora —contestó el chico.

—Al Boulder Memo…

—Sí, ya lo he oído. El Boulder Memorial. ¿Cómo está el hombre en estos momentos? ¿Se encuentra consciente?

—Sí, pero también desorientado y paranoide. Como te he dicho, el problema es que no habla nada de inglés.

—De acuerdo. Te diré lo que haremos: nos veremos en el hospital. Intentaré llegar lo antes posible. Escucha, Pia, no dejes que los de Urgencias le pongan la mano encima. No están cualificados. Te lo repito, que nadie intente examinarlo. ¿Me has entendido?

—Te he oído, Mariel, pero no, no te entiendo. Cuando lo encontré llevaba en parada cardíaca Dios sabe cuánto tiempo. No tenía respiración ni pulso. Ahora respira, pero van a tener que examinarlo. No hacerlo sería negligencia. ¿Qué quieres que les diga exactamente?

Mariel no respondió, de modo que Pia volvió a mirar la pantalla. La línea se había cortado. Como no estaba segura de por qué habían perdido la conexión, intentó llamar de nuevo pero le saltó el buzón de voz. Al parecer Mariel había colgado sin más.

Se sujetó de nuevo el iPhone en el brazo. ¿De verdad Mariel le había dicho que nadie debía examinar a aquel hombre? Miró al corredor, que seguía comportándose con miedo. Mientras ella hablaba por teléfono, el enfermero había intentado hacerle un electrocardiograma, pero él se había arrancado los cables. Ni siquiera había permitido que David le quitara la sudadera o le pusiera una vía intravenosa. Lo único bueno era que ya no intentaba bajarse de la camilla ni desatarse la cinta que lo sujetaba por el abdomen.

David se sentó en una silla junto al hombre. Por el momento se conformaría con llegar al hospital sin intentar nada más, pues el desconocido no parecía tener más problema médico que su extrema ansiedad. La bolsa de hielo debía de haberle aliviado, porque seguía con ella en la cabeza.

La agitación del corredor aumentó cuando la ambulancia llegó al hospital y avanzó marcha atrás hasta la plataforma de descarga. Empezó a farfullar para sí y a mirar de un lado a otro como si fuera un animal enjaulado. A duras penas consiguieron trasladarlo a Urgencias en una silla de ruedas. Una vez allí, lo metieron en un cubículo aislado porque su estado febril indicaba que podría tener algo contagioso. Pero el corredor había alcanzado su límite y empezó a desabrocharse la cincha que lo retenía. Cuando se lo impidieron, soltó un torrente de imprecaciones en chino. No permitía que las enfermeras se le acercaran y solo se calmó un poco cuando Pia, que se había mantenido a una prudente distancia, se acercó a él.

Una de las enfermeras se apiadó de la temblorosa joven y le dio una bata blanca para que se la pusiera encima de la ropa de deporte. El aire acondicionado de la sala de Urgencias mantenía la temperatura por debajo de los veintiún grados. La mujer también le explicó que habían solicitado la presencia de un intérprete de mandarín, pero que por desgracia el único del que disponían tenía el día libre y tardaría alrededor de una hora en llegar.

Pia estaba de pie junto a la cama del hombre procurando tranquilizarlo cuando entró el médico a cargo del turno de urgencias. Una de las enfermeras le dijo que lo habían avisado porque el doctor había dado órdenes estrictas de que lo llamaran siempre que ocurriera algo fuera de lo normal. En aquel caso, se trataba de la dificultad de comunicación. Los paramédicos lo habían informado antes incluso de que la ambulancia llegara al hospital.

Pia se llevó una sorpresa. Por su experiencia en la Facultad de Medicina de Columbia, estaba acostumbrada a médicos de urgencias agobiados y hechos un desastre. Por lo general siempre andaban ojerosos, iban vestidos con batas arrugadas y lucían barba de dos días en el caso de los hombres y el pelo alborotado como si acabaran de llegar en un descapotable en el de las mujeres. A lo largo de los pocos minutos que llevaba en las Urgencias del Boulder Memorial, ya había visto a varios médicos que encajaban con aquella descripción.

Pero aquel hombre era todo lo contrario. No llegaba a los cuarenta, era alto y esbelto y estaba bien proporcionado. Tenía aspecto de deportista, y más adelante Pia tendría ocasión de comprobar que, en efecto, lo era. Iba impecablemente arreglado, y lucía el bronceado propio de quien hace ejercicio al aire libre.

Bajo su bata blanca como la nieve llevaba una camisa limpia y almidonada con una bonita corbata de seda perfectamente anudada. Unos gemelos le asomaban bajo las mangas de la chaqueta y las gafas modernas le conferían cierto aire intelectual. Su voz era firme, tranquila y transmitía seguridad. Se hizo cargo de la situación y Pia se quedó impresionada. Pocos hombres le resultaban atractivos, pero aquel era uno de ellos.

—¿Qué tenemos aquí? Un pequeño misterio, según me han dicho. Alguien que parecía estar muerto y que ahora está impaciente por marcharse de aquí. —Estudió rápidamente el historial del hombre, que estaba prácticamente en blanco. Luego se volvió hacia Pia—. Soy el doctor Paul Caldwell. Tengo entendido que fuiste tú quien lo encontró.

—Sí. Me llamo Pia.

—Y me han dicho que eres médica.

—Más o menos —repuso ella, que no deseaba dar una falsa impresión—. Me gradué en la Facultad de Medicina de Columbia, pero todavía no he hecho la residencia porque me dedico a la investigación.

—Muy bien —dijo Caldwell—. Háblame del paciente.

—Lo encontré mientras corría. Al parecer él estaba haciendo lo mismo cuando se desplomó. Al llegar junto a él comprobé que no respiraba ni tenía pulso. Como no sabía cuánto tiempo llevaba en ese estado, le hice un masaje cardiorrespiratorio. Lo que me sorprendió fue que tenía la piel muy caliente y una especie de urticaria en los antebrazos. Al cabo de unos minutos volvió en sí y pareció recuperarse de una manera extraordinariamente rápida. Estaba inconsciente y, un instante después, despierto por completo. Desde entonces ha estado muy agitado.

—¿No sabemos nada más?

—Nada. No habla inglés y yo no tengo ni idea de mandarín, que creo que es lo que habla él.

Paul sonrió. Pia le resultaba interesante, sobre todo porque su belleza era de las más exóticas que había visto jamás. Intentó averiguar cuáles podrían ser sus orígenes, pero no fue capaz. Su mejor suposición fue que debía de ser medio norteafricana y medio francesa.

—La Universidad de Columbia. Interesante. Yo también vengo de la costa Este. Estudié en Harvard pero elegí la Universidad de Colorado para hacer la residencia. Incluso hice una rotación aquí, en el Boulder Memorial. En fin, ¿qué crees que le pasa a nuestro paciente, señorita… señora…?

—Me llamo Pia Grazdani —repuso, pues no quería morder el evidente anzuelo—. No sé qué es lo que le pasa, pero le aseguro que cuando lo encontré sufría una parada cardiorrespiratoria en toda regla. Pensé que era una insolación por lo caliente que estaba y por la falta de sudoración. También me planteé la posibilidad de que fuera un ataque. Y la del shock séptico. Pero ninguna de ellas encajaba con otra de las observaciones: las ronchas de los antebrazos, así que tal vez sea algún tipo de reacción alérgica.

—En fin, lo bueno es que parece estar recuperándose sin problema —contestó Paul—. Veamos si podemos hacerle unas cuantas pruebas.

Entonces el médico intentó hablar con el desconocido, pero este se limitó a guardar silencio y mirarlo fijamente, como si lo retara a acercarse más. Acto seguido, Paul se sacó un termómetro de oído del bolsillo y buscó una caperuza para cubrirlo. Lo único que quedaba claro en el parco historial era la elevada temperatura del paciente.

—Solo quiero… ¡Eh, tranquilo, amigo!

Cuando Paul se inclinó sobre él para tomarle la temperatura, el desconocido apartó el termómetro de un manotazo.

—Déjeme intentarlo —propuso Pia.

La joven cogió el termómetro, se lo mostró al hombre y se lo introdujo en su propio oído. Luego le permitió mirar la pantalla. Acto seguido puso otra caperuza y, sin dejar de sonreírle, se lo puso a él. Su sorpresa fue mayúscula cuando comprobó que la temperatura del corredor había bajado a valores completamente normales.

—¡Esto es increíble! —exclamó Pia.

Antes el hombre estaba a más de cuarenta. Un descenso tan pronunciado ponía en duda la veracidad de la primera lectura.

—¿Podrías hacerle un examen neurológico básico? —le preguntó Paul, que estaba tan sorprendido como ella por el brusco cambio de temperatura corporal del paciente.

—Puedo intentarlo —contestó ella, no muy convencida de sus posibilidades.

Cogió la linterna que Paul le ofreció y la dirigió por turnos hacia cada uno de los ojos del desconocido. Las pupilas de ambos se contrajeron de igual modo. Prosiguió con el resto del examen y, aunque le resultó difícil llevar a cabo muchas de las pruebas básicas a causa de las dificultades de comunicación, tuvo la impresión de que las funciones cerebrales del sujeto eran normales. Consiguió que el corredor le tocara el dedo con uno de los suyos, que se llevase la mano a la nariz y que después la imitara mientras ella iba poniendo el dedo en distintos puntos del cuerpo. El ejercicio servía para comprobar las funciones del cerebelo. Saber si estaba correctamente orientado en el tiempo y el espacio no era más que una suposición, pero parecía que así era.

—Estoy impresionado por tu técnica —le dijo Paul con una sonrisa. Estaba disfrutando tanto de la compañía de Pia como del hecho de que lo estuviese ayudando con un paciente complicado. Para no tener experiencia, se estaba desenvolviendo muy bien—. Creo que has demostrado que no parece sufrir daños neurológicos. ¿Qué te parece si intentamos hacer un electrocardiograma?

El corredor estaba mucho más tranquilo que en ningún otro momento desde que se había despertado, de modo que Pia pudo conectarle los cables sin que se los arrancara. Paul puso en marcha el aparato y los resultados que este proporcionó fueron completamente normales.

—Esto es increíble —reconoció. Estudió el gráfico con mayor detenimiento—. ¿Estás segura de que sufría una parada cardiorrespiratoria total cuando lo encontraste? No veo nada anormal.

Pia se encogió de hombros.

—Estoy razonablemente segura de que carecía de pulso y no respiraba, así sí.

—¿Y dices que le viste ronchas en los brazos?

—Sí.

Señaló la zona donde las había detectado.

—Ahora no se ve nada —aseguró Paul, y Pia no pudo contradecirlo. Fuera lo que fuese, había desaparecido.

Paul le pidió al desconocido mediante gestos que se quitara la sudadera, pero este se negó a gritos mientras sacudía la cabeza de un lado a otro.

—Está bien —dijo Paul, que no quería forzar la situación, al menos de momento. Quería, como mínimo, auscultar al hombre, pero decidió que sería mejor esperar a que se mostrara más colaborador—. Tenemos que sacarle una muestra de sangre. Eso debería hacerlo yo.

Pia le lanzó una mirada. El corredor no había permitido que el médico se le acercara para nada. ¿Qué le hacía pensar que podría extraerle sangre, una maniobra mucho más invasiva que tomarle la temperatura o conectarle unos cables?

—Quizá sea mejor que lo intente yo.

—Pero tú no estás asegurada —objetó Paul.

Pia lo miró con expresión interrogadora. El comentario del médico le parecía completamente ilógico.

Paul se echó a reír al ver su expresión confundida.

—Solo estaba bromeando. Está claro que este hombre no dejará que me acerque, así que tendrás que hacerlo tú.

Pia sonrió. Al parecer aquel médico también tenía sentido del humor.

—Probaré una vez, pero no puede decirse que tenga mucha experiencia. De todas maneras, parece que confía en mí.

—Eso he notado.

Paul le entregó la aguja y un tubo. Sujetaba otros dos entre las manos. Deseaba realizar toda una batería de análisis.

Pia se entretuvo en enseñarle la aguja al desconocido e hizo como si fuera a sacarse sangre ella misma. El hombre la observó sin decir nada. Cuando Pia le subió la manga izquierda, se encontró con señales de otros pinchazos relativamente recientes sobre varias venas. Miró a Paul, que estaba de pie al otro lado del paciente.

—¿Ha visto esto? —le preguntó procurando que el corredor no supiese a qué se refería.

Pensó que tal vez se tratara de un adicto.

—Desde luego —repuso Paul sin más comentarios.

Pia le aplicó el torniquete y le clavó la aguja. El hombre hizo una mueca pero no se quejó, como si estuviera acostumbrado.

Tras llenar el primer recipiente, Pia se lo guardó en el bolsillo y cogió los otros dos que le pasó el doctor. Estaba orgullosa de sí misma, pues el proceso estaba transcurriendo con normalidad. El hecho de que el paciente estuviera delgado y tuviera las venas gruesas como cigarros también ayudaba.

—Buen trabajo —comentó Paul mientras ella deshacía el torniquete y después retiraba la aguja.

Le entregó las muestras de sangre a uno de los enfermeros que se habían quedado por allí por si los necesitaban. La noticia de que tenían un paciente potencialmente conflictivo había corrido como la pólvora en Urgencias.

Paul sacó su estetoscopio y se dispuso a tratar de auscultar de nuevo al sujeto. Le indicó con gestos que iba a levantarle la sudadera, pero antes de que este pudiera responder, justo al otro lado de la cortina comenzaron a oírse gritos y portazos.

—Pero ¿qué…? —empezó Paul. Se quitó el estetoscopio y se volvió para descorrer la cortina del cubículo, pero alguien se le adelantó desde fuera. El corredor soltó un grito de miedo y se aferró al brazo de Pia cuando vio que dos individuos uniformados se situaban uno a cada lado de su cama. Pia se dio cuenta de que iban armados y reconoció los uniformes: pertenecían al personal de seguridad de Nano.

—¿Es él? —preguntó uno de ellos dirigiéndose a alguien que todavía no había llegado.

—Sí —contestó una voz conocida.

Pia se dio la vuelta y vio que Mariel Spallek entraba a través de la cortina abierta. Tras ella aparecieron dos hombres chinos vestidos con traje y gafas de sol. Uno de ellos le dijo algo en mandarín al corredor y este se encogió atemorizado.

—¿Quién está al mando? —exigió saber Mariel. Ni siquiera se molestó en saludar a Pia.

—Yo —contestó Paul—. Soy el doctor Caldwell. ¿Qué demonios es todo esto? No pueden irrumpir aquí de esta manera. Este hombre es un paciente. —Estiró una mano y apretó un botón rojo que había en la pared. Un altavoz se encendió de inmediato—. ¡Enfermera, llame ahora mismo a seguridad! —ordenó.

—Doctor Caldwell —dijo Mariel con tono autoritario—, hemos venido para hacernos cargo de este paciente. Sin examinarlo siquiera, puedo asegurarle que está perfectamente. Nosotros nos ocuparemos de cualquier percance que haya podido sufrir. Además, como puede ver, está deseando marcharse.

El corredor se había sentado rápidamente en la cama y hablaba con el chino trajeado que se había dirigido a él. Por sus gestos quedaba claro que lo reconocía como un superior. El paciente seguía visiblemente alterado, pero al mismo tiempo parecía aliviado de ver a gente a la que conocía.

—Mariel, ¿qué está ocurriendo? —quiso saber Pia—. ¿Este hombre trabaja en Nano? Aunque así sea, no creo que deba marcharse. Como mínimo tiene que permanecer bajo observación. Creemos que ha sufrido un paro cardíaco. ¿Por qué ha venido el personal de seguridad de Nano? ¿Por qué van armados?

Mariel ignoró deliberadamente a Pia. Entretanto, los chinos que no estaban hablando con el corredor le arrebataron los dos tubos de sangre al enfermero antes de que este pudiera reaccionar. El hombre hizo ademán de recuperarlos, pero Paul se lo impidió.

—Doctor Caldwell —prosiguió Spallek—, prepare el alta de este paciente. Acaba de decirle a su compatriota que desea marcharse. —Se volvió hacia uno de los chinos—. Señor Wang, confirme una vez más que el paciente quiere marcharse del hospital, por favor.

El oriental a quien se había dirigido Mariel habló con el corredor y este asintió con la cabeza. Al mismo tiempo, pareció confirmarlo verbalmente.

—Un momento —interrumpió Paul, que no estaba dispuesto a dejarse engañar tan fácilmente—. ¿Cómo sé lo que le está preguntando este caballero? Podría haberle dicho cualquier otra cosa. Deje que llame a alguien de administración del hospital.

Paul salió al pasillo, pero otros dos corpulentos agentes de seguridad de Nano le cerraron el paso de inmediato.

—¡Apártense! —ordenó, pero ellos se mantuvieron firmes—. ¡Eh! —gritó el médico por el pasillo en dirección a la ventanilla de admisiones de Urgencias—. ¿Dónde demonios está nuestro personal de seguridad? ¡Que venga ahora mismo alguien de administración!

Pia intentó hablar con Mariel nuevamente, pero ella siguió sin hacerle caso. Spallek chasqueó los dedos para ordenar al corredor que se pusiera en pie. El hombre obedeció, pero le fallaron las piernas y dos de los chinos con traje se adelantaron para sostenerlo.

—¡Mariel, esto es indignante! —exclamó Pia—. ¿Qué está pasando aquí?

Su jefa le dedicó una de sus típicas miradas despectivas.

—Lo que está pasando es que nos lo vamos a llevar del hospital y se quedará bajo nuestra jurisdicción y responsabilidad. Te dije por teléfono que nosotros nos encargaríamos de todo —añadió siseando entre dientes.

—Ya sé lo que me dijiste —repuso Pia con incredulidad—, pero este hombre necesita que lo vigilen y lo examinen a fondo.

—Lo vigilarán mucho mejor en la enfermería de Nano, que está mejor equipada para hacer frente a este tipo de emergencias. Los médicos de Nano, que conocen perfectamente su historial sanitario, se ocuparán de él. Te agradezco que ayudaras a este hombre, pero te pedí que no permitieras que lo examinaran y le han sacado sangre.

Pia estaba boquiabierta, y una de las cosas que más la habían desconcertado era la mención de que Nano contaba con una enfermería equipada.

El doctor Caldwell seguía protestando en el pasillo, diciendo que el paciente debería permanecer en el hospital, que básicamente lo estaban secuestrando y que tanto él como el resto del personal estaban siendo retenidos a la fuerza en su propio hospital.

Pia observó al extraño grupo que se disponía a marcharse. Dos de los chinos sostenían al corredor; los seguían dos guardias de seguridad y Mariel. Antes de abandonar la sala, el hombre le dedicó una débil sonrisa a Pia y le hizo un gesto con la mano como para darle las gracias.

—¡Vamos! —le ordenó Mariel a su subordinada—. Puedes venir en el coche conmigo.

Pia la siguió obedientemente. Una vez en el pasillo, el grupo se unió a los otros guardias de seguridad, que solo entonces permitieron que Paul corriera hacia el mostrador de enfermeras. El grupo se dirigió hacia la salida de Urgencias con dos guardias abriendo la marcha y otros dos cerrándola.

El doctor llegó al mostrador en el momento oportuno, justo cuando aparecían varios miembros de la administración del hospital vestidos de traje. Entre ellos se hallaba incluso el gerente, Carl Noakes. Los acompañaban varios efectivos uniformados de la seguridad del centro y, por si fuera poco, a ellos se habían sumado unos cuantos agentes de la policía de Boulder, incluido el que había ido con la ambulancia a socorrer al corredor.

—¡Ah, doctor Caldwell! —dijo Noakes casi sin aliento—. Quizá usted pueda explicarme qué está pasando aquí.

Paul maldijo para sus adentros. Hasta donde él sabía, el señor Noakes, el presidente del hospital, era un simple testaferro y, además, la clase de persona que no deseabas ver en una situación como aquella. Era un burócrata convencido.

—Tenemos un problema con un paciente que no habla nuestro idioma. Es probable que haya sufrido un paro cardíaco y se lo están llevando contraviniendo mis órdenes.

Los dos grupos se encontraron cara a cara en aquel crítico momento. Noakes alzó la mano para que todos se detuvieran. Luego se aclaró la garganta.

—Creo que se ha producido un malentendido. ¿Cómo se llama el paciente, doctor Caldwell?

—No lo sabemos —contestó Paul.

—¡Yao Hong-Xiau! —exclamó el corredor, y uno de los chinos trajeados empezó a gritarle.

—Será mejor que despejemos la entrada y hablemos en una de las salas vacías —propuso Noakes.

La enfermera jefe le indicó adónde ir y Noakes invitó a todo el mundo a seguirlo con un gesto de la mano. Nadie protestó. Muchos de los pacientes que esperaban para ser atendidos los contemplaban fascinados. Era como si estuvieran presenciando el rodaje de una película de espías internacionales, con todos aquellos policías y vigilantes de seguridad mirándose con suspicacia.

—No hay ningún malentendido —dijo Mariel con tranquilidad una vez se encontraron en un ambiente de relativa privacidad—. El paciente es un representante del gobierno chino invitado por el de Estados Unidos, y además ha expresado su deseo de volver a nuestras instalaciones. Estos otros dos caballeros que me acompañan son ciudadanos chinos con pasaporte diplomático y están de visita en Nano. —Spallek señaló a los dos orientales trajeados y ambos asintieron.

—¿Por qué no esperamos a nuestro traductor, que estará aquí enseguida? —propuso Paul.

Mariel lo miró con altanería.

—No vamos a esperar a nadie. Nos gustaría llevarnos a este hombre a nuestras instalaciones médicas cuanto antes.

Como si quisiera apoyar lo que la mujer acababa de decir, al parecer el paciente pidió sentarse, y los dos hombres que lo sostenían le acercaron una silla.

—¿Y qué me dice de los gastos que la visita ha ocasionado al hospital? —preguntó Noakes.

Paul gruñó para sí. Era típico de Noakes preocuparse por cuestiones puramente económicas en un momento así. Los gastos de Urgencias eran, sin duda, secundarios frente a la cuestión ética que representaba darle prematuramente el alta a un paciente vulnerable para entregárselo a una guardia armada.

—Me alegra que me lo haya recordado —contestó Mariel con una sonrisa forzada—. Estoy autorizada para correr con cualquier gasto que haya podido surgir.

Dicho lo cual, sacó un montón de billetes de una bolsa que llevaba. Pia vio que eran de cien dólares. Su jefa se aseguró de que Noakes también los veía y le alargó un puñado. Debía de tener varios miles en la mano, y sin duda había más en la bolsa.

—Esto debería bastar —dijo.

—Esto es muy poco ortodoxo —objetó Noakes sin apartar la vista del dinero—. Normalmente no aceptamos efectivo sin una factura.

—Y esto por los inconvenientes —siguió diciendo Mariel, que sumó unos cuantos billetes más a su ofrecimiento. Noakes parecía paralizado, de modo que ella le puso el dinero en la mano—. Creo que esto cubre los gastos sobradamente. Lamentamos mucho los inconvenientes causados.

—Señor Noakes… —empezó a protestar Paul, que no estaba nada conforme con aquel proceder.

Pero el gerente ya se había apartado, y el grupo del corredor salió rápidamente de la habitación y de Urgencias.

Pia los siguió con la esperanza de poder hablar con Mariel. Tenía un montón de preguntas que hacerle, así que caminó a paso vivo junto a ella mientras se dirigían hacia la segunda de las dos furgonetas negras que esperaban en el aparcamiento con el motor en marcha. Los conductores, de uniforme y con gafas oscuras, las habían situado de tal manera que pudieran marcharse enseguida. Los dos chinos de traje subieron a la primera con el corredor.

—Mariel, ¿se puede saber qué está pasando?

—Pia… —La mujer se detuvo y la miró con frialdad—. Nano es mucho más que nuestro pequeño departamento. El mundo está lleno de gente a la que le encantaría poder ponerle las manos encima a lo que se hace en la empresa. La nanotecnología es uno de los campos de investigación más importantes de la actualidad, y nosotros lo encabezamos, pero somos vulnerables y debemos protegernos.

—¿Con guardias armados? ¿Y qué tiene todo eso que ver con este hombre? Había salido a correr un rato y se ha desplomado. ¿Y tú apareces con un montón de tipos armados? ¿Y dices que es un representante del gobierno chino? ¿Y que Nano dispone de enfermería? ¿Y…

—Pia, te agradezco que me llamaras, pero ahora tienes que confiar en mí y dejar de hacer preguntas. Tenemos que marcharnos. ¿Vienes? Hay que llevar a ese hombre a Nano cuanto antes.

Pia seguía vestida con la bata que le habían prestado y, de pronto, se acordó de que se había olvidado el móvil en el servicio de Urgencias.

—Mi teléfono… —dijo, y volvió la cabeza para mirar por encima del hombro sin saber muy bien qué hacer.

—No podemos esperarte. Si quieres quedarte tendrás que volver por tus propios medios. Pero no tardes. Tenemos mucho trabajo que hacer.

Pia asintió, dio media vuelta y se dirigió hacia la entrada de Urgencias.

—Ah, otra cosa —gritó Mariel. Pia se volvió y la miró con los ojos entrecerrados cuando el sol le dio de frente—. Será mejor que olvides todo lo ocurrido, ¿vale?

Sin esperar respuesta, Mariel se encaramó al asiento del pasajero de la furgoneta y la cerró de un portazo. Pia se quedó allí de pie viendo cómo los dos vehículos se alejaban.

14

Hospital Boulder Memorial, Aurora, Colorado
Martes, 23 de abril de 2013, 14.05 h

Pia regresó a Urgencias con un montón de preguntas en la cabeza, la mayoría de ellas sobre Mariel Spallek. Su jefa no era una persona que se esforzara por caer bien, una característica que Pia, por lo general, apreciaba, ya que la consideraba un rasgo de sinceridad. Era una mujer autoritaria, estaba claro, pero sabía lo que hacía y era una superior competente, constructiva y exigente. También era propensa a los cambios de humor, como los de aquella mañana, pero a Pia le daba igual, porque no le interesaban las relaciones sociales. Había llegado a saber qué debía esperarse de Mariel, al menos hasta que aquella mañana la había llamado para pedirle ayuda con el corredor desmayado.

Nunca habría podido imaginarse que su jefa se presentaría con cuatro guardias armados para llevarse a un paciente al que no habían dado el alta, sin diagnosticar y sin el más mínimo indicio de explicación para su posible parada cardiorrespiratoria.

Volvió a entrar en Urgencias ligeramente aturdida y vio que la zona estaba recobrando la normalidad. Todavía había unos cuantos corros de gente que comentaban lo sucedido. El policía que había ido con la ambulancia a recoger al corredor seguía allí, enfrascado en una conversación con varios miembros del personal de seguridad del hospital. Pia no pudo evitar preguntarse dónde se habría metido cuando los guardias de Nano llegaron e irrumpieron en Urgencias. Varios de los miembros de la administración del centro seguían rondando por allí, pero no quedaba ni rastro de Noakes. Al parecer opinaba que el dinero de Mariel resolvía la situación: el hospital había examinado al paciente y ella había pagado la cuenta.

Encontró su móvil en una mesita de la habitación donde habían metido al corredor. Tenía pensado llamar a un taxi para que la llevara de vuelta a Nano. En la funda del iPhone guardaba un billete de veinte dólares para casos de emergencia.

Mientras regresaba hacia el mostrador de admisiones para preguntar dónde podía encontrar un taxi, se dio cuenta de que estaba más alterada de lo que había creído en un principio. Se ponía nerviosa siempre que veía un arma. Últimamente era habitual ver a vigilantes de seguridad con pistolas e incluso con fusiles de asalto, sobre todo en los aeropuertos, pero el recuerdo de ver una bala entrando a quemarropa en la cabeza de Will McKinley seguía fresco en su memoria, y además a ella también la habían secuestrado unos hombres armados. Había podido contemplar con sus propios ojos lo que una bala podía hacerle a una persona de carne y hueso.

Cuando estaba a punto de llegar a la ventanilla, oyó que la llamaban por su nombre. Era Paul Caldwell.

—Aún estás aquí. Creía que te habías marchado con el resto de las tropas de Nano.

—Es que me había olvidado el móvil —repuso Pia al tiempo que se lo mostraba.

—¿Te encuentras bien? Ha sido una experiencia complicada.

—Sí, estoy bien. Pero, como bien dice, ha sido extraño.

—¿Qué tal si nos tomamos un café en el bar del hospital? —propuso Paul—. Ahora que el servicio de Urgencias ha recuperado la normalidad, el resto del personal puede hacerse cargo de todo. Me gustaría que me hablaras de Nano. Debe de ser un lugar muy emocionante si ocurren cosas así todos los días.

—La verdad es que no es así —contestó Pia con seriedad—. Al menos no en el departamento donde trabajo. Nos dedicamos a la investigación y en los casi dos años que llevo allí no ha sucedido nada digno de mención.

Mientras hablaba, la joven se dio cuenta de que en Nano podrían estar ocurriendo muchas cosas sin que ella se enterase, dados el tamaño de las instalaciones y la cantidad de personal que trabajaba en ellas.

—Estaba bromeando —rió Paul—, pero lo del café iba en serio. ¿Qué me dices? Me gustaría que me contases por qué decidiste mudarte a Boulder en lugar de hacer la residencia.

Una luz roja se encendió en el cerebro de Pia. A pesar de que estaba hambrienta, pues no había comido nada tras su interrumpida sesión de ejercicio, no pudo evitar sospechar de los motivos de Paul. Era un hombre, un hombre apuesto, pero ella ya había tenido hombres más que suficientes en el programa de acogida. Tal vez su curiosidad por el estado del corredor chino fuera más fuerte que su apetito. Quería conocer la opinión de Paul en cuanto a su diagnóstico. Y tampoco le apetecía especialmente volver a Nano y tener que enfrentarse a Mariel. Así pues decidió hacer caso omiso de la luz roja, al menos por el momento.

—¿Qué me dices? —repitió Paul, que notó que Pia estaba muy lejos de allí.

—Sí, estupendo —contestó—. ¿Tendrán algo de comer, aparte de café?

—Desde luego, pero si tienes hambre te sugiero la cafetería. Allí la oferta es mucho más variada.

Le hizo un gesto para que lo siguiera y ambos se encaminaron a la cafetería del hospital, que todavía estaba llena de gente almorzando.

Paul pasó una bandeja por el mostrador de autoservicio, y Pia cogió distraídamente un sándwich de ensalada de huevo y una botella de agua. No era exigente con la comida. Intentó pagar, pero Paul no se lo permitió y le dijo que su dinero no valía en su hospital. Luego fueron a sentarse a una mesa situada al fondo de la sala.

—Bueno, ¿por dónde empezamos? —preguntó Paul tras tomar un sorbo de café. Era lo único que había pedido.

—¿A qué se refiere? —preguntó Pia mientras quitaba el envoltorio de plástico al sándwich y abría la botella.

—Puedes tutearme. En fin, ha sido bastante tenso. Está claro que conocías a la mujer que se ha presentado con esos guardias. ¿Qué es exactamente eso de Nano? Nunca había oído hablar de ese sitio.

Pia le explicó en qué consistía su trabajo y qué se hacía en Nano. Paul solía pasear en bicicleta por el mismo camino de montaña que ella utilizaba para correr, pero no tenía la menor idea de lo que ocurría en el interior del vasto complejo. A medida que Pia iba hablando, el médico empezó a sospechar que ella tampoco.

—¿Tu especialidad es la salmonela?

—Trabajé mucho con ella —contestó Pia—. De hecho, esa fue la razón por la que me invitaron a venir aquí, para que intente solucionar un problema que la salmonela y otras bacterias flageladas causan en un nuevo procedimiento para combatir la sepsis mediante nanotecnología.

Pia se interrumpió de repente al recordar lo que Mariel le había dicho acerca de la importancia del secreto profesional. Pero Paul era médico de urgencias, ¿qué interés podría tener en la nanotecnología aparte de la mera curiosidad profesional?

—Sigue —insistió Paul.

Mientras la escuchaba, se reafirmó en su opinión de que era innegablemente hermosa, de facciones exóticas y piel delicada. Además sabía que tenía un cuerpo escultural, pues la había visto con ropa de licra antes de que se pusiera la bata que todavía llevaba. Y era una investigadora médica que trabajaba con tecnologías de vanguardia de las que él apenas sabía nada. Se sentía cautivado. Pero notaba que Pia se mantenía distante y no se sentía del todo cómoda charlando con él. Se preguntó por qué. Quería hablar con ella de muchas cosas, pero refrenó su lado efusivo y charlatán y se concentró en la medicina. No tuvo que fingir. Aquel tema también le fascinaba.

—Dime, ¿estás aprovechando las ventajas del magnífico entorno que ofrece Colorado? —preguntó cuando se produjo una pausa en la conversación—. Eso fue lo que me hizo venir hasta aquí.

—Sí —repuso Pia—. Salgo a correr, sobre todo, pero también hago algo de ciclismo.

—¿No esquías?

—Solo un poco. Al menos lo he intentado. Más bien es una meta que me he propuesto. ¿Y tú?

—Yo esquío, hago bici de montaña, corro e incluso practico la escalada. Nunca tengo bastante. Es una de las principales razones de que sea médico de urgencias. Cuando libro, desaparezco y salgo a hacer deporte. Quizá podríamos quedar algún día para correr o algo así. Debo confesar que me gustas.

—Estaría bien —repuso Pia sin comprometerse a nada.

Se acordó de la luz roja y empezó a preguntarse si aceptar la invitación de Paul habría sido buena idea.

La reacción de Pia a su inocente sugerencia de hacer algo juntos no resultaba muy esperanzadora, de modo que Paul condujo rápidamente la conversación hacia la experiencia que acababan de compartir.

—El corredor al que has acompañado… Dices que cuando lo encontraste estaba inconsciente. ¿Cuánto tiempo crees que llevaba sin respiración?

—No tengo forma de saberlo —contestó Pia—. Lo único que sé es que no respiraba cuando lo examiné, y que no pude encontrarle el pulso hasta después de practicarle la reanimación cardiopulmonar.

—Sin embargo, el examen neurológico me pareció normal, igual que el electro —comentó Paul—. Resulta, como poco, muy curioso.

—Se recuperó como si hubiera estado dormido. No sé ni una palabra de chino, pero no me pareció que arrastrara las palabras cuando se despertó. Y sus funciones motoras estaban en perfectas condiciones, porque lo primero que hizo fue intentar levantarse.

—Si tuvieras que conjeturar cuánto tiempo había estado sin respiración, ¿qué dirías?

—Lo vi tendido en el suelo desde una distancia considerable y me di cuenta de que no se había movido. Tuvieron que ser al menos unos quince o veinte minutos. Sé que parece imposible.

—Sería muy interesante poder hacerle un seguimiento. Dado que está relacionado con Nano de algún modo, ¿crees que podrías preguntar por él? ¿Crees que trabaja allí?

—No tengo la menor idea. No me ha parecido que tuviera aspecto de científico. Pero mi jefa ha dicho que era un representante del gobierno chino, aunque a saber lo que significa eso.

—¿Esa mujer es tu jefa?

—Eso me temo —reconoció Pia—. Es mi superior directo. Tengo que trabajar con ella todos los días.

—Mis condolencias —dijo Paul.

—En realidad no es tan mala. Desde el punto de vista profesional es muy competente. Está titulada en biología molecular y supervisa casi toda la bioinvestigación de Nano. Me resulta de gran ayuda.

—Pues yo me alegro de no tenerla como jefa —aseguró Paul esbozando una exagerada mueca de disgusto—. Se comporta como una arpía, y ese peinado…

Pia no pudo evitar pensar en el adjetivo que Paul había elegido para describir a Mariel. Aunque era preciso, le parecía que, de algún modo, estaba fuera de lugar.

—Si puedes averiguar algo acerca de nuestro hombre, te agradecería que me lo comunicaras —repitió Paul.

Pia se acabó el sándwich y él se dio cuenta de que estaba nuevamente sumida en sus pensamientos.

—Deja que te lleve de vuelta al trabajo —le propuso Paul—. Es lo menos que puedo hacer después de todo lo que me has ayudado.

—No te molestes, de verdad —contestó Pia—. Cogeré un taxi.

—No, insisto. Somos varios los médicos que llevamos el

servicio de Urgencias. Le he pedido a uno de mis compañeros que venga antes. Mi turno acaba a las tres, en cualquier caso, pero iba a subir a ver a Noakes, el presidente, para decirle lo que pienso de su patética actuación de hoy. Su modo de manejar la situación ha sido inapropiado, por decirlo con delicadeza.

—No creo que sea una buena idea —contestó Pia.

—No, no lo es, así que me estarías haciendo un favor salvándome de mi propia estupidez.

Le pasó una tarjeta de visita por encima de la mesa y añadió:

—Me gustaría que nos mantuviéramos en contacto por si averiguas algo más sobre el corredor chino. Yo te avisaré si el asunto tiene repercusiones en el hospital. No llevarás una tarjeta encima por casualidad, ¿verdad? Supongo que no, porque habías salido a correr. Dame tu número de móvil y lo guardaré directamente en el mío.

Pia recogió la tarjeta y se levantó.

—No te preocupes, Paul. Sé cómo ponerme en contacto contigo.

El doctor acusó el golpe. Se daba cuenta de que ella pensaba que estaba insistiendo demasiado, y era cierto, aunque no por las razones que quizá la joven se estuviese imaginando. Le gustaba la tranquilidad distante de Pia e intuía que tenían muchos intereses comunes, cosa que no podía decir de mucha gente. Y era tan condenadamente guapa… Por lo menos había cogido su tarjeta.

—Entonces ¿vas a evitar que me ponga en ridículo, que me despidan, incluso? Tengo el coche a la entrada de Urgencias. Unas de las ventajas de mi trabajo es que dispongo de plaza de aparcamiento propia.

Pia lo miró y sopesó la situación. Uno de los factores a tener en cuenta era que no sabía si un billete de veinte sería suficiente para pagar el taxi hasta Nano. Y, aunque Paul tenía una actitud agresiva socialmente hablando, había algo en él que le decía que aquello no era el típico intento de acercamiento sexual masculino.

—De acuerdo —contestó de repente—, acepto que me lleves, pero solo para salvarte de ti mismo. —Sonrió—. Pero deja que te cuente un secretillo: soy cinturón negro de taekwondo. —Su sonrisa se convirtió en una carcajada.

—¿Bromeas?

—En absoluto. Lo aprendí en el colegio, a partir de los catorce años.

Lo que no le explicó fue que aquel colegio era básicamente un reformatorio y que había utilizado las artes marciales para protegerse.

En el rostro de Paul se dibujó una amplia sonrisa. Para él aquella mujer era cada vez más interesante.

—¡Fabuloso! —exclamó con total sinceridad.

Caminaron en silencio hasta el aparcamiento donde esperaba el Subaru de Paul, pertrechado con un portaesquís y una baca para bicicletas que sujetaba una Trek Madone azul oscura. En el maletero había varios rollos de cuerda de escalar. Mientras abría la puerta, Paul miró a su acompañante desde el otro lado del vehículo.

—Pia, no vas a necesitar el taekwondo cuando estés conmigo —dijo.

—Lo sé —repuso ella—. Por eso te lo he dicho. Si hubiera pensado que iba a necesitarlo, me habría callado.

Subieron al vehículo, que estaba tan limpio y pulcro como su propietario. El médico puso el motor en marcha y miró a Pia.

—Si te he pedido el número de teléfono es porque me gustaría llamarte, y no solo para hablar del corredor. Quizá podríamos salir a tomar algo y charlar de medicina o de cualquier otra cosa que te interese.

—Es una posibilidad —contestó ella.

No estaba acostumbrada a que la gente fuera tan apabullantemente sincera. Se sentía a salvo con Paul. Por lo general se daba cuenta de cuándo a un hombre le resultaba atractiva porque solían desnudarla con la mirada. Sin embargo, allí tenía uno que solo le decía que le gustaba. Era un cambio agradable.

Salieron del aparcamiento del hospital y ella le indicó el camino hasta Nano. Cuando llegaron a la verja, Pia mostró su identificación a los guardias de seguridad y les explicó que Paul solo iba a acercarla a su departamento. Cuando este detuvo el vehículo ante el edificio principal, se quedó claramente impresionado.

—Este sitio es enorme, y el paisaje es para morirse. Debo reconocer que el conjunto intimida.

—Sí, así es —repuso Pia, que tras el incidente con el corredor chino veía Nano desde otra perspectiva. Aquella sensación no acababa de gustarle. Se apeó del coche, y Paul la imitó.

—Bueno, llámame un día de estos —le dijo él apoyado sobre el techo del coche—, pero nada de presiones, recuerda.

—Tengo tu tarjeta —contestó ella. Entonces recordó que seguía llevando la bata blanca del hospital, así que se la quitó, la dobló y se la entregó a Paul—. Toma, esto es tuyo —añadió.

—No exactamente. Más bien diría que pertenece al señor Noakes, en cuyo caso puedes quedártela. En serio, guárdala como recuerdo de tu visita al Boulder Memorial.

—Tengo muchas batas de laboratorio. No la necesito para nada. Va a desperdiciarse.

Pia siguió tendiéndole la bata, pero él se negó a cogerla. Se limitó a sonreír y levantar los brazos en gesto de rendición.

Al final Pia cedió, desdobló la bata y volvió a ponérsela. Mientras lo hacía, algo cayó sobre el asfalto del aparcamiento. Era la primera muestra de sangre que le había sacado al corredor. Se había olvidado por completo de que se la había guardado en el bolsillo. El tubo rebotó sobre el tapón de goma. Obedeciendo un acto reflejo, Pia lo cazó al vuelo antes de que pudiera rebotar de nuevo y romperse. Lo alzó y tanto ella como Paul pudieron comprobar que estaba intacto. Él se acercó rodeando el coche y ella se lo entregó.

—¡Qué lista! —exclamó—. No sabía que te habías quedado con una de las muestras.

—No me la he quedado. Es decir, no lo he hecho a propósito. Me la guardé en el bolsillo para que no me estorbara mientras sacaba las otras dos muestras.

—Pues es estupendo disponer de esta, porque las otras nos las han confiscado. Si no te importa, me la quedaré. Será interesante comprobar si es normal, aunque sospecho que así será, ya que el comportamiento del hombre lo era.

—Adelante —contestó Pia. Había pensado en analizar la sangre ella misma, pero cabía la posibilidad de que se la confiscaran al entrar en Nano, así que decidió que la muestra estaría más segura en manos de Paul—. Solo te pido que no la utilices toda —agregó—. Me gustaría echarle un vistazo.

—De acuerdo.

—¿Quieres mi número de móvil?

—Por supuesto —contestó Paul, que sacó inmediatamente el suyo para introducir el teléfono de Pia en su lista de contactos.

Pia seguía conservando su número de Nueva York. Paul lo anotó y a continuación se guardó la muestra en su propia bata. Luego se despidió de Pia con un gesto cohibido y una sonrisa amable, subió al coche y salió del aparcamiento.

Cuando se detuvo en la verja para que lo dejaran salir, miró brevemente por el retrovisor y vio que Pia seguía donde la había dejado. Una vez que levantaron la barrera, el médico aceleró para regresar a Boulder.

Unos minutos más tarde se sorprendió a sí mismo silbando. Estaba contento a pesar de su enfado con Noakes por el incidente del corredor chino. En aquellos momentos no mantenía ninguna relación seria a causa de una reciente ruptura, así que pensó que conocer a Pia era exactamente lo que necesitaba para apartar los pensamientos negativos de su mente. Tenía muchas ganas de conocerla mejor. Era la mujer más interesante e inteligente que había conocido en mucho tiempo. También estaba impaciente por ver qué mostraba el análisis de la sangre del corredor, si es que revelaba algo.

15

Nano, S. L., Boulder, Colorado
Martes, 23 de abril de 2013, 15.15 h

Cuando perdió de vista el Subaru de Paul, Pia se quedó de pie en el aparcamiento durante unos instantes contemplando la vastedad de los edificios y terrenos de Nano S. L. La sensación de desasosiego que había experimentado cuando Paul y ella habían entrado en el complejo hacía unos minutos iba en aumento, así que su mente analítica comenzó a funcionar. ¿Qué sabía en aquellos momentos sobre la empresa que no hubiera sabido dos horas antes? Pues que en alguno de aquellos numerosos edificios había un hombre de nacionalidad china que presentaba un extraño cuadro médico y que el personal de seguridad de Nano se mostraba muy protector con él; también había descubierto que Nano disponía de su propio equipo médico y de una enfermería bien equipada; y por último había tomado conciencia de que lo desconocía casi todo sobre Mariel Spallek, su superior inmediato.

Para ella, el papel que Mariel había desempeñado a la hora de llevarse al corredor chino del hospital era el aspecto más incomprensible de todo aquel asunto. Estaba claro que Mariel conocía a aquel corredor o, como mínimo, que sabía cuál había sido la causa de su desmayo y aparente parada cardiorrespiratoria. Había mostrado una total confianza en que los médicos de Nano podrían encargarse de tratar al hombre a pesar de que Paul, el médico especialista en Urgencias del hospital, había sido incapaz de averiguar qué le ocurría. Todo aquello le indicaba que en realidad Mariel ocupaba en la empresa una posición muy superior a la que ella le había atribuido en principio. Se preguntó qué consecuencias podría acarrearle el asunto. ¿Cómo afectaría a su estatus en Nano el hecho de que hubiera sido ella quien se había topado con el corredor?

Aquella última preocupación se disipó de inmediato. Lo más acuciante y trascendental para ella era el instinto que la empujaba a averiguar qué estaba ocurriendo. A diferencia de la mayoría de la gente, Pia era la clase de persona que, cuando advertía peligro, buscaba su origen en lugar de huir de él. De niña había aprendido que nadie iba a aparecer de repente y rescatarla. Tenía que lanzarse a la yugular cuando se veía amenazada o acorralada.

No pudo evitar sonreír ante lo oportuno del momento. Sabía que George habría hecho todo lo posible para convencerla de que no debía investigar lo ocurrido con el corredor chino, pero él ya se había marchado. No había nadie que intentase disuadirla de llegar hasta el fondo de aquel extraño asunto. Además, se sentía obligada ética y moralmente a descubrir en qué clase de organización trabajaba y, por lo tanto, colaboraba.

Pasó por el sofisticado sistema de seguridad fijándose más de lo habitual en el procedimiento y después se dirigió a su laboratorio. Buscó algún indicio de que Mariel Spallek hubiera estado allí antes que ella, pero no encontró ninguno. Aquella mañana, antes de salir a correr, había empezado a preparar una nueva tanda de experimentos en los que había utilizado el nuevo diseño con las moléculas de glicopolietileno añadidas a la estructura de los microbívoros. Todo el mundo, incluido Berman, se había mostrado entusiasmado con la idea de que Pia continuara avanzando en aquella tarea, con la esperanza de que consiguiese evitar cualquier tipo de respuesta inmune antes de pasar a los sujetos animales y, posteriormente, a los voluntarios humanos. La joven había rellenado todos los formularios de requerimiento como ordenaban los exigentes miembros del departamento de contabilidad.

Como era su costumbre siempre que volvía al laboratorio, lo primero que hizo fue comprobar la evolución de todos los experimentos que tenía en marcha, pero notó que le costaba concentrarse. Su mente volvía una y otra vez al corredor chino. Suponía que lo habían llevado a las instalaciones médicas que Mariel había mencionado y de las que ella no había oído hablar jamás. Aquella idea llevaba aparejadas las preguntas de dónde podía estar ubicada la enfermería y de si ella sería capaz de localizarla. En caso afirmativo, quizá pudiera presentarse allí para hablar con los médicos y al menos satisfacer así su curiosidad médica y aplacar su imaginación, que en aquellos momentos volaba desbocada.

Pero ¿por dónde empezar?

Tomó el ascensor hasta la planta baja y volvió a la zona principal de seguridad que había atravesado hacía solo unos minutos. Se acercó a uno de los guardias, que era ligeramente más amable que cualquiera de los otros cuatro o cinco que solían hacer el turno de día. Estaba de pie y solo tras una cristalera que iba del suelo al techo y observaba a un conductor de UPS descargar una serie de paquetes.

—Perdone, señor Milloy —empezó Pia tras haber leído el nombre del guardia en la identificación que llevaba prendida en el uniforme—, ¿podría decirme por dónde se va a la enfermería?

—Lo siento, señorita, pero no sé a qué se refiere.

—Me refiero a las instalaciones médicas de la empresa. Me han dicho que tenemos enfermería.

—No que yo sepa, señorita. Pero deje que lo pregunte. Deme unos segundos.

Milloy se acercó a los dos guardias situados junto a la puerta principal y, haciendo gala de la seriedad que caracterizaba al personal de seguridad de la empresa, habló con el más alto de los dos. Pia nunca había visto a aquel vigilante en concreto hacer otra cosa que no fuera mantenerse en posición de firmes con la mirada al frente, igual que un soldado haciendo guardia. Ni siquiera se inmutó cuando Milloy habló con él. Pero al final asintió casi imperceptiblemente y le dijo algo a su compañero. Este regresó junto a Pia.

—Lo he confirmado, señorita. Nano no dispone de instalaciones médicas. Está la enfermera de la empresa, que tiene su consulta cerca de la cafetería, pero imagino que eso ya lo sabe. Seguramente le pondría la vacuna contra la gripe el otoño pasado.

—Sí, no me refería a la enfermera. Gracias de todas maneras.

Pia se volvió para marcharse, pero se detuvo enseguida.

—Perdone, señor Milloy, ¿usted trabaja siempre en este edificio?

—¿Por qué lo pregunta? —quiso saber el guardia.

La primera pregunta de Pia no parecía haberle hecho mucha gracia, y aquella sin duda lo había irritado. El hombre había intentado hablar con Pia en más de una ocasión, pero siempre había tenido la sensación de que la joven lo desairaba a propósito.

—El complejo cuenta con numerosos edificios y no sé lo que ocurre en la mayoría de ellos —contestó Pia—. Había pensado que si usted trabajara de vez en cuando en algún otro podría saber en cuál de ellos hay más posibilidades de que esté la enfermería.

—Lo siento —contestó Milloy por pura formalidad.

Pia volvió a pasar por el escáner de iris, cogió el ascensor hasta el cuarto piso y siguió por el pasillo hacia su laboratorio. Cuando llegó a la puerta, se detuvo pero no entró. Decidió hacer algo que no había hecho nunca: continuar caminando. Sabía que había una pasarela que unía el edificio en el que trabajaba con la cuarta planta del bloque contiguo. No sabía cómo llegar hasta ella, pero, por pura curiosidad, decidió averiguarlo. Al cabo de unos treinta metros, se encontró con unos cuantos giros hasta que el pasillo desembocó en una puerta doble protegida por otro escáner de iris. Miró a su alrededor y no detectó cámaras a la vista, pero supuso que debía de haber alguna escondida en el techo, al igual que ante su laboratorio, de manera que era bastante probable que la estuvieran observando. Decidió que si los de seguridad le preguntaban qué estaba haciendo, les diría la verdad, que no era más que una empleada que sentía curiosidad por ver lo que había tras las puertas del final del pasillo donde estaba su laboratorio.

Acercó el ojo al dispositivo y apretó el interruptor de escanear. Era como los que había en la entrada del edificio y de su propio laboratorio, pero aquel reaccionó de forma distinta: emitió un pitido y un breve destello de luz roja. Pia lo intentó de nuevo, pero la máquina la rechazo una vez más. Trató de abrir la puerta, pero, tal como suponía, estaba cerrada. Se encogió de hombros y dio media vuelta. Hasta allí habían llegado sus intentos de explorar la pasarela.

Antes de llegar a la puerta de su laboratorio se le ocurrió una idea. Cogió su iPhone, entró en ajustes y se aseguró de que el servicio de localización estaba activado. Luego intentó obtener un mapa para situarse con respecto a los demás edificios. A pesar de que la señal wifi era buena, no obtuvo ningún resultado. Decidió ser más concreta y entró en la aplicación de mapas. Introdujo la dirección de Nano, pero tan solo consiguió una pantalla en blanco. Cuando la tocó dos veces para alejar la perspectiva, vio que toda la superficie de Nano estaba en blanco. Al parecer la empresa había entrado en Google y retirado la información.

No estaba consiguiendo nada. No conocía ninguna otra entrada a Nano desde la carretera principal aparte de la que ella, y al parecer todos los demás, utilizaban. Aun así, había varias carreteras secundarias por los alrededores. Quizá pudiera salir y recorrer el perímetro del complejo para ver qué encontraba. Estaba decidida a no arredrarse, pero dar vueltas por el bosque no constituía su principal prioridad en aquel momento.

Entró en su laboratorio y, una vez más, buscó indicios de que Mariel hubiera estado allí. Si los había, no los encontró. Con cierta ambivalencia, se preguntó cuándo la vería. Spallek se había mostrado francamente desagradable aquella mañana y en el hospital la había ignorado casi por completo. Pero, a pesar de lo que su jefa le había dicho en el aparcamiento del hospital, Pia tenía unas cuantas preguntas que hacerle. No sabía si Mariel las responderá o no, pero estaba decidida a formulárselas de todos modos.

Se dirigió hacia el banco de trabajo que utilizaba como zona personal, pues no tenía despacho propio. Se le había ocurrido otra idea. Acababa de recordar que el corredor había gritado su nombre, de modo que descolgó uno de los teléfonos del laboratorio, marcó el número de la operadora general y le pidió que le pasara con Yao Hong-Xiau.

—¿Podría deletreármelo? —pidió la mujer.

Pia probó a hacerlo según la ortografía del inglés. La telefonista buscó el nombre, pero le contestó que no figuraba nadie ni por «Yao» ni por «Hong». Pia apuntó rápidamente el nombre y le propuso a la telefonista otras versiones posibles, pero la operadora siguió sin encontrar nada. Pia insistió preguntándole si había algún número de un grupo o despacho chino. Cuando recibió otra negativa, cambió de estrategia y pidió que la pasara con la enfermería de Nano.

—¿Enfermería, qué enfermería? —preguntó la telefonista.

Pia le dijo lo mismo que le había dicho al guardia de la entrada.

—No hay ninguna enfermería en Nano —contestó la mujer con seguridad.

—¿Y con el hospital o cualquier otro tipo de instalación médica? —insistió la joven a pesar de que se estaba desanimando.

—Lo siento, pero no existe tal cosa. ¿Qué tal si le paso con la consulta de la enfermera?

Pia colgó. Resultaba frustrante. Intentaba pensar en alguna otra alternativa de búsqueda, pero no se le ocurría nada. Paseó la mirada por la pantalla que mostraba las lecturas de todos los experimentos de biocompatibilidad que estaba realizando. Una de las cifras parpadeaba para indicar que se había producido un cambio en alguno de los parámetros que monitorizaba.

Se acercó al experimento en cuestión. Se dio cuenta enseguida de que el cambio sugerido era un simple error que indicaba que se necesitaba realizar una ligera recalibración. Dedicó unos instantes a completarla y el parpadeo cesó.

El ruido de la puerta del pasillo al abrirse fue lo siguiente que llamó su atención. Un segundo después, Mariel Spallek aparecía en el umbral sujetando una carpeta contra su pecho. La expresión de su rostro transmitía el habitual desdén arrogante.

«Benditos los ojos», murmuró Pia para sus adentros. Era la primera vez que se alegraba de ver a su jefa desde que estaba en Nano.

16

Nano, S. L., Boulder, Colorado
Martes, 23 de abril de 2013, 15.45 h

—Pia, me alegro de que estés aquí —dijo Mariel. Se acercó a ella dando zancadas e invadió su espacio con la ayuda de sus diez centímetros de estatura extra.

—Mariel.

Pia no cedió terreno y elevó la mirada hacia los fríos ojos azules de su jefa.

—Tengo los documentos que has presentado en contabilidad. Me complace ver que sigues adelante con el trabajo. Cuantas más corroboraciones de la compatibilidad inmunológica de los microbívoros tengamos, mejor. Ya le he dado luz verde a todo lo que has solicitado.

Pia se sorprendió asintiendo mientras Mariel seguía hablando y ella esperaba su turno.

—Y al señor Berman y a mí nos alegra que te estés ocupando del problema del flagelo. Debemos resolverlo. ¿Hay algo que pueda hacer para ayudarte en este sentido?

Por fin dejó de hablar.

—Podrías conseguir que los programadores de los microbívoros me concedieran algo de tiempo.

—Dalo por hecho —repuso Mariel con tono complaciente—. Me ocuparé de entregar estos pedidos al departamento de compras y me cercioraré de que les dan curso enseguida. Pero me gustaría que firmaras el formulario, porque no lo has hecho. ¿Algo más? —preguntó al tiempo que le entregaba el impreso.

—O sea, que de verdad no vamos a hablar del tema, ¿no? —le espetó Pia al coger el papel.

—¿Hablar de qué?

—Vamos, Mariel. ¡Del corredor, del hospital, de los vigilantes armados! Llevo a un hombre a Urgencias y lo siguiente que me encuentro es que tú te presentas allí con el Séptimo de Caballería y te lo llevas a la fuerza, cosa que no tiene sentido alguno. Necesitaba un diagnóstico y permanecer en observación al menos un tiempo. Al parecer ese tipo había sufrido una parada cardiorrespiratoria, un estado que sin duda puede acabar con la vida de una persona. Pero tú te has mostrado totalmente confiada de que aquí podríais encargaros de él.

Mariel miró a Pia. Una pátina de irritación se filtró a través de su altivez.

—Es más —añadió Pia—, yo ni siquiera estaba al corriente de que Nano tuviera instalaciones médicas donde atender casos de ese tipo. Le he pedido a la operadora que me pusiera con la enfermería para preguntar si el hombre se encontraba bien, pero me ha contestado que aquí no hay enfermería.

Mariel guardó silencio durante un par de segundos y se mantuvo impertérrita.

—Nadie se llevó a ese hombre a la fuerza —dijo al fin.

—¿Perdona? —contestó Pia poniendo los ojos en blanco.

Era obvio que Mariel estaba evitando la cuestión de quién era el corredor y del papel de Nano en su tratamiento. Que se lo hubieran llevado contra su voluntad era importante, desde luego, pero el hecho de que Mariel se hubiera presentado allí con su escolta armada lo era aún más.

—Dices que nos llevamos a un hombre a la fuerza de las Urgencias del Boulder Memorial, pero te recuerdo que él consintió en que lo tratáramos en nuestras instalaciones. Si crees que viste algo diferente, te equivocas.

—De acuerdo, me lo creeré si tú lo dices. Pero, dime: ¿cómo

evoluciona en las instalaciones médicas de Nano? Dondequiera que estén.

—Estoy segura de que lo están atendiendo bien.

—¿Dices que estás segura sin saberlo? ¿Acaso has ido a ver cómo está?

—Mi trabajo, como el tuyo, está en los laboratorios de biología. Aquí es donde debes concentrar tu mente. Tenemos trabajo que hacer, y el proyecto del microbívoro es el más importante de todos. Todo lo demás gira en torno a él. Te aseguro que ese hombre se halla bajo el cuidado de especialistas sumamente competentes.

—Pero Nano es una empresa dedicada a la investigación —objetó Pia—. Si no estoy mal informada, en el resto de estas instalaciones se trabaja con aditivos para pinturas y cosas parecidas. Y en nuestro departamento utilizamos gusanos y lombrices. De momento ni siquiera usamos animales superiores. ¿Por qué se necesita personal médico? ¿Y por qué estás tú relacionada con ellos?

—Pia, tal como te he sugerido en el hospital, lo mejor sería que te olvidaras de todo lo que has visto o has creído ver. Al fin y al cabo no es asunto tuyo. Será mejor que vuelvas al trabajo de inmediato.

Aunque Mariel Spallek no tenía forma de saberlo, era muy probable que aquellas reconvenciones tuvieran el efecto contrario al deseado en su interlocutora. Pia estaba convencida de que le correspondía a ella, y no a una persona como Mariel, decidir lo que le convenía. En su opinión los tribunales internacionales habían proclamado en suficientes ocasiones que los individuos involucrados en una organización eran éticamente responsables de lo que estas hacían y que, en última instancia, la ignorancia no constituía una defensa admisible.

—¿Qué tiene que ver con Nano el gobierno de China? —quiso saber.

Mariel se había centrado en los impresos que tenía en la mano, pero al oír la pregunta levantó la cabeza con rapidez y fulminó a Pia con la mirada.

—Te he dicho que te olvides del asunto. Y va en serio. ¡Firma las malditas solicitudes!

Pia se encogió de hombros y estampó su firma en los papeles. A juzgar por la enérgica reacción de Mariel, estaba claro que había puesto el dedo en la llaga. Y eso, más que atenuarla, no hizo sino aumentar su curiosidad.

17

Apartamento de Pia, Boulder, Colorado
Martes, 23 de abril de 2013, 18.50 h

Durante el resto de la jornada, a Pia le había resultado casi imposible concentrarse en el trabajo. Las evasivas de Mariel a sus preguntas habían avivado su interés por lo que había presenciado. Y la reacción de su jefa ante la mención del gobierno chino resultaba muy reveladora. China solía competir con Estados Unidos en el terreno de los intereses comerciales, incluyendo el campo de la medicina. Desde la época en que se había dedicado al cultivo de órganos humanos artificiales con el doctor Rothman en Nueva York, sabía que los mejores trabajos que se realizaban fuera de Norteamérica se producían en China. Y en aquel país el nivel de respeto hacia la naturaleza vinculante de las patentes en general, y de las médicas en particular, no siempre era tan alto como en Estados Unidos.

Estuvo una hora haciendo de abogado del diablo, asumiendo el punto de vista contrario e intentando reforzar la tesis de que Mariel no fingía ni ocultaba nada importante y, por tanto, la dolencia del corredor tenía una explicación sencilla. Estaba claro que el hombre no había querido que Paul Caldwell lo tratara, había preferido marcharse con los guardias y los compatriotas que habían ido a buscarlo, por mucho que aquellos se hubieran presentado armados en el servicio de Urgencias de un hospital civil. Además, cuando al fin se lo llevaron, el corredor parecía encontrarse, contra todo pronóstico, en un estado físico pasable. Sin duda, estaba débil, pero aparte de eso parecía encontrarse bien. Pia recordó que incluso había tenido la presencia de ánimo necesaria para agradecerle su ayuda.

«¿Y lo de los vigilantes?», se preguntó. Si eran personal de Nano, representaban un nivel de seguridad paramilitar que no había visto hasta entonces. Sus uniformes eran diferentes a los del personal de seguridad con el que se topaba todos los días en la entrada de vehículos de la empresa y en el acceso a su edificio. ¿Y quiénes eran aquellos dos chinos vestidos con traje? ¿Formaban parte del grupo que estaba de visita en Nano en aquellos momentos? Cuanto más analizaba la situación, más preguntas le surgían.

Sin embargo, lo que más la intrigaba era lo relativo al estado de salud del corredor. Cuanto más repasaba lo ocurrido más se convencía de que había sufrido una parada cardiorrespiratoria total cuando se lo encontró tendido en el camino y de que seguramente llevaba un buen rato en aquel estado. Sin embargo, cuando apenas dos horas después había salido del hospital por su propio pie, no parecía afectado en modo alguno. Desde luego, desde el punto de vista médico era una curiosidad, si no una completa anomalía. Recordó también que le había visto unos números tatuados en el antebrazo derecho, y varias marcas de pinchazos en el izquierdo, cuando le sacó sangre. ¡La sangre!

Se metió la mano en el bolsillo del pantalón y encontró la tarjeta de Paul Caldwell. Marcó el número en su móvil, pero no obtuvo respuesta. Soltó un taco y se negó a dejar un mensaje en el buzón de voz. Entró en la cocina distraídamente, pero cayó en la cuenta de que no tenía comida en casa. Menuda novedad. Entonces sonó el teléfono.

—Pia, soy Paul. Lo siento, olvidé dónde había dejado el móvil y no lo encontré a tiempo. Me pasa constantemente.

—Gracias por devolverme la llamada.

—De nada. ¿Has averiguado algo en el trabajo?

—No, nada. No he podido ni siquiera localizar la enfermería, ni preguntar por el corredor, ni nada. Te he llamado para saber si habías analizado su sangre.

—Sí, he enviado la muestra al laboratorio, pero no tendremos los resultados hasta mañana a esta hora. He estado pensando en ese hombre y me pregunto si no nos habremos equivocado con él desde el principio. ¿De verdad estaba tan mal cuando lo encontraste? Porque los síntomas y las señales, por escasos que fueran, no cuadran con nada que yo conozca. Además, aunque con ayuda, se marchó del hospital por su propio pie, cosa imposible para una persona que ha estado en parada cardiorrespiratoria durante Dios sabe cuánto tiempo.

—Sí, ya sé que no encaja —convino Pia—. He estado dándole vueltas a esta historia desde que me dejaste en Nano, pero sigo convencida de que ese hombre no tenía pulso ni respiraba cuando lo encontré.

—¿Y qué piensas hacer, dejarlo estar? No hay duda de que la mujer que se presentó en Urgencias estaba al mando de la situación. Si es tu jefa, supongo que eso te pone en una situación comprometida. Aun así, soy partidario de esperar a ver qué dice el análisis de sangre. ¿Qué te parece?

En efecto, los síntomas y los indicios no cuadraban. Caldwell estaba en lo cierto, se dijo Pia, el historial clínico carecía de sentido. Aun así, no le cabía duda de que Paul se equivocaba al pensar que partían de una base errónea. Estaba segura al 99,9 por ciento de que el corredor se hallaba clínicamente muerto cuando lo encontró. Sin embargo, dos horas más tarde se había recobrado por completo de forma casi milagrosa y no parecía sufrir efectos secundarios.

Pia se corrigió. No podía tener la total certeza de que el hombre no estuviese padeciendo secuelas, porque no había conseguido hablar con él y averiguarlo, ni dar con alguien de Nano que estuviera dispuesto a decírselo. Quizá en aquellos momentos no se encontrara tan bien. Pero si seguía estable, aquello quería decir que entre las paredes de Nano se estaba desarrollando algún tipo de programa de resucitación médica que era capaz de lograr que un hombre saliera al parecer ileso de una crisis cardíaca que debería resultarle letal.

—Pia, tendremos que esperar y ver qué dicen los resultados, ¿no? ¿Pia? ¿Sigues ahí?

Se había olvidado por completo de que estaba hablando por teléfono con Paul Caldwell. Cortó la comunicación sin añadir palabra y se sentó en el reposabrazos del sofá. De repente le parecía obvio lo que tenía que hacer si deseaba averiguar lo que estaba pasando en Nano. Había una persona que sin duda lo sabía todo. Y era Zachary Berman.

Por mucho que hubiera intentado evitarlo, no iba a tener más remedio que acercarse a él. Teniendo en cuenta el nivel de seguridad de Nano, con los vigilantes y los escáneres de iris, lo más probable era que su casa fuera el eslabón más débil. A pesar de que no había visto despacho alguno en la visita que hizo con George, suponía que Berman dispondría de uno en su domicilio. Lo más seguro era que unos cuantos minutos en su casa le bastaran para hallar la respuesta a todas sus preguntas. La cuestión era ¿cómo organizarlo? Notó que se le aceleraba el pulso cuando su mente empezó a funcionar a toda velocidad. Había una manera de conseguirlo, pero implicaba un riesgo considerable.

18

Nano, S. L., Boulder, Colorado
Miércoles, 24 de abril de 2013, 6.09 h

Cómodamente instalado en su despacho privado de Nano, Zach Berman soportaba una ligera resaca mientras repasaba las ediciones online de *The New York Times*, *The Washington Post* y una selección de diarios británicos y alemanes. Nano estaba suscrita a varios periódicos chinos, pero Berman dejaba esa parte del ritual matutino en manos de Whitney Jones, a la que no esperaba ver hasta bastante más tarde. Fuera todavía estaba oscuro.

Había pasado la noche anterior atendiendo a sus invitados chinos, que habían quedado especialmente satisfechos de su gira matinal por las instalaciones de la empresa y después habían pasado el resto del día en las áreas restringidas, observando cómo sus compatriotas eran sometidos a varias pruebas y realizaban ejercicios de rutina carentes de riesgo. Para la cena de bienvenida, había elegido una vez más el escenario de su imponente mansión. Con ella había logrado impresionar a sus invitados mucho más que si hubiera optado por el mejor restaurante de Boulder o Denver. También la visita del correspondiente séquito de señoritas de compañía resultaba más sencilla si acudían allí en lugar de a un restaurante.

Hacía tiempo que Berman se había acostumbrado a las interminables rondas de brindis típicas de ese tipo de reuniones. Aunque por lo general bebía vino o cerveza para acompañar las comidas, con los visitantes chinos tomaba whisky, que era lo que ellos preferían; de ahí la resaca. Aun así la velada había resultado todo un éxito.

Tras los postres había hecho una presentación formal en PowerPoint para explicar en detalle que la nanotecnología estaba destinada a convertirse en un fenómeno médico global y que, a través de la cooperación y el respeto mutuo, Nano S. L. y la República Popular China serían capaces de capitalizar el ilimitado potencial que pronto liberarían juntos. Todos los presentes habían oído aquel discurso en alguna ocasión previa, pero la convicción expositiva que Berman había demostrado la noche anterior había convertido el último brindis de la noche en el más estrepitoso y emotivo, por lo que Zach se vio obligado a beberse de un trago un vaso de whisky entero. Minutos más tarde, cuando volvió a ocupar su asiento, empezó a notar un incipiente dolor de cabeza. Media hora después se excusó alegando que necesitaba dormir al menos unas horas y dejó a sus invitados jugando al póquer en el salón con sus acompañantes femeninas.

Cuando se levantó para marcharse, el jefe de la delegación china, Shen Han Li, lo llevó a un aparte. Le dio las gracias por su generosa hospitalidad y le dijo que lo que había visto durante el día lo había convencido de que sus colegas no se habían equivocado en sus evaluaciones de los progresos de Nano. Luego le recordó que sus superiores seguían impacientes por disponer de pruebas concretas que demostraran la eficacia de los nanorrobots que les interesaban. Dichas pruebas serían decisivas a la hora de garantizarle el capital que necesitaría en un futuro próximo. Berman le dio las gracias por su franqueza y por la generosidad del trato que tal vez cerraran. Tras las largas horas que había durado la cena y los innumerables brindis de felicitación mutua, aquello era justo lo que necesitaba oír.

No cabía duda de que había sido una velada redonda.

Sin embargo, bajo la fría luz de la mañana, Berman volvió a sentir la presión del tiempo y la necesidad de asegurarse de que el rendimiento de los atletas bastaría para conseguir la inversión completa por parte del gobierno chino. En los últimos días habían tenido algunos tropiezos y, aunque hubieran logrado controlarlos, no podían permitirse más deslices. Si los chinos se enteraban, todo el acuerdo podría irse al traste. Aquella mañana tendría que hablar con Stevens sin falta para estar completamente seguro.

Estaba ojeando el *Times* de Londres cuando creyó oír que alguien llamaba a la puerta de su despacho. Pensó que la resaca le estaba jugando una mala pasada, pero entonces volvió a oírlo. Era demasiado temprano para que fuera alguna de sus secretarias, y Whitney Jones le había dicho que se iba a casa para desconectar durante unas cuantas horas. Ni siquiera Mariel la compulsiva llegaba nunca antes de las siete o siete y media. Movido por la curiosidad conectó el monitor que mostraba las imágenes de la cámara de seguridad del exterior, y lo que vio lo dejó atónito.

—Vaya, vaya… —dijo en voz alta y con una sonrisa mientras permitía que entrara su visita—. ¡Por aquí! —indicó.

Estaba sorprendido pero encantado. ¡Pia Grazdani había ido a verlo a su despacho! Se levantó, pues estaba algo inquieto. Aquella sorpresa hacía que se sintiera como un adolescente enamorado. Nervioso, se alisó el pelo con las manos y se aseguró de que llevaba la camisa bien metida en los pantalones. En su mente se repetía la imagen de George Wilson rodeando los hombros de Pia con el brazo. Era una escena fugaz de cuando se marcharon de su casa la otra noche, y en aquel momento le había disgustado. Aunque no durante mucho tiempo. Whitney no había tardado en explicarle que a George, borracho, se le había soltado la lengua y que incluso le había preguntado si Berman y Pia se acostaban. Zachary y su ayudante se habían reído mucho con todo aquello. Jones también le había contado que George había reconocido que su relación con Pia no era íntima. A Zach aquel dato le había resultado alentador, y más en aquel momento, cuando ella iba a entrar en su despacho al filo del amanecer.

—Buenos días, señor Berman —dijo Pia con tono alegre

cuando sorteó la puerta interior de su despacho—. Espero que no sea demasiado temprano para venir a verlo.

—Nunca es demasiado temprano para una sorpresa tan agradable como esta. ¿A qué debo el placer? —A sus ojos, Pia nunca había estado tan guapa. Le resultaba tremendamente atractiva—. Por favor, pasa y siéntate —dijo mientras le indicaba el sofá de piel y recogía los papeles que salpicaban los cojines.

—Quería darle las gracias por invitarnos a George y a mí a cenar la otra noche. Lo pasamos muy bien, sobre todo yo. Me temo que George acabó bebiendo más de la cuenta. En cualquier caso, gracias.

—¿Y has venido a darme las gracias a las seis y cuarto de la mañana? No es que no aprecie el detalle, pero...

La situación le hacía gracia, estaba claro que aquella no era la razón por la que Pia deseaba hablar con él.

—Sé que viene temprano al despacho y pensé que sería más fácil...

—¿...sin Whitney y Mariel rondando por aquí? —La imaginación de Berman comenzó a desbocarse.

—Bueno, pues ya que lo menciona, sí —contestó Pia con una sonrisa.

Sintió que estaba revelando demasiado, pero decidió seguir adelante.

—Sí, la señorita Spallek puede resultar un poco... —Berman dejó que Pia terminara la frase por él.

—¿Posesiva?

—Sí, esa es una buena descripción, pero no permitas que eso te preocupe. Por favor, siéntate.

Berman le señaló nuevamente el sofá colocado enfrente del ventanal que daba a un jardín japonés de piedras. Ahuecó uno de los cojines, como si Pia necesitara más indicaciones.

Pia se adentró en el despacho y se entretuvo mirando los objetos personales y los recuerdos de Berman, entre los que había varias cornamentas de distintas especies de gacelas africanas. La habitación rezumaba una masculinidad estereotípica, de la vieja escuela, que ella creía que había desaparecido con Hemingway. Al final se sentó donde Berman le indicaba. En su interior estaba sorprendida y aliviada por la aparente facilidad con la que estaba consiguiendo que Berman le siguiera el juego. Le complacía comprobar que los hombres como él resultaban muy predecibles.

Pia consideró la posibilidad de dejarse de fingimientos y preguntarle directamente por el corredor chino. Pero enseguida decidió que era mejor que no. Su intuición le decía que lo más probable era que Berman no le dijera nada. Se acordó del número exacto que el corredor llevaba tatuado en el brazo. Había sentido un extraño desasosiego al verlo, y experimentaba la misma inquietud cada vez que lo recordaba.

—Puede que Mariel sea posesiva —añadió Berman—, pero tiene buen corazón y es leal. A lo que me refiero es a que se trata de una lugarteniente magnífica.

—¿Lugarteniente? Curiosa elección de palabras —comentó Pia.

—¿Te apetece un café? —preguntó Berman mientras señalaba una sofisticada cafetera empotrada en la pared de caoba.

—Me encantaría.

Antes de llegar, estaba nerviosa por lo que iba a hacer, ya que recordaba con desagrado el modo en que Berman había intentado colarse en su apartamento. Sin embargo, en aquellos momentos se sentía confiada y segura de sí misma. Había tratado con tipos más temibles que Berman, como por ejemplo los albaneses que la habían secuestrado. Sí, tipos mucho más intimidantes.

—Siempre pienso que Mariel tiene algo militar. Es una mujer muy organizada.

—Es una buena jefa.

—Desde luego, me mantiene al día de todo lo que haces en el laboratorio.

Berman le pasó una taza de café y después se preparó otra para él.

Pia estaba segura de que Mariel le había informado de su papel en el asunto del corredor chino y le resultaba extraño que Berman no lo mencionase.

—Está muy impresionada contigo —prosiguió el hombre—. Como te dije la otra noche, todos estamos muy agradecidos por los progresos que estás haciendo en el tema de la biocompatibilidad de los microbívoros.

—Espero que estemos avanzando en la buena dirección. Es un trabajo fascinante, y me haría ilusión realizar una contribución así a la ciencia. Esa es mi meta.

Berman cogió su taza y fue a sentarse en un sillón giratorio de piel situado frente a Pia. Durante un segundo la miró fijamente con una leve sonrisa.

—Bueno, y hablando de tipos posesivos, ¿cómo está tu amigo, el doctor Wilson? ¿Volvió a Los Ángeles sin problemas?

Pia también esbozó una ligera sonrisa.

—Supongo que sí. No he tenido noticias suyas desde entonces. Me alegro de volver a tener el apartamento para mí sola. No está equipado para visitas.

—Es comprensible —repuso Berman.

—¿La señorita Jones vive en su casa con usted?

—Desde luego que no.

—Me gustaría visitarla de nuevo. La otra noche me pareció impresionante, y creo que me perdí muchos detalles.

Berman apuró su café. Aquello estaba yendo mucho mejor de lo que habría podido imaginarse.

—Tendrás que ir a cenar otro día.

—Desde luego —contestó Pia—. Me encantaría.

Berman la observó. Sin duda era de una de las mujeres más exóticamente atractivas que había conocido, y allí estaba, al parecer ofreciéndose en bandeja de plata. Intentó relajarse. Era mucho más de lo que habría podido esperar.

—Muy bien. ¿Qué noche tienes libre?

—Esta noche no tengo compromisos, creo. Si no le parece demasiado precipitado.

—En absoluto. Que sea esta noche, pues. ¿Te va bien a las ocho?

—Perfecto —contestó Pia—. Pero hay algo que quisiera dejar bien claro —añadió con una sonrisa.

—¿De qué se trata?

—Me prometió que no repetiría lo de, según sus propias palabras, «ponerse pesado». Me refiero a su comportamiento conmigo antes de marcharse a China. Quiero que mantenga su promesa.

—Palabra de honor —repuso Berman alzando ambas manos y sonriendo.

—De acuerdo. Entonces, nos vemos a las ocho —dijo Pia sin más.

Se levantó y se dirigió hacia la puerta mientras notaba los ojos de Berman clavados en su espalda.

«Dejemos que disfrute de sus fantasías», dijo para sí mientras salía al frío aire de la mañana, y añadió: «Misión cumplida».

Por su parte, Berman volvió a sentarse en su sillón giratorio y les dio las gracias a los dioses por regalarle un comienzo del día tan prometedor. Incluso la resaca había desaparecido como por arte de magia.

19

Nano, S. L., Boulder, Colorado
Miércoles, 24 de abril de 2013, 12.09 h

Tras comprobar los registros de seguridad como hacía todos los días, Mariel Spallek tuvo que reconocer que, puesto que aquel día Pia había empezado a trabajar antes de las seis de la mañana, se había ganado el derecho a tomarse cuarenta y cinco minutos extra a la hora del almuerzo para poder salir a correr. Además Pia le había dicho que el ejercicio la ayudaba recuperarse si estaba cansada y que pensaba con mayor claridad mientras recorría los caminos de montaña que rodeaban Nano. Que Mariel estuviera de buen humor también ayudaba. Había conseguido hacerse con otro laboratorio en el piso inferior y también con más equipo para que Pia pudiera duplicar el número de experimentos con los distintos niveles de glicopolietileno incorporados a los microbívoros con los que trabajaban. Una vez que Pia instaló todos los aparatos, Mariel le dijo que podía salir a correr un rato, pero añadió que preferiría que no se tropezara con más empleados de Nano en estado crítico. El comentario les había arrancado una carcajada a las dos.

Pia tenía por costumbre correr camino arriba para ejercitarse a mayor altura, pero en aquella ocasión giró a la derecha y bajó por la carretera que llevaba a la ciudad. Al cabo de unos cuantos cientos de metros se metió por una pequeña vía secundaria que nunca había recorrido. Pasados más o menos otros cien metros se detuvo, trepó por el terraplén que bordeaba el camino y se internó en el bosque que rodeaba Nano. Su plan consistía en averiguar si, tal como sospechaba, había una segunda entrada a las instalaciones o cualquier otra cosa que pudiera verse desde el exterior del perímetro. La zona estaba llena de caminos secundarios y podría haber elegido dar una vuelta con el coche para ver qué encontraba, pero ir a pie le había parecido mejor idea. Pretendía rodear el complejo, a pesar de que Nano ocupaba un terreno considerable. Albergaba la esperanza de detectar algo nuevo, porque estaba igual que cuando se marchó de Urgencias el día anterior.

Siguió avanzando por el bosque. La primavera estaba siendo poco lluviosa, así que un fino polvillo quedaba suspendido en el aire cada vez que pisaba hojas o ramas. La vegetación iba haciéndose más densa a medida que se internaba en la espesura. Tuvo que empezar a abrirse paso con los brazos y se hizo unos cuantos arañazos. Cinco minutos después, se sentía como si estuviera en mitad de la nada. Ante ella, los árboles eran cada vez más altos y densos y le costaba distinguir el valle donde Nano estaba situada. Avanzó un poco más e, inesperadamente, se topó con una fina valla de alambre de púas de color verde que le raspó la nariz.

—¡Maldita sea! —exclamó.

Se llevó la mano a la cara, pero no había sangre. Entonces estudió con atención lo que tenía delante y distinguió la casi invisible alambrada. En el suelo, una estrecha trinchera se extendía a derecha e izquierda hasta donde alcanzaba la vista. En ella estaban clavados a intervalos regulares los puntales de hierro de tres metros de alto que sostenían la tela de alambre. Pia la zarandeó y comprobó que estaba tensa y parecía resistente. Estaba recubierta de un material verde oscuro que probablemente se había fabricado con tecnología nano. Oyó un ruido y, justo delante de ella, al otro lado de la alambrada, vio a un joven ciervo que la observaba inmóvil.

—No tienes por qué asustarte —le dijo—. Ninguno de los dos puede saltar esta valla.

Así pues, Nano disponía de un segundo perímetro de seguridad situado mucho más lejos de la imponente alambrada rematada por espino. Pia no tenía motivos para creer que aquella nueva barrera no rodeara el complejo con la única excepción, lógicamente, de la entrada principal. Sin duda era un ejemplo más de lo en serio que Nano se tomaba todo lo relacionado con la seguridad. También tuvo que recalcular el tiempo que creía que tardaría en dar la vuelta al perímetro.

Su iPhone comenzó a sonar de repente y Pia ahogó un grito. Toparse con la alambrada la había puesto nerviosa, y además no esperaba una llamada estando en pleno bosque. Sacó el aparato de la funda que llevaba sujeta al brazo y reconoció el número de Paul Caldwell. Sus esperanzas aumentaron: quizá hubiera encontrado algo importante en el análisis de sangre del corredor.

—¿Pia?

—Sí, Paul. ¿Qué noticias tienes?

—Pia, te oigo muy mal. Creo que casi no hay cobertura. Escucha…

La joven no oía nada. Dio media vuelta y regresó hacia el camino desde el que había entrado al bosque. La voz de Paul le llegaba de forma intermitente, el teléfono emitió un par de pitidos y, finalmente, la comunicación se interrumpió. Cuando llegó al camino, esperó a que Paul volviera a marcar: quería evitar la exasperante situación que se produce cuando dos personas tratan de llamarse a la vez tras perder la conexión. Confió en que Paul no pensara lo mismo.

El móvil sonó.

—¿Paul?

—¿Eres tú, Pia?

—Sí, soy yo. ¿Qué pasa? ¿Has averiguado algo?

—Vale, ahora te oigo. Escucha, ha habido un problema con la muestra de sangre.

—¿Un problema? ¿A qué te refieres? ¿Qué han encontrado?

—No han encontrado nada, Pia. No han analizado la muestra porque nunca llegó al laboratorio.

—¿Qué quieres decir? Cuando hablamos anoche me dijiste que acababas de enviarla y que esperabas tener los resultados hoy.

—Sí, eso dije, y es cierto que lo normal es que los resultados te lleguen al día siguiente. Pero en este caso no ha sido así.

—Y entonces ¿qué demonios ha pasado?

Estaba furiosa, y aunque le daba vergüenza estar gritando por teléfono, de pie a un lado del camino, no pudo evitar hacerlo. Oyó que Paul se disculpaba al otro lado de la línea, pero aquello no le sirvió de consuelo. Aparte de su aparente éxito a la hora de conseguir que Berman la invitara de nuevo a su guarida, todo lo demás estaba fallando. Y encima había problemas con la muestra de sangre. No le parecía justo.

—Metí la muestra en el sobre correspondiente —siguió explicándose Paul— y lo dejé en el buzón de seguridad para el mensajero. Este la recogió y la llevó al laboratorio. Es el hombre que suele encargarse de todas nuestras entregas y recogidas y confío en él, pero, en este caso, además he comprobado que en el registro figura su firma, cosa que demuestra que el tubo llegó, pero ahí se pierde el rastro. No llegó al laboratorio.

—¿Cómo puede ocurrir algo así? —quiso saber Pia—. Tendrías que haberla llevado personalmente.

—Vamos, Pia, dame un respiro. Esto es algo que no había pasado nunca. Vale, una muestra puede traspapelarse de vez en cuando, pero ninguna se ha desvanecido de este modo. Créeme, he hecho que pusieran el laboratorio patas arriba. La mitad del negocio de esa gente depende de nosotros, así que les he dicho que si no encontraban la muestra nos llevaríamos nuestros análisis a otro sitio. Dudo que Noakes se atreviera a tanto, pero planteé la amenaza en su nombre.

—¿Qué etiqueta llevaba el tubo?

—Tenía el código de barras del hospital, pero además escribí mi nombre en otra etiqueta y añadí la palabra «Corredor». Tienen un montón de muestras con mi nombre, de modo que me aseguré de ir con cuidado por si el código de barras se borraba. Siento que haya ocurrido, Pia, pero no es el fin del mundo.

—Está bien —repuso Pia con brusquedad, y cortó la llamada.

Quizá no fuera el fin del mundo para el doctor Caldwell, pero para ella era el colmo de la frustración. Había vuelto a la casilla de salida, no tenía nada. Sentía cierta ansiedad. La alambrada se le antojaba una presencia siniestra, una innecesaria segunda barrera protectora alrededor de Nano, que la aislaba todavía más del mundo exterior. La valla principal en torno al aparcamiento era mucho más alta que aquella y ya resultaba bastante impresionante por sí sola. Supuso que la alambrada exterior sería más franqueable, pero estaba segura de que estaría equipada con sensores que revelarían la presencia de cualquier intruso. ¿O es que Nano tenía más interés en impedir que la gente saliera que en evitar que entrara? Era una pregunta para la que no tenía respuesta.

En aquel momento, el quejido agudo de un motor interrumpió sus pensamientos. «Se acerca una moto», se dijo mientras corría a esconderse entre la maleza, donde no podrían verla desde el camino. Antes de divisar ningún vehículo a motor vio a un ciclista, y poco después a otro, ambos vestidos con ropa negra estampada con el logo de Nano, cascos del mismo color y gafas oscuras y aerodinámicas. Respiraban rítmicamente y remontaban la pendiente a una velocidad impresionante. Iban encorvados sobre el manillar, con el cuerpo oscilando a un lado y a otro, y las zapatillas sujetas a las punteras de los pedales. Cuando el primero de ellos pasó ante Pia miró por encima del hombro hacia su colega. Aquel breve vistazo al rostro del hombre le bastó para conjeturar su origen. Era asiático, probablemente chino.

A poca distancia de los ciclistas apareció un individuo montado sobre una moto sucia, vestido de cuero y con un casco integral. Mantenía la misma velocidad que los hombres que lo precedían. Más atrás, una furgoneta blanca seguía al grupo también a la misma velocidad, pero a mayor distancia. Pia no pudo ver nada a través de los cristales tintados del vehículo. Esperó un par de minutos por si aparecía alguien más y después salió de su escondite para seguir al grupo a la carrera, temerosa de que dieran media vuelta y se toparan con ella de cara.

Tomó una curva cerrada que coronaba una loma. Desde allí obtuvo una panorámica del camino. Más adelante había una larga y pronunciada pendiente y, cerca del final, divisó a la pareja de ciclistas. No habían aminorado la marcha e, incluso desde aquella distancia, Pia pudo darse cuenta de que ascendían con notable rapidez a pesar de la acusada inclinación. ¿Quiénes eran y por qué llevaban el logotipo de Nano? Los vio desaparecer por el otro lado de la colina, seguidos por la moto y la furgoneta.

Permaneció un momento donde estaba, contemplando el lugar por donde el grupo se había marchado, directo hacia las Montañas Rocosas. Sacudió la cabeza con incredulidad. Era demasiada coincidencia. Si antes había sido un corredor, en aquellos momentos eran unos ciclistas los que al parecer se entrenaban de algún modo en los alrededores de Nano, y eran lo bastante importantes para que los escoltaran un motorista y una furgoneta.

La interrupción había impedido que la joven asimilara por completo lo que le había contado Paul Caldwell: que la muestra de sangre del corredor chino que habían conservado por accidente había desaparecido antes de llegar al laboratorio encargado de analizarla. Nunca había ocurrido nada parecido y no había nada que explicara la desaparición del tubo. Estaban poniendo el laboratorio patas arriba para tratar de encontrar la muestra, o al menos eso le había dicho el compungido Paul. «Qué desastre», pensó con desdén.

Pia estaba segura de que los empleados del laboratorio perdían el tiempo. No tenía la menor duda de que alguien de Nano se había llevado la muestra antes de que pudiera ser analizada. Sabían que al corredor le habían sacado sangre en el hospital, pero podrían haber supuesto que habían requisado todas las muestras en Urgencias. Lo ocurrido después demostraba que eran exhaustivos y que su brazo llegaba muy lejos. Debían de haber dejado a uno de sus hombres en el hospital o, más probablemente, en el laboratorio para que interceptara cualquier encargo proveniente del servicio de Urgencias de aquel hospital en concreto. Para una empresa con los recursos de Nano no resultaría difícil llevar a cabo una acción así.

En cualquier caso, se dijo que se había comportado como una idiota al confiarle la muestra a Paul Caldwell. Bien podría haberle puesto al tubo un cartel gigante que rezara RÓBAME. No solo había escrito su nombre, sino que había añadido que la sangre era del corredor.

Entonces su mente racional tomó las riendas de la situación. A pesar de lo raro que había sido el encuentro con Mariel en Urgencias, ella no había prevenido a Caldwell para que actuara con especial precaución respecto a la muestra. Los de Nano se habían llevado los otros tubos, pero era demasiado pedir que un médico de urgencias pudiera predecir algo que jamás había ocurrido: que una muestra desapareciera al llegar al laboratorio. Las conclusiones que Pia extraía de tan desafortunado episodio eran que las apuestas habían subido y que en el futuro tendría que ser más cuidadosa. Teniendo en cuenta las ingentes cantidades de dinero que se movían alrededor de la nanotecnología, se enfrentaba a un enemigo formidable cuidadosamente envuelto en secretismo.

Dio media vuelta y empezó a correr camino abajo. Correría un rato y se olvidaría de rodear Nano a pie. Al fin y al cabo, ¿qué más daba que hubiera una segunda o incluso una tercera entrada al complejo? Semejante descubrimiento solo le serviría para confirmar la sensación de secretismo. Lo que estaba cada vez más claro era que su única y más prometedora fuente de revelación de secretos acerca de lo que estaba haciendo Nano era Zachary Berman. En su casa no había escáneres de iris ni vallas con alambre de espino. Al menos ella no los había visto. Sin embargo, cada vez que pensaba en presentarse allí sin la compañía de George, un escalofrío le recorría la espalda. El instinto le decía que Berman era tan peligroso como una serpiente escondida entre la hierba.

20

Hospital Boulder Memorial, Aurora, Colorado
Miércoles, 24 de abril de 2013, 17.32 h

De camino a casa tras salir de Nano para ducharse y cambiarse antes de su cita de la noche, Pia tuvo que hacer una parada. Sabía que Caldwell estaba de guardia porque había llamado al hospital. Cuando la telefonista supo que quien llamaba era una doctora, se ofreció a pasarle con él, pero Pia le dijo que no era necesario, se subió a su coche y fue directa al Boulder Memorial. La tarea que tenía entre manos no podría haberse hecho por teléfono. Iba a pedirle un favor que requería un encuentro cara a cara.

Cuando entró en el servicio de Urgencias, la suerte le sonrió: Paul Caldwell estaba en la segunda sala donde miró, supervisando la labor de un residente de primer año que atendía a un niño que se había dado un fuerte golpe en la cabeza al caerse de la bicicleta. Pia lo observó mientras tranquilizaba a la angustiada madre asegurándole que su hijo se pondría bien. Cuando hubo acabado, Caldwell le devolvió el caso al residente, salió del cubículo y se encaminó hacia el mostrador de enfermeras. Al ver a Pia esbozó una sonrisa insegura y arqueó las cejas.

—No esperaba verte por aquí —le dijo.

Tenía la esperanza de volver a verla pero no tan pronto, sobre todo después de cómo había reaccionado ante la pérdida de la muestra de sangre y del modo en que había puesto fin a su última conversación. No le cabía duda de que le había colgado el teléfono.

—Siento haberme puesto así por lo de la sangre —respondió en voz baja. Estaban en medio de la abarrotada sala de Urgencias—. Sé que no fue culpa tuya.

—Sabes que no la perdí a propósito. Bueno, me alegro de que me concedas el beneficio de la duda. Es muy generoso por tu parte.

Paul continuó caminando hasta el mostrador, donde dejó el papeleo sobre el caso de traumatismo del niño. Pia lo siguió de cerca. Se fijó en que iba tan impecablemente vestido como el día anterior.

—¿Tienes un momento para hablar?

—Supongo que sí —contestó él.

Se inclinó sobre el mostrador y le preguntó a la enfermera jefe si había algún otro caso esperándolo. Su trabajo consistía principalmente en supervisar el de los demás, salvo cuando el servicio de Urgencias se veía sobrepasado. Entonces también se hacía cargo de los pacientes. La enfermera le hizo una señal con el pulgar para indicarle que todo iba bien y que, de momento, su presencia no era necesaria.

—Ven conmigo —dijo Paul.

Condujo a Pia a la sala de descanso de los médicos. En el interior de la estancia desprovista de ventanas había varios sillones, un sofá y un escritorio individual. En aquel momento la mesa de trabajo estaba ocupada por un residente vestido con una bata arrugada que se parecía mucho más a los médicos de Urgencias que Pia estaba acostumbrada a ver. El joven estaba rellenando papeleo y no levantó la mirada cuando Caldwell y Pia entraron.

—Creo que Nano tuvo algo que ver en la desaparición de la muestra —anunció Pia en voz baja en cuanto se hubieron sentado—. De hecho, estoy segura.

—¿Qué te hace pensar eso?

Paul estudió el rostro de la joven. Su comentario le había parecido un tanto paranoide, y también se había fijado en que no mantenía el contacto visual.

—En realidad no es más que un presentimiento. —Miró al residente del escritorio y vio que no les estaba prestando la menor atención—. Ese lugar está plagado de secretos. Tiene un nivel de seguridad extraordinario. Hasta ahora no le había dado demasiada importancia, pero me parece excesivo, aun teniendo en cuenta que necesita proteger sus patentes de nanotecnología. No sé, hay escáneres de iris por todas partes. Parece la CIA o el Pentágono, por Dios. Y, además, los corredores no son los únicos que mantienen algún tipo de relación con Nano. Esta mañana he salido supuestamente a correr, pero en realidad quería hacer una ronda de reconocimiento de las instalaciones. Me he encontrado con un par de ciclistas que iban vestidos con ropa de la empresa, y creo que también eran chinos. Iban seguidos por gente que supongo que debe de trabajar en Nano: un motorista y una furgoneta con los cristales tintados.

—¿Ciclistas?

—Sí, con pinta de profesionales a lo Lance Armstrong. Iban equipados a la última y llevaban bicicletas muy rápidas. Y he descubierto que el complejo está protegido por dos vallas de seguridad, la que tú viste en el interior, con alambre de púas, y otra situada un par de cientos de metros más lejos, en pleno bosque. Está tan camuflada que no la vi hasta que me choqué con ella.

—¿Te habías internado en el bosque?

—Sí. Estaba allí cuando me llamaste. Mi intención era rodear la propiedad y ver dónde están las otras entradas. Tiene que haber al menos un acceso más.

—Vale, pero no veo qué relación tiene todo eso con que Nano haya robado la muestra de sangre.

—Por teléfono me dijiste que nunca había ocurrido algo así. Si hubiera un problema en el registro de entrada del laboratorio ya habría ocurrido al menos una vez, ¿no crees? Sobre todo teniendo en cuenta la cantidad de muestras que el hospital debe de enviarles.

—Es cierto, analizan muchas muestras. El hospital dispone de su propio laboratorio, pero la mayor parte del trabajo se manda fuera. Resulta más económico.

Pia se dio cuenta de que su argumentación era, como mínimo, endeble. Estaba diciendo que Nano se había llevado la muestra porque era una empresa hermética y un tanto siniestra. Aun así, se fiaba de su instinto. El año anterior George Wilson había intentado echar por tierra todas las teorías de la conspiración aparentemente absurdas que ella le había planteado en relación a las muertes de Columbia, pero al final Pia había llegado al meollo del asunto gracias a su instinto y su capacidad deductiva. Al principio sus conclusiones habían ido muy desencaminadas, pero al final había dado en el clavo. En aquellos momentos tenía la misma corazonada con respecto a Nano, y estaba decidida a seguir su olfato. Había algo raro en todo aquello y pensaba averiguar qué era.

—Deja que te diga una cosa —continuó cuando vio que Paul dudaba—: en Nano disponen del personal adecuado para conseguir algo tan simple como robar una muestra de sangre de un laboratorio clínico. Ya viste la clase de tipos que se presentaron con mi jefa. Eran como un equipo de agentes de élite. ¡Venga ya! Es una empresa que se dedica a fabricar aditivos para pinturas, o al menos eso es lo que quieren que creamos. ¿A qué vienen ese nivel de seguridad y esas tácticas de guerra?

—Estoy de acuerdo en que su forma de irrumpir aquí fue exagerada —admitió Paul, aunque se resistía a compartir del todo el punto de vista de Pia.

Le gustaba llevar una vida relajada y sin complicaciones, y aquel asunto se estaba enredando cada vez más. Disfrutaba trabajando y teniendo tiempo libre suficiente para gozar de la naturaleza, eso cuando no se dedicaba a experimentar con los códigos de programación, una afición que cultivaba desde los cursos de robótica de la universidad. Le encantaba la relativa autonomía que le concedía ser médico de Urgencias, y esa era la razón por la que los tipos trajeados como Noakes lo sacaban de sus casillas y por la que la idea de que una empresa como Nano hubiera robado una prueba, suponiendo que lo hubiera hecho, fuera tan en contra de sus intereses. No deseaba complicarse la vida.

—¿Y cómo vas a averiguar si han sido ellos? —preguntó tras una pausa.

—Confía en mí, Paul. Tengo buen olfato para estas cosas. Fueron ellos.

—Vale, pero ¿cómo piensas demostrarlo?

—Voy a hacer un pequeño trabajo de incógnito —repuso Pia. Esperaba que Paul se lo desaconsejara, como sin duda habría hecho George, pero el médico no dijo nada—. Y esa es otra de las razones que me ha traído hasta aquí —añadió.

—Tú dirás.

Pia se acercó a Paul y bajó la voz.

—Necesito que me hagas una receta. O, mejor aún, que me des unas cuantas pastillas, si están disponibles en Urgencias.

—¿A qué clase de pastillas te refieres? —preguntó Paul con cautela.

Que Pia le pidiera medicamentos encendía todo tipo de alarmas en su mente. Para empezar, apenas la conocía, se habían visto por primera vez el día anterior. Por otra parte, ella seguía evitando mirarlo a los ojos y aquello le hacía preguntarse si había hecho lo mismo durante su primer encuentro, pero no se acordaba.

—Somníferos —contestó Pia. No dejaba de mirarse las manos porque se sentía incómoda—. No harían falta muchos. Bastaría con unos cuantos comprimidos. Anoche apenas pude pegar ojo. Gracias. No sabes cuánto te lo agradezco.

Paul se reclinó en su asiento.

—¡Eh, todavía no he dicho que sí!

—Tienes razón. Lo siento. Me estoy anticipando. Necesito un poco de Temazepam.

—Eso es benzodiacepina, una sustancia restringida.

—Lo sé, lo sé, pero es que me cuesta mucho dormir. La verdad es que me paso las noches en vela. Tenía un poco de Ambien, pero no me hace nada. No tienes más que mirarme.

Paul miró a Pia y le pareció que estaba perfectamente. De hecho, estaba preciosa. Al igual que la joven, él también solía dejarse guiar por su intuición, y desconfiaba de su sinceridad cuando le decía que necesitaba los somníferos para dormir. Algo no encajaba, y ella seguía sin mirarlo.

—Vale, perdona —dijo Pia al tiempo que se levantaba—. Se lo pediré a otra persona, no pasa nada.

Echó a andar hacia la puerta.

—Espera, Pia, hay algo que no te he contado.

Ella se volvió. Se fijó en que el otro ocupante de la sala seguía sin prestarles atención, como si ni siquiera fuera consciente de su presencia.

—No envié toda la sangre al laboratorio. Me quedé con unos cuantos centímetros cúbicos. Están en la nevera del servicio de Urgencias.

—¿En serio? —El rostro de Pia se iluminó—. ¿Por qué no me lo habías dicho?

—Lo habría hecho, pero me colgaste el teléfono. Además, te dije que enviaría solo una muestra al laboratorio. No la mandé toda porque me comentaste que querías echarle un vistazo. Utilicé la suficiente para realizar los análisis diagnósticos estándares y guardé el resto.

—Ojalá me lo hubieras dicho.

—Te lo estoy diciendo ahora. Podrías habértelo tomado con más calma cuando hablamos antes. No pienso correr detrás de ti como un perrito faldero. Ya tengo mis propias preocupaciones.

—Vale, entendido —repuso Pia—. Tienes razón. Genial. Quédate tú con la sangre. No sabemos lo que andamos buscando, así que lo mejor será que te la guardes hasta que se nos ocurra algo.

—De acuerdo, la guardaré, pero deja que te haga una pregunta personal.

—¿Cuál? —preguntó Pia.

Se puso tensa de inmediato, no sabía qué esperarse.

—¿Por qué evitas mirarme? Me pone nervioso, es como si estuvieras guardándote algún secreto o no me dijeras la verdad.

Pia se obligó a mirarlo a los ojos durante al menos cuatro segundos. Como de costumbre, le resultó difícil. Luego volvió a sentarse junto a Paul y se concentró en sus manos mientras sacudía la cabeza.

—Tienes razón, pero al mismo tiempo te equivocas.

Entonces fue Paul quien negó con la cabeza.

—Si se supone que debo entender tu comentario es que me crees más listo de lo que soy. ¿Qué demonios quieres decir?

—Que tienes razón cuando dices que no te estoy contando la verdad, pero que te equivocas al imaginar que ese es el motivo por el que me cuesta mirarte a los ojos. Probablemente te esté dando más información de la quieras tener, pero me han diagnosticado un trastorno de vinculación adulta. ¿Sabes lo que es?

—Lo cierto es que no.

—Te lo explicaré con pocas palabras. Si quieres puedes investigarlo en internet. Básicamente, tengo ciertos problemas con las relaciones sociales.

Después le hizo un breve resumen de su pasado en el programa de acogida. No era frecuente que se mostrara tan abierta, pero Paul le caía bien. Tenía la sensación de que entre ellos empezaba a formarse un vínculo y quería responder a ello mostrándose inusitadamente sincera. Cuando acabó de hablar se obligó a alzar la vista y sostenerle la mirada, pero no pudo.

Tras unos segundos de silencio, Paul le dijo:

—Gracias por explicármelo. Lo considero un privilegio. Ayer pensaba que deseaba conocerte mejor, y hoy esa sensación es aún mayor. Pero ¿qué hay de que no me estabas contando la verdad? ¿Acaso tienes un problema de adicción, Pia?

Pia no pudo evitarlo. Se echó a reír y no fue una risa contenida, sino una sonora carcajada que la hizo mirar nuevamente al residente que seguía enfrascado en su trabajo en el escritorio cercano. La alivió ver que seguía ignorándolos. Volvió a centrarse en Paul.

—Desde luego que no —repuso tratando de recuperar el control y bajando todavía más la voz—. No tengo ningún problema con las drogas. En lo único que no te he contado la verdad es respecto al motivo por el que necesito unos cuantos somníferos. No son para que concilie el sueño, sino para que lo haga determinado caballero. Para serte totalmente sincera: necesito la clásica droga del violador, pero no por las razones habituales. No tengo intención de violar a nadie, al menos no en el sentido literal.

Paul puso cara de no comprender nada de nada.

—Está bien —repuso inclinándose hacia delante—, creo que será mejor que me expliques con exactitud qué tienes planeado, porque no me estoy enterando.

Estaba tan cerca de ella que podía apreciar su perfume. Era uno de sus favoritos.

Pia le explicó entre susurros su idea de intentar averiguar la verdad acerca de Nano poniéndose ella misma en peligro al ir a cenar a la extravagante mansión de Zachary Berman.

—No estás de broma, ¿verdad?

—En absoluto. Creo que es la única manera de conseguirlo. Lo irónico es que me apostaría lo que quieras a que seguramente él les haya hecho lo mismo a no pocas mujeres. Puede que no con Temazepam, pero sí con alcohol.

—¿Qué te ha llevado a pensar en el Temazepam?

Aquello animó a Pia. Paul no había descartado la idea de inmediato.

—Esta tarde he estado investigando las drogas del violador en internet. Al perecer el Temazepam se utiliza con frecuencia y puede conseguirse con facilidad. De todas maneras, no soy exigente. ¿Se te ocurre alguna otra?

Paul rió por lo bajo.

—Salvo por un par de casos de violación que hemos tenido en Urgencias, no es un asunto en el que tenga mucha experiencia. Solo hacemos análisis en busca de ese tipo de sustancias si la víctima en cuestión presenta síntomas que sugieran que son necesarios.

—Bueno, ahora que te he contado la verdad, ¿qué me dices? ¿Me darás unas cuantas pastillas de esas o no?

—La ética médica me impide darte ese tipo de medicación, ni siquiera un par de pastillas, para que cometas lo que podría interpretarse como un delito, y eso suponiendo que no abuses sexualmente de tu víctima.

—No es muy probable —rió.

Le gustaba el sentido del humor de Paul.

—Pero ¿sabes qué? Te daré un par de Temazepam si me dices que los necesitas para dormir.

—Me parece bien.

—Pero no son comprimidos, sino cápsulas. ¿Te valen?

—Aún mejor.

—Y otra petición: tienes que darme la dirección de Berman. Si mañana a mediodía no he tenido noticias tuyas, quiero saber adónde debo enviar a la policía. Para serte sincero, no apruebo tu plan en absoluto.

—Me parece bien —repitió Pia.

21

Mansión de Zachary Berman, Boulder, Colorado
Miércoles, 24 de abril de 2013, 20.00 h

«Bueno, aquí estoy otra vez», se dijo Pia sentada en su coche ante la casa de Zachary Berman. Llevaba el mismo vestido negro y ceñido que se había puesto el lunes, porque era el único traje de cóctel que tenía. Pero en aquella ocasión George no estaba, y confiaba en que tampoco Whitney Jones. Había repasado mentalmente su plan de aquella noche una y otra vez, pero se daba cuenta de que tendría que improvisar sobre la marcha. Habría preferido de todo corazón no tener que someterse a sí misma a semejante trance, pero era incapaz de librarse de la intensa necesidad de saber más acerca de Nano. Y para conseguirlo, sabía que tenía que pasar por su propietario, Zachary Berman. Como mujer realista que era, sabía que estaba exponiéndose a un cierto riesgo.

Bajó la visera del Volkswagen y se retocó el carmín color melocotón, que sabía que realzaba el tono de su piel. O eso le habían dicho. Salió del coche y se alisó el vestido, consciente de que probablemente Berman estuviera observándola. De ser así, tenía que localizar lo antes posible la sala de seguridad desde donde lo hacía.

Subió los peldaños de la escalinata y la puerta principal se abrió en el momento exacto, justo antes de que llegara. Al igual que en su primera visita, Berman la recibió al estilo europeo, con un beso en cada mejilla. Su indumentaria era elegante y a la vez sencilla, similar a lo que se había puesto para la otra cena. Llevaba una chaqueta azul marino y un jersey de cuello alto de punto marrón.

—Seguro que me ha visto llegar —le dijo Pia refiriéndose a lo oportunamente que le había abierto.

—Desde luego —repuso Berman al tiempo que la hacía pasar.

Pia se detuvo nada más rebasar el dintel.

—Pues no he visto ninguna cámara.

—Es muy discreta —contestó Berman—. A ver si adivinas dónde está.

Pia sonrió. Estaba convencida que de pequeño Berman había sido el típico niño al que le gustaba presumir de sus juguetes. Al igual que muchos hombres, no había madurado lo suficiente para superar aquella necesidad.

—De acuerdo —dijo Pia, que volvió a salir y examinó los marcos de la puerta y las vigas de la fachada, de estilo Tudor moderno, que se veían por encima de ella. Berman se estaba divirtiendo.

—Nunca la encontrarás.

Señaló el aparato, que no era más que una diminuta burbuja de cristal encastrada en medio del dintel de granito. Resultaba completamente invisible.

Pia puso cara de estar sumamente impresionada.

—¡Qué bueno! ¿Dónde está la sala de control?

—Adelante —le rogó Berman, que entró tras ella.

En el otro extremo del vestíbulo abrió lo que parecía la puerta de un armario. Detrás había una pequeña habitación con un panel electrónico y dos grandes pantallas de televisión que mostraban una sucesión de imágenes del exterior de la mansión: la verja de entrada, la piscina, la pista de tenis y el resto de la finca.

—¿Y qué me dice del interior? —preguntó Pia—. ¿También está conectado o solo tiene vigilancia exterior?

Sin molestarse siquiera en responder, Berman alzó la mano

hacia uno de los aparatos y tocó una pantalla. De inmediato, uno de los monitores comenzó a mostrar una serie de imágenes del interior, saltando de habitación en habitación.

—¿Está grabando?

—Así es —repuso Berman orgulloso—. Graba durante cuarenta y ocho horas seguidas, después borra el resultado y vuelve a empezar. Es un bucle.

—Apáguelo —dijo Pia.

—¿Cómo?

—Quiero que lo apague. Me siento cohibida sabiendo que me están grabando, y no me gusta.

En el rostro de Berman apareció una ligera sonrisa. Aquello le encantaba. Pia se había transformado milagrosamente en la mujer de sus sueños. Alargó la mano hacia el mismo aparato que había tocado para que mostrara las imágenes del interior y lo apagó. La pantalla se puso en negro antes de mostrar de nuevo las imágenes del exterior.

—A veces es divertido revisar lo ocurrido durante una velada —dijo con una sonrisa malévola—. Ya sabes a qué me refiero —añadió arqueando sus pobladas cejas con un ademán que pretendía ser sugerente.

Pia sintió una punzada de irritación al comprender que seguramente su primera visita había sido grabada. De niña su tío le había hecho las suficientes fotos pornográficas como para que el comentario de Berman la repugnara, pero aun así tuvo que controlarse.

—¿Esta noche no contamos con la señorita Jones? —preguntó.

—No, no contamos con ella. Y el cocinero y el ama de llaves se han marchado hace un rato. Nuestra cena está en el horno y el champán metido en hielo. Tenemos toda la casa para nosotros solos. ¿Te apetece salir fuera? Hoy también hace una noche preciosa. Podrías echarte una piel sobre los hombros, si lo prefieres.

—Suena tentador —contestó.

«Así que no hay enemigos a la vista», se dijo Pia. Pero la situación también tenía sus inconvenientes: nada impediría que Berman intentara conseguir lo que se proponía. Al menos al principio se encontrarían en una especie de empate.

Pia salió a sentarse fuera mientras Berman se acercaba al bar para preparar las copas. Regresó con dos flautas de champán y propuso un brindis.

—Por Nano y todos los que navegamos con ella —dijo, y rió su propia ocurrencia.

—Por Nano y su éxito continuado —añadió Pia.

—Nuestro éxito continuado —la corrigió Berman—. Estamos juntos en esto. Todos disfrutaremos del buen momento cuando nuestro trabajo empiece a dar sus frutos. Mariel me ha informado de que tus experimentos siguen yendo bien.

—Así es —afirmó Pia, que se alegró de poder hablar del trabajo.

Le explicó que en las pruebas con los microbívoros modificados con las moléculas de glicopolietileno incorporadas a la superficie no había habido síntomas de reacción inmunológica alguna, al menos hasta las cinco de aquella tarde.

—Si esto continúa así, en un futuro muy próximo podríamos contemplar la posibilidad de iniciar los ensayos con mamíferos.

—Eso sería fantástico —dijo Berman poniéndose en pie—. Deja que te la rellene —pidió señalando la copa de la joven.

—Tengo que conducir, señor Berman. Pero usted no se cohíba.

—Llámame Zach, por favor. Cuando estamos fuera de la oficina, y en especial aquí, en mi castillo, prefiero que me llames por mi nombre de pila. Y no te preocupes por lo de tener que conducir —dijo con la misma sonrisa untuosa que a ella le resultaba tan repulsiva—. Llamaré a uno de los chóferes de la empresa si es necesario.

Pia se puso en pie.

—Quizá deberíamos empezar a cenar. Si la comida está en el horno, será mejor que no esperemos más. Sea lo que sea, no quisiera que se secara. La otra noche la cena fue maravillosa, así que llevo todo el día impaciente por probar la de hoy.

—¿Cocinas en tu apartamento?

—Nunca. Estoy demasiado ocupada con el trabajo que Mariel y yo hacemos en el laboratorio.

—Eso suena como si no te gustara la comida de la cafetería.

—No está mal, pero prefiero la tuya.

—Me alegro. Yo también. Pasa al comedor. Solo tardaré un segundo.

Berman fue hacia la cocina sin dejar de hablar. Su voz resonaba por los amplios espacios de la casa.

—Me gusta servirles la cena a mis invitados —gritó desde la cocina—. Me recuerda la época en que no tenía servicio que me ayudara. A veces, que no paren de dar vueltas mi alrededor me pone nervioso. Esto es mucho más relajado.

«Pues claro —se dijo Pia—, en el fondo no eres más que un tío de lo más normal.»

—¿Puedo ayudar en algo? —preguntó también a gritos.

—No te muevas de donde estás —contestó Berman.

Al cabo de un instante salió de la cocina con una bandeja. Le sirvió a Pia un cuenco de sopa humeante y le ofreció un molinillo enorme para que le añadiera un poco de pimienta recién molida.

—Huele muy bien —comentó ella.

—Sopa de guisantes con mucha menta de mi jardín de hierbas aromáticas y un chorrito de crema de leche. Inmejorable. *Bon appétit!*

Pia tuvo que admitir que estaba deliciosa: fresca y delicada, agradablemente aderezada por la pimienta fragante. La habría disfrutado más de no haber estado tan nerviosa.

Berman le había llevado otra copa de champán y una de un vino blanco que, según él, era un simple borgoña francés. Pia estaba segura de que era muy caro. Le dio un sorbo y se recordó a sí misma que debía ser cuidadosa con el alcohol. Mientras Berman apuraba su copa de champán de un par de tragos y comenzaba con el vino, ella tan solo se mojó los labios unas cuantas veces con el suyo. Tenía que ser especialmente cautelosa con el champán, que tendía a subírsele a la cabeza. Su obligación era mantenerse alerta.

La cena iba avanzando y Pia se vio obligada a reconocer que Berman era una compañía agradable. Se mostraba solícito y se aseguraba de que su comida estuviera adecuadamente sazonada y su vaso de agua con gas siempre lleno. La joven se terminó la copa de vino blanco y probó el recio tinto que su jefe había abierto para acompañar los deliciosos filetes de búfalo que había servido con verduras locales y orzo aromatizado con hierbas.

—La carne estaba tiernísima —dijo cuando Berman le retiró el plato.

—Y además es muy sana. Todo proteínas y muy poca grasa. ¿Qué te parece si tomamos el postre en la sala de estar?

Pia no creía haber visto aquella habitación durante su primera visita, y no se equivocaba. Como no podía ser de otra manera, tenía su propia chimenea en la pared del fondo, un gran televisor situado en ángulo recto con respecto a la chimenea y un sofá de piel de color vino delante. No había ni un solo mueble más en la habitación. Al igual que el despacho de Berman en Nano, la decoración y el ambiente rezumaban masculinidad. En la repisa que recorría toda la pared situada tras el sofá había una serie de fotos de Berman en lugares exóticos, sujetando rifles de caza, cañas de pescar y equipamiento de escalada. Pia se sentó en el sofá mientras Berman toqueteaba su iPhone durante unos segundos para cambiar la iluminación, poner un poco de jazz y correr las cortinas.

—Vaya, eso es alta tecnología… Creo —comentó Pia, que se imaginaba que se suponía que debía sentirse impresionada.

—Lo siento —se disculpó Zachary—. ¿Es demasiado cursi? No lo he hecho solo porque estés aquí. Suelo hacerlo también cuando estoy solo. Me resulta cómodo poder dar las instrucciones desde el móvil. Es una aplicación que he pedido que me prepararan los programadores de Nano. Tardé un poco en aprender a manejarla, pero ahora puedo incluso abrir los grifos del garaje con esto —añadió mostrándole el móvil con expresión triunfal.

«No me extraña que los programadores estuvieran demasiado ocupados para trabajar con mis microbívoros», pensó Pia, aunque no lo dijo en voz alta.

—Bueno, ¿qué te apetece tomar? —preguntó Berman en su papel de atento anfitrión—. ¿Un licor? ¿Un vino dulce? Tengo helado casero en la nevera. No pretendo ser sexista, pero doy por hecho que no te apetece un puro, ¿verdad? Si estuviera aquí solo, cosa que agradezco infinitamente que no sea así, me daría el capricho de fumármelo.

—¿Estás solo a menudo? —preguntó Pia.

—A veces. ¿Por qué lo preguntas?

—No sé. Hay muchas mujeres atractivas que trabajan para ti... Whitney, Mariel...

Berman se sentó junto a ella.

—Sí, es posible que sean atractivas. —Alargó la mano y recorrió la mandíbula de Pia con el índice cuando ella se volvió para mirarlo.

Su reacción inicial fue apartarle la mano de un golpe, pero se contuvo. Sabía que debía seguir fingiendo o de lo contrario la noche sería un fracaso. Sin embargo, aborrecía verse en aquella situación. Le recordaba las veces que había sido víctima de acoso en la mansión del director de la Academia Femenina Hudson Valley. Se esforzó en mirarlo a los ojos tanto como pudo.

—Sí, sin duda Mariel y Whitney son atractivas —siguió diciendo Berman, totalmente ajeno a los pensamientos de Pia—, pero no son tú.

Le rodeó los hombros con el brazo y la atrajo hacia sí. Pia cedió un poco, pero después se apartó con delicadeza. Tuvo que luchar por mantener el control y no abofetear a aquel individuo, que en aquel momento representaba todo lo que le resultaba repulsivo del sexo opuesto.

—Vayamos despacio —le dijo con voz susurrante—. Deja que te sirva otra copa.

Su objetivo era conseguir que bebiera todo lo posible lo antes posible.

Berman se recostó en el sofá y la miró.

—Me lo estás poniendo muy difícil, Pia.

—Creo que primero deberíamos conocernos mejor.

—Cuando te has presentado en mi despacho esta mañana he pensado que estabas lista para llevar las cosas un paso más allá.

Pia se levantó y se inclinó sobre Berman apoyando una mano a cada lado de sus piernas. Cuando acercó el rostro al de él, tuvo que contener la tentación de darle un golpe de taekwondo en el cuello y dejarlo tan flácido como un espagueti hervido.

—Puede que lo esté —contestó—, pero mi madre, que era italiana, siempre me decía que un hombre debía demostrar que me respetaba antes de que le permitiera hacerme nada.

Le parecía increíble que se le hubiera ocurrido semejante frase. En realidad no recordaba ni una sola palabra de su madre, pues esta había sufrido una muerte violenta poco después de nacer ella.

Pia sabía que estaba volviendo loco a Berman. No paraba de moverse en su asiento, como si estuviera a punto de explotar. Sonrió ligeramente sin moverse de donde estaba. Le costaba creer que estuviera haciendo todo aquello.

—Bueno, ¿qué te preparo? —preguntó—. Recuerdo que el lunes tomaste whisky, ¿verdad? Siempre me han gustado los hombres que lo beben. Es una bebida tan masculina…

—Sí, me gusta el whisky.

Berman apenas podía hablar y se humedeció los labios.

Pia sonrió de nuevo. El método que había aprendido en sus clases de interpretación en la Universidad de Nueva York le estaba resultando de lo más útil.

—Entonces ¿dónde está el bar? —Se incorporó y dio un paso hacia la puerta.

—Hay uno aquí mismo —contestó Berman—. Ahí guardo el whisky. Me gusta tenerlo a mano.

Pia maldijo para sus adentros. Se había dejado lo que necesitaba en el bolso de mano, que descansaba sobre la mesa del comedor. Había supuesto que podría preparar las bebidas en el bar de aquella habitación, de donde Berman había sacado el vino y el champán. Se dirigió hacia donde su anfitrión le señalaba y tiró de lo que parecía un enorme cajón encastrado, pero en realidad se abrió todo el panel, que reveló varios decantadores de cristal tallado y copas de whisky.

—¿De cuál? —preguntó.

—Del más claro. Es un malta, un Laphroaig.

—¡Hielo! —exclamó Pia triunfante—. Necesito hielo.

—Pia, no puedo permitir que estropees un whisky tan bueno echándole hielo. No es así como se bebe un Laphroaig.

—Lo siento, pero si voy a probarlo necesito hielo. ¿Dónde lo consigo?

Berman se levantó.

—Deja que vaya a buscarlo yo, por favor.

Había recobrado la compostura. Cogió una copa y se sirvió un poco, pero Pia le sonrió y le dio un golpecito en el codo para que se echara un poco más. Berman le devolvió la sonrisa.

—Tengo que ir al baño —anunció Pia—. Así que traeré el hielo al volver.

—Ya sabes dónde está el lavabo, lo utilizaste la otra noche. Al otro lado del vestíbulo. El hielo está en el bar del comedor, pero yo mismo debería…

—Tú siéntate y no te muevas —replicó Pia con fingida autoridad—. Enseguida vuelvo.

Salió rápidamente, recogió su bolso y se encaminó hacia el vestíbulo. El corazón le latía a gran velocidad. Entró en el baño y localizó las dos cápsulas de treinta miligramos de Temazepam. Tiró de la cadena y se lavó las manos. Ya en el bar, llenó un vaso con hielo, se metió el bolso bajo el brazo y regresó a la sala de estar.

Berman estaba sentado en el sofá, dándole vueltas al contenido de su copa. En la mesita auxiliar, frente a él, había un segundo vaso medio lleno de whisky solo, una cantidad suficiente para dejar a Pia fuera de combate. Se dio cuenta de que su plan estaba a punto de desmoronarse en el momento crucial. No podía permitirse el lujo de emborracharse. ¿Cuánto había bebido Berman? Un par de copas de champán, dos de vino blanco y otras dos de tinto. Bastante, pero no lo suficiente para alguien tan corpulento y acostumbrado al alcohol. ¿Y ella? Hasta el momento una flauta de champán que no se había terminado y menos de media copa de vino blanco. Podía aguantar más, pero mezclarlo con whisky sería arriesgado. No tenía experiencia con licores fuertes.

Vertió todo el hielo que había cogido en su vaso de whisky y limpió con una servilleta el líquido que se había derramado.

—Lo siento, he derramado un poco. Bueno, ¡salud!

—*Santé* —dijo Berman, que tomó un sorbo y lo saboreó con placer.

Pia lo imitó, pero el alcohol la hizo toser.

—Tranquila —le dijo Berman—. ¿Te gusta o prefieres otra cosa?

—Me gusta el sabor. Me aficioné hace tiempo, pero en el colegio solía beber más bien Crown Royal. —Le estaba tomando gusto al papel que interpretaba. Miró por encima del hombro hacia la pared y contempló las fotos de la repisa—. Tengo la impresión de que eres un tipo activo.

—Creo que es una buena descripción.

—¿Eres tú el que está en la cima de esa montaña? —preguntó señalando una foto concreta.

—Sí —respondió él con orgullo—. Me la hicieron en uno de los picos secundarios del Himalaya.

—Estoy impresionada. ¿Te importaría enseñármela?

—Claro que no.

Berman se levantó y rodeó el sofá. Pia aprovechó para vaciar bajo la mesa buena parte del contenido de su vaso de whisky mientras aguantaba el hielo con los dedos. Cuando Berman regresó con la foto fingió admirarla, pero en realidad los caprichos alpinistas de un ricachón le parecían una ridiculez.

Berman volvió a rodear el sofá.

Pia dejó el vaso vacío sobre la mesita con una risotada.

—Estaba bueno. —Fingió que eructaba y rió de nuevo—. ¿Qué pasa con tu bebida? Vas perdiendo.

—No sabía que fuera una carrera.

—¿Podrías poner otra música? —Pia fingió estar achispada—. ¡Vamos, montemos una fiesta como es debido!

Le arrebató el whisky a Berman y le pasó su iPhone. El vaso aún estaba medio lleno.

—¿Qué te gustaría escuchar?

—Tal vez algo un poco más actual —sugirió Pia mientras se dirigía al bar y llenaba el vaso de Berman casi hasta el borde.

Volvió la mirada hacia su jefe, que estaba ocupado con su aplicación del móvil, al parecer buscando música. Entonces echó las dos cápsulas de Temazepam en el líquido ambarino e intentó que se hundieran.

—¿Qué te parece esto? —preguntó Berman.

Empezó a sonar algo que le recordó The Beatles.

—No, demasiado antiguo.

Removió el licor con el dedo, pero no consiguió nada. Las cápsulas rojas y azules seguían flotando como boyas diminutas.

«¡Mierda!», masculló para sí. Apoyó el vaso en el bar y las pescó con el dedo.

—¿Y esto? —volvió a preguntar Berman.

La joven no reconoció la música.

—No me suena —contestó—. ¿Qué es?

—Es un viejo grupo de los años ochenta que me gustaba mucho. ¿Te parece lo bastante animado?

—¿De los ochenta? ¿No tienes nada de los últimos diez años, algo que yo pueda haber oído?

Pia forcejeó con las cápsulas y al fin consiguió abrirlas a la mitad. Entonces vertió el polvo blanco que contenían en la bebida de Berman.

—¡Por el amor de Dios! —masculló.

—¿Qué pasa? —preguntó Zachary haciéndose oír por encima de la música.

—Que he derramado otro poco de tu whisky. Lo siento.

Cogió un agitador y removió frenéticamente el licor para intentar disolver los polvos que flotaban en la superficie. Se maldijo por no haber ensayado todo aquello en su casa.

—¿Por qué no pruebas con otra cosa? —sugirió.

Parecía que al fin el Temazepam empezaba a disolverse.

—Está bien, pero no me estás ayudando mucho.

Berman localizó una emisora de radio que emitía música electrónica, lenta y lánguida.

—Eso —dijo Pia—. Eso me gusta.

—¿De verdad? A mí me parece horrible.

Observó el fondo del vaso de Berman y detectó un pequeño fragmento de cápsula azul. Intentó sacarlo con el dedo, pero se le escapaba una y otra vez. Al final traspasó el whisky narcotizado a otro vaso y dejó los restos de la cápsula donde estaban. Luego acercó la bebida de su jefe a la mesa auxiliar y recuperó su propio vaso. Tras asegurarse de que Berman no la veía, volvió al bar y se lo rellenó con agua embotellada y un poco de whisky para darle color. Por fin regresó al sofá con el corazón latiéndole a toda velocidad y posó el vaso sobre la mesa.

—Vamos, ¡baila conmigo! —exclamó en tono jovial al tiempo que le tendía la mano a Berman.

Empezó a moverse siguiendo el ritmo hipnótico de la música, contoneándose y alzando un brazo por encima de la cabeza, como si se dejara llevar. Berman volvió a sentarse para sorber su whisky. ¡Qué mujer!

—Preferiría observarte —contestó, y continuó bebiendo.

Pia le lanzaba miradas disimuladas. Temía que el medicamento tuviera un sabor amargo que lo delatara. Sabía que una cápsula era la dosis recomendada para los casos de ansiedad e insomnio, pero no estaba segura de si todo el contenido de las cápsulas había ido a parar a la bebida.

Pia no tenía ni idea de bailar, y menos de manera sensual, pero sí podía moverse al ritmo de la música, que, por suerte, era idéntico en todas las canciones, si es que se las podía llamar así.

Cogió la botella de whisky y le rellenó el vaso a Berman, que ya se había bebido casi un cuarto. Al parecer el sabor no era malo.

—Eh, esto no es justo —protestó él, y la miró como si le costara enfocar la vista.

Pia cogió su vaso y apuró la mayor parte de su contenido con gran teatralidad. Aquello fue suficiente para que Berman la imitara mientras ella retomaba su baile provocativo.

Al ver que Berman seguía bebiendo, Pia se animó y comenzó a ser más creativa. Al cabo de unas cuantas canciones y tras rellenarle el vaso a Zachary en varias ocasiones, empezó a preguntarse cómo era posible que aquel tipo siguiera despierto. Consideró la posibilidad de que tomara benzodiacepina todas las noches y hubiera desarrollado una alta tolerancia a los narcóticos. Pero entonces, mientras le servía un poco más de whisky, vio que a Berman se le ponían los ojos en blanco y que la copa se le escapaba de entre los dedos. La joven se precipitó hacia ella para cogerla al vuelo antes de que cayera contra el suelo. Segundos después, Berman dejó caer la cabeza hacia atrás y empezó a roncar suavemente.

—¡Por fin! —dijo Pia.

Cogió el iPhone y buscó el mando que desconectaba la radio. De pronto la casa quedó sumida en un repentino silencio. Corrió hasta la cocina con la copa de Berman y los otros dos vasos y los fregó a fondo, aunque era bastante improbable que al día siguiente su jefe sospechara que le habían puesto algo en la bebida. También se aseguró de hacer desaparecer el resto de cápsula azul antes de devolver los vasos a la sala de estar y verter en ellos un chorrito de whisky.

—Muy bien —dijo en voz alta cuando todo estuvo listo—. Vamos a ver qué podemos encontrar.

22

Mansión de Zachary Berman, Boulder, Colorado
Jueves, 25 de abril de 2013, 2.14 h

Pia calculó que disponía de cuatro o cinco horas para registrar la casa de Berman. El hecho de que su anfitrión estuviera borracho y drogado no le impidió ir a verlo en un par de ocasiones para comprobar su estado. Lo había colocado más o menos en posición lateral sobre el sofá, con la cabeza un poco incorporada por si le entraban náuseas. Estaba segura de que cualquiera que lo viera pensaría que Berman dormía plácidamente. Pasó diez minutos en la cocina bebiéndose varios vasos de agua, hasta que se sintió un poco mejor. Necesitaba de todas sus facultades.

No sabía qué buscaba exactamente en casa de Berman. La recorrió de cabo a rabo tomando nota mental de la ubicación y la función de las distintas habitaciones. La mansión estaba construida a tres niveles y disponía de habitaciones de invitados, gimnasio, bodega y acceso al garaje subterráneo. Ya conocía la planta principal, pero no había visto el piso superior. A las dos habitaciones que había en él se accedía bien por la escalera del vestíbulo bien por la trasera, situada en la cocina.

El enorme dormitorio de Berman, con dos baños gigantescos, ocupaba casi toda la planta. Pero también había otra estancia, y esa era la que más le interesaba a Pia. Saltaba a la vista que se trataba de un despacho.

Se puso un par de guantes de látex que había cogido en Urgencias mientras Caldwell iba a buscarle el Temazepam, se sentó al escritorio de Berman y miró a su alrededor. La mesa era de cristal y sobre ella descansaba un gran Mac, el último modelo con monitor de retina. A la derecha había un montón de papeles de veinte centímetros de alto, y a la izquierda, un cargador para el iPhone y el Android de Berman. A un lado y bajo la mesa, había un mueble archivador de madera de cerezo cerrado con llave. La joven hizo girar la silla de su jefe y contempló la habitación. A diferencia del resto de la casa, el acabado de los paneles de madera de las paredes era liso; aquello le confería un aire más profesional.

Junto a una de las paredes había un par de armarios bajos que Pia intentó abrir, pero estaban cerrados. La otra estaba ocupada por una gran librería que contenía los típicos libros de cualquier hombre: unos cuantos de negocios, biografías de deportistas, novelas de intriga y varios de sobremesa acerca de las Rocosas. Retiró varios ejemplares, pero la pared de detrás era maciza. La mesa de cristal carecía de cajones. Pia pasó la mano por las superficies planas del despacho buscando pistas, pero nada.

Lo único que podía examinar eran los papeles del escritorio. Los leyó meticulosamente. La mayoría de ellos resultaron ser copias impresas de correos electrónicos internos de la empresa. Muchos llevaban anotaciones manuscritas de Berman. La mayor parte eran informes sobre la situación de los experimentos y pruebas que se estaban llevando a cabo en Nano, y Pia reconoció algunos de los suyos. Su falta de conocimientos respecto a algunos aspectos de otras aplicaciones de la nanotecnología le impedía comprender parte del lenguaje más técnico. Repartidos entre los mensajes encontró varias copias de impresos de solicitudes que Berman había firmado, incluyendo los que ella había presentado para los experimentos adicionales sobre biocompatibilidad.

Uno de ellos era la solicitud de una nueva silla de despacho para un tal Al Clift. Berman la había denegado. Había trazado gruesos círculos en torno al precio —359 dólares— y había escrito «solicitud denegada» junto a ellos. A juzgar por lo hallado entre aquellos papeles, de lo único que se podía acusar a Berman era de ser un administrador puntilloso y tacaño.

Se recostó en el asiento y contempló el Mac. Estaba desconectado, pero si lo encendía lo más probable era que Berman supiera que alguien había estado en su despacho, y ella se convertiría en la principal sospechosa. Se sentía frustrada y sumamente cansada. Eran las cuatro y cuarto. Decidió dar una vuelta más por la casa y volver al despacho para echar un último vistazo a los papeles. Después se marcharía antes de que Berman despertara.

En la planta baja de la casa no halló nada de interés. Se asomó a la ventana de la puerta de la bodega, pero no pudo abrirla porque estaba cerrada con llave. Vio hileras y más hileras de botellas pero ni rastro de una caja fuerte o de algún tipo de mobiliario que pareciera estar fuera de lugar. El sistema de climatización emitía un leve zumbido y mantenía estables la temperatura y la humedad del interior. Se planteó entrar en el garaje, pero se preguntó si Berman lo consideraría parte del exterior de la casa y las cámaras la grabarían al entrar. Sintió un pánico repentino al pensar que tal vez Berman había mentido cuando afirmó que había desconectado las cámaras de la casa, pero ya era demasiado tarde para preocuparse por eso.

Examinó cuidadosamente la puerta que llevaba al garaje y le pareció que no tenía ningún dispositivo de vigilancia. Cuando la abrió, se mantuvo agachada hasta que comprobó que no había ni un solo interruptor en las jambas. Al parecer las puertas del garaje vinculadas al sistema de seguridad eran las exteriores. No era de extrañar, teniendo en cuenta lo que albergaba el garaje.

Había tres vehículos: un Ford-150 con acoplamiento para una pala quitanieves, un Range Rover y un Aston Martin. También había un velero encima de un remolque. Vio dos grandes congeladores y cuando los abrió comprobó que estaban llenos de carne de venado congelada. Una de las paredes estaba cubierta de herramientas y material de jardinería colgados de clavos. Sin duda Berman era un hombre meticuloso y bien preparado, pensó Pia.

Siguiendo aquella línea de razonamiento llegó a la conclusión de que resultaba muy poco probable que Berman guardara material comprometedor a plena vista en su casa. ¿Para qué arriesgarse a tener allí los documentos, por muy bueno que fuera el sistema de seguridad, cuando podía tenerlo todo a buen recaudo en su oficina? En Nano había alambradas, vigilantes armados, escáneres de iris, cámaras y quién sabe cuántas cosas más. Suspiró. Le echaría un último vistazo a los papeles y después se marcharía.

Subió a la planta principal y, cuando pasó ante la pequeña habitación donde estaban los monitores de vigilancia, creyó ver movimiento en una de las pantallas. Se acercó y se le pusieron los pelos de punta cuando vio que alguien subía los escalones hacia la puerta de entrada, que estaba a menos de diez metros de donde se encontraba. Era la alta e inconfundible figura de Whitney Jones.

Se dio la vuelta de inmediato y se apresuró a volver a la sala de estar donde se encontraba Berman. Mientras corría de puntillas, se quitó los guantes de látex y los sujetó en la mano. Berman no se había movido y seguía roncando plácidamente. Pia calculó que Whitney estaría llegando a la entrada principal. A toda prisa, entornó la puerta de la sala de estar sin llegar a cerrarla. Entonces comenzó a oír el repiqueteó de unos tacones contra el parqué, así que corrió hasta el sofá y se acurrucó en un extremo con los pies de Berman sobre el regazo. Esperaba dar la sensación de que dormía. Una vez más, el corazón parecía estar a punto de salírsele del pecho.

Whitney había entrado en el comedor pero no había mirado en la sala. Pia entreabrió un ojo y vio en el reloj del televisor que eran las 4.42 de la mañana. ¿Siempre llegaba tan pronto? Tal vez sí que la hubieran grabado en el garaje. Sabía que Whitney habría visto su coche aparcado frente a la casa. Cuando los pasos se alejaron, supuso que la secretaria iría a comprobar el dormitorio, el lugar más lógico. Se levantó el vestido corto y se guardó los guantes bajo la ropa interior. El corazón le martilleaba con tanta fuerza en los oídos que creyó que Whitney tal vez lo oyese desde el piso de arriba.

Tras lo que le pareció una media hora, los pasos regresaron, en aquella ocasión con más fuerza y rapidez. Quizá Whitney estuviera preocupada por no haber encontrado a su jefe en la cama. Tras otro recorrido por la planta principal, la puerta de la sala de estar se abrió despacio y la habitación se llenó de luz. Pia respiró más ruidosamente. La angustia hacía que le latiera la cabeza y tenía náuseas. Whitney debía de haber visto el panorama desde la puerta, porque cerró enseguida y la estancia volvió a quedar sumida en la oscuridad.

Pia permaneció inmóvil y dio gracias por la suerte que había tenido al ver a Whitney en el monitor y no haberse tropezado con ella en algún otro lugar de la casa. Se preguntó si habría dejado alguna prueba de sus pesquisas nocturnas. Suponía que Whitney seguía en la casa, y la idea de permanecer allí tumbada en la oscuridad oyendo roncar a Berman no la entusiasmaba. Además, necesitaba dormir al menos un par de horas en su cama. Así pues, se incorporó, buscó su bolso en la oscuridad y se dirigió hacia la puerta.

23

Mansión de Zachary Berman, Boulder, Colorado
Jueves, 25 de abril de 2013, 4.45 h

Whitney Jones estaba sentada a la mesa del comedor de Berman tecleando con dedos expertos un mensaje en su iPad. Era muy hábil y a menudo enviaba más de un centenar de textos al día. Oyó que la puerta de la sala de estar se abría y se cerraba. Se alegró de que alguien tomara la iniciativa, porque no estaba segura de cómo debía manejar la situación. Cuando escuchó pasos en el comedor, supuso que se trataba de Pia, porque sin duda Berman habría anunciado su presencia. Se percató de que la joven se había acercado a ella, pero no levantó la mirada. Estaba decidida a no ponerle las cosas fáciles: intuía que su jefe estaba encaprichado de ella y opinaba que aquello no traería más que problemas.

—Ah, hola, señorita Jones —dijo Pia, que se sentía realmente avergonzada a pesar de que no la hubieran pillado con las manos en la masa.

Confiaba en que su trabajo interpretativo resultara tan convincente como en el caso de Berman, aunque el papel fuese totalmente distinto. Sentía que, a pesar de que no la habían sorprendido haciendo nada ilegal, sí que podía considerarse escabroso. Se alegraba de que solo la hubieran descubierto durmiendo a primera hora de la mañana en el sofá de su jefe, y no husmeando por la casa en busca de pruebas que revelaran la conexión entre Nano y los chinos, como había estado haciendo en realidad.

—Me ha parecido oír que alguien abría la puerta y también he visto luz —dijo, y esperó algún tipo de reacción por parte de Whitney.

—Un momento —pidió la ayudante, y siguió tecleando con los pulgares. Al cabo de más de un minuto, alzó la mirada con las cejas arqueadas y se dirigió a Pia—. Lamento haberte despertado. Buscaba al señor Berman. Supongo que resulta evidente. Tiene que hacer una llamada esta mañana, antes de que ciertas personas se marchen de sus despachos.

Desde el punto de vista de Pia, Whitney parecía no sentirse en absoluto perturbada por su presencia. O bien ocultaba sus sentimientos y también fingía, o era una persona terriblemente fría. Se preguntó qué tipo de relación mantendrían Berman y ella. Estaba claro que tenía llave de la casa.

—Todavía es muy temprano, ¿verdad? —preguntó mientras miraba a su alrededor como si buscara un reloj—. ¿Qué hora es?

Había decidido comportarse con la misma indiferencia que Whitney, como si no pasara nada. Y en realidad así era, pensó, sin contar con que Berman no estaba dormido, sino más bien drogado. No sabía si sospecharía algo cuando despertara, y pensar en ello hizo que le entraran las prisas por marcharse. Pero al mismo deseaba quedarse para comprobar si Berman se encontraba bien, ya que si lo examinaba un médico no le resultaría fácil responder a las complicadas preguntas que, casi con seguridad, plantearía el resultado.

—Aquí son las cinco menos cuarto —contestó Whitney interrumpiendo los pensamientos de Pia—, pero no todo el mundo sigue el mismo huso horario.

Recibió un mensaje de respuesta, así que volvió a concentrarse en su iPad y siguió tecleando.

Pia calculó que en China faltaría poco para las cinco de la tarde, puesto que se hallaba en el otro extremo del mundo. Quizá fuera allí donde Berman tenía que llamar. Tenía sentido.

—Sí, bueno, está dormido en el sofá —comentó Pia, que de repente sintió la necesidad de decir algo—. Me temo que los dos bebimos más de la cuenta anoche.

No tuvo que fingir que estaba cansada y que sufría una ligera resaca. Rara vez probaba el alcohol.

Whitney acabó de teclear y la miró.

—No te preocupes, Pia, no seré yo quien te juzgue —aseguró—. Una de las razones por las que Zachary está contento conmigo es por mi absoluta discreción. Perdóname, pero tiene que hacer una llamada.

Se levantó y se marchó hacia la sala. Tras un momento de indecisión y a pesar de sí misma, Pia decidió que sería inapropiado marcharse en aquel momento, así que la siguió. Whitney se acercó a Berman y le dio unos golpecitos en el hombro, pero Zachary no se despertó. Entonces se inclinó sobre él y lo zarandeó con más fuerza al tiempo que lo llamaba por su nombre. Tampoco hubo respuesta. Se irguió y contempló a su jefe.

—Está como un tronco. ¿Se puede saber qué bebisteis? Es como si estuviera desmayado.

—Esto —contestó Pia levantando el decantador de whisky casi vacío.

El aroma del licor le revolvió el estómago. Recogió los vasos sucios, incluyendo los que ya había lavado justo después de que Berman se desmayara y que había devuelto a la sala de estar. Se alegraba de haberlo hecho, porque habría resultado extraño que no hubiera vasos con el whisky. Se preguntó si estaría actuando de modo culpable, como temía estar haciendo.

—Ya se ocupará de ellos el ama de llaves —dijo Whitney con un gesto con la mano.

—No es molestia —repuso Pia, que quería volver a lavar los vasos por si quedaba algún resto del somnífero.

Se sentía como Lady Macbeth lavándose las manos. Salió de la habitación antes de que Whitney tuviera ocasión de volver a disuadirla y se dirigió a la cocina, donde lavó el vaso con el agua lo más caliente que pudo.

Seguía sin saber si debía marcharse o quedarse para comprobar si Berman se despertaba, pero cuando regresó a la sala se lo encontró sentado y bebiéndose un vaso de agua. Tenía aspecto de haberse metido en una pelea de bar, con los ojos enrojecidos y el cabello pegado a la nuca.

—¿Cómo te encuentras? —le preguntó Pia. Era el momento de la verdad—. Anoche caíste redondo.

—Me siento como si me hubieran dado un martillazo en la cabeza —contestó sin alzar la vista y procurando no mirar la luz—. ¿Cuántos whiskies me tomé?

—Bastantes. Pero ¿estás bien? —repitió la joven, aunque lo que quería decir en realidad era «No tienes la sensación de que te hayan drogado, ¿verdad?».

—Sí, estoy bien. —La miró e intentó sonreír—. Normalmente aguanto bien el whisky. Pero no te preocupes por mí. Deberías irte a casa a descansar. —Había llegado el momento de que fuera él quien se sintiera avergonzado. No entraba en sus planes comportarse como un crío sin experiencia—. La señorita Jones me ha dicho que dentro de unos minutos tengo que hacer una llamada muy importante, así que será mejor que me recomponga. Gracias por venir. Por lo que recuerdo, me lo pasé bien.

—Yo también me divertí —contestó ella.

Se sentía profundamente aliviada y no sabía si acercarse a Berman y estrecharle la mano o darle un beso en la mejilla. Al final no hizo ninguna de las dos cosas y decidió que lo mejor sería marcharse antes de que la situación se tornara aún más incómoda. Se despidió con un gesto de la mano, se aseguró de recoger todas sus cosas y salió de la casa.

Fuera aún estaba oscuro y se preguntó si todavía estaría un poco bebida cuando vio que bajaba con dificultad los peldaños de la escalinata hasta el camino de entrada. Temerosa de caer, se agarró a la barandilla como si le fuera la vida en ello. Estaba agotada y un tanto deprimida después de haber hecho tantos esfuerzos para nada. Por si eso fuera poco, se daba cuenta de que había abierto la veda en lo que a Berman se refería. Hasta aquella noche había hecho todo lo posible por refrenar los ardores de su jefe. Pero ya no sabía qué debía esperar de él.

Condujo de regreso a su apartamento con gran prudencia, procurando mantenerse varios kilómetros por debajo del límite de velocidad. Aparcó con cuidado y subió a acostarse. Miró la hora. Eran las cinco y media. Berman estaría haciendo su llamada, o incluso ya la habría terminado. Pero ella no estaba más cerca de averiguar la verdad de las actividades de Nano. No tuvo tiempo de darle vueltas al asunto ni de sentirse demasiado decepcionada, porque enseguida se sumió en un profundo sueño sin sueños.

24

Apartamento de Pia, Boulder, Colorado
Jueves, 25 de abril de 2013, 10.45 h

Pia se despertó con un sobresalto. Se despejó de inmediato. «Maldita sea —pensó—, ¿qué hora es?» Buscó su móvil y se horrorizó. Aunque creía que dormiría un par de horas como mucho, vio que eran las once menos cuarto. Comprobó que tenía varios correos electrónicos y mensajes de texto de Mariel Spallek preguntándole dónde estaba y pidiéndole que se pusiera en contacto con ella de inmediato. También había varios mensajes de voz, pero Pia no necesitaba escucharlos para saber lo que quería su jefa. No deseaba retrasar lo inevitable, así que la llamó. Mariel respondió en el acto.

—Soy Pia. Lo siento mucho, no me encuentro bien. Intentaré ir por la tarde, si te parece bien.

—Supongo que no hay otro remedio… ¿Qué te pasa? —Su tono era el mismo que el que utilizaría el irritado propietario de un coche para preguntarle a su mecánico qué problema había con su vehículo.

En su voz no había el menor rastro de compasión ni de preocupación. La había contrariado y aquello no le gustaba. Pero Pia no se sentía especialmente sorprendida por su reacción —a ella también le habría molestado que alguien no hubiera ido a trabajar sin previo aviso—. No obstante, era la primera vez que ella llamaba diciendo que no se encontraba bien. Aunque no siempre era puntual por las mañanas, sus retrasos siempre se habían debido a que se había quedado trabajando en el laboratorio hasta la madrugada.

—Dolor de cabeza, mareo, náuseas. En pocas palabras, estoy hecha una mierda —contestó con deliberada grosería con la esperanza de poner punto final a la conversación.

—Parece que tienes lo mismo que el señor Berman —repuso Mariel, incapaz de ahorrarse el comentario punzante y deseosa de darle a entender a Pia que estaba al corriente de su segunda visita a la casa y que estaba celosa—. Nos vemos a las dos, si no antes.

Pia estaba a punto de hacerle una pregunta, pero Mariel ya había colgado. ¿Berman también había faltado al trabajo? Le parecía improbable. Supuso que sí había ido y que Mariel había visto su deplorable aspecto. Las pocas horas de sueño que Pia le había escamoteado al trabajo le habían sentado de maravilla y ya estaba casi como nueva.

Para contribuir al proceso, se tomó dos pastillas de ibuprofeno, bebió un par de vasos de agua y se dio una ducha. Mientras el agua caliente la espabilaba aún más, repasó sus alternativas. De nuevo, asumió el punto de vista contrario al suyo para poner a prueba sus inquietudes respecto a lo que había presenciado durante los últimos días y se planteó si no podría haber una explicación racional e inocente para todo ello. Y, una vez más, teniendo en cuenta que había personas involucradas, y posiblemente como sujetos de experimentación, no pudo convencerse ni de que la hubiera ni de que no tuviera que hacer nada al respecto.

Decidió que necesitaba una tabla salvavidas. Primero pensó en George, pero estaba demasiado implicado a nivel emocional para que pudiera servirle de algo. A pesar de que era de su energía negativa de lo que Pia solía nutrirse, debía reconocer que dos años antes, en la facultad de medicina, le había sido de gran ayuda. Por mucho que lo hubiera hecho involuntariamente, George la había orientado hacia el buen camino para descubrir lo del polonio. Si lo llamaba aquella mañana, insistiría en hablar de su reciente visita, de lo que significaba, de que necesitaban estrechar el contacto y bla, bla, bla. Aquello era lo último que deseaba. Pese a que era muy conservador, Pia apreciaba a George de verdad. El problema residía en que ella sabía que nunca podría ser lo que él creía que necesitaba. También era consciente de que su amigo se opondría a que realizara cualquier tipo de investigación sobre Nano y de que no entendería en absoluto su necesidad de hacerlo.

Entonces pensó en Paul Caldwell, y al hacerlo se acordó de que había prometido llamarlo por la mañana temprano. Él le había advertido que si no recibía noticias suyas antes del mediodía avisaría a la policía. Miró rápidamente la hora. Eran las once pasadas. Marcó su número a toda prisa.

—Pia, ¿qué tal estás? —dijo Paul sin más preámbulos.

Sin duda había visto su nombre en la pantalla del móvil.

—¡Paul, gracias a Dios que te encuentro! Un poco más y me olvido de llamarte. Dijiste que avisarías a la policía. No lo habrás hecho, ¿verdad?

—No. Habría intentado contactar contigo antes de llegar a ese extremo.

—Bien —contestó Pia aliviada—. ¿Estás en Urgencias?

—No. Acabo de salir de allí. He sustituido durante el turno de noche a un compañero cuyo hijo se ha puesto enfermo. Voy de camino a casa y pensaba llamarte al llegar. No sé si preguntar, pero ¿cómo te fue anoche? ¿Has dormido bien con el Temazepam?

—Acabo de despertarme —confesó Pia.

Tenía la sensación de que Paul le estaba tomando el pelo, de modo que hizo caso omiso de su pregunta. Tampoco le contó que se había acostado a las cinco de la mañana.

—Escucha, me estaba preguntando si podríamos hablar en algún momento del día. Cara a cara, y cuanto antes mejor.

—¿No vas a ir a trabajar? Son más de las once.

Paul dejó a un lado sus inquietudes respecto a haberle dado el Temazepam, puesto que al parecer no había habido consecuencias, y comenzó a sentir curiosidad por saber si Pia había averiguado algo acerca de Nano. Pero le seguiría la corriente y no formularía preguntas por teléfono.

—Iré más tarde. Estoy destrozada. El alcohol y yo somos como el agua y el aceite.

—Bueno, deja que te explique mis planes. Voy a ir a casa a ponerme la ropa adecuada y luego saldré a dar una caminata por la montaña. ¿Por qué no me acompañas? Podríamos aprovechar para charlar. La verdad es que me gustaría saber más de tu velada de anoche.

Quería comprobar si Pia estaba realmente bien.

—Supongo que es una posibilidad. Quiero hablar contigo. Cuéntame algo más sobre esa caminata, porque hoy no estoy para grandes retos.

—Será agradable, confía en mí, nada demasiado extenuante. Yo también he tenido una noche dura. Por desgracia, no solo hemos tenido que ocuparnos del habitual par de estudiantes borrachos. Ha habido un accidente de tráfico serio en el que prefiero no pensar. Vamos, Pia, ven conmigo a tomar un poco de aire fresco de las montañas. Te prometo que después te encontrarás mejor. A mí me funciona.

Sinceramente, salir de caminata era lo último que le apetecía, pero si ese era el precio que tenía que pagar para poder charlar con Paul, lo haría. Necesitaba el consejo de alguien, aunque solo fuera para oírse a sí misma.

—De acuerdo, Paul. Dime dónde quedamos.

Cuarenta y cinco minutos después se encontraba junto a Paul al inicio de un camino de montaña. Llevaba puesta la ropa de correr y un anorak ligero. Paul iba pertrechado con su moderno equipamiento de senderismo y unas botas que parecían de profesional. A pesar de no haber dormido en toda la noche, tenía buen aspecto, como si estuviera dispuesto a caminar durante todo el día. Pia se sentía mal equipada y físicamente incapaz de realizar muchos esfuerzos. Pero Paul le aseguró que tan solo había planeado hacer un recorrido de dos horas entre los abetos de aquel conocido circuito.

—A esta hora del día no creo que encontremos demasiada gente —dijo, y empezó a caminar a paso vivo, lo que obligó a Pia a subir el ritmo para no quedarse rezagada.

Paul inspiró hondo y exhaló. Caminaban sobre un lecho de aromáticas agujas de pino.

—Esta es la razón por la que vivo en Colorado. El aire es fantástico, ¿no te parece?

—Resulta un poco extraño para alguien acostumbrado al del nivel del mar como yo —repuso Pia—, pero está limpio y es vigorizante.

En circunstancias normales habría mostrado su acuerdo con mayor entusiasmo, pero aquel día no quería perder el tiempo con nimiedades, así que fue directamente al grano y le explicó a Paul todo lo ocurrido la noche anterior. Lo único que no mencionó fue que había utilizado las cápsulas de Temazepam que él le había dado para drogar a Berman. Se limitó a decirle que su jefe se había emborrachado hasta desmayarse. Mientras hablaba, tuvo que reconocer para sí que sus sospechas sobre Nano se basaban en pruebas puramente circunstanciales: la desaparición de la muestra de sangre, el que Mariel se hubiera presentado en Urgencias con varios guardias armados, el nivel de seguridad de la empresa, los misteriosos ciclistas y la extraña dolencia y posterior recuperación milagrosa del corredor chino.

Cuando acabó de hablar de Nano y de que no había averiguado absolutamente nada en casa de Berman retrocedió un par de años en el tiempo y, sin profundizar mucho, le contó a Paul las circunstancias que habían rodeado las muertes de Rothman y Yamamoto en Columbia y parte del papel que ella había desempeñado a la hora de descubrir la verdad, esfuerzos que habían estado a punto de costarle la vida. Fue mucho más parca en detalles que a la hora de explicarle su visita a casa de Berman. Para cuando terminó, estaba sin aliento de tanto hablar mientras caminaba deprisa. El paseo le estaba resultando mucho más sencillo a Paul, que iba meditando sobre lo que escuchaba, tal como demostraban las escasas pero atinadas preguntas que formulaba. Tras un par de minutos de reflexión una vez que Pia hubo acabado, dijo:

—Voy a ser muy claro, porque ese es mi estilo. Yo veo dos posibilidades: una es que tengas buen olfato para los problemas y una mente analítica capaz de relacionar las pruebas entre sí y encontrar una solución. Y, por lo que me has contado, eres lo bastante valiente para dejarte guiar por él. O estás lo bastante loca para intentarlo.

—Si todo eso es la primera posibilidad, ¿cuál es la segunda? —preguntó Pia.

—Que estés un poco chiflada —respondió Paul—. No pretendo ofenderte. ¿Te ha sentado mal? —Miró a la joven, cuyo rostro permanecía impasible—. Supongo que no. Bien, porque la verdad es que no creo que seas una chiflada. Tenaz es una palabra más adecuada. Y también clarividente. Por lo que me has descrito, fuiste la única que perseveró durante bastante tiempo en la idea de que algo no encajaba después de las muertes de Columbia, ¿no es así?

—Sí, nadie me creía. Me sentía igual que Casandra. A mí me parecía obvio.

—Está bien, te creo. Normalmente no soy muy amigo de las teorías de la conspiración, pero, por lo que vi el otro día en Urgencias y lo que me has contado, está claro que hay algo raro en Nano. ¿Qué piensas hacer ahora que no has encontrado nada en casa de tu jefe?

—Me alegro de que coincidas conmigo en lo de Nano. Resulta reconfortante, como poco. El problema es que en este caso tengo la misma sensación que tuve en la facultad de medicina. No puedo evitar sentir lo que siento, y me veo obligada a investigarlo aunque solo sea para quitármelo de la cabeza. El fin de semana pasado vino a verme un amigo, George Wilson...

—¡Ah! —exclamó Paul con una sonrisa traviesa—. Esto me gusta más. ¿Una historia de amor?

—Ni por asomo —respondió Pia con un gesto despectivo de la mano—. Al menos no por mi parte.

—¡No puede ser! —protestó Paul. Fingió un abatimiento exagerado—. Con lo guapa que eres, debes de tener montones de novios.

—Lo siento —contestó ella, que no pudo evitar sonreír—. Como te expliqué ayer, no soy una persona demasiado sociable. Lamento decepcionarte. George y yo fuimos amigos durante toda la carrera. Me ayudó en la investigación del caso de Rothman irrumpiendo conmigo en unos cuantos sitios donde se suponía que no debíamos entrar, pero esa es otra historia.

»Lo que quería decir es que cuando estuvo aquí el fin de semana pasado me planteó una pregunta interesante que me ha hecho pensar. Yo le había estado hablando del enorme impacto que la nanotecnología va a tener en el campo de la medicina y de las enormes cantidades de dinero que las empresas se están gastando en investigación y desarrollo, y él me preguntó que quién se estaba encargando de controlar todo ese proceso y de asegurarse de que nadie tomaba atajos en cuestiones como la seguridad. Al principio su pregunta me molestó, aunque ya estaba enfadada porque se hubiera presentado sin avisar.

—Eso es algo que no hay que hacer nunca —terció Paul.

—Pero luego me di cuenta de que tenía razón. No hay supervisión en la investigación nanotecnológica. Nadie controla qué riesgos para la salud pueden tener algunos de sus productos ni las posibles violaciones de los principios éticos, como la experimentación prematura con humanos.

—O sea que eso es lo que sospechas que puede estar ocurriendo.

—Para ser sincera, no lo sé. Pero sí, es una de las cosas que me preocupan. Y aquí estoy yo, en pleno meollo, por así decirlo. Quiero asegurarme de que no estoy siendo cómplice de algo poco ético o ilegal. Necesito alguna prueba de lo que está sucediendo en Nano. No puedo llamar a la policía ni a los periódicos porque no tengo nada que mostrarles, y a nadie le resulta extraño que una empresa que se dedica a la nanotecnología se muestre tan reservada.

»Es lo mismo que cuando estaba en la facultad de medicina. Depende de mí. Voy a tener que entrar en edificios de Nano a los que no tengo permiso para entrar y averiguar lo que ocurre. El otro día intenté echar un vistazo en uno que está conectado al mío por medio de un puente. Sinceramente, es mi primera opción, porque es el que cuenta con mayor seguridad, pero no conseguí nada. Un escáner de iris me impidió llegar al puente.

—¿Y no será peligroso que vayas fisgoneando por Nano? Ya viste los guardias que aparecieron en Urgencias.

Pia se encogió de hombros.

—Puede que sí y puede que no. La verdad es que no lo sé. Pero soy empleada de Nano. Si me descubren en una zona restringida siempre puedo decir que me he perdido o que estoy haciendo un encargo para Berman, ahora que nos relacionamos fuera del trabajo. Otra idea que se me ocurre es intentar que me invite a participar en otros aspectos de las investigaciones de la empresa. El problema es que no sé de qué se trata exactamente y no quiero descubrir mis cartas. Mariel, que es mi jefa inmediata, me ha repetido varias veces la importancia que se le da en Nano a la discreción, incluso en el trabajo que estoy haciendo. Podrían despedirme en cualquier momento. Los estoy ayudando, pero no les resulto imprescindible.

—¿Y cómo sabes que no estás trabajando ya en esos asuntos tan secretos?

—¿Qué quieres decir? —preguntó Pia.

—Que puede que no conozcas todos los usos a los que se destinan los proyectos que estás desarrollando, ¿o sí?

—¡Y yo que creía que la desconfiada era yo! —exclamó Pia con una risa sarcástica.

No había pensado en aquella posibilidad. Los microbívoros

parecían tener una finalidad benigna, pero en cuanto a la tecnología que estaba ayudando a desarrollar para contrarrestar los problemas de biocompatibilidad no podía estar tan segura. Guardó silencio durante unos minutos.

—Lo siento —dijo Paul—, no pretendía disgustarte.

—No lo has hecho. Estoy bien.

—De acuerdo. —Paul se detuvo e hizo un gesto con la mano para abarcar el paisaje que los rodeaba—. Aquí es donde tenemos que dar la vuelta. Disfrutemos un momento de las vistas y regresemos.

Habían salido de entre los árboles y alcanzado una cornisa rocosa que ofrecía una impresionante panorámica de las montañas lejanas.

Tras otro silencio, Paul volvió a hablar. No parecía faltarle el aliento en lo más mínimo.

—Bueno, ¿cómo quieres que te ayude? Tengo la sensación de que todo tu monólogo ha ido encaminado hacia eso. Así que explícamelo. Eso sí, ten en cuenta que no estoy dispuesto a hacer nada ilegal. Y tampoco voy a allanar ninguna propiedad contigo, como acabas de decirme que hizo tu amigo George.

—Lo entiendo. Hay algo con lo que podrías ayudarme.

—Adelante, suéltalo.

—Cuando nos conocimos me dijiste que te gusta la programación, ¿no?

—Sí, es posible que lo dijera —respondió Paul con cautela.

—No te preocupes, no voy a pedirte que piratees nada. Pero necesito burlar los escáneres de iris de Nano. Uno de ellos me negó el acceso cuando intenté cruzar el puente que une mi edificio con el vecino. ¿Hay alguna forma de que pueda pasar sin tener que atizarle con un martillo? Tendría que ser algo que, si me pillan, permita hacerles creer que el escáner ha cometido un error.

—¿Los escáneres disponen de personal?

—¿Qué significa eso?

—Que si hay personal de seguridad observándote cuando te pones delante de ellos.

—En algunos, pero no en todos —contestó Pia—. En la planta baja hay vigilantes, pero nunca prestan atención cuando paso por el escáner. Cuando intenté pasar el de la puerta del puente que lleva de un bloque a otro no había personal de seguridad.

—En ese caso creo que podré ayudarte —dijo Paul.

Aquello parecía rozar la ilegalidad, pero solo si era él quien entraba en un lugar para el que no contaba con permiso de acceso. Además, también le resultaba un desafío divertido; le recordaba a cuando estaba en el instituto.

—Según tengo entendido —prosiguió—, los escáneres de iris utilizan técnicas matemáticas de reconocimiento de modelos que se basan en el hecho de que los iris de cada persona son tan distintos de los de otra como sus huellas digitales. ¿Sabes qué? Le echaré un vistazo por ti.

—Gracias, Paul, sería estupendo.

—Escucha, no quiero desanimarte, pero lo que pretendes hacer parece peligroso. ¿De verdad crees que es buena idea?

Pia puso los ojos en blanco. Paul empezaba a hablar como George.

—Voy a intentarlo, me ayudes o no.

—Imaginaba que dirías algo así. Veré qué se me ocurre.

25

Nano, S. L., Boulder, Colorado
Jueves, 25 de abril de 2013, 14.15 h

Mariel Spallek miró con descaro el reloj cuando Pia entró en el laboratorio a las dos y cuarto.

—Llegas tarde —le espetó—. Creía que habías dicho que estarías aquí antes de las dos.

Devolvió su atención al libro de registro que tenía abierto ante sí.

—Lo de las dos lo dijiste tú, no yo. Teniendo en cuenta cómo me encuentro, puedes considerarte afortunada de que haya venido. Tengo derecho a estar enferma un día.

A Pia se le había agotado la paciencia con Mariel. No estaba acostumbrada a encajar sin más la actitud altiva y quisquillosa que su jefa empleaba con ella.

—Yo no falto al trabajo cuando me encuentro mal, así que espero que mi personal haga lo mismo —replicó Mariel sin levantar la vista—. Hay días en que estoy mejor que otros, pero vengo a trabajar de todas formas, a menos que tengan que hospitalizarme. Espero lo mismo de los demás.

A Pia se le ocurrieron miles de respuestas cortantes, pero prefirió callárselas. Confiaba en tener la oportunidad de decirle a Mariel lo que pensaba de ella en alguna ocasión futura.

Durante las dos horas siguientes, la joven mantuvo la cabeza baja y trabajó a conciencia. Mariel había solicitado más personal para que ayudara en el nuevo espacio que había conseguido en el piso de abajo. Pia los puso a trabajar para que realizaran más experimentos de biocompatibilidad. Cuantos más se hicieran, mejores serían las conclusiones desde un punto de vista estadístico.

Lo que entonces empezaba a irritarla era que Mariel no parecía dispuesta a renunciar a su costumbre de supervisar personalmente todo el trabajo, lo cual significaba que todo debía pasar por ella, hasta los detalles más insignificantes. Para Pia, parte del atractivo de la investigación residía en el desafío que suponía, primero, proponer una solución y, después, recopilar los datos que la corroboraran. Se sentía lastrada por la vigilancia autoritaria de Mariel, que controlaba todo lo que hacía y cada paso que daba. Cuando pudo hacer una pausa, fue en busca de su jefa, que seguía absorta en el mismo libro de registro, sin duda revisando los detalles por enésima vez.

—Escucha, Mariel, me consta que el trabajo está yendo bien y que en otros edificios de Nano tienes personal realizando experimentos de los que no sé nada. ¿Alguno de ellos está relacionado con los que yo estoy llevando a cabo aquí? Si es así, ¿no sería mejor que alguno de los técnicos me informara directamente a mí? De esa manera podría analizar sus resultados por mí misma.

—Ese es mi trabajo, Pia. El tuyo consiste en ser creativa respecto a los problemas concretos que te planteamos. Lo que hacen los demás no te concierne.

—Vale, de acuerdo, pero ¿quiénes son? ¿Por qué no puedo ni siquiera hablar con ellos? Me estoy matando a trabajar aquí y no tengo ni idea de lo que hacen los demás. Para mí resulta frustrante, y sin duda se producen solapamientos.

—Nano es una gran empresa que está muy compartimentada por razones de seguridad. Sigue una política según la cual el personal solo sabe lo que necesita saber. Tú no necesitas saber lo que está haciendo otra gente y ellos no necesitan saber a qué te dedicas tú. En última instancia es un sistema eficiente y, desde luego, el más seguro. Si se produce algún solapamiento serás informada. Concéntrate en hacer aquello por lo que te pagan. Si conocieras mejor al señor Berman, comprenderías cómo piensa. Él es el fundador y el sostén de la organización de Nano. Yo soy sus ojos y sus oídos.

«Y una zorra celosa», pensó Pia, aunque se lo calló.

—Por teléfono me diste a entender que no se encontraba bien. ¿Ha venido a trabajar?

—Sí, claro que ha venido, por supuesto. Es un hombre entregado a su trabajo, no como tú. ¿Por qué lo preguntas?

—Solo por curiosidad, Mariel. ¿Se puede saber por qué me lo estás poniendo todo tan difícil?

Su jefa levantó la vista del libro de registro. Esbozó una sonrisa falsa y desdeñosa.

—Lamento que creas que te lo estoy poniendo difícil, pero en realidad no es así. Todos estamos sometidos a mucha presión. Esa presión viene de lo más alto, y debo actuar en consecuencia. Mi presión procede directamente de Zachary Berman, y te aseguro que él me pone las cosas mucho más difíciles de lo que crees que te las pongo a ti.

Mariel volvió a centrarse en el libro sin borrar la sonrisa de su cara. Pia se maravilló de que alguien fuera capaz de sonreír con tal falsedad.

Pia tenía que hacer algo, aislarse mentalmente, porque Mariel Spallek se estaba volviendo insoportable y le impedía concentrarse. Había comprobado todos los experimentos que tenía en marcha y verificado que iban según lo previsto. Seguía sin haber indicios de respuesta inmunológica. El glicopolietileno aplicado a la superficie de los microbívoros estaba obrando maravillas a todos los niveles de concentración, incluso en lo que Pia habría considerado cantidades minúsculas.

—Voy a salir a tomar el aire un rato —anunció, y antes de que Mariel pudiera protestar, añadió—: No te preocupes, volveré enseguida. De una manera u otra conseguirás que cumpla con mi jornada.

Necesitaba alejarse un rato de Mariel, que no había dejado de vigilarla desde que había llegado. Bajó en el ascensor y salió al exterior. Tenía que hablar con alguien, así que llamó a Paul Caldwell, pero antes de que se estableciera la comunicación recordó que el médico le había dicho que dormiría un rato al llegar a casa. Colgó.

Tuvo un impulso y telefoneó a George, a pesar de que era consciente de las consecuencias que su llamada podía tener. Por suerte, le saltó el buzón de voz. No fue ninguna sorpresa, pues sin duda en aquellos momentos su amigo estaría ocupado trabajando duro en el hospital de Los Ángeles. Contrariada, llamó a la residente que se ocupaba del tratamiento de Will McKinley en Nueva York para ver si tenía algo nuevo que contarle, pero ella tampoco contestó al teléfono. Aunque nada le había salido como esperaba, la pausa le había sentado bien. Animada, decidió entrar de nuevo en el edificio y enfrentarse a un par de horas más de gélido trabajo junto a Mariel.

Cuando regresó al laboratorio se detuvo en seco nada más entrar. Berman estaba allí, hablando con Mariel. Por desgracia, su jefe levantó la vista y la vio, de manera que no pudo seguir su primer impulso y escabullirse discretamente. La perspectiva de tener que lidiar con Mariel y Berman al mismo tiempo era más de lo que podía soportar.

—Ah, Pia, estás aquí. ¿Cómo te encuentras? Mariel me ha dicho que estás enferma.

—Estoy incubando algo, tal vez la gripe o un resfriado, pero aquí estoy. ¿Y tú? Mariel me ha dicho que tampoco te encontrabas bien.

La joven se puso en guardia. A pesar de que el tono de voz de Berman parecía tranquilo y en absoluto acusatorio, no sabía qué esperar. No podía evitar preguntarse si Zachary sospecharía que le había echado un somnífero en la bebida.

El hombre sonrió. Había ido recuperándose progresivamente desde primera hora de la mañana, cuando Mariel lo había sorprendido echando un sueño con la cabeza apoyada sobre su mesa de despacho tras haber realizado una serie de llamadas a China.

—Estoy bien, gracias por tu interés.

Berman se volvió hacia Mariel y arqueó las cejas. Ella captó el mensaje y, aunque visiblemente disgustada, se alejó de ellos. Se puso a hacer algo en el extremo opuesto de la sala, donde no podía oírlos.

—¿Llegaste a casa sin problemas? —preguntó Zachary en voz baja.

—Sí. Circulé todo el rato por debajo del límite de velocidad.

—Buena idea. A esas horas no estoy seguro de si yo habría tenido la buena cabeza de hacer lo mismo. Por suerte, no tenía que ir a ninguna parte durante las horas siguientes, y después me llevaron en coche.

—Espero que la llamada que tenías que hacer fuera bien.

El hombre la escudriñó con expresión interrogativa. Pia desvió la mirada:

—La señorita Jones me comentó que era importante.

—Sí, es cierto. —Berman paseó la mirada por el laboratorio—: Bueno, ¿cómo va todo por aquí?

—Muy bien. Hemos multiplicado por diez el número de experimentos de biocompatibilidad, lo cual nos permitirá obtener resultados mucho más significativos, especialmente si todos siguen mostrando una total ausencia de reacciones inmunológicas. Mariel me ha conseguido más espacio de trabajo y más personal de apoyo. Estamos en ello.

—Eso es música para mis oídos. En mi opinión, el proyecto de los microbívoros es el más importante de todos los que se están desarrollando en Nano.

—¿En qué otros proyectos está trabajando la empresa? —preguntó Pia. De pronto decidió dejarse de precauciones e ir al grano.

Su jefe le sonrió como lo haría un padre cuya hija hace demasiadas preguntas.

—Lo siento, pero no puedo contestarte a eso por razones de seguridad. Confío en que lo comprendas.

—Mariel me ha contestado básicamente lo mismo. Pero ¿no corremos así peligro de que nuestros trabajos se solapen? Si todos supiéramos lo que están haciendo los demás, podríamos beneficiarnos los unos de los otros.

—Mariel y Allan Stevens se encargan de que la información llegue a quien la necesita. Créeme, tu trabajo ha influido en otros proyectos en curso. Te lo aseguro.

—¿A qué aspectos de mi trabajo te refieres? ¿A la cuestión de la biocompatibilidad?

—No voy a concretar —repuso Berman. Había endurecido el tono de su voz y su sonrisa se había esfumado. Estaba perdiendo la paciencia, pero se contuvo—. ¿Por qué no hablamos de cosas más agradables?

—Me has preguntado cómo va el trabajo, y yo me he expresado con franqueza. Si he sobrepasado alguna línea, lo siento.

—No te preocupes. Me alegro de que te encuentres cómoda hablando conmigo. Sé cómo puede llegar a ser Mariel. La diligencia es una de sus virtudes, salvo cuando deja de serlo. Pero ya basta de esta conversación. Para lo que en realidad había venido era para disculparme por mi comportamiento adolescente de anoche. La última vez que me emborraché así fue en mi primer año en la Universidad de Yale. No es mi estilo habitual. Lo siento.

—No hace falta que te disculpes. Yo también bebí más de la cuenta y me dormí.

—¿Está fuera de lugar que te pregunte si lo pasaste bien anoche?

Berman volvía a sonreír, de modo que Pia pensó que podía bajar la guardia.

—Sí, lo pasé muy bien. Te agradezco que me invitaras. —Miró en derredor para asegurarse de que Mariel no se había acercado. Tratándose de ella no podía descartarlo, pero vio que se había marchado del laboratorio—. Solo lamento que la señorita Jones nos encontrara durmiendo en el sofá de la sala de estar. Fue un poco embarazoso.

—No creo que tengas nada de lo que avergonzarte. Me han despertado en circunstancias mucho más comprometedoras que esa, créeme. Tengo que decir que yo me lo estaba pasando estupendamente antes de que el whisky pudiera conmigo. Eres toda una bailarina.

Pia notó que se ruborizaba. Berman lo había olvidado casi todo y tenía que acordarse precisamente de su bailecito. Pensar en ello la avergonzaba mucho más que el hecho de que la señorita Jones los hubiera sorprendido en la sala de estar.

—Es increíble lo que el alcohol es capaz de hacer con nuestras inhibiciones —comentó.

—Estuviste encantadora. La próxima vez que vengas, me aseguraré de permanecer despierto y ser un anfitrión más atento. ¿Qué te parece?

—Muy bien —contestó Pia, que pensaba exactamente lo contrario—. De todas maneras, estaré a tope de trabajo durante los próximos días.

—Sí, yo tengo que viajar, así que no estaré por aquí durante un tiempo. Me encantaría que pudieras venir conmigo, pero tu trabajo aquí es demasiado importante.

—¿Vas a algún sitio divertido?

La mera idea de que Berman hubiera pensado en llevársela con él la horrorizaba, de manera que tuvo que hacer un esfuerzo para parecer lo más natural posible.

—La verdad es que sí —contestó Berman—. Voy a Italia. Pero será por trabajo, así que no tienes por qué envidiarme. Me alegro de haberte visto. Sigue trabajando como hasta ahora. Y no te preocupes por Mariel, solo hace lo que yo le mando. Cuando regrese organizaremos otra cena.

—Aquí estaré —contestó Pia mientras Berman se alejaba—. No pienso ir a ninguna parte.

26

Apartamento de Paul Caldwell, Boulder, Colorado
Miércoles, 1 de mayo de 2013, 21.45 h
Una semana más tarde

A lo largo de la semana que siguió a su último encuentro con Zachary Berman, Pia trabajó más intensamente que nunca, presionó a sus nuevos técnicos de laboratorio y ya casi estaba en posición de afirmar que, con la incorporación del glicopolietileno a la superficie de los microbívoros, los problemas de biocompatibilidad habían quedado resueltos, al menos en el caso de las lombrices intestinales. Antes de utilizar aquel compuesto, las lombrices habían mostrado entre un treinta y un cuarenta por ciento de respuestas inmunológicas. No era un porcentaje preocupante, pero sí significativo. Después no se había producido ninguno, ni siquiera con las concentraciones más débiles del polímero oligosacárido. Los resultados habían sido tan prometedores que Pia empezó a pensar en qué sujetos animales deberían ser los próximos en probarlo. También siguió desarrollando la tecnología de espiral para los robots antisalmonela. La idea seguía siendo prometedora, aunque aún no había podido concertar una reunión con los programadores.

La mayor parte de su tiempo libre lo pasó en compañía de Paul Caldwell. Hicieron unas cuantas excursiones más, incluyendo una especialmente complicada el domingo por la tarde. Al día siguiente Pia estaba exhausta y dolorida, pero aún impresionada por las vistas que había disfrutado en la ruta por las Rocosas por la que Paul la había llevado.

Su amistad con él progresaba a pasos de gigante. Para Pia resultaba un gran alivio pasar tiempo con un hombre al que le gustaba por ella misma. Seguía mostrándose reservada y sabía que ante los ojos de los demás —incluso ante los de Paul, hasta cierto punto— podía parecer distante, pero le resultaba mucho más fácil intentar involucrarse en una relación que no era en absoluto sexual. El martes por la noche, Paul insistió en que condujeran hasta Denver para ir a un bar que conocía allí. Aseguraba que quería presumir de Pia, de modo que, una vez más, ella se enfundó su vestido negro.

Aunque al principio no le apetecía mucho ir, acabó pasándolo mejor de lo que esperaba con los amigos de Paul. Profesionalmente hablando, formaban un grupo heterogéneo, pero compartían un lado creativo que Pia apreciaba. No creía que la creatividad fuera uno de sus puntos fuertes, pero la disfrutaba en los demás. Aun así, lo que más le gustó fue que no hubo ni la menor presión sexual, y por ende tampoco se despertó ninguno de los miedos atávicos de su psique, un problema del que era consciente por las pesadillas recurrentes que sufría.

Paul había investigado en internet los escáneres de iris y había comentado el asunto en términos generales con un par de amigos expertos en tecnología. El miércoles por la noche le confirmó a Pia que creía que era perfectamente posible burlarlos —sobre todo si se trataba de escáneres de primera generación, que eran los más habituales— con una fotografía de alta resolución del ojo o incluso con una de toda la cara donde se vieran ambos ojos. Si la imagen era lo bastante buena, no creía que importase que solo tuviera dos dimensiones y no tres, porque el iris es plano. Después de una cena ligera —Paul había preparado lasaña de verduras— probaron una cámara de un solo objetivo con alta resolución que podía sacar primeros planos y fotos normales.

—¿De dónde has dicho que la has sacado? —preguntó Pia.

—Es de un amigo de la facultad de medicina. Bueno, de un ex novio.

Paul miró a Pia. Era la primera vez que mencionaba implícitamente su orientación sexual. Intuía que ella ya lo sabía y que se sentía cómoda como él sin darle ninguna importancia. Vio que la joven ni siquiera había parpadeado.

—Todavía nos vemos de vez en cuando. En el laboratorio del hospital donde trabaja utilizan estas cámaras. No tengo ni idea de para qué, pero son de alta resolución e incluso pueden hacer fotografías a través de un microscopio. En una ocasión me dijo que se había apropiado de esta para usarla en un proyecto artístico en el que estaba trabajando. Se la he pedido prestada durante unos días.

—A mí me parece que tiene un aspecto bastante normal —comentó Pia.

Y lo tenía. Era un poco más voluminosa que una cámara comercial estándar, y Paul le explicó que se manejaba del mismo modo.

Caldwell quería hacer una prueba con Pia, así que ella se sentó en el sofá y él se colocó frente a ella con una luz a sus espaldas.

—Y ahora no te muevas, señorita, que no va a dolerte nada. —Puso una cara graciosa, y Pia abrió mucho los ojos.

—¿Es importante qué ojo saques? —preguntó.

—No lo creo. De todas maneras, por eso lo estamos probando, para descubrir si funciona. Vale, quédate quieta.

Paul tomó varios primeros planos de ambos ojos de Pia y también de su rostro. Varió la distancia de enfoque desde los treinta centímetros de distancia hasta casi un metro. Le dijo que ya había acabado.

—¿Dónde las imprimirás? —preguntó ella.

—Aquí, en mi impresora. Pero puede que no sea necesario y tengamos suficiente con los archivos digitales. Estoy pensando en transferir la mejor imagen a tu móvil para que puedas probar. La verdad es que incluso podríamos probar con la cámara de tu iPhone. La resolución de pantalla de los móviles es muy buena, especialmente la de los iPhone.

—¿Será suficiente para engañar al escáner?

—Ya nos ocuparemos de eso. ¿Ha habido algún escáner de Nano que no te haya dejado entrar en alguna ocasión?

—Sí. Ya te dije que el que hay en la puerta de acceso al puente que une mi edificio con el bloque vecino no me dejó pasar.

—¿Y no había ningún vigilante de seguridad?

—No, nadie.

—Bien. Entiendes cuál es el funcionamiento de esos trastos, ¿verdad?

—Más o menos, lo supongo por lo que tú me has explicado.

—Vale, pues repasemos. Se basan en el hecho de que los iris son únicos, como las huellas digitales. Incluso los gemelos idénticos tienen iris distintos. Lo que hace el escáner es aplicar algoritmos matemáticos y estadísticos a ciertas características visibles y digitalizarlas. A continuación las compara con las imágenes escaneadas que tiene almacenadas. En una empresa como Nano, los resultados se contrastan con la lista de gente que tiene acceso a ese escáner en concreto. Y entonces sí, puedes pasar, o no, no puedes.

—Te agradezco el tiempo que le estás dedicando a esto.

—La verdad es que me divierte hacerlo. Es la clase de problema informático que me parece interesante. Además, soy un pirado del cine y me recuerda a aquella película de Tom Cruise... ¿Cómo se llamaba?

Pia se encogió de hombros. Apenas había visto un puñado de películas en toda su vida. Ya había vivido bastantes dramas. No creía necesitar más.

—¡*Minority Report*! —exclamó Paul, feliz de haberse acordado—. Tom Cruise se cambiaba los ojos. Era un poco exagerado, pero bueno, así es Hollywood... En cualquier caso, nosotros no seremos tan drásticos, por suerte. Creo que el sistema tiene un fallo que podemos aprovechar, al menos el que se utiliza hoy en día.

—Ya veo que esto te divierte. ¿A qué te dedicabas en el instituto, a piratear cajeros automáticos?

—A lo que me dedicaba en el instituto no es asunto tuyo —contestó Paul con una sonrisa—. En serio, ¿qué piensas hacer si esto funciona? ¿Qué ojos pretendes fotografiar? Las únicas personas de Nano de las que me has hablado son Berman y esa tal Spallek que se presentó en Urgencias. Él es el gran jefe y ella una arpía. ¿Cómo vas a conseguir las fotos?

—Estás haciendo demasiadas preguntas —respondió Pia.

No le había contado mucho acerca de los avances de su relación con Berman, o de lo que este interpretaba como tal. Pero opinaba que Zachary sería su objetivo más probable, debido a su incipiente amistad con él. Sabía que estaba jugando con fuego, pero así tenía que ser. No parecía haber alternativa si realmente quería averiguar lo que se tramaba en Nano. La otra ventaja de utilizar a Berman era que sin duda él tenía acceso a cualquier rincón de la empresa.

—Yo me estoy divirtiendo mucho, pero, para serte sincero, me preocupas. Supongo que intentarás sacarle la foto a Berman y, como eres inteligente, lo conseguirás. Pero si la usas para tener acceso a zonas restringidas, estarás cometiendo allanamiento, y nadie sabe qué consecuencias podría tener eso.

—Agradezco tu preocupación —dijo Pia— y reconozco que es arriesgado. Si la utilizo para entrar en áreas para las que no tengo autorización y pasa algo, no será culpa tuya. Será culpa mía, y solo mía. Pero deja que te diga una cosa: aunque no me hubieras ayudado, habría descubierto igualmente cómo funcionan esos escáneres y cómo burlarlos. Solo que me habría llevado más tiempo. Estoy decidida a echar un vistazo por Nano, sobre todo en el edificio contiguo al mío, el que está al otro lado del puente.

Ambos se miraron durante unos instantes. Pia mantuvo el contacto tanto rato como pudo antes de desviar la mirada.

—¿Comprendes al menos lo que te estoy diciendo? —preguntó Paul.

—Desde luego —replicó Pia. Volvió a mirarlo con los ojos llameantes—. Pero será mejor que no insistas más si quieres seguir siendo mi amigo. Ya ha habido demasiada gente en mi vida que ha tomado decisiones por mí. Ya no lo necesito, y tampoco lo quiero.

—Muy bien —repuso Paul—. Solo quería sacármelo de dentro.

—Muy bien, pues ya lo has hecho. ¿Seguimos con lo que teníamos entre manos?

—Vale —contestó Paul.

Se levantó y se acercó a su escritorio. Cogió un cable y conectó la cámara de alta definición a su ordenador.

—Déjame tu iPhone, a ver qué podemos hacer.

Ambos guardaron silencio mientras Paul manipulaba las imágenes de los ojos y el rostro de Pia. Una cierta tensión enrareció el ambiente hasta que Pia rompió el silencio:

—Me gustaría pedirte otra cosa —dijo. Al ver que Paul no contestaba, añadió—: ¿Me darías otro par de cápsulas de Temazepam?

El médico apartó la vista del ordenador y la miró.

—Te estás volviendo tan mandona como Mariel, si me permites el comentario.

—Lo siento —repuso Pia con falsedad.

No tenía esa opinión de sí misma. Se consideraba una persona autónoma a la que no le gustaba que le dieran órdenes.

—Lo lamento, pero no —dijo Paul—. Si tú quieres seguir siendo mi amiga vas a tener que buscarte a otro que cubra tus necesidades de barbitúricos. Aquí es donde yo trazo mi línea roja. Te dije que no estaba dispuesto a hacer nada ilegal, así que no pienso ser cómplice del mal uso de sustancias controladas, y menos si creo que eso te pone en peligro. Una vez, vale, sobre todo porque no me paré a pensarlo como debía, pero dos no.

—De acuerdo, de acuerdo —contestó Pia alzando las manos como si tuviera que tranquilizar a Paul—. Me doy por enterada.

Y creo que tienes razón. No necesito somníferos. Me basta con una cámara y un poco de creatividad.

—La cámara sí puedes cogerla prestada.

—Es posible que ni siquiera la necesite si no consigo burlar el escáner con mi propia imagen.

27

Nano, S. L., Boulder, Colorado
Jueves, 2 de mayo de 2013, 5.41 h

Pia cruzó a paso vivo el aparcamiento de Nano con el móvil en la mano. Sabía que los guardias del turno de noche recibían el relevo a las seis. Había confiado en llegar antes de esa hora, pero no era una persona madrugadora y había tardado un poco en levantarse después de que sonara el despertador. Creía que, si la artimaña del iPhone y el escáner de iris no daba resultado, sería menos probable que el personal de seguridad, cansado y a punto de marcharse a casa, notase que algo iba mal. Además, conocía algo a los vigilantes de ese turno por las muchas veces que había entrado o salido del laboratorio de madrugada a causa de varios experimentos. A diferencia de los que hacían el turno de la mañana y la tarde, aquellos hombres se mostraban más habladores, seguramente por aburrimiento.

En la pantalla del móvil tenía preparada una imagen de sus ojos un poco más pequeña de lo normal. Tal como había previsto, había dos guardias de turno en el vestíbulo de su edificio, la mitad que durante el resto del día. Incluso los conocía por sus nombres.

—Buenos días, Russ. Buenos días, Clive —saludó.

—Buenos días, doctora Grazdani. Hoy empieza temprano —dijo Russ, el mayor de ellos.

—Sí, tengo un montón de experimentos en curso. Tengo que irme. Que tengáis un buen día, chicos.

Se dirigió hacia el escáner que vigilaba el acceso a los ascensores. Russ y Clive la ignoraron y siguieron preparando el registro para el cambio de turno. En casa, frente al espejo del cuarto de baño, Pia había ensayado lo que se disponía a hacer. Aunque al entrar llevaba el teléfono pegado a la oreja derecha, como si estuviera en medio de una llamada, en aquel momento lo puso en posición horizontal junto a sus ojos con la pantalla mirando hacia delante. Se situó ante la máquina y, cuando esta le indicó que estaba lista para hacer la lectura, la joven se echó ligeramente hacia atrás y se colocó el móvil justo delante de los ojos.

Aguardó con impaciencia, pero no ocurrió nada.

Movió el iPhone arriba y abajo, pero siguió sin oír el familiar pitido de la máquina que confiaba activar. Miró rápidamente el escáner por encima del móvil. La habitual luz verde que indicaba una identificación positiva estaba apagada. Era evidente que el escáner no había leído nada. La artimaña no había funcionado.

—¡Mierda! —exclamó en voz baja.

Le dio la vuelta al iPhone y miró la pantalla. Estaba apagada. Había olvidado aumentar el tiempo de autobloqueo y el móvil había apagado la pantalla para ahorrar energía.

—¿Algún problema, doctora Grazdani? —le preguntó Russ desde el mostrador.

—No, gracias, Russ. Supongo que habré parpadeado en el momento equivocado. Volveré a intentarlo.

Sonrió a los vigilantes, que la saludaron con la mano y siguieron con sus preparativos para el cambio de turno.

El escáner se reinició, y con la imagen en la pantalla del teléfono, Pia lo intentó de nuevo. Tras unos segundos durante los cuales creyó que se le iba a parar el corazón, llegó el pitido de siempre, se encendió la luz verde que le daba paso y las puertas de cristal se abrieron.

—Ha funcionado —dijo en voz demasiado alta.

En cierto sentido, estaba sorprendida. Aquello era un buen ejemplo de cómo la tecnología se derrotaba a sí misma. Seguramente los diseñadores de los escáneres de iris de primera generación no se imaginaron ni por asomo los avances que se producirían en la resolución de las pantallas táctiles de los teléfonos inteligentes.

—Sí, normalmente funciona —convino Russ, cuya voz sonó mucho más cercana que la última vez que Pia la había oído.

Ella dio un respingo y se volvió. El vigilante estaba a menos de dos metros de distancia.

—Tengo una llamada —dijo, y se concentró en hacer desaparecer la imagen del teléfono.

Al mismo tiempo, cruzó las puertas de cristal y entró en Nano. Tras apretar el botón del ascensor, se dio la vuelta y vio que Russ había regresado a las puertas de la entrada principal y conversaba con los hombres del turno de día, que acababan de llegar. Se prometió tener más cuidado la próxima vez.

La próxima vez.

Era temprano, de modo que cuando llegó al cuarto piso pasó ante su laboratorio y recorrió de nuevo el camino hacia las puertas dobles que impedían el acceso al puente. Una vez allí, repitió el truco del móvil. No tenía motivos para pensar que el iPhone funcionaría cuando su propio ojo no lo había hecho, pero quería intentarlo de todos modos. Cuando ocurrió lo previsto y no pudo entrar, regresó sobre sus pasos hasta el laboratorio. ¿Qué demonios escondía Nano al otro lado de aquel puente? Intuía que tenía que ser algo muy importante para justificar tanta seguridad.

Mientras comprobaba el estado de todos los experimentos de biocompatibilidad repasó de nuevo todas las opciones de los distintos ojos que podría fotografiar en alta resolución. Llegó a la misma conclusión: tenían que ser los de Berman por muchas razones. Había pensado en Mariel e incluso en Whitney, pero siempre acababa volviendo a Berman. Solo con él tenía la certeza de poder obtener acceso a cualquier zona de la empresa. Cabía la posibilidad de que las otras tuvieran el acceso restringido por algún motivo que Pia no podía imaginarse. También se daba la circunstancia de que tenía más probabilidades de hacerle un montón de fotos sin levantar sospechas a Berman que a Mariel o Whitney

No se hacía ilusiones, sabía que para conseguir la clase de fotos que necesitaba debía volver a casa de Berman. Tenía que correr ese riesgo. A pesar de lo mucho que le disgustaba la idea, no tendría más remedio que repetir su farsa, pero en esta ocasión sin la ayuda del Temazepam. Tendría que lograr que Berman la invitara de nuevo, cosa que sin duda inflamaría tanto sus expectativas como su pasión. Por muchas razones, le resultaba evidente que Berman era un bruto libidinoso acostumbrado a salirse con la suya.

Su plan tenía muchos defectos, pero había uno que superaba a todos los demás. Berman llevaba como mínimo una semana fuera de Nano.

28

Hotel Four Seasons, Milán, Italia
Jueves, 2 de mayo de 2013, 16.12 h

Algo más de dos horas después de que Pia hubiera comenzado su jornada laboral, en Milán, a unos siete mil kilómetros de distancia, eran más de las cuatro de la tarde. Zach Berman se hallaba sentado ante el ordenador en su habitación del hotel Four Seasons repasando los informes que le habían enviado por correo electrónico acerca de los progresos de los distintos proyectos que Nano tenía en marcha, en especial el de los microbívoros, que era el que más le interesaba. Lo que leía le satisfacía y hacía que estuviera impaciente por regresar. Pero todavía no podía. El Giro de Italia, una de las pruebas ciclistas más importantes de Europa, aparte del Tour de Francia, estaba a punto de empezar. Aquel era el motivo de su presencia en el país, pero no deseaba que nadie lo supiera.

Una semana antes, casi inmediatamente después de su conversación con Pia, había volado en su Gulfstream hasta Milán, donde se había encontrado con más dignatarios chinos. Al menos en aquella ocasión no había tenido que reunirse con gente nueva: la delegación estaba compuesta por individuos que ya había conocido en China o en Boulder a lo largo de los últimos dos años, y Whitney Jones lo había aleccionado durante horas acerca de sus nombres, intereses personales y posición en el gobierno. Esa información le facilitaba enormemente la conversación con todos ellos y evitaba los incómodos silencios que había tenido que soportar durante los primeros encuentros. Conseguir capital no figuraba entre sus actividades favoritas, en especial con los chinos, cuya mentalidad burocrática chocaba con su sistema de valores. De hecho, admitía sin tapujos que detestaba tratar con ellos, a excepción de los pocos que eran mínimamente emprendedores. Sin embargo, en el panorama mundial el dinero estaba en China. Le gustara o no.

Uno de los hombres a los que en aquel momento veía con regularidad y con el que le resultaba más fácil entenderse que con la mayoría de los otros era Yan, que siempre insistía en que lo llamara Jimmy. Hablaba un inglés excelente y parecía tener cierto estatus en la intrincada jerarquía gubernamental de su país. A Berman le había complacido comprobar que Jimmy resultaba ser una compañía agradable, y de hecho había ido a Milán para reunirse precisamente con él. Jimmy era un hombre cosmopolita que había estudiado un tiempo en Stanford y por tanto podía hablar con Berman de asuntos relacionados con Estados Unidos. Vestía con traje de estilo occidental y lucía un mejor corte de pelo que sus colegas. Berman no sabía qué edad tenía, pero sospechaba que era más joven que él y que estaba en buena forma física, sobre todo comparado con los otros burócratas chinos con los que tenía que relacionarse.

Berman también se había dado cuenta de que Jimmy era inteligente. La política era uno de sus mayores intereses, así que le había hecho un montón de preguntas respecto a las recientes elecciones presidenciales de Estados Unidos. El proceso parecía hacerle gracia. ¿Cómo sabían los estadounidenses que las personas a las que votaban serían buenos líderes? En su opinión unas elecciones así resultaban absurdamente azarosas, similares a un concurso de popularidad. La respuesta de Berman fue que así funcionaba la democracia.

—El pueblo elige a la persona que cree que será el mejor líder —le dijo.

—¿El pueblo? —se limitó a repetir Jimmy, que dejó la cuestión en el aire.

Zachary sabía cómo debía actuar con los chinos, así que se mostraba tranquilo y confiado cuando se dirigía a ellos como grupo. Había aprendido unas cuantas palabras de mandarín y divertía a sus invitados cuando intentaba pronunciar una frase nueva, aunque casi siempre acababa por estropearla.

Tras varios días aclimatándose a Milán, Berman, Jimmy y otros dos altos funcionarios chinos, acompañados por una traductora, habían ido a visitar sus inversiones mientras entrenaban. El equipo de ciclismo esprintaba en torno a la pista de un velódromo cubierto. A Zachary le había parecido que todos pedaleaban a una velocidad increíble y extremadamente pegados los unos a los otros. Lo último que deseaba a aquellas alturas era que se produjera un accidente grave. Los cinco visitantes se habían quedado en la parte trasera del estadio procurando no llamar la atención. El principal entrenador del equipo los había estado esperando y se había acercado a ellos en el momento apropiado.

—Bienvenidos a Milán. Soy Victor Klaastens, el entrenador del equipo. Es un placer conocerlos. —El hombre tenía un fuerte acento holandés.

—Ah, señor Klaastens, me alegro de que esté aquí —había saludado Berman.

—¿Dónde voy a estar si no es con mi equipo?

—Desde luego. ¿Cómo va todo? Estoy seguro de que nuestros invitados estarán encantados de que se lo explique.

La traductora se había esforzado por mantener el ritmo de la conversación, y a Berman no le parecía mal. Le habría gustado hablar en privado con Klaastens antes del encuentro con la delegación china, pero no le había sido posible. El holandés era un hombre fornido, de unos cincuenta y tantos años, y, como atestiguaba su protuberante barriga cervecera, debía de haber vivido lo suyo. El llamativo chándal azul, rojo y verde del equipo no encajaba para nada con su físico.

—Todo va bien —había contestado—, pero no me gusta tener que hablar con un traductor de por medio. Y eso no hace falta que lo traduzca —había añadido mirando a la joven traductora, que se interrumpió y se apresuró a hacer un gesto afirmativo con la cabeza.

Berman había mirado a Jimmy, pero no dio muestras de haberse inquietado por el comentario de Klaastens. Deseaba que todo transcurriera sin problemas. Al parecer Jimmy se lo había tomado con tranquilidad. Los otros dos hombres apenas dominaban el inglés.

—Así funciona el deporte en la actualidad —había continuado Klaastens—. Soy un entrenador holandés que dirige un equipo ciclista de Azerbaiyán al que visitan unos caballeros chinos acompañados por un ricachón estadounidense que ni siquiera sé cómo se llama. Ignore también eso, señorita.

—Me han llamado muchas cosas, pero ricachón estadounidense… Soy un mero observador.

—Me da igual quién sea usted, y puede que sea mejor que no lo sepa —dijo Klaastens—. Todo me parece bien, incluso aunque tenga que aceptar algunos ciclistas en el último momento con los que ni siquiera puedo hablar porque solo hablan chino. No somos más que un pobre equipo ciclista de un país pobre. Tampoco sé por qué Azerbaiyán necesita un equipo ciclista, pero Kazajistán tiene uno, así que ellos también querían el suyo. Por suerte para mí, porque estaba sin trabajo. Cuando oí que cubrirían todos los gastos de la temporada me pareció todavía mejor. Alguien me dijo que el gobierno recibía el dinero de fuera y que están encantados de llevarse el mérito por tener su propio equipo de éxito. Para mí significaba no tener que perseguir a más proveedores de telefonía móvil belgas para conseguir arrancarles diez mil euros de patrocinio. Esas cosas no resultan agradables para un hombre, sobre todo si cuenta con mi edad y experiencia.

—¿Y qué tal lo están haciendo los hombres nuevos? —había preguntado Berman para intentar reconducir la conversación con Klaastens hacia un terreno más neutral.

—Muy bien. —El entrenador miró a Berman con fijeza—. Extremadamente bien, puede que incluso demasiado bien.

—No creo que sea un problema que estén superando sus expectativas, más bien al contrario.

—Lo que pasa es que son tan buenos que el líder del equipo se pone nervioso. No sé hasta qué punto conoce usted nuestro deporte, pero cuando el líder de un equipo empieza una carrera con ansiedad, la cosa no va bien. Nuestro líder ya no está en su mejor momento, lo sé, pero tiene bastantes seguidores en Francia, y el equipo pretende ganar una etapa en el Tour en julio. Nadie sospechó nada cuando añadí a esos dos al grupo porque, para serle sincero, incluso usted o yo podríamos habernos hecho con un sitio. Pero esos tíos son rápidos y fuertes. Y nadie sabe quiénes son.

—Han estado entrenándose en China. Me enteré de su existencia por casualidad durante un viaje de negocios a ese país. Soy aficionado a la bicicleta y siempre me ha interesado el ciclismo en equipo, de modo que hice unas cuantas presentaciones. Si esos tíos son buenos, pues... mejor. Es la primera vez que participan en una competición internacional.

—Ya se ve. Nunca hablan con nadie y tienen sus propios médicos.

—Los chinos desconfían de la medicina occidental. Están acostumbrados a los remedios hechos con hierbas, todos perfectamente legales y testados. Además, esos dos hombres nunca habían salido de China. Incluso el hecho de encontrarse en Italia los pone nerviosos. Ya he hablado de todo esto con el presidente del equipo.

—Ya lo sé —contestó Klaastens—, pero yo sé más de ciclismo que él. ¿Cómo es ese dicho que tienen en Estados Unidos? «Lo que yo he olvidado es mucho más de lo que él sabe», ¿no?

—Así es.

—De acuerdo. Lo pregunto por mi propio bien. Tengo que estar preparado por si uno de esos chicos gana una etapa en esta carrera.

—¿De verdad cree que hay alguna posibilidad de que ganen una etapa?

«Si cualquiera de esos tipos gana una etapa, me sorprendería mucho», había pensado Berman. Ambos ciclistas conocían las consecuencias de hacer una actuación demasiado buena y demasiado pronto. Y no les afectarían solo a ellos, sino también a todos sus familiares, que continuaban en China. Tras oír lo rápidos que eran, Berman se había preocupado por si, a pesar de que les habían dado instrucciones en sentido contrario, ya habían estirado demasiado las piernas.

—Lo más probable es que no. Vemos a muchos chicos que destacan en los entrenamientos pero que se hunden en la carretera. Es posible que sean de esos.

—Es posible.

—De acuerdo, como le he dicho, no estoy preocupado. Han superado la prueba antidopaje que les hemos hecho en varias ocasiones, la misma a la que los someten durante la carrera. Y usted me dice que todo está en orden. Así que lo está. Tengo entendido que en China hay más de setecientos millones de ciclistas. Al menos dos de ellos tienen que ser buenos, ¿no? Vi la cifra en internet, y me gustó. Si alguien de la prensa me pregunta, y lo harán, eso es lo que voy a contestar. Dos de entre setecientos millones. Eso debería convencer a la mayoría de los escépticos.

La traductora había hablado durante un minuto largo después de que Klaastens terminara, y Zhu, uno de los miembros de la delegación, había contestado con unas cuantas palabras nerviosas.

—¿Va todo bien? —le había preguntado Berman a la traductora.

Pero Jimmy se había encargado de contestarle:

—Solo se pregunta si hay algún problema. Dice que este hombre es muy serio.

—Por favor, asegúrale que todo va bien. Nuestro amigo es una eminencia en el mundo del ciclismo y solo está expresando sus opiniones personales. Como puedes ver, es muy locuaz. Pero todo está en perfecto orden.

Entonces Berman se había llevado a Klaastens lejos del grupo.

—No quiero que piensen que no les agradece su apoyo —le había advertido en cuanto estuvieron a una distancia desde la que no podían oírlo.

—Se lo agradezco —había insistido el entrenador—. Pero oficialmente no son ellos los que nos patrocinan. Es lo del anonimato lo que me resulta tan extraño. Lo normal es que los patrocinadores quieran poner logotipos por todas partes, así que desde ese punto de vista no me quejo. Pero la verdad es que no tengo la menor idea de quiénes son esos tipos ni quién es usted.

—Le aseguro que, cuando llegue el momento, se darán a conocer, al igual que yo. Estamos en la fase preliminar y no quieren sentirse avergonzados si los chicos fallan. El fracaso está muy mal visto en su cultura, especialmente si se produce en un ámbito internacional. De ahí tantas intrigas. Pero su contacto estaba en lo cierto. El dinero para financiar el equipo provino de un tercero y se canalizó a través del gobierno azerí. En última instancia, la conexión está relacionada con el petróleo.

—¿Petróleo?

—Es de dominio público que los chinos pretenden copar el mercado de las materias primas en general.

Klaastens se había encogido de hombros y después había asentido. Tras escuchar aquella información, se había convertido en una especie de cómplice de Berman. Al fin y al cabo, valoraba su trabajo por encima de los detalles y de las preguntas que estos suscitaban. Estaba seguro de que si ocurría algo indebido, podría alegar que no sabía nada. Ambos regresaron junto a los delegados chinos y el entrenador se dirigió a la traductora:

—Por favor, asegúrele a estos caballeros que nuestro equipo les está muy agradecido por su apoyo y que confiamos en que nuestra asociación sea fructífera y duradera. Solo deseamos que nos confirmen que sus chicos seguirán corriendo en equipo. Aunque mucha gente no lo sabe, el ciclismo es, en último término, un deporte de equipo.

—¡Bien dicho! —había exclamado Berman, que después se había marchado antes de que Klaastens organizara una demostración de las proezas y la velocidad del equipo, y en especial de los dos nuevos ciclistas chinos.

Sentado a su escritorio del Four Seasons, acabó de leer sus correos electrónicos. Miró el reloj y se preguntó si tendría tiempo de tomarse otro plato de gnocchi fritos. Había descubierto que la comida de Milán le encantaba, sobre todo la de los restaurantes más baratos. Su nuevo plato favorito estaba más que delicioso, aunque no era bueno para la salud. Jamás se le habría ocurrido comerse algo así en casa, y eso lo hacía todavía más apetecible.

Habían sido unos días divertidos. Milán tenía una vida nocturna emocionante, y se había sumergido en ella en compañía de Jimmy, que resultó ser un guía sorprendentemente informado. Gracias a él localizó varios locales donde había un sinfín de mujeres hermosas procedentes de la Europa del Este, sobre todo de Hungría y Chequia. Como resultado, necesitaba dedicar el viaje de vuelta a casa a dormir.

Después de aquella primera visita, había ido con Jimmy a ver los entrenamientos del equipo ciclista unas cuantas veces más. Les recordó a los médicos que trabajaban con los deportistas que tenían que asegurarse de seguir los protocolos que habían establecido. La seguridad era primordial. No llevar nunca nada encima, utilizar siempre los mensajeros y no olvidar que los ciclistas no podían ganar. Debían ser rápidos en todo momento, pero solo para apoyar al líder del equipo. Era probable que fueran mucho más fuertes que él, especialmente en la carrera de aquel año, pero tenían que contenerse a cualquier precio, aunque se sintieran capaces de superarlo. En aquellos momentos el plan era que dieran a conocer su presencia, nada más.

Más adelante ya habría oportunidad para las heroicidades. Al fin y al cabo, en lo que a los chinos se refería, de eso se trataba.

29

Nano, S. L., Boulder, Colorado
Martes, 7 de mayo de 2013, 13.07 h
Cinco días después

Zach Berman notó que ya había superado los últimos efectos del cambio horario. Poco importaba lo mucho que durmiera durante un vuelo, lo puntualmente que se tomara los complementos de melatonina —pues estaba convencido de que ayudaban— o que no durmiese durante el día tras volver a Colorado. Siempre que regresaba de un viaje transoceánico estaba descolocado durante varios días.

Había regresado a Boulder coincidiendo con la primera etapa del Giro de Italia —una contrarreloj corta—, que se había celebrado el sábado. Al día siguiente había una etapa más larga, de más de doscientos kilómetros. Siguió la evolución del equipo en internet y le alegró comprobar que los ciclistas del equipo azerí desempeñaban un papel correcto sin caer en lo bochornosamente malo ni en lo improbablemente bueno. Aunque carecía de control sobre el rendimiento del líder del grupo, se sintió satisfecho al ver que iba en decimotercera posición en la general. Sus ciclistas chinos acababan siempre en medio del pelotón, el grupo principal de corredores de apoyo, tal como debía ser. Berman estaba impaciente por volver a Milán el día 27 para presenciar el final de la carrera, aunque tuviera que hacer el trayecto vía China. El largo viaje valdría la pena si los últimos resultados de los entrenamientos se repetían a lo largo de las dos semanas siguientes.

El domingo se había obligado a hacerle otra dolorosa visita a su madre en su casa asistida de Louisville. Cada vez que iba, creía detectar un declive tangible en las facultades de la mujer. En aquella ocasión se mostró un poco más beligerante hacia él y ligeramente menos capaz de completar una frase coherente. Aquel inexorable deterioro le resultaba aterrador, y no por su madre, puesto que ya había perdido toda esperanza de contener su enfermedad, sino por él.

Tenía la impresión de que sus visitas eran como esos programas para delincuentes juveniles en los que mandaban a los adolescentes díscolos a una cárcel de adultos con la esperanza de que el miedo los devolviera al camino recto. La diferencia estribaba en que él trabajaba como un loco para asegurarse de que su equipo de Nano contara con los recursos necesarios para progresar en sus investigaciones. Su capacidad para comprender los aspectos técnicos del programa había sido ampliamente superada por los avances que sus científicos estaban realizando, pero aun así procuraba mantenerse lo mejor informado que podía. De lo que sí podía encargarse era de garantizar la financiación.

A tal fin se encerraba durante horas en el centro neurálgico de Nano con su científico jefe, Allan Stevens, y su pequeño círculo de colaboradores más íntimos, la gente de fabricación molecular, y los escuchaba mientras revisaban una y otra vez los protocolos. Los márgenes con los que operaban parecían minúsculos: en el universo nano, un número infinitesimal de moléculas, unas cuantas de menos o unas cuantas de más, podían producir un descenso del rendimiento, por un lado, o, por el otro, un estrés abrumador para el cuerpo y, potencialmente, un colapso catastrófico. Eso ya había quedado claro. Era un paseo por la cuerda floja.

La mayor parte de su tiempo lo pasaba con Whitney Jones para que lo pusiera al día de la información que había obtenido del último grupo de dignatarios chinos y de su mentalidad nacionalista y competitiva, además de para repasar con ella la estrategia de la empresa de cara a las semanas siguientes. Por lo que ambos podían deducir, la enorme inyección de capital necesaria para llevar el proyecto de los microbívoros al siguiente nivel —es decir, para pasar a ensayar con mamíferos y después a los estudios de seguridad con humanos— iba según lo esperado. Una vez se hubiera completado, la fase de compartir los avances en nanotecnología comenzaría de verdad. Pero los criterios de rendimiento continuaban siendo un desafío que Nano debía superar. Por esa razón Berman pasaba más tiempo con los mejores atletas que seguían entrenándose, y con la ayuda de los intérpretes procuraba comprender su personalidad. ¿Estarían preparados para asumir la responsabilidad que se estaba depositando sobre sus hombros? ¿Podía confiar en que actuarían como se les había ordenado? Obviamente, algunos de los prescindibles no lo habían hecho, aunque en última instancia su desobediencia había contribuido al proyecto de formas inesperadas pero valiosas.

Berman estaba completamente absorbido por su trabajo. Los preparativos eran meticulosos hasta en los detalles más nimios, y él siempre estaba dispuesto a ayudar en todos y cada uno de los aspectos de su desarrollo. No podía dejar nada al azar. Adoptó una vida monacal, se levantaba cada día más temprano y trabajaba con más ahínco. Durante aquellas semanas necesitaría tener la cabeza lo más despejada posible. Era un hombre hecho y derecho, podía aplazar la inevitable gratificación hasta el día en que pudiera apreciarla de verdad. Hizo un pacto consigo mismo: nada de carnes rojas, nada de alcohol y nada de puros. Y nada de Pia. Suponía una distracción demasiado grande.

30

Apartamento de Pia, Boulder, Colorado
Domingo, 12 de mayo de 2013, 10.25 h
Cinco días después

Pia estaba demasiado ocupada para aburrirse, pero cada vez que hacía una pausa en el trabajo y meditaba sobre la situación general, se ponía nerviosa. No podía pensar en otra cosa que no fuera intentar volver a casa de Berman y crear las circunstancias propicias para hacerle la fotografía que esperaba que le diera acceso al resto de los edificios de Nano. Sin embargo, cuando su jefe no estaba de viaje, estaba ocupado debido a las visitas de los chinos.

Había intentado ir a verlo a su despacho muy temprano, como había hecho la otra vez, pero nunca estaba allí, de modo que al cabo de tres o cuatro intentos desistió. También se había atrevido a ir dos veces en horas de oficina, pero la secretaria de Berman, una mujer que trabajaba de nueve a cinco y se ocupaba básicamente del correo de su jefe, le había dicho que no estaba disponible. Pia no quiso insistir por temor a dar la impresión de estar acosando al presidente de la compañía. Tampoco había rastro de Whitney Jones por ninguna parte. La joven no quería ser paranoica, pero no era capaz de desprenderse de la sensación de que la estaban ignorando a propósito.

Entonces, en contra de su costumbre, se había esforzado por hacerse amiga de los dos ayudantes que le habían asignado, Pamela Ellis y Jason Rodriguez, para intentar enterarse de algún cotilleo sobre Berman y Jones. No tardó en dar por imposible a Pamela. Era un clon de Mariel con unos años menos. Por muy torpes que pudieran haber sido sus intentos de trabar conversación con la ayudante, Pia no veía razón alguna para que Pamela los rechazara tan categóricamente. En varias ocasiones incluso pudo notar los ojos de la joven clavados en su espalda, y cuando se volvió, tuvo la certeza de que Pamela acababa de apartar la mirada. La posibilidad de que pudiera ser una espía infiltrada por Mariel se le ocurrió nada más conocerla, así que se aseguró de que su relación fuera distante y estrictamente profesional.

Jason Rodriguez también era un poco estirado, pero, en comparación, mucho más simpático. Según sus propias palabras, era un pirado de la ciencia. Estaba ansioso por aprender sobre nanotecnología, de modo que sonsacaba a Pia siempre que tenía ocasión. Era inteligente, comprendía la importancia de sus investigaciones y era tan ambicioso como corpulento. Decía que medía un metro noventa, pero Pia se preguntaba si no sería más alto. Jason le contó que en la universidad había tenido que elegir entre el deporte y los estudios —no podía dedicar tanto tiempo como deseaba a ambas actividades—, así que escogió la ciencia. También le habló largo y tendido de sus estudios de posgrado en la Universidad de Michigan, pero no soltó prenda respecto al trabajo que había hecho en Nano antes de que se lo asignaran a ella.

Pia incluso había llegado a preguntarle si quería salir a tomar una copa una noche, pero él rechazó la invitación alegando que estaba agobiado de trabajo. Jason le había hablado en más de una ocasión de la novia que había tenido en Michigan, así que Pia estaba segura de que ni era gay ni tenía pareja. Su orgullo sufrió un ligero revés cuando Jason la rechazó por segunda vez. Después de aquello, Pia dejó de insistir por si se estaba poniendo demasiado pesada. Acostumbrada a tener que rechazar con demasiada frecuencia los avances indeseados de los hombres, sabía que en su comportamiento había una pizca de irracionalidad.

Su principal preocupación seguía siendo qué demonios le había pasado a Berman. Se formulaba aquella pregunta todos los días. Era consciente de la ironía de la situación. Antes del episodio del corredor misterioso se había pasado meses intentando quitárselo de encima, pero cuando ella se le había puesto a tiro, él se había desvanecido. O al menos no aparecía para invitarla de nuevo a cenar. Pia estaba tan impaciente por poner en marcha la siguiente fase de su plan que habría aceptado casi cualquier cosa con tal de volver a casa de Berman. Pero él no le daba oportunidad de hacerlo.

Entretanto, en Nano avanzaban rápidamente con los preparativos para los experimentos de seguridad con mamíferos. Comenzarían con ratones y con los microbívoros que ella había diseñado. Dado que sus resultados con las lombrices intestinales eran cada vez más prometedores, la presión sobre Pia había disminuido. Mariel ya no la controlaba tanto y se mostraba mucho menos crítica. Pia casi echaba de menos sus arengas. ¿Acaso Mariel no quería que incrementara sus preparados para llevar la investigación lo más lejos posible y de ese modo iniciar el largo proceso de aprobación por parte del Departamento de Sanidad? ¿Y qué pasaba con los tipos que se encargaban de la programación de los microbívoros con los que todavía tenía que reunirse? Le habían repetido una y otra vez que estarían disponibles la semana siguiente, pero seguían aplazándolo.

Entonces Mariel le dijo que iban a reasignar a Pamela Ellis a otro laboratorio de aquel mismo edificio. Luego le pidió que realizara un experimento con un producto comercial, un preparado de ADN para un test de embarazo que, desde el punto de vista de Pia, no era más que trabajo de relleno.

El domingo, Pia se tumbó en el sofá con su nerviosismo y frustración crecientes. Paul le había dicho algo que no dejaba de rondarle la cabeza. ¿Hasta qué punto sabía qué estaba haciendo Nano con sus ideas? Quizá Pamela Ellis estuviera en alguno de los rincones secretos de la empresa haciendo experimentos que debería estar realizando la propia Pia en su laboratorio, puede que aplicando en ratones sus microbívoros recubiertos de oligosacáridos. U otro tipo de experimentos que no querían que viera o tan siquiera llegara a conocer.

Su iPhone vibró sobre la mesita y la arrancó de sus ensoñaciones. Vio que era Paul quien llamaba y agradeció la distracción.

—Hola, Paul, justo en este momento estaba pensando en ti.

—Qué bien, pero ¡escucha, Pia! —dijo en voz baja como si no quisiera que nadie lo oyera—. Esto es serio. Creo que tenemos otro caso.

—¿Otro qué?

—Otro atleta de Nano de camino a Urgencias. Esta vez es un ciclista. ¿Dónde estás?

—En casa. Dame diez minutos y nos vemos en el hospital. ¿Qué sabes de ese ciclista?

Se puso las zapatillas, cogió las llaves del coche y una chaqueta y salió de casa corriendo sin dejar de hablar por el móvil que sujetaba entre el hombro y la oreja. Llevaba días de brazos cruzados esperando a que ocurriera algo, y por fin había sucedido.

—Lo han encontrado en el extremo más alejado del recorrido Carter Lake —siguió explicando Paul—. Conozco el sitio. Al parecer alguien que iba unos seiscientos metros por detrás de él lo vio desplomarse y llamó a emergencias. La ambulancia nos ha pasado los detalles de la llamada para que podamos tener preparada la sala de Urgencias. Dicen que el ciclista está inconsciente. Es un varón asiático y lleva el logotipo de Nano en la ropa.

—¡Eso es estupendo! Bueno, no quería decir eso. Me refiero a que esta vez podríamos intentar retenerlo en el hospital una vez que esté allí, ¿no? Podríamos conseguir algo más de sangre.

—Podemos intentarlo.

—¿Están al corriente en Nano?

—Eso no lo sé.

—De acuerdo. Acabo de subir al coche. ¿Cuánto tiempo tengo?

Pia estaba encantada. Paul conservaba la pequeña muestra de sangre del corredor que había apartado de la remesa desaparecida en el laboratorio. Al principio iba a llevársela a su propio laboratorio para hacerle algunas pruebas, pero al final lo había pensado mejor. El problema era que disponía de tan poca cantidad que no podía desperdiciar nada. Decidió que antes de utilizarla quería tener claro qué clase de análisis debía hacer. Además, Mariel la había estado vigilando demasiado de cerca como para arriesgarse a llevar a cabo una actividad extracurricular como aquella, pero una muestra más abundante le permitiría dar con la forma de analizarla y ver si el resultado podía explicar lo que le había ocurrido a la víctima.

—La ambulancia va de camino para allá, así que imagino que aún tardará un rato en llegar, depende de lo que se encuentren en la escena. Ven y planeamos la estrategia. Hoy Noakes no está, por suerte, y he llamado a la policía. Así que sí, intentemos retener a este.

A pesar de que la ambulancia todavía no había recogido al ciclista, Pia condujo a toda velocidad hasta el hospital. Cuando entró en Urgencias encontró a Paul ante el mostrador de recepción.

—¿Lo tienen? —preguntó.

Tenía el rostro congestionado y le faltaba el aliento a causa de la emoción.

—No lo sé. Tienes que calmarte. Lo que debemos esperar es que ese hombre esté bien, ¿vale?

—Sí, claro. Lo siento. Es solo que llevo tiempo devanándome los sesos con lo de ese corredor. No tener respuestas me está volviendo loca. No soy del género paciente, necesito saber lo que está pasando.

—Ya lo sé, Pia, me lo has dicho muchas veces —dijo Paul con una sonrisa. Él era la calma personificada, y su actitud solo hacía que la ansiedad de Pia se intensificara—. He hablado con la abogada del hospital y está de camino. Pero al parecer he perdido los datos de contacto de Noakes, así que él no está de camino.

Una pena. Además, aquí tenemos dos agentes de la policía de Boulder, y ya les he advertido que es posible que tengamos problemas. Les he contado que esperamos la llegada de un paciente con insuficiencia cardiorrespiratoria que va a necesitar que lo atendamos pero que tal vez sea secuestrado por terceros. Bueno, en realidad no he utilizado la palabra «secuestrado». Solo les he dicho que es posible que aparezca alguien que exija hacerse con su custodia y que le demos el alta en contra de nuestra opinión médica. También he pedido que venga nuestra traductora de mandarín, y no tardará en llegar. Creo que eso es todo lo que podemos hacer por el momento.

Paul llevaba un pequeño auricular que le permitía comunicarse con la ambulancia. Apretó el botón de «Hablar» y le preguntó al conductor cuánto le faltaba para llegar al lugar del suceso. Pia no alcanzó a oír la otra parte de la conversación por encima de las interferencias. Cuando acabó, Paul se volvió hacia ella.

—Ya han llegado. Son David y Bill, los mismos que recogieron al corredor, lo cual es bueno. Sabremos si el ciclista presenta los mismos síntomas.

—¿Qué están viendo? —preguntó Pia con nerviosismo—. Diles que metan al paciente en la ambulancia de inmediato.

—¡Dales un respiro! Tienen que estabilizarlo, ver qué ocurre. Ya conoces el protocolo. Discúlpame un momento. Tengo que ir a ver a otro paciente.

Paul se alejó de la zona de recepción y se dirigió a un cubículo cercano donde había mucha actividad. Pia comprobaba su reloj cada treinta segundos, y después volvía a mirar a Paul. Estaba demasiado lejos para oír lo que decía. Al cabo de quince minutos que se le hicieron interminables, el médico regresó y sonrió.

—Muy bien, vamos a ver cómo les va. Ya deberían estar de regreso.

Llamó a la ambulancia y fue retransmitiendo lo que los paramédicos le decían.

—De acuerdo, todavía estáis en el lugar del accidente… En

principio los mismos síntomas, sí... Al parecer no responde... Habéis realizado un masaje cardiorrespiratorio...

—Pregúntales sobre los tatuajes —le pidió Pia.

—¿Qué? Perdonad un segundo. —Tapó el micro con la mano para poder oír la pregunta de Pia—. ¿De qué me estás hablando?

—Pregúntales que si tiene algún tatuaje en el antebrazo derecho.

—Eso ya lo averiguaremos cuando lleguen aquí. Al parecer acaban de reanimar al paciente. Un tatuaje no es relevante en el estado actual de las cosas... ¿Qué has dicho? —Devolvió su atención a los paramédicos, pero había perdido el contacto—. ¡Maldita sea, no puedo oírlos! Central, he perdido la comunicación con Dave y Bill. ¿Dave? ¿Dave? ¿Me oyes?

—¿Qué ocurre? —quiso saber Pia a pesar de que era evidente que Paul no podía oír a los paramédicos.

Ambos se quedaron allí parados, sin poder hacer nada, durante un par de minutos largos. Entonces la radio cobró vida de nuevo.

—¿Qué está pasando? —preguntó Paul.

—¿Qué ocurre? —exigió saber Pia, pero Paul levantó la mano con la palma hacia arriba para pedirle que esperara mientras escuchaba lo que le decían.

—¿En serio? El paciente se llamaba Yang... Y eran las mismas personas que vinieron aquí, estáis seguros... Vale, lo entiendo. Claro, os quedáis ahí y llamáis a la policía por radio...

Pia notó que se le formaba un nudo en el estómago al oír las palabras de Paul.

—De acuerdo, esperad ahí. —Puso punto final a la conversación.

—¿Qué demonios...?

—No han llegado a meter al paciente en la ambulancia. La misma gente que se presentó en Urgencias apareció con una furgoneta blanca y se ha llevado al ciclista. Por lo que me han dicho parece que ha sido prácticamente a punta de pistola. Y la víctima, igual que nuestro corredor, se había recuperado milagrosamente. En un abrir y cerrar de ojos ha pasado de moribundo a plenamente consciente. Ni Bill ni David saben cuánto tiempo llevaba en parada cardiorrespiratoria…

—¿Dónde está ese sitio? ¿Dónde lo han encontrado exactamente?

—Calculo que está a unos cincuenta kilómetros de aquí. ¿Por qué lo preguntas?

—Porque desde allí a Nano hay más o menos la misma distancia que desde aquí a Nano, pero ellos tienen que llegar por carreteras secundarias llenas de curvas y nosotros podemos ir por autovía casi todo el rato. Vamos, llegaremos antes que ellos.

—¿Llegar antes que ellos? ¿De qué estás hablando?

—Debemos impedir que regresen a Nano o, como mínimo, ver por dónde entran para asegurarnos de que es allí donde lo han llevado.

—¿Y cómo vamos a conseguirlo?

—Ya pensaremos en algo por el camino. Sabemos qué carretera tienen que coger desde Carter Lake. Paul, ¿vienes o no? Se supone que es tu paciente. Te preocupaba que lo secuestraran aquí, ¿no? Pues esta vez no han perdido el tiempo y se lo han llevado antes incluso de que lo metieran en la ambulancia. ¡Vamos, Paul, estamos perdiendo el tiempo!

Pia echó a correr y él, a pesar de lo que le dictaba la razón, la siguió.

31

Carretera 36, norte de Boulder, Colorado
Domingo, 12 de mayo de 2013, 10.50 h

Paul no tuvo tiempo de discutir la decisión de Pia de ir en su coche: la joven salió corriendo de Urgencias, cruzó el aparcamiento y se metió en su Volkswagen casi sin darle tiempo a subirse y cerrar la puerta tras de sí. Mientras él aún forcejeaba con su cinturón de seguridad, ella ya estaba en marcha.

—Pia, piénsalo un momento. Aun suponiendo que localicemos la furgoneta blanca, ¿qué vamos a hacer? ¿Y cómo sabremos que se trata del vehículo correcto? Te has olvidado de abrocharte el cinturón.

Pia lo fulminó con la mirada, como diciéndole «Tú no eres mi niñera», y aceleró para salir del aparcamiento. Zigzagueó entre el tráfico con agresividad hasta incorporarse a la autovía en dirección noroeste.

—Vamos a encontrarlos y después improvisaremos. Al menos los seguiremos hasta Nano.

—¿Y después qué?

—¡No lo sé! Lo que sí sé es que no podemos quedarnos de brazos cruzados y esperar a que la policía vaya a ver a los paramédicos. Estoy segura de que Mariel tenía alguna excusa para… ¡Eh, cuidado!

Dio un volantazo para esquivar un coche que estaba efectuando un cambio de carril perfectamente legal con el intermitente puesto. El conductor no la había visto llegar por lo deprisa que iba.

—Pia, acabaremos teniendo un accidente, eso si no nos detienen.

—Ni hablar. ¡Ahí está la entrada de la autovía!

Entró en la autovía, donde su velocidad no llamaba tanto la atención, y siguió conduciendo a más ciento veinte hasta que aminoró y tomó una salida.

—¿Qué estás haciendo? —Paul se aferró a lo primero que encontró para poder mantenerse erguido.

—Este es el camino más rápido para llegar a Nano. Además, se cruza con la carretera de Carter Lake, que está aquí mismo. —Se saltó una señal de Stop y aceleró de nuevo—. Esta ya es la carretera de Carter Lake. Dentro de unos minutos veremos la entrada de Nano a nuestra izquierda.

—¿Cómo vamos a reconocer la furgoneta si solamente sabemos que es blanca? No es una descripción muy exacta. Pia, esto es una locura.

Paul tenía los nudillos blancos de tanto sujetarse al asiento.

—Voy a pasar por delante de Nano y después seguiremos hacia el norte, de camino a Carter Lake. No creo que haya muchas furgonetas blancas por los alrededores.

Avanzaron durante varios minutos sumidos en un silencio tenso. Pia iba encorvada sobre el volante y lo sujetaba con ambas manos. Parecía decidida a cumplir su misión.

Paul se permitió mirar por la ventanilla y reconoció el lugar donde estaban. Comprendía la lógica del plan de Pia, pero seguía preguntándose qué harían cuando localizaran la furgoneta, si es que lo conseguían.

La chica conducía deprisa pero atenta. Pasó ante el desvío que llevaba a la puerta de seguridad de Nano y tuvo que tocar la bocina para avisar a un todoterreno negro que amenazaba con cruzarse en su camino. Siguió adelante pegándose a la izquierda y acelerando de nuevo.

—De acuerdo, ¿y ahora qué? —preguntó Paul.

—Vamos a continuar hacia Carter Lake. Calculo que les llevamos unos diez minutos de ventaja, así que creo que es mejor que sigamos y los interceptemos. Sospecho que Nano tiene una entrada secundaria y me gustaría encontrarla. Dudo que utilicen la principal.

—¿Por qué no llamamos a la policía y dejamos que se encargue de esto? —propuso Paul.

La determinación y temeridad de Pia empezaban a ponerlo nervioso.

—La policía ya está avisada y se hará cargo de los paramédicos de la ambulancia. De todas maneras, estoy convencida de que Mariel tendrá preparada alguna argucia legal para explicar lo que está ocurriendo, igual que cuando entró en Urgencias y se llevó al corredor. La policía no puede ayudarnos en esta situación.

Siguió la curva hacia la izquierda que trazaba la carretera hasta que se convirtió en una recta. A la izquierda quedaban las instalaciones de Nano, y algunos de los edificios asomaban entre el verdor y los abetos. A la derecha, la carretera terminaba en un terraplén sobre un arroyo de montaña rodeado de árboles. Circulaban a más de ochenta por hora.

Pia miró a Paul y estuvo a punto de decir algo, pero de repente un movimiento llamó su atención. Por el rabillo del ojo izquierdo vio en el retrovisor que una forma se abalanzaba sobre ellos. Antes de que pudiera siquiera reaccionar notó un tremendo impacto en la parte trasera de su Volkswagen. Aunque lo intentó, no pudo mantener el coche enderezado mientras la gigantesca forma los empujaba hacia el borde de la carretera. Puede que gritara, pero el sonido quedó ahogado por el chirrido del metal cuando el coche impactó contra la gravilla de la cuneta. Luego siguió un instante de silencio mientras caía por el terraplén y volaba hacia los árboles. Pia notó entonces un impacto seguido por el estrépito de los cristales al romperse cuando el coche dio una primera vuelta de campana, una segunda y puede que una tercera; no llegó a saber cuántas habían sido, porque todo se volvió oscuro y silencioso.

32

Hospital Boulder Memorial, Aurora, Colorado
Jueves, 16 de mayo de 2013, 12.55 h
Cuatro días después

George Wilson contempló a Pia, que permanecía tendida en la cama del hospital, y sintió que se le formaba un nudo en el estómago. Nada más tener noticia de lo ocurrido unas cuarenta y ocho horas después del accidente —gracias a un atento mensaje de Zach Berman enviado a través de Whitney Jones—, lo dejó todo, se presentó ante su jefe de radiología alegando una emergencia familiar —que en aquella ocasión era relativamente cierta— y cogió el primer avión hacia Boulder. Desde que había llegado hacía dos días no había salido ni una sola vez del hospital y únicamente había dormido a trompicones un máximo de tres cuartos de hora en la incómoda silla de la habitación.

Su mente regresaba una y otra vez al momento en que Pia estaba de pie en otra habitación de hospital, en Nueva York, viendo cómo su compañero de facultad Will McKinley luchaba por su vida. McKinley seguía en estado crítico por culpa de una tenaz infección craneal resistente a los antibióticos. A pesar de que a George le habían dicho que las lesiones de Pia no eran tan graves como parecía inicialmente, el joven no podía evitar pensar en Will y en lo cerca que tanto él como Pia habían estado de sumirse en una especie de limbo permanente a medio camino entre la vida y la muerte. Las heridas en la cabeza podían ser así.

Pia había sufrido lesiones de gravedad. Se había fracturado cuatro costillas y el brazo izquierdo por dos sitios, el radio y el húmero. Al parecer lo de las costillas había sido por culpa del volante. El techo del coche se había aplastado con las vueltas de campana y como consecuencia Pia había recibido un fuerte golpe en la cabeza que le había provocado una conmoción. Tenía una importante lesión en las cervicales y un desgarro de los músculos paraespinales, de modo que le habían puesto un collarín. También sufría varias lesiones internas, heridas que no eran visibles pero que resultaban más amenazantes para su vida que las fracturas, los cortes y los moretones, un panorama habitual para George. El impacto del coche y seguramente el golpe contra el volante le habían roto el bazo y provocado una hemorragia abdominal. De no haber sido por la rápida intervención de los paramédicos de una ambulancia del hospital de Boulder, Pia bien podría haberse desangrado hasta morir mientras yacía inconsciente entre los restos de su coche nuevo. Afortunadamente, le habían diagnosticado el problema con precisión y habían avisado a Urgencias, de modo que cuando llegaron la llevaron casi directa al quirófano para detener la hemorragia. Sin duda aquello le había salvado la vida.

Pia seguía en coma inducido para permitir que le bajara la inflamación cerebral, y con respiración asistida para que sus pulmones recibieran la ventilación adecuada. Un grupo de enfermeras se turnaba las veinticuatro horas del día para monitorizarla. Aunque George comprendía que todo aquello era necesario, estaba desesperado y deseaba que Pia despertara y así poder oír su voz. Pero sabía que debía tener paciencia, y estaba descubriendo que dicha virtud no le sobraba precisamente. No podía hacer nada y odiaba aquella sensación de impotencia.

Oyó que la puerta se abría y alguien se acercaba y se detenía junto a él. Pensó que sería una de las enfermeras, pero se equivocaba.

—¿Algún cambio? —preguntó Paul Caldwell.

—Hola, Paul —contestó—. No, ninguno.

Había conocido al médico nada más llegar. También él había velado a Pia entre turno y turno en Urgencias. La primera reacción de George había sido de rabia y celos, pero enseguida comprendió que sus sentimientos carecían de sentido. Cuando se enteró de que Paul viajaba con Pia en el vehículo accidentado supuso que era él quien conducía y, por lo tanto, el responsable de lo sucedido. Además dio por hecho que también era la pareja de su amiga, cosa perfectamente posible, porque reconocía que Caldwell era apuesto e inteligente. Cuando supo que se equivocaba en ambos aspectos se sintió estúpido y creyó necesario reconocer su error y disculparse. También agradeció los desvelos de Paul durante los días más complicados de la hospitalización de Pia y que hubiera hecho lo necesario para que la operara el mejor cirujano del centro.

—Escucha, George, mi oferta de ayer sigue en pie. Deberías ir a mi casa y dormir un poco. Y también darte una ducha y cambiarte de ropa. Nos harías un favor a todos si lo hicieras.

George lo miró y vio que sonreía. Lo cierto era que le agradecía que intentara aliviar la tensión con un poco de humor. En cuanto Paul mencionó el descanso, sintió que lo invadía una repentina fatiga.

—¿Sabes? Creo que voy a hacerte caso. No parece que vaya a haber muchos cambios durante las próximas horas.

—No. El plan es ir reduciendo la medicación a lo largo de las próximas veinticuatro horas para que se vaya despertando lentamente. Parece que todo está estable. Tengo la sensación de que sabe que has estado aquí, George, estoy seguro. Supongo que cuando se despierte querrás tener el mejor aspecto posible.

—Sí, tienes razón. Dormiré un poco.

—Bien. Te pediré un taxi. Aquí tienes mi dirección y las llaves.

Paul le entregó ambas cosas.

—Oye ¿tú cómo estás? Perdona que no te lo haya preguntado antes.

—¿Yo? Estoy bien.

Lo cierto era que la mano izquierda le dolía bastante, pero no iba a quejarse teniendo en cuenta la suerte que había tenido al salir del accidente con tan solo una ligera conmoción por haberse golpeado la cabeza con el techo del coche —al igual que Pia, él también se había quedado inconsciente un momento—, un par de dedos rotos y varios moretones en el pecho y los muslos.

Había pasado suficientes noches en Urgencias enfrentándose a las consecuencias de los accidentes de tráfico para saber que había mucho de fortuito en la gravedad de las heridas que podían sufrir los ocupantes de un vehículo. Había visto imágenes de coches reducidos a un amasijo de hierros, que era como había quedado el de Pia, donde habían muerto tres personas y, en cambio, una cuarta había escapado con tan solo una pierna rota. En otro caso, uno en el que pensaba a menudo tras su accidente con Pia, el conductor había muerto mientras que el hombre que ocupaba el asiento del pasajero había salido sin un arañazo. Era tan aleatorio que resultaba increíble. Y también hacía que se sintiera ligeramente culpable, dada la gravedad de las lesiones de Pia.

Recordaba que se había abrochado el cinturón, lo cual, sin duda, había sido una idea afortunada, y que Pia no se había abrochado el suyo. Incluso se acordaba de haber intentado convencerla para que lo hiciera y de haberse ganado a cambio una mirada fulminante. Pero después había descubierto que Pia sí que lo llevaba puesto en el momento del choque, por suerte, porque de lo contrario habría muerto. No recordaba haberla visto abrochándoselo y se preguntaba cuándo lo habría hecho, pues estaba demasiado concentrada en interceptar la furgoneta que transportaba al ciclista de Nano. Daba gracias por que Pia se hubiera tomado el tiempo necesario para adoptar la medida de seguridad que le había salvado la vida. También había otros detalles del accidente que le costaba recordar y que le hacían pensar que, al parecer, sufría de cierta amnesia postraumática.

—Está bien —dijo George al fin—. Me voy a descansar un rato. Vendrás a verla, ¿verdad?

—Desde luego —contestó Paul, y le dio una palmada en la

espalda—. Me pasaré por aquí cada vez que tenga un momento libre. Tú descansa. Te lo mereces.

—Gracias. —George sonrió débilmente, le dio un apretón en la pierna a Pia por encima de la sábana y salió del cuarto.

Paul lo vio salir y después, como hacía siempre que entraba en el cuarto de Pia, contempló los ostentosos ramos de flores que Zachary Berman mandaba todos los días desde Nano. Aquella mañana se había encargado de que tiraran el primero de ellos, cuyas flores se habían marchitado. Pero el propio Berman seguía sin hacer acto de presencia, al igual que los demás miembros de su empresa. El único que había ido a ver a Pia era su nuevo ayudante, Jason Rodriguez. A Paul tampoco se le había escapado que Mariel Spallek, la superiora directa de Pia, no había aparecido por el hospital, pero no le sorprendía, teniendo en cuenta lo que Pia le había contado de ella.

Lo que realmente le preocupaba era que tenía un mal presentimiento acerca del accidente y de Nano, y el hecho de que nadie de la empresa se hubiera interesado por Pia lo empeoraba aún más. A pesar de que no dejaba de intentarlo, no recordaba casi nada de los instantes inmediatamente anteriores y posteriores al accidente, y aquella era la razón de que creyera que había sufrido amnesia traumática. Solo recordaba que se había despertado en la ambulancia con la sirena aullando. Aquel blanco en la memoria le provocaba un sentimiento de malestar que lo llevaba a preguntarse si en realidad habría sido un accidente y si Nano no habría tenido algo que ver con él.

Era su segundo día de trabajo tras el suceso, pero con tales ideas rondándole la cabeza le costaba concentrarse. Además, a pesar de lo que le había dicho a George, estaba inquieto por Pia. Esperaba que fuese la misma de antes cuando despertara. Pero incluso aquello tendría sus inconvenientes, pues Caldwell era consciente de la ligera tendencia paranoica de la joven, de su excesiva tenacidad y de su propensión a las teorías conspiratorias. Lo que lo inquietaba era el temor a que cuando despertara reanudara su búsqueda de respuestas para todas las preguntas que tenía respecto a Nano, pero con más vigor, especialmente si compartía sus dudas acerca de qué había causado que el coche se saliera de la carretera.

En un primer momento Paul le había contado a la policía su vaga sensación de que el accidente no había sido tal, lo cual implicaba que tal vez alguien hubiese sacado el coche de la carretera. Pero se dio cuenta de que nadie daba demasiado crédito a su idea y entendía el porqué. Un día después del accidente dos agentes habían interrogado a Paul con más detalle. Insistieron especialmente en saber los motivos por los que Pia circulaba tan rápido, pues habían comprobado que iba casi a noventa por hora en una zona limitada a cincuenta. Él había sido sincero y les había confesado que intentaban interceptar una furgoneta que se había llevado a un paciente antes de que hubieran podido meterlo en la ambulancia que había ido a buscarlo, hecho que la policía también había confirmado. Asimismo, les había contado el incidente que se había producido hacía un tiempo en Urgencias con el corredor chino y Mariel Spallek, que se lo había llevado contra la opinión de sus médicos. Su natural reticencia y precaución le habían impedido mencionar las sospechas que Pia albergaba sobre Nano, pues ni siquiera él mismo estaba seguro de si debía darles crédito o no.

Cuando los dos agentes volvieron a pasar por Urgencias al día siguiente para seguir con el interrogatorio, se alegró de haberse mostrado prudente el día anterior. Le preguntaron repetidamente acerca de la supuesta intervención contra la furgoneta blanca que transportaba al ciclista. ¿Por qué habían creído necesario circular a toda velocidad persiguiendo a alguien que había rechazado la ayuda de una ambulancia del Boulder Memorial? ¿Por qué les preocupaba tanto aquel paciente concreto? La policía parecía menos interesada en la posibilidad de que el Volkswagen hubiera sido embestido por detrás que en el hecho de que Pia circulara por encima de la velocidad permitida, sobre todo porque, según ellos, el coche no presentaba señales de haber recibido el impacto de otro vehículo a pesar de lo destrozado que estaba. Paul sabía que Pia se mostraría mucho menos dispuesta que él a aceptar aquella línea de interrogatorio, pero estaba siendo sincero. El hecho seguía siendo que en realidad él no recordaba casi nada de lo ocurrido.

Pero mentalmente se había preguntado una y otra vez sobre las causas del accidente. Resultaba innegable que Pia conducía deprisa, pero hasta donde Paul recordaba su amiga mantenía el control y no se mostraba imprudente. Si había intervenido otro vehículo, ¿de dónde había salido? ¿Era un coche que perseguía a Pia por alguna razón o se trataba de un tercer vehículo del que nadie sabía nada? La posibilidad de que los hubieran sacado de la carretera se le había ocurrido casi en cuanto recobró el sentido del espacio y el tiempo, pero le había parecido descabellada, como algo que solo ocurría en las películas. Habría significado que alguien había intentado matarlos a él y a Pia, o al menos a ella; él habría sido una víctima colateral. Si bien había compartido las tácitas sospechas de Pia de que tal vez Nano estuviera experimentando con sujetos humanos, aquella línea de razonamiento sobre el accidente le parecía rayana en la paranoia. Por supuesto, estaba casi convencido de que ella opinaría de forma distinta cuando despertara, especialmente si recordaba más cosas que él.

Contempló el rostro de la joven. A pesar del torbellino de ideas que le inundaba la cabeza, ella parecía hallarse sumida en un sueño profundo y tranquilo. El contraste hizo que se diera cuenta de lo cansado que estaba. Nada le habría gustado más que poder tumbarse junto a ella y descansar un rato.

33

Nano, S. L., Boulder, Colorado
Viernes, 17 de mayo de 2013, 2.12 h

A pesar del ruido que había en la habitación, Zach Berman estaba casi dormido de pie. Dos entrenadores chinos daban instrucciones a gritos a un par de ciclistas encorvados sobre unas bicicletas de carreras convertidas en estáticas gracias a varios soportes. Los dos ciclistas estaban conectados a una batería de instrumentos, y mientras pedaleaban con furia les devolvían los gritos a sus entrenadores suplicándoles que les permitieran parar. Al menos aquello era lo que Berman deducía gracias al poco mandarín que había conseguido aprender. El ambiente del laboratorio estaba tan cargado que los ciclistas sudaban profusamente, y en esa atmósfera la somnolencia de Berman iba en aumento.

Llevaba horas viendo a los científicos y los entrenadores intentando reproducir las condiciones en las que el sujeto podía sufrir una parada cardíaca como la que el corredor y ya dos ciclistas habían sufrido en el exterior. De hecho, el ciclista que había sufrido el episodio era uno de los participantes del experimento. Pero por más que los científicos se esforzaban y ajustaban las dosis, los niveles de hidratación, las condiciones de estrés y de marcha, transcurridas diez horas los dos hombres seguían pedaleando con la misma fuerza y quejándose con la misma intensidad sin que se hubiera registrado cambio alguno en su relativamente lento ritmo cardíaco ni en su respiración.

Berman llevaba unos cuantos días muy ajetreados. A pesar de las estrictas órdenes dadas a todos los sujetos para que no salieran solos por muy seguros que se sintieran, allí estaba él, con otro problema que solucionar. La crisis del ciclista había surgido apenas unas semanas después del colapso público del corredor, pero Berman creía haberse impuesto y superado el torbellino de preguntas llegadas desde China. Que surgiera otro episodio similar resultaría, como mínimo, muy inoportuno. Sus patrocinadores creían que la tecnología estaba casi a punto, de modo que cualquier tropiezo técnico como aquel ponía en duda el proyecto en su totalidad. Berman sabía que no podía aportar gran cosa desde el punto de vista científico, pero tenía que estar allí para supervisar el trabajo, porque mantenerse al margen y devanarse los sesos pensando en qué iba mal le resultaba insoportable. Su único consuelo provenía de que era mejor que ocurriera en aquel momento y no cuando fuera realmente importante.

El otro asunto que lo llevaba de cabeza era que no podía dejar de pensar en Pia. Los planes de emergencia puestos en marcha por el responsable de seguridad de la empresa habían funcionado sin problemas. En cuanto el ciclista se derrumbó, el equipo subió a la furgoneta y se preparó para recogerlo. Gracias al contacto que tenían en el Boulder Memorial sabían que la ambulancia les llevaba ventaja. Pero aun así lograron quitarles al ciclista de las manos sin problemas. La situación parecía estar controlada cuando el jefe de seguridad recibió un informe que decía que el jefe de Urgencias del hospital y «cierta joven» parecían haber salido en su búsqueda.

Cuando su jefe de seguridad lo llamó para decirle que podía «ocuparse del asunto», Berman le dio luz verde a regañadientes. Pagaba generosamente a sus subordinados para que se hicieran cargo de problemas como aquel. Su encargado de seguridad le había dicho que no se preocupara, que no había la menor posibilidad de que el suceso no fuera considerado un accidente y que, en caso de que fuera necesario, también podría ocuparse de eso último.

Más tarde se había enterado de que Pia se había visto involucrada en un accidente de coche en aquella misma carretera y rápidamente dedujo que acompañaba al médico en el vehículo que perseguía al ciclista. Sabía que había sido ella la que había encontrado al corredor y que había bombardeado a Mariel Spallek con preguntas al respecto, pero había acabado por convencerse a sí mismo de que no había motivos para preocuparse. Sin embargo en aquellos momentos no estaba tan seguro. De todas maneras, se dio cuenta de que se alegraba de que estuviera viva, porque el asunto que tenía pendiente con ella superaba a cualquier tipo de amenaza que la joven pudiera representar.

Ante todo, deseaba restaurar su masculinidad ante ella. En su casa, cuando prácticamente se había invitado sola a cenar, su actitud seductora lo había vuelto loco. El hecho de haberse desmayado igual que un adolescente inmaduro había supuesto un golpe terrible para su ego. Confiaba en recuperar la oportunidad perdida cuando ella estuviera mejor y saliera del hospital, y no dejaba de repetir en su mente las imágenes de su erótico baile. En cuanto a la curiosidad de la chica, confiaba en poder ocuparse de ella a su manera. Al fin y al cabo, se había encargado sin problema de Whitney y Mariel una vez se cansó de recibir sus favores.

Se frotó los ojos y tomó un sorbo de café frío de la taza que le habían llenado unas tres horas antes. Entonces se le ocurrió que quizá aquellos ataques cardíacos no fueran más que anomalías, casos aislados que carecían de explicación y quedarían compensados desde el punto de vista estadístico. Si ese fuera el caso, no podría evitar que la angustia lo consumiera mientras esperaba a que se produjera el siguiente. En consecuencia, decidió que haría que los entrenadores amenazaran de forma más convincente a los sujetos para asegurarse de que nunca salían solos y que los infractores recibirían castigos más severos, de manera que si volvía a producirse uno de aquellos desastres médicos nadie se enteraría y fijaría su atención en Nano.

De repente Whitney Jones lo sacudió con fuerza agarrándolo

del hombro y lo sacó de su ensimismamiento. Había entrado en el laboratorio sin que él la viera u oyera.

—¿Se encuentra bien, señor Berman? Parece estar a punto de desmayarse.

—No, Whitney, estoy bien. ¿De dónde has salido? ¿Qué haces todavía levantada?

—Debo estarlo si usted lo está. Y me alegro de que así haya sido. Estaba esperándolo en el despacho y he cogido una llamada que entraba por su línea privada. Le he dicho a la persona que telefoneaba que lo encontraría. Tiene que acompañarme, volverá a llamar en cualquier momento.

—¿Qué ocurre? ¿Más problemas?

—Sí, eso me temo. Era Klaastens, el entrenador del equipo de ciclismo. Ha dicho que era muy urgente y que tenía que ver con uno de los ciclistas chinos.

—¡Mierda! —masculló Berman—. Espero que no sea otro ataque cardíaco. ¿No ha dado más detalles?

—No, no lo ha hecho, y yo tampoco he querido forzarlo. Ha insistido en hablar con usted. Dijo que había intentado llamarlo a su casa, pero que no había contestado nadie.

—¿Cómo demonios ha conseguido el número de mi línea privada del despacho? —Ese teléfono estaba reservado para unos cuantos colaboradores de confianza y ciertos dignatarios chinos de alto rango. Klaastens no formaba parte de ninguno de los dos grupos—. ¡Le di el teléfono de casa, pero no el de mi despacho!

—No lo sé, podrá preguntárselo usted mismo cuando hable con él. —Whitney le hizo un gesto para que saliera de la habitación—. Volverá a llamar dentro de quince minutos, así que será mejor que se dé prisa.

Berman apenas podía poner un pie delante del otro, pero sabía que debía regresar a su despacho si quería hablar con Klaastens. Su línea privada se saltaba la centralita de Nano, de modo que no podía contestar desde el laboratorio aeróbico. Además, todas las llamadas de móviles y la transmisión de datos estaban excluidas de aquella zona gracias a uno de los productos de la casa, una pintura que bloqueaba las radiofrecuencias.

Apenas había entrado en su despacho cuando su teléfono directo volvió a sonar. Dejó que diera tres timbrazos para tener tiempo de respirar hondo antes de contestar.

—Sí...

—Señor Berman, soy Victor Klaastens.

—¿Cómo ha conseguido este número? —Su enfado ante lo que consideraba un problema de seguridad lo había espabilado. Quería estar absolutamente seguro de que su línea directa no se pinchaba jamás.

—Señor Berman, por favor, puede que no disponga de sus recursos, pero no soy estúpido. Debería escuchar lo que tengo que decirle, porque es más importante que un número de teléfono restringido. Y no se preocupe, nadie puede rastrear esta llamada ni el lugar desde donde la estoy haciendo.

—Muy bien, diga lo que tenga que decir.

—Se trata de uno de sus ciclistas, Han, se ha lesionado.

—¿Lesionado? ¿Cómo? ¿El corazón...? —Se interrumpió para no desvelar más.

—¿El corazón? Es curioso que lo mencione. Pero no, no es el corazón, sino el tendón de Aquiles. Me temo que sufre una rotura total.

—Qué raro.

Era un alivio que no fuera un problema cardíaco, que era lo que se esperaba. Una rotura del tendón de Aquiles era una lesión que podía sufrir cualquier atleta que forzara sus límites, y por lo tanto resultaba menos preocupante de cara a los chinos. Pero al mismo tiempo constituía un problema, y ya no necesitaba más obstáculos en aquellos momentos. ¿Acaso se trataba de otra lesión anómala? ¿La sufrían los ciclistas en alguna ocasión? ¿No era más propia de los deportes de contacto? Aunque no fuera resultado directo del programa, ¿qué iba a decir China de aquello? Mierda.

—¿Señor Berman? —preguntó Klaastens, que no sabía si Zach seguía al aparato.

—¿Y dice que es una rotura completa?

—Sí, ha ocurrido esta mañana mientras hacía ejercicios aeróbicos en la bicicleta estática para calentar. Ni siquiera se estaba forzando. Estaba perfectamente y de repente dijo que había notado como si lo hubieran golpeado con fuerza en la pantorrilla. Lo siento, sé que no es lo que deseaba escuchar.

—¿Y Han? ¿Qué va a hacer?

—Lo han llevado al hospital, desde luego, pero no se quedará mucho tiempo allí. Hablé un momento con uno de los médicos. Me dijo que tenían que esperar a que bajara la inflamación y que después podrían operarlo si así lo deseábamos, pero que podíamos esperar. La lesión también puede tratarse sin cirugía, solo que en ese caso tarda más en sanar.

—Está bien, no hagan nada. Viajaré a Milán el día 27 para la última etapa del Giro. ¿Podrá esperar hasta entonces?

—Soy el entrenador, no el médico, así que no lo sé. Es una lástima, porque Han lo estaba haciendo bien, parecía cómodo. Creo que tiene más potencial que Bo. Podrá volver la próxima temporada, y más fuerte.

—La próxima temporada… —dijo Berman tanto para Klaastens como para sí mismo.

Sabía que si la siguiente fase de su plan maestro fracasaba no habría siguiente temporada.

—Entonces nos veremos en Milán el 27, señor Berman. —Klaastens esperó una respuesta, pero Berman ya había colgado.

34

Hospital Boulder Memorial, Aurora, Colorado
Domingo, 19 de mayo de 2013, 9.10 h

Sabe que está dormida, pero al mismo tiempo siente que está despierta. Tiene la impresión de estar contemplando el mundo desde el fondo de una piscina, y puede respirar, pero no moverse. Los sonidos le llegan extrañamente amortiguados. Se le acercan algunos rostros familiares, como si la gente se sumergiera para verla allí tumbada, mirando hacia la superficie. Sabe que son conocidos, y se muestran amistosos, así que se alegra de verlos.

Alguien más ha ido a visitarla. Tiene que salir de allí, pero algo la retiene, como si el fluido en el que se halla suspendida fuera más viscoso que el agua. Se mira los brazos y ve que los tiene sujetos por unas correas que parecen cinturones de seguridad. Y de repente sale despedida hacia delante, y después se desploma y cae, cae hasta el fondo del mundo. De alguna manera sabe que con solo abrir los ojos estaría bien, pero es tan difícil, tanto...

—¿Pia...?

Pia se dio cuenta de que estaba en un hospital y por primera vez en mucho tiempo tomó conciencia de lo que la rodeaba. Sintió incomodidad, incluso dolor. Intentó moverse pero no pudo, al menos no los brazos. Sabía que había pasado tiempo, pero ¿dónde había estado? Alguien estaba con ella en la habitación. Era consciente de que había tenido visitas y de que sus voces familiares la habían reconfortado. George. George había sido uno de ellos. Y también su nuevo amigo Paul. Sentía palpitaciones en la cabeza, y supo que se hallaba bajo el efecto de la medicación; también notaba un dolor sordo en distintas partes del cuerpo. Pero aun así, debería ser capaz de reconocer a su visitante. Entonces se dio cuenta de que todavía no había abierto los ojos, y lo hizo.

—¿Pia...? ¿Estás despierta? Me han dicho que ahora estás más despierta de lo que lo has estado.

Aquel hombre tenía razón, se sentía más despierta. Pero ¿quién era él? Estudió su rostro.

—Pia. Tal vez sería mejor que te dejase dormir.

De pronto la joven supo de quién se trataba.

—Pia, soy yo, Zach. Quería verte antes de marcharme. Tengo que irme de viaje, pero volveré.

Berman contempló el rostro de Pia y bajó la mirada hacia las curvas de su cuerpo, que se dibujaban bajo la sábana blanca. Era tan fascinante como la recordaba, puede que incluso más a pesar del aséptico entorno del hospital. La deseaba. Deseaba poseerla, domesticarla, controlarla. Lo había provocado sin piedad y le había dado resultado: estaba cautivado, embelesado, incluso embrujado. Y le encantaba. Al cuerno con Whitney, Mariel y sus celos mezquinos. Estaba decidido a conseguirlo. El hecho de que Pia hubiera sobrevivido era un presagio que estaba dispuesto a aprovechar.

Pia intentó hablar, pero antes de que pudiera pronunciar palabra tuvo la vaga sensación de que otra persona acababa de entrar en la habitación. En aquella ocasión reconoció la voz al instante.

—Perdone, ¿puedo preguntarle quién es? —exigió saber Paul Caldwell—. Esta paciente tiene las visitas restringidas.

—Lo sé —contestó Berman tras volverse hacia él y mirarlo de arriba abajo. Lo reconoció al leer su nombre en la placa identificativa, ya que también lo había visto en el informe de la policía—. Doctor Caldwell, soy Zachary Berman, presidente y director ejecutivo de Nano. La doctora Grazdani es una de nuestras empleadas más valiosas, así que quería verla antes de tener que salir del país en viaje de negocios. Mi ayudante ha hablado directamente con el director del hospital, que aprobó una rápida visita para que pudiera ver cómo se encuentra. Me aseguraron que no había ningún problema.

—Con independencia de lo que diga el señor Noakes, cualquier visita que no sea de un familiar directo resulta inadecuada. ¿Acordó su visita con Gloria Jason, la jefa de enfermeras? Eso habría sido lo correcto.

—Creo que solo se habló con el doctor Noakes.

—Es «señor Noakes». El director no es médico y no tiene nada que ver con el cuidado de los pacientes.

—Bien, pido disculpas por la intrusión. Me marcharé enseguida. ¿Puedo preguntarle qué tal evoluciona? Es obvio que me preocupa. —Berman adoptó lo que creía que era una expresión apesadumbrada.

—Eso podría haberlo averiguado con una simple llamada telefónica —repuso Paul con sequedad—. Pero, para responder a su pregunta, le diré que va mejorando.

Se mostraba deliberadamente antipático. Berman le había caído mal nada más verlo. A juzgar por lo que Pia le había contado de él y por sus propias dudas respecto a la posible implicación de Nano en el accidente, así como por sus inmediatas observaciones, creía ver a Berman tal como era en realidad: un macho depredador ebrio de poder. Ya se había cruzado con otros antes.

—¿Puedo preguntarle también cómo se encuentra usted? —inquirió Berman sin variar su expresión de preocupación—. Tengo entendido que se vio involucrado en el mismo accidente que mi empleada.

—Así es —contestó él. No le sorprendió que Berman estuviera al corriente. La noticia había aparecido en los periódicos e incluso en el telediario de la noche—. Comparado con la doctora Grazdani, estoy bien. —Levantó los dedos índice y corazón de la mano izquierda con la palma hacia sí. Los tenía vendados con esparadrapo blanco—. Estas son todas mis lesiones.

Berman los miró y se preguntó si Paul le estaría dedicando un gesto obsceno aprovechando que tenía los dedos unidos por el vendaje. Se permitió esbozar una sonrisa. A pesar de la situación, aquel tipo le caía bien. Tenía una actitud que él apreciaba.

—Me alegro de que no hubiera mayores consecuencias —dijo.

—Aparte de esas —comentó Paul señalando a Pia con un gesto de la cabeza.

—Puede que su habilidad al volante no sea la que debería ser, o tal vez que estuviera en el momento y en el lugar equivocados. Estamos deseando tenerla de regreso en Nano tan pronto como se haya recuperado. Allí está su sitio.

—Ya veremos —se limitó a contestar Paul.

Berman le parecía un tipo verdaderamente incorregible.

—Si puedo hacer algo, por favor, hágamelo saber —dijo Berman, que volvió a mirar a Pia. Sonrió para sí porque sabía perfectamente lo que le gustaría hacer.

—Hay algo que sí nos sería de ayuda —repuso Paul—. Deje de enviar ramos de flores. Son excesivos. Demasiado fúnebres. Y las lilas están apestando el hospital.

Berman volvió a sonreír. El médico era un insolente, pero se mordió la lengua. Se despidió con un gesto de cabeza y se marchó.

Paul se volvió hacia Pia y se sorprendió al ver que ella lo contemplaba con ojos soñolientos.

—Vaya, hola, qué agradable sorpresa. ¿Cómo te encuentras?

—¿Dónde estoy, Paul? —Tenía la voz ronca. Intentó toser, pero no tenía fuerzas.

—En el Memorial. Llevas aquí una semana.

—¿Una semana? —consiguió repetir con consternación—. ¿Qué me ha ocurrido?

—Tuviste un accidente, un accidente de coche.

—Ahora empiezo a recordar. Estábamos buscando la furgoneta blanca.

—Así es —convino Paul—, pero no te preocupes por eso ahora. Ya tendrás tiempo. ¿Cómo te encuentras en general?

—Me duele todo. Estoy atontada y me siento como si me hubiera atropellado el camión de la basura.

—Me lo imagino. Lo siento. Escucha, te hemos tenido unos días en coma inducido porque nos tenías un poco preocupados. Entre otras cosas, sufriste una conmoción muy fuerte. Pero te pondrás bien. Te sentirás cada vez menos aturdida a medida que vaya remitiendo el efecto de los medicamentos.

—Me duele la cabeza.

—No es de extrañar. Seguramente también te dolerán otras partes del cuerpo. Tan pronto como le diga a tu enfermera que te has despertado te pondrá un antiinflamatorio por vía intravenosa. No te preocupes y descansa. —Paul se acercó a la cabecera de la cama y le mostró el timbre que tenía junto a la almohada—. Si necesitas analgésicos antes de que te los pongan en la vía solo tienes que apretar esto.

Pia intentó levantar los brazos pero no pudo.

—¿Por qué tengo los brazos atados? —quiso saber.

—Son solo unas tiras de velcro para las muñecas —contestó Paul mientras se las quitaba—. No queríamos que te arrancaras la vía.

—Dime, ¿era Berman el que estaba aquí?

—Sí.

—¿Qué quería?

—No tengo ni idea.

—¿Ha estado George aquí mientras estaba inconsciente o lo he soñado? Creo recordar su voz.

—No te equivocas. Está en Boulder. En estos momentos lo he enviado a comer algo. Se llevará una alegría cuando vea que estás despierta.

—¿Se puede saber qué demonios hacía Berman aquí? Hace que me sienta… No estoy segura de cómo hace que me sienta, pero no me gusta.

Pia empezaba a hablar con mayor claridad, y Paul se dio cuenta por su tono de voz de que se estaba alterando.

—¡Intenta tranquilizarte! No te preocupes por nada de momento. Si quieres les digo a los mandamases que no dejen pasar a nadie salvo a George y a mí. Deberías concentrarte en ponerte bien. Berman no volverá a aparecer por aquí. Confía en mí.

—Gracias, Paul. Te lo agradezco.

35

Plaza del Duomo, Milán, Italia
Domingo, 26 de mayo de 2013, 17.00 h
Una semana después

Zach Berman sabía que su corredor no estaba en condiciones
de ganar la corta etapa que finalizaba el Giro de Italia aquel
año, y menos aún la carrera, pero aquello no impedía que estuviera sumamente inquieto de todos modos. Una gran multitud
se había congregado en la plaza mayor de Milán, dominada
por la enorme y esbelta catedral. Berman se había quedado
maravillado cuando la visitó con Jimmy Yan aquella misma
mañana temprano, sobre todo porque habían tardado seiscientos años en terminarla. A los canteros y artistas del siglo XIV
probablemente les gustara saber que su trabajo iba a formar
parte de un esfuerzo colectivo que se prolongaría durante
cientos de años, y todo para gloria de su Dios. Berman creía
que su tarea de hermanar la medicina y la nanotecnología era
tan monumental como aquel templo, pero a diferencia de los
constructores de la catedral, él disponía de muy poco tiempo
para acabar su trabajo.

Miró la hora. Los ciclistas habían salido de la plaza Castello
hacía quince minutos. Suponiendo que marcharan a entre cuarenta y cincuenta kilómetros por hora, tardaría unos diez minutos en avistarlos. Jimmy Yan se levantó de su asiento de aluminio
en las gradas provisionales y le dio unos golpecitos a su reloj.

Berman, sentado a su lado, asintió y se puso igualmente en pie. Yan estaba preparado, como tenía por costumbre.

—Ya se acercan —dijo Jimmy, que observaba los acontecimientos a través de unos minúsculos prismáticos de bolsillo.

La multitud ondeaba banderas de todos los países participantes en la carrera, pero las más numerosas eran las de Italia. Frecuentes bocinazos y pitidos e incluso algunos fuegos artificiales salpicaban el ruidoso griterío hasta convertirlo en un estrépito ensordecedor.

Jimmy se puso de puntillas para observar al grupo que iba en cabeza. Aquella última etapa era básicamente una formalidad. El Giro de aquel año iba a ganarlo un destacado corredor español, siempre que no sufriera una caída, pero tres italianos luchaban por la segunda posición, y ellos eran los que provocaban la excitación del público. Para los espectadores se trataba de una espléndida manera de acabar una competición que había durado casi un mes. Todo el mundo se había puesto de pie en las gradas, y Berman no alcanzaba a ver a través de la multitud de brazos levantados. Al fin logró divisar al pelotón cuando entró en el circuito de la plaza. ¿Veía los colores azul, rojo y verde de su equipo? No estaba seguro.

—¡Allí! —Jimmy lo cogió del brazo y señaló a lo lejos.

Berman vio por fin los colores que buscaba. Los hombres de su equipo rodaban apiñados en medio del pelotón cuando el grupo comenzó a cruzar la línea de meta.

—He visto a Bo —aseguró Jimmy—. Estoy seguro.

«Gracias a Dios», pensó Berman. Su corredor tenía que acabar la carrera, y aquel tan solo era el primero de los muchos obstáculos que se presentarían a lo largo de los meses siguientes. No es que terminar el Giro fuera una gran complicación, pero los funcionarios chinos lo habían dejado bien claro: no más fallos ni fracasos; nada de lesiones durante acontecimientos públicos; no más ciclistas desplomándose por los caminos de Boulder; y no más visitas a Urgencias en ambulancia. Berman deseó tener el poder necesario para controlar cada situación hasta ese extremo.

—Deberíamos bajar y saludar al equipo —propuso Zachary, que opinaba que el hecho de que hubieran acabado la carrera sin contratiempos era motivo suficiente para una pequeña celebración.

—Como quieras —contestó Jimmy—. Iré a ver a Liang una última vez antes de marcharnos.

Liang era el corredor seleccionado para ocupar el puesto de Han, que había regresado en avión a Estados Unidos para que le operaran el talón de Aquiles fuera de la vista de cirujanos europeos potencialmente curiosos. La rotura de Han había dejado perplejo al equipo científico de Nano. Normalmente ese tipo de lesiones eran propias de los jugadores de béisbol que decidían aumentar su masa muscular en exceso y acababan exigiendo demasiado a sus tendones, a veces hasta el punto de arrancárselos limpiamente de los huesos. Pero Han no se había musculado para anotar home runs, sino que había adelgazado y se había preparado para conseguir velocidad y resistencia. Si acaso, sus músculos tenían un diámetro menor que los hacía más eficientes y menos propensos a la acumulación de ácido láctico.

Tanto los médicos de Shangai como los de Boulder habían examinado durante días las resonancias magnéticas de las piernas de Han realizadas tiempo atrás, cuando se plantearon seleccionarlo como sujeto. No encontraron ninguna pequeña fisura ni ninguna deficiencia estructural que pudiera haber causado la rotura. Al final los científicos chinos y norteamericanos habían convenido que la lesión era un simple caso de mala suerte. «La mierda pasa», fue la explicación del imperturbable y poco sofisticado Victor Klaastens, y Berman no había tenido más remedio que aceptar que la frase tenía sentido en aquel caso, al igual que en muchas otras facetas de la vida.

En aquellos momentos Jimmy tenía a Liang encerrado en un apartamento de algún punto de Milán. Berman no sabía exactamente dónde, solo que Liang había volado hasta la ciudad en el mismo avión chino que había llevado a Han hasta Colorado y un médico chino que llevaba dos años trabajando en Nano se estaba encargando de él. Los chinos no dejaban nada al azar, o a los estadounidenses, que, en lo que a ellos se refería, venía a ser lo mismo.

—¿Cómo está Liang? —preguntó Berman mientras Jimmy recogía sus cosas.

—Se encuentra bien. Se siente fuerte y tiene ganas de empezar a competir. A pesar de su situación, resulta que disfruta con esto.

Berman prefería no pensar demasiado en la «situación» de la gente que había llegado a Nano desde China para entrenarse.

—Sabe que si lo consigue podrá obtener la libertad tanto para él como para su familia.

Berman sonrió a Jimmy.

—Claro. Eso es un gran incentivo para él.

—El miedo a fracasar es un incentivo mejor, ¿no te parece? —contestó Jimmy más a modo de afirmación que de pregunta.

A Berman no se le ocurrió ninguna respuesta antes de que se separaran y observó en silencio a Jimmy mientras se alejaba. Luego se abrió paso entre la multitud que se apelotonaba alrededor de los corredores. Quería intercambiar unas palabras con Victor Klaastens.

36

Apartamento de Pia, Boulder, Colorado
Miércoles, 10 de julio de 2013, 6.00 h
Seis semanas y media después

Antes del accidente y durante la mayor parte de su vida adulta, a
Pia siempre le había costado levantarse por las mañanas. Se quedaba leyendo hasta demasiado tarde y las pesadillas interrumpían su sueño a menudo, de modo que cuando sonaba el despertador nunca había descansado lo suficiente y la tentación de
quedarse otra hora en la cama le resultaba imposible de resistir.
Sin embargo, desde que había salido del hospital hacía varias semanas, se despertaba todos los días a las seis en punto, lista e
impaciente por empezar su programa de rehabilitación.

Para ella, verse apartada de la acción era una tortura. Aparte
de su pequeño problema a la hora de salir de la cama por las mañanas, odiaba la inactividad, porque siempre despertaba su laten-
te sensación de vulnerabilidad. En lo que a ella se refería, las vacaciones suponían una absurda pérdida de tiempo. Dejaban
demasiado tiempo para pensar. Pia necesitaba tener un objetivo
en la vida, una razón para salir de su cálida y acogedora cama y
un propósito que la mantuviera activa a lo largo del día. En
aquellos momentos, tras el accidente de coche, tenía dos.

Uno era que quería reincorporarse al trabajo. Desde que se
había emancipado del programa de acogida, siempre había tenido cosas que hacer. Lo primero fue conseguir que le convalida-

ran los estudios de secundaria y las tareas del convento. Luego fue la universidad y, finalmente, la facultad de medicina y su primer acercamiento a la muerte. Tras su estancia lejos de la civilización había sido Nano lo que había dominado su vida durante dieciocho meses, e incluso después de empezar a hacerse preguntas acerca de la empresa y de sus actividades había seguido totalmente absorbida por el trabajo, manteniéndolo al margen de sus preocupaciones sobre lo que otra gente pudiera estar tramando allí. Estaba convencida por completo de que lo que había estado haciendo era honrado y ético y de que incluso podría servir para ayudar a su amigo Will. Así que deseaba reincorporarse al trabajo y averiguar qué había pasado con los experimentos de biocompatibilidad con ratones, si los resultados habían sido los mismos que con las lombrices intestinales; es decir si su idea de incorporar el glicopolietileno al caparazón diamantoide de los microbívoros había seguido solucionando los problemas inmunológicos.

Y por si todo lo anterior no fuera suficiente, estaba el problema con el flagelo. ¿Le habrían echado los programadores un vistazo a su idea de crear un código que hiciera que los microbívoros enrollaran sobre sí mismas las bacterias con flagelo antes de introducírselas en la cámara digestiva?

Estaba ansiosa por conocer las respuestas a esas preguntas, pero había un problema, uno importante. Cuando todavía estaba ingresada en el hospital, Mariel la había llamado para decirle que no podría volver a Nano, ni siquiera de visita, hasta que su cirujano general, el equipo de fisioterapia del hospital y el cirujano ortopédico le hubieran dado el alta. No había sido una discusión. Con su brusquedad habitual, Mariel le había dicho que no apareciera por la empresa ni llamara hasta que hubiera superado por completo todas las secuelas del accidente y sus médicos le hubieran entregado un certificado que lo confirmara.

Aunque Pia estaba acostumbrada a estar sola y eso le gustaba, su separación forzada de Nano la molestó más de lo que había esperado y la hizo comprender que no era tan introvertida como creía. Había llegado a depender de las pequeñas interacciones que mantenía con otras personas a lo largo del día, una circunstancia que, sin Nano, debía suplir con las visitas a su fisioterapeuta. Por desgracia, aquello no bastaba, y en su bloque de apartamentos solamente conocía a unos pocos inquilinos de vista.

Sus únicas visitas eran las de Paul, al que veía con regularidad, y las del fisioterapeuta que iba a su casa hasta que estuviera lo bastante recuperada para ir en coche al gimnasio a hacer los ejercicios por su cuenta. En muchos sentidos Paul había sido una bendición del cielo para ella. Incluso se había ocupado de que sus padres le prestaran su segundo coche. El Volkswagen había quedado destrozado, y Pia no estaba en posición de solicitar a Nano que le entregaran otro.

La segunda motivación en la limitada vida de Pia para salir de la cama por las mañanas era Berman. Cada vez que se quedaba tumbada en ella sin ganas de levantarse, como aquella mañana, pensaba en él. Cuando le dolía el brazo roto —como en aquel momento—, o cuando las costillas fracturadas le molestaban, o cuando le escocía la cicatriz del bazo que le habían extirpado, se imaginaba a Berman. Deseaba arrancarle respuestas, respuestas a sus preguntas acerca de Nano, pero sobre todo acerca del accidente de coche.

Paul le había confirmado que lo había visto en su habitación del hospital, aún sumida en el estado febril que siguió a su despertar. Había sido incómodo, admitía el médico, pero Berman había intentado dar la impresión de ser un jefe preocupado que iba a visitar a una colega. Paul no se lo había tragado. De hecho le había dicho a Pia lo que realmente pensaba, que su jefe era un depredador y que debía mantenerse lo más alejada posible de él.

—¿Te refieres a un depredador sexual? —le había preguntado Pia.

—Pues claro.

—No es que no te crea, pero ¿qué te hizo pensar eso?

En su mente Pia veía a Berman intentando entrar a la fuerza en su apartamento.

—Su actitud y su persona —repuso Paul meneando la cabeza—. Es una lástima, porque es un tío atractivo.

Tal como Paul sospechaba, Pia estaba totalmente convencida de que su accidente no había sido tal, a pesar de que sufría amnesia traumática y lo había olvidado todo. Lo que la llevaba a pensar así era que se conocía: sabía que jamás se habría salido de la carretera sin más. Para ella la única explicación era que alguien los hubiera embestido, y el hecho de que las autoridades pudieran dar a entender lo contrario la desconcertaba.

Paul le contó que la policía lo había interrogado y que el incidente había sido oficialmente descrito como un accidente causado en parte por el exceso de velocidad de Pia. Añadió que los agentes habían llegado a esa conclusión aunque él les había contado, a pesar de sus problemas de memoria, que recordaba vagamente haber visto a otro coche detrás de ellos justo antes del impacto. Cuando Pia había oído aquello había insistido en hablar con los dos interrogadores de Paul, pero pese a las protestas de la joven ambos le habían dicho que no había nada que investigar y que sus jefes pensaban lo mismo. Según ellos, el examen de los restos del Volkswagen no indicaba que hubiera habido otro vehículo implicado. Había muchas abolladuras y arañazos, pero no restos de pintura ni daños que no pudieran explicarse por las muchas vueltas de campana que habían dado.

Aun así, Pia seguía creyendo que todo era una tapadera. Cuando insistió en ello, Paul le preguntó que, si era cierto que los habían echado de la carretera y que Nano estaba detrás del suceso, ¿cómo era posible que la empresa hubiera sabido dónde estaban? Ellos dos habían salido del hospital apenas unos minutos antes. Pia no tenía respuesta para semejante pregunta, pero sugirió que tal vez su coche llevara un localizador o que quizá Nano contase con un espía en el hospital. Paul no pudo evitar contestarle que había visto demasiadas películas.

George había vuelto a visitarla tres semanas después de que saliera del hospital. Le resultaba muy complicado alejarse de Los Ángeles y solo pudo quedarse una noche. Pia le expuso todas sus teorías sin darle tregua y él las escuchó sin mucho interés y cada vez más preocupado por la posibilidad de acabar metiéndose de nuevo en problemas. Coincidió con Paul en recomendarle que se mantuviera alejada de Berman, por mucho que hubiera sido él quien lo hubiera avisado del accidente. Incluso llegó al extremo de decirle que se estaba volviendo paranoica y que se dejaba dominar por teorías conspiratorias sin fundamento. Le recordó que no era la primera vez que permitía que semejantes ideas le causaran dificultades.

—Puede que tengas razón —había admitido ella—, pero en Nueva York al final estaba en lo cierto.

—Que no te equivocaras allí, y eso es verdad solo en parte, podría añadir, no quiere decir que no te equivoques aquí. Si quieres un consejo, creo que deberías dejarlo estar. Opino que deberías cambiar de aires y volver a empezar, porque, después de lo que me has contado, no creo que tu futuro en Nano sea tan prometedor.

En aquel punto de la conversación, Pia esperó que George le pidiera que se marchara con él a Los Ángeles cuando estuviera recuperada del todo, pero no lo hizo. Le agradeció a su amigo que se mordiera la lengua, pero estaba segura de que la invitación llegaría tarde o temprano. Mudarse a Los Ángeles no figuraba entre sus planes, ni siquiera suponiendo que al final tuviera que abandonar Nano.

Pia se sentía sobre todo frustrada. Aborrecía la inactividad y la sensación de impotencia. Estando tan débil no podía hacer nada. Así pues, aquella mañana, como muchas otras, tras haber sopesado su situación, se levantó de la cama e hizo una serie de estiramientos para preparar su dolorido cuerpo para el ejercicio. Había dejado todos los analgésicos, aunque tomaba unos antiinflamatorios que podía comprar sin receta, y se enfrentaba a sus lesiones sin miedo. Estaba encantada con la idea de que fueran a quitarle la escayola del brazo aquella misma semana para sustituirla por una especie de venda semirrígida, aunque aún tendría que llevarlo en cabestrillo. Seguía teniendo las costillas vendadas y el cabello de la coronilla muy corto, pues se lo habían afeitado para aplicarle los más de diez puntos necesarios para cerrarle un corte.

Mientras se duchaba, hizo una serie de ejercicios mnemotécnicos caseros y los superó sin esfuerzo para demostrarse que su memoria había mejorado y no empeorado desde el accidente. El neurólogo que la había tratado la había avisado de que algunos síntomas, como la pérdida de memoria, podían aparecer meses después del accidente, y también de la depresión que podía derivarse de un suceso así. Pia le había contestado que estaba demasiado furiosa para deprimirse y no había querido dar más explicaciones cuando el médico le preguntó a qué se refería exactamente.

Tenía la sensación de que iba a ser una agradable mañana de verano, así que se marcó objetivos nuevos y más difíciles en su trabajo físico de recuperación. Lo mejor de todo era que aquella noche había quedado con Paul para cenar en un restaurante italiano de Boulder, así que esperaba que el ejercicio le abriese el apetito.

37

Col du Grand Colombier, Francia
Miércoles, 10 de julio de 2013, 14.10 h

En Francia, Zach Berman disfrutaba del aire de las montañas del Jura, a mil quinientos metros por encima del nivel del mar. Después de años viviendo en Colorado se sentía cómodo a aquella altitud. Era una mañana preciosa, cálida y prometedora. El sol brillaba en el cielo azul y despejado y un cosquilleo de expectación le recorría el cuerpo. Aquel era el día en que recogería los frutos de años de sacrificios y duro trabajo. Se sentía confiado, pero no en exceso, pues aún tenía la persistente sensación de que algo podía salir mal, como había ocurrido a lo largo de los últimos meses.

Sin embargo, aquello era el pasado. Desde la inquietante mañana en la que le habían avisado de que Han se había roto el talón de Aquiles, no había hecho más que recibir buenas noticias. Bo y Liang, la nueva pareja del equipo ciclista azerí, se habían compenetrado bien con sus compañeros. A través del entrenador, Victor Klaastens, Berman se había ocupado de hacer llegar a la prensa especializada unas cuantas historias sobre aquellos dos ciclistas chinos que tanto potencial estaban mostrando en los entrenamientos. Gracias a su acuerdo con el gobierno del país, un periódico chino había entrevistado a los dos deportistas. La traducción al inglés del texto apareció en internet y unas cuantas publicaciones deportivas occidentales la recogieron. El éxito del ciclismo chino ya no pillaría tan por sorpresa a los entendidos.

Y ese éxito estaba a punto de llegar. Los científicos de Berman creían haber resuelto el problema que había provocado los fallos cardíacos de los atletas. Lo asociaban a un tipo de toxicidad del oxígeno que desencadenaba un estado hipermetabólico. El problema resultó solucionarse con sutiles cambios en las dosis, de hecho bastaba con reducir la inicial. Desde que tales cambios se habían incorporado al protocolo, no había surgido ninguna clase de dificultad. Es más, los niveles de rendimiento habían aumentado, y con ellos la confianza de Berman en que los planes que había trazado para aquella etapa del Tour de Francia estuvieran a punto de cumplirse.

Liang era el más fuerte de los dos corredores, tanto física como mentalmente, de modo que habían decidido que el honor le correspondería a él. El equipo estaba en una posición tal que el triunfo de Liang resultaría una sorpresa, pero no una conmoción escandalosa. Había demostrado ser un buen escalador, y en dos etapas de montaña previas de dificultad media había sumado puntos encabezando el pelotón en las subidas más arduas. Ocupaba una buena posición en la tabla de «Rey de la Montaña», una prestigiosa competición dentro del propio Tour.

Tanto Berman como Jimmy Yan habían pasado algo de tiempo con el equipo en cada una de las etapas. Días atrás, habían instalado su cuartel general en el oeste de Suiza, desde donde podían conducir hasta Francia para charlar con sus ciclistas. Berman nunca había pasado tanto tiempo en compañía de la misma persona, y dudaba de que incluso los matrimonios mejor avenidos comieran y cenaran juntos todos los días como hacían ellos, además de no separarse durante el resto del día. Aunque Jimmy le caía bien, Berman sabía que no le pagaban para que fuera su amigo. Aun así, en aquel momento, mientras ambos esperaban entre la multitud el final del brutal ascenso de dieciocho kilómetros hasta la cima del Col du Grand Colombier, sintió que podía confiar en él.

—Estoy muy nervioso, Jimmy, no me importa reconocerlo. Nos jugamos mucho.

—Yo también lo estoy.

—¿De verdad? —repuso Berman.

No era propio de Jimmy admitir semejante debilidad.

—Desde luego. Sé lo que tienes preparado y lo en serio que mis superiores se toman la necesidad de ver pruebas de que tus métodos funcionan. Ellos también se juegan mucho. Pero eres un hombre sincero, así que espero que lo consigas y cuando lo hagas, China también triunfará. Todos saldremos ganando.

—¿Sincero?

—Crees en lo que dices, y no resulta fácil rebatir esa confianza. Sin embargo, muchas de las cosas que prometes escapan a tu control, de modo que puede que tu sinceridad no siempre te favorezca, porque despierta expectativas.

Berman no supo qué contestar. ¿Debería ser menos sincero? ¿Hacer menos promesas? Jimmy le echó una mano cuando habló de nuevo.

—¿Estás seguro de que quieres estar aquí y no en la línea de meta?

La etapa finalizaba en el pequeño pueblo de Bellegarde-sur-Valserine, a más de cuarenta kilómetros de la montaña, y había otro ascenso, menos duro, antes de la meta.

—Sí, este es el lugar donde quiero estar. Si Liang pasa en cabeza por aquí, sabré que es lo bastante fuerte para ganar la etapa. Ver a nuestro ciclista sufriendo para llegar a lo alto de la montaña, en solitario, luchando contra el dolor y la fatiga tanto como contra el resto de sus adversarios, eso es lo que la carrera significa para mí.

—Sé que te gusta el deporte —repuso Jimmy.

—Para mí es como una metáfora —explicó Berman—. Soy un tipo competitivo.

Al cabo de un momento, se oyeron gritos de ánimo entre el público y la multitud se abalanzó hacia delante.

—Están llegando —anunció Jimmy.

La policía luchaba por contener la muchedumbre y mantener la carretera despejada. Un instante después, un vehículo de Tráfico coronó el pico haciendo sonar la sirena. Lo siguió otro coche y, a continuación, el vehículo del equipo azerí y un motorista con una cámara vuelto hacia atrás para grabar prácticamente encima del rostro del corredor. Berman trató de vislumbrar algo entre las banderas y vio que la gente le daba palmadas en la espalda al deportista entre vítores y gritos de ánimo. ¡Era Liang, era el líder de la carrera! Zachary había estado siguiendo la carrera por internet y sabía lo que estaba ocurriendo, pero necesitaba verlo con sus propios ojos. Era una dulce victoria.

Liang parecía conservar las fuerzas. Su expresión era de concentrada determinación y respiraba con regularidad. Marchaba de pie sobre los pedales para aprovechar al máximo su esfuerzo, pero cuando alcanzó el breve llano que precedía al descenso, se sentó. Después cogió su botella de agua, se subió la cremallera de la camiseta —se la había abierto para ventilarse durante el ascenso—, se llevó algo de comida a la boca, bebió y desapareció de la vista de Berman seguido por más coches del equipo y motos que se abrían paso entre la multitud que se había cerrado a su paso.

Un altavoz vociferaba datos sobre la posición los demás corredores en francés, pero Berman no entendió lo que decía. Miró a Jimmy, que le hizo un gesto con la cabeza para indicarle que debían marcharse. Zachary lo siguió y miró hacia la carretera que descendía serpenteando. Divisó a Liang y la caravana que lo seguía. Estaban tomando una curva a lo lejos, mucho más abajo. Jimmy miró el reloj y después su móvil.

—Tiene una ventaja de cuatro minutos —dijo—. El resto del pelotón está muy estirado y nadie ha salido en su persecución. Liang ganará la etapa.

A pesar de que había visto a su corredor coronar la montaña en cabeza, Berman se estaba cuestionando su decisión de evitar la línea de meta. Se daba cuenta de que Jimmy y él tardarían horas en poder abandonar la cima de la montaña. Sin embargo, sabía que en menos de una hora Liang ganaría una etapa del Tour de Francia y él, Zachary Berman, estaría a medio camino de lograr su objetivo: financiación ilimitada para los microbívoros. Una imagen de su madre acudió a su mente, pero la apartó enseguida. No era el momento. Tomó una bocanada del fresco aire de la montaña y se permitió esbozar una breve sonrisa de autosatisfacción.

38

Nano, S. L., Boulder, Colorado
Miércoles, 17 de julio de 2013, 8.10 h
Una semana después

Pia estaba de pie en el conocido aparcamiento de Nano tratando de recuperar la compostura. Confiaba en que las dificultades a las que acababa de enfrentarse para superar la puerta de entrada no supusieran un anticipo de la bienvenida que la esperaba y que no fuesen más que un malentendido. La habían retenido en la garita de seguridad porque conducía el viejo Toyota de los padres de Paul y no el Volkswagen con el que figuraba en el registro. Aunque el vigilante parecía haberla reconocido, no había querido abrirle la barrera. Lo que más lo había inquietado, aparte de lo del coche, era que el pase de seguridad de Pia ya no funcionaba cuando lo introducía en el sistema a través del ordenador. La joven le había explicado que llevaba bastante tiempo de baja y que probablemente tuviera que renovarlo. Al final, el guardia la había dejado pasar con la condición de que se presentara directamente en el mostrador de seguridad.

En aquel momento, de pie junto al coche, Pia se preguntó si le estarían fallando los nervios. No recordaba que tal cosa le hubiera ocurrido jamás, pero de repente los edificios de Nano le resultaban imponentes y temibles. El cielo estaba cubierto de nubes bajas y plomizas, lo cual no ayudaba, y no se sentía bienvenida. La causa de aquel sentimiento no resultaba difícil de identificar pues, aparte de la desagradable llamada de Mariel cuando todavía estaba en el hospital, únicamente había recibido una carta de Nano. En ella la empresa le confirmaba lo que Spallek le había dicho: que tendría que someterse a un examen médico antes de volver a trabajar, pero no indicaba fechas. Ella sabía que el seguro de Nano había cubierto las facturas del hospital y de la rehabilitación, pero no tenía comprobante de las transacciones. Entretanto, Mariel no le había devuelto ninguna de sus llamadas ni correos electrónicos, y la última vez que Pia la había telefoneado había recibido una respuesta automática que avisaba de que su jefa tenía lleno el buzón de voz.

No podía evitar preguntarse si todavía era empleada legal de Nano o si se hallaba en una especie de limbo, como de baja administrativa. Había seguido recibiendo puntualmente por correo los comunicados de abono de su sueldo, así que le seguían pagando, pero aquellos recibos no los emitía Nano, sino el banco. Disponía de cartas firmadas por sus dos cirujanos y el fisioterapeuta que dejaban constancia de sus considerables progresos. Todavía no había acabado del todo la rehabilitación, pero estaba convencida de que se hallaba en condiciones de trabajar. Creía que no tenía más alternativa que presentarse personalmente en Nano para averiguar cuál era su verdadera situación.

La amenazante lluvia empezó a caer lentamente con solo unas cuantas gotas, pero enseguida fue a más. Seguía de pie bajo la llovizna tratando de hacer acopio de valor, cuando vio que una figura conocida se alejaba y se dirigía hacia la entrada del edificio. Había cruzado la barrera tras ella, pero había aparcado en una zona reservada.

—¡Jason! ¡Espera un momento! —exclamó.

Rodriguez se volvió, la saludó avergonzado con la mano y siguió caminando. Pia corrió tras él y le plantó cara a su compañero, que era mucho más alto que ella.

—Jason ¿se puede saber qué te pasa? ¿No puedes parar ni un momento para decirme hola?

—Llego tarde, Pia, muy tarde, así que lo cierto es que no puedo pararme.

Jason miraba a un lado y a otro para evitar los ojos de la joven.

—Paul me dijo que viniste a verme al hospital cuando estaba en coma. Fue muy amable por tu parte. Me habría gustado que volvieras cuando me desperté.

El joven bajó la mirada hasta toparse con la de ella. Pia vio su expresión dolorida.

—¿Qué pasa, Jason? Pareces muy incómodo hablando conmigo.

—Mariel… —dijo en voz baja antes de sumirse en el silencio.

—¿Mariel? ¿Qué pasa con Mariel? ¿Te ha dicho que no hables conmigo? ¿Qué te ha contado sobre mí?

—Está bien, escucha. —Entonces Jason la miro con tal intensidad que fue Pia quien tuvo que apartar la vista—. Mariel se enteró de que había ido a verte al hospital y no le hizo ninguna gracia. Me dijo que no eras buena compañía y me aconsejó que me mantuviera alejado de ti si quería seguir trabajando en Nano. Intenté decirle que en mi opinión eres un poco distante pero una excelente científica. Su respuesta fue que yo ignoraba muchas cosas.

—¿Como qué? ¿A qué se refería?

—No lo sé exactamente.

—Y tú la creíste sin más.

—Lo siento, Pia, este trabajo es mi gran oportunidad. Llevaba años buscando un empleo así. Ya sabes cómo están las cosas ahí fuera.

Pia miró a Jason con fijeza hasta que no pudo aguantarlo más. No podía creérselo. Era como si se hubiera convertido en una especie de paria. Sopesó la posibilidad de intentar convencer a Jason para que hablara con ella y le contase lo que pensaba en realidad, porque estaba claro que le ocultaba cosas. Pero no tenía la energía necesaria.

—Buena suerte, Pia —dijo Jason tras un silencio incómodo—. Espero que las cosas se solucionen, de verdad.

Se subió el cuello de la chaqueta y corrió hacia el edificio.

Pia necesitaba liberar su rabia, así que cogió el móvil y, a pesar de la lluvia, marcó el número de Mariel Spallek. Probablemente fuese una suerte que su jefa no contestara, porque no estaba segura de qué le habría dicho. En aquella ocasión sí saltó el contestador automático, pero Pia no se molestó en dejarle un mensaje. Cerró con llave la puerta del coche y caminó a paso vivo hacia la entrada de Nano.

En circunstancias normales habría cruzado la puerta y se habría acercado directamente al escáner de iris situado junto a las puertas de cristal que daban acceso a las instalaciones, pero después de lo ocurrido en la garita de entrada decidió hacer caso al guardia y presentarse ante el mostrador de seguridad. Varios carteles avisaban a las visitas y a los repartidores de mercancías de que debían dirigirse al mostrador situado a la izquierda de la puerta principal. Había varias personas esperando junto a ella. Otros empleados de Nano iban llegando en pequeños grupos. Era una hora de gran actividad. Los vigilantes de seguridad estaban muy atentos y se aseguraban de que la gente pasara por el escáner y las puertas de cristal de uno en uno. Pia reconoció a la mayoría.

En el mostrador de seguridad las cosas estaban más tranquilas, y se dirigió directamente hacia allí. Tras su conversación con Jason, creía que había muchas posibilidades de que le pusieran trabas. Pia no reconoció a la mujer que ocupaba el mostrador. Su tarjeta identificativa rezaba: Harriet Pierson. Era de color, corpulenta y vestía el mismo uniforme de estilo militar que el resto de sus compañeros. Pia le entregó su pase, y la mujer lo cogió sin hacer comentarios. Resultaba evidente que la estaba esperando. Harriet pasó la tarjeta por el lector del ordenador, pero, al igual que en la garita de entrada, no funcionó. Entonces la mujer la cogió y desapareció en la habitación que tenía a sus espaldas.

Pia aguardó. Para matar el tiempo, se dedicó a observar el vestíbulo del edificio. Cada vez llegaba más gente, así que se había formado una pequeña cola ante el escáner de iris.

Harriet regresó al mostrador y le devolvió el pase a Pia.

—Está bien, doctora Grazdani —le dijo—. Supongo que lleva unas cuantas semanas sin venir.

Pia asintió y alzó el brazo izquierdo, que todavía llevaba en cabestrillo y escayolado hasta el codo. Sabía que presentaba un aspecto un tanto desaliñado con el cabestrillo, el yeso y la gorra que se había puesto para disimular los trasquilones del pelo. Se había puesto unos vaqueros y una camisa de franela a cuadros.

—Bueno —prosiguió Harriet—, he actualizado su identificación. No debería tener más problemas en la entrada.

Pia le dio las gracias, dio media vuelta y se puso en la cola para pasar el escáner. El sencillo trámite del mostrador de seguridad había hecho que se sintiera más optimista respecto a conseguir llegar a su laboratorio. Mientras esperaba, reconoció al guardia que estaba junto a las puertas vigilando a las personas que pasaban el control. Era Milloy, el puntilloso vigilante con quien ya había tenido un ligero roce.

Cuando le llegó el turno, se colocó frente al escáner. Esperó el familiar pitido, pero no llegó. La luz roja indicaba que no había correspondencia en el sistema.

Lo estaba intentando por tercera vez cuando Milloy se le acercó.

—Por favor, señorita, hágase a un lado. ¿Me permite ver su identificación?

—Desde luego —contestó Pia sin molestarse en disimular su frustración.

Al menos estaba segura de que su pase funcionaría.

—Un momento, señorita.

Milloy se llevó la tarjeta hasta un ordenador cercano. Para disgusto de Pia, se pasó más de tres minutos tecleando con dos dedos y leyendo la pantalla. El vigilante la miró y ella puso los ojos en blanco y dio muestras de impaciencia ante el retraso. Finalmente Milloy regresó.

—Lo siento, señorita, pero su permiso de acceso ha sido suspendido hasta restablecimiento médico.

—De acuerdo, ¿puede dejarme pasar para que vaya a recursos humanos y que me renueven el pase?

—No puedo hacerlo.

—¿Qué me sugiere que haga?

Milloy señaló con el dedo.

—Le sugiero que se acerque al mostrador de seguridad y vea qué pueden hacer allí.

—Acabo de estar allí para que me actualizasen la identificación.

—Pues tendrá que volver.

—Mire, señor Milloy, esto es indignante. ¡Soy empleada de Nano, sufrí un accidente!

—Ya lo veo, pero carezco de autorización para dejarla pasar.

—Llame a Zach Berman, él se lo explicará.

—Zachary Berman, el consejero delegado de Nano —contestó Milloy entre risas—. ¿Y qué iba a decirle yo? Lo siento, señorita, pero no puedo ayudarla.

—Él me conoce —le espetó Pia enfadada.

Sabía que no iba a ganar aquella discusión. Pero todavía le quedaba un as en la manga.

—Está bien, entonces llame a Whitney Jones, su ayudante.

—Ya sé quién es Whitney Jones. Y da la casualidad que sé que está de viaje de negocios con el jefe. Si la llama dentro de un par de días estoy seguro de que podrá ayudarla. Ahora, si me disculpa, tengo trabajo.

Pia se dio cuenta de que Milloy se estaba divirtiendo a su costa. En circunstancias normales se habría quedado allí discutiendo con él, pero comprendió que no tenía fuerzas. Mientras caminaba de regreso al coche, su furia no hizo sino aumentar. Se puso al volante y salió de Nano conduciendo deprisa. Cuando llegó a la carretera estatal, tomó una decisión impulsiva. En lugar de girar a la derecha para regresar a la ciudad, viró a la izquierda y se encaminó directamente hacia la mansión de Berman. Puede que estuviera de viaje como había dicho Milloy, pero tal vez no fuese cierto. Aunque no estuviera en casa, Pia necesitaba desahogarse, y en aquellos momentos toda su ira y frustración se dirigían contra él. Berman era, en último término, el responsable de la situación.

La verja. Se había olvidado de la verja que había al final del camino de acceso hasta que prácticamente se topó con ella. Detuvo el coche justo delante e hizo sonar el claxon insistentemente. El alboroto espantó a los pájaros de los alrededores y Pia los vio volar y refugiarse en las ramas más altas de los árboles cercanos.

Tras varios bocinazos más, se calmó y el estruendo cesó. Entonces reparó en que había un intercomunicador y pulsó el botón varias veces. Pasó un minuto, después otro, y no obtuvo respuesta. A continuación se apeó del coche y se puso ante lo que creía que era la cámara de seguridad con los brazos en jarras y actitud desafiante.

—¡Eh, Berman! ¡No me dejan entrar en mi laboratorio! No es justo. Te he ayudado con los microbívoros. No deberían tratarme así. Si no estás ahí, quizá veas esta grabación. Tenemos un asunto pendiente. Tú lo sabes, y yo también.

Se sintió como una estúpida gritándole a una jamba de piedra con lo que creía que era una cámara de seguridad encima. Alzó la vista una última vez e hizo un gesto obsceno con el dedo. Luego volvió a subirse al coche para regresar a casa.

39

Apartamento de Paul Caldwell, Boulder, Colorado
Viernes, 19 de julio de 2013, 21.52 h

Pia estaba sentada en el sofá de Paul tomándose la tercera copa de vino de la noche. Ningún detalle de su historia sobre las dificultades que había tenido para entrar en Nano había cambiado desde el miércoles, pero se la había repetido otra vez durante la cena, y Paul tenía la impresión de que estaba a punto de hacerlo de nuevo.

—Vale, Pia, no quiero ser desagradable, pero ya sé lo que ocurrió. Nano te ha revocado el acceso al laboratorio hasta que tengas el alta médica y eso te fastidia. Lo entiendo. Después de todo lo que has trabajado para ellos y la ayuda que les has prestado, se están comportando como unos cabrones ingratos. Pero no veo qué otra cosa puedes hacer aparte de contratar a un abogado para que te consiga esa entrevista con recursos humanos.

—¡No necesito un abogado! —repitió Pia por enésima vez.

—Un abogado laboralista, no uno de lesiones ni nada por el estilo. Nano no te ha despedido, pero no puedes entrar a la empresa a pesar de que te siguen pagando. Es curioso, mucha gente estaría encantada con la situación.

—No es el dinero —protestó Pia.

—Lo sé. Vamos, tranquilízate. Me refiero a un abogado especialista en relaciones laborales que sea capaz de resolver tu caso.

Si no logra que te dejen entrar en el laboratorio, entonces te conseguirá una indemnización. Así podrás seguir adelante con tu vida. No puedes continuar así.

—¿Así cómo?

—De esta manera, Pia, dándole vueltas una y otra vez al mismo asunto, hurgando en la herida. No todos los misterios se resuelven. Acude a los periódicos con tu historia, a ver qué pueden hacer. Es posible que el corredor chino y el ciclista sigan siendo un misterio. De hecho, ahora mismo solo tú y yo sabemos que lo son, y debo reconocer que he perdido gran parte del interés.

—Si acudo a los periódicos, aun suponiendo que me crean, estoy segura de que Nano tiene algún plan de emergencia. No conseguiré nada a menos que descubra lo que están haciendo y pueda ser concreta ante los medios.

—Pero tienes las manos atadas. Si ni siquiera puedes entrar en Nano, no hay forma de que puedas averiguar lo que hacen. Es así de simple. Y, francamente, en estos momentos ni siquiera me apetecer seguir dándole vueltas a ese asunto.

—Así que estoy sola. ¿Es eso lo que me estás diciendo?

—Claro que no. No he dicho tal cosa. Te ayudaré a encontrar un buen abogado. De hecho conozco al abogado más temible de Boulder, que, casualmente, es laboralista. Sería perfecto. En cuanto los llame, cederán y te darán lo que quieras.

—Quiero tener acceso a mi laboratorio.

—Un abogado no podrá conseguírtelo si Nano no quiere que lo tengas. Sé razonable. Hablemos de otra cosa.

—¿Sería capaz un abogado de obligarlos a decirme por qué intentaron matarnos?

Paul dejó escapar un suspiro.

—No, Pia, eso no va a ocurrir. No estamos seguros de si Nano tuvo algo que ver con el accidente. Yo solo tengo el recuerdo impreciso de que había un coche a nuestra espalda justo antes de que nos saliéramos de la carretera. Pero no estoy completamente seguro. No vas a llegar a ninguna parte tratando de escarbar en ese agujero. ¡Porque no hay tal agujero!

—Nunca aceptaré que me salí de la carretera sin más. Es absurdo.

—Tienes derecho a pensar lo que quieras, pero te repito que no puedes seguir con esta monomanía. Es como *Moby Dick*.

—¿Qué?

—Da igual. ¿Sigues queriendo venir conmigo a Denver? A los dos nos vendría bien un poco de diversión. Vamos, Pia, ¿qué me dices?

—No estoy de humor —replicó ella.

—¿Seguro?

Ella asintió. No le apetecía relacionarse con otras personas y charlar de tonterías. Además, ya había bebido bastante vino.

—Oye, Paul —dijo con un tono más alegre—, ¿todavía tienes la cámara que le pediste prestada a tu amigo? Aquella con la que estuvimos haciendo pruebas un día.

—Sí, la tengo aquí. ¿Por qué?

—¿Me la dejas?

Paul vaciló. Intentó establecer contacto visual con Pia, pero ella apartó rápidamente la mirada.

—¿Para qué la quieres?

—No tengo una cámara buena, y me apetece salir de excursión mañana mientras tú estás trabajando. Creo que mis costillas lo soportarán. Quiero hacer fotos de las flores silvestres que florecen en las faldas de la montaña.

—Pia…

—No seas desconfiado. Utilizaría la cámara de mi móvil, pero mi idea es sacar primeros planos para ampliarlos y adornar todas esas paredes vacías de mi apartamento de las que siempre te estás quejando. Así que necesito alta definición.

—¿Qué se te está pasando exactamente por la cabeza?

—Nada —contestó Pia con naturalidad—. Solo me apetece aprovechar el tiempo que tengo siendo creativa. ¿Qué me dices? ¿Tendré que salir a comprarme una?

—De acuerdo, voy a buscarla —dijo Paul. Pia podía llegar a ser muy tozuda.

—¿Y me puedes prestar también el cable que la conecta al Mac? —añadió en voz alta—. Eres un encanto.

—Lo sé —repuso Paul—. Y probablemente también un idiota —masculló por lo bajo.

40

Mansión de Zachary Berman, Boulder, Colorado
Domingo, 21 de julio de 2013, 21.15 h

Zachary Berman salió de la página web que había estado consultando en su ordenador. El Tour de Francia había acabado aquel día y lo había ganado el ciclista español que había finalizado la última etapa entre el grupo de corredores de cabeza que había disfrutado del paseo por los Campos Elíseos. Sin embargo, Liang Dalian había subido al podio durante la entrega de premios vestido con el maillot de topos rojos que lo acreditaba como Rey de la Montaña, el corredor con el mejor tiempo en ascensos a lo largo de toda la carrera. Era el primer ciclista chino que ganaba una etapa del Tour, y también el primero en imponerse en una de las prestigiosas competiciones internas de la carrera. Su rostro había aparecido durante aproximadamente un minuto en las cadenas de televisión por cable que retransmitían la carrera («¿Estaba China a punto de invadir el deporte?»), pero en internet su victoria estaba siendo mucho más comentada.

Berman había visto una entrevista a Liang en la que había mediado el mismo traductor que siempre acompañaba al equipo. Las respuestas del ciclista estaban bien preparadas. Se mostró encantado y sorprendido por su hazaña, dio humildemente las gracias a los demás compañeros de equipo, a los entrenadores y a los patrocinadores, y explicó que a él y a su compañero Bo no les había resultado fácil ir a Europa a competir porque hasta entonces nunca habían salido de China. Acabó diciendo que esperaba que aquella victoria fuera la primera de muchas para sus compatriotas… y sugirió que quizá ganara el Tour el año siguiente, ¿quién sabe?

Una pena que aquello no fuese a ocurrir, pensó Berman. Suponía que aquel honor le correspondería a algún joven campesino chino que en aquellos momentos estaría pedaleando por placer en una aldea remota; sería criado y entrenado en su país y se convertiría en un profesional que podría ser una estrella de la nueva China si así lo deseaba. Pero los riesgos de seguir adelante con Liang eran demasiado altos. Su verdadera biografía podía salir a la luz, por ejemplo. Berman estaba convencido de que a lo largo de los meses siguientes le ocurriría algo que pondría fin a sus sueños.

Un impulso incontrolable le llevó a consultar otra página web. Faltaba menos de una semana para la ceremonia inaugural de los Campeonatos Mundiales de Atletismo de Londres, y allí estaría él, esperando la competición con la misma expectación con la que había vivido el Tour, solo que multiplicada por dos o por tres. Se acercaba el momento decisivo. Todo su futuro dependía de una única carrera. Pero los entrenadores le repetían que no se preocupara. Utilizaban las mismas palabras que había utilizado el entrenador de Liang una mañana en algún lugar de Francia durante el Tour. Berman no tenía por qué inquietarse, el corredor estaba teniendo un rendimiento excelente a pesar de utilizar tan solo un ochenta y cinco por ciento de su capacidad física. El entrenador defendía que Liang podía ganar la carrera si era necesario, y con facilidad. En Londres decían lo mismo. El problema no iba a ser ganar, sino hacerlo por un margen demasiado amplio.

Aquellas palabras tranquilizadoras lo animaban, pero aun así era incapaz de relajarse. Por eso entró por enésima vez en la página web del equipo de atletismo chino. Era el más numeroso de los presentes en Londres y se esperaba que consiguiera un gran número de medallas. Buscó los corredores de maratón y dio con el familiar rostro de Yao Hong-Xiau, un participante de última hora que no había podido presentarse a las pruebas de marzo pero que en junio había logrado un registro espectacular durante una carrera privada. Berman sabía que habían tirado de unos cuantos hilos para meter a Yao en la carrera, pero aun así allí estaba su nombre. Yao correría en Londres.

La concentración de Berman se vio interrumpida por un extraño sonido. Era un ruido distante que al parecer había tardado un rato en atravesar los gruesos muros de madera y piedra de la mansión y sus ventanas de triple cristal. Apartó la vista del ordenador y aguzó el oído. El ruido apenas se oía, pero sin duda estaba ahí fuera.

—¡Es un maldito claxon! —exclamó en voz alta—. ¿De dónde demonios viene, de la costa Este?

Echó la silla hacia atrás, salió de la sala de estar, cruzó el vestíbulo y entró en el cuarto de control.

—Vaya, vaya, ¿qué tenemos aquí? —murmuró.

Uno de los monitores había detenido sus barridos para mostrar una imagen de la verja de entrada. El sistema estaba diseñado para enfocar cualquier movimiento significativo que superase al de las ramas de los árboles meciéndose en el viento. Allí, a plena vista, estaba Pia Grazdani, que miraba directamente a la cámara con las cejas arqueadas en un gesto de expectación. Estaba sentada al volante de un sedán con la ventanilla bajada. Berman vio que no paraba de apretar la bocina del coche.

—Parece maná caído del cielo —dijo en voz baja como respuesta a su propia pregunta.

El corazón se le había acelerado un poco y la excitación avanzaba deprisa por los centros reptilianos de su cerebro. Pia había ido verlo, y el momento no podía ser más oportuno. Estaba de buen humor, y no se le ocurría nadie mejor para celebrar sus éxitos que Pia Grazdani. Iba a resarcirse de su desmayo de su visita anterior.

Pia siguió apretando el claxon. Había pensado hacerlo durante cinco minutos, y ya se estaba acercando al límite. Presentarse en casa de Berman había sido una decisión repentina, impulsiva, fruto de la desesperación y la contrariedad. Había utilizado sin éxito la misma estratagema cuatro días antes, tras su fracasado intento de entrar en el laboratorio, pero pensaba que las cosas podían ser distintas aquella noche. Ignoraba si Berman estaba en Boulder o no, porque, al igual que Mariel, no le había devuelto ninguna de sus llamadas ni mensajes. No obstante, Paul le había dicho que creía que Zachary sí estaba en la ciudad. Su fuente era un amigo que trabajaba en los servicios del aeropuerto y que le había informado de que al menos el jet de Nano había regresado. Lo que no sabía era si Berman viajaba en él o no.

Al llegar a la verja del final del camino de acceso y ver que había luz en la casa se había animado, aunque aquello no garantizase que Berman estuviera allí y mucho menos que quisiera recibirla. Sin embargo, iba a insistir, ya que él era su última posibilidad. Sabía que no era realista al pretender solucionar sus dos problemas —su falta de acceso al laboratorio y su necesidad de respuestas acerca de lo que estaba ocurriendo entre las bambalinas de Nano—. Pero sí era lo bastante realista para darse cuenta de que continuar con su empleo en la empresa parecía insostenible. Aunque su deseo de saber más seguía espoleándola, y Berman era su única esperanza.

Había sopesado largamente qué debía ponerse para la ocasión, por si al final llegaba a ver al escurridizo gerente de Nano. Su vestido negro resultaba inapropiado para una visita improvisada, aunque tal vez fuera lo que Berman quería ver. Pensó que lo mejor sería ponerse un atuendo sencillo, como si se hubiera pasado por allí por casualidad. Al final, frente a su escaso guardarropa, escogió unos vaqueros ceñidos y una blusa negra entallada que creía que realzaba su figura atlética. Luego se recogió el pelo en una cola de caballo que disimulaba los mechones que le habían afeitado hacia seis semanas y concluyó que no tenía mal aspecto. Otra historia era el vendaje compresivo del brazo y el cabestrillo para llevarlo, pero no podía hacer nada para remediarlos hasta el siguiente miércoles, cuando estaba previsto que se los quitaran.

De repente la verja de hierro tembló y comenzó a abrirse con un chirrido metálico. Pia dejó de apretar la bocina y la noche volvió a sumirse rápidamente en el silencio previo. Le pitaban los oídos a causa del estrépito. Vaciló durante un instante. No se había recuperado por completo del accidente, sabía que no estaba en condiciones de oponer resistencia física y eso hacía que se sintiera más vulnerable. Pero su determinación fue más fuerte que sus dudas. Arrancó el coche, cruzó la verja y se adentró por el serpenteante camino de acceso.

Aparcó en el camino adoquinado, al pie de la escalinata que conducía a la mansión, como había hecho en sus dos visitas anteriores. Se colgó al hombro la correa de la cámara y dejó que el aparato descansara sobre el final de su espalda. Comenzó a subir los peldaños. Justo cuando alcanzó el último, la puerta se abrió y Berman apareció en el umbral. Vestía de manera sorprendentemente parecida a la suya, con unos vaqueros y una camisa tejana oscura con corchetes en lugar de botones. Iba descalzo y en sus labios se dibujaba una sonrisa de autocomplacencia.

—Vaya, vaya, mira a quién tenemos aquí.

—Hola.

Pia esbozó un gesto de dolor, pero lo saludó con un tímido movimiento de la mano que le quedaba libre. Se dio cuenta de que estaba muy nerviosa.

—Me estás saludando, qué bien —dijo Berman—. Es un gesto muy distinto al que me dedicaste hace unos días.

—¿Qué? —preguntó la joven antes de recordar que en su anterior visita había estirado el dedo corazón ante la cámara—. Ah, sí. Lo siento. Estaba frustrada. Mi gesto iba más dirigido al mundo en general que a ti en concreto.

—¿Estabas contrariada porque no estaba en casa?

—Bueno, sí —contestó Pia.

Como de costumbre, Berman creía que todo giraba en torno a él, así que Pia decidió seguirle la corriente.

—Quería hablar contigo de muchas cosas, y nadie de Nano respondía a mis llamadas y mensajes, ni siquiera tú.

—Tanto Whitney como Mariel pensaron que sería mejor así —explicó Berman—. Pero ahora estás aquí. ¿Quieres pasar? Como dijiste, tenemos un asunto pendiente.

Se echó a reír antes de hacerse a un lado para dejarla entrar. Pia creyó ver por el rabillo del ojo que Berman le dedicaba un guiño. ¿Era así de descarado?

—Sí, gracias, me gustaría pasar —respondió—. Gracias.

Era lo único que podía hacer para evitar un gesto de exasperación ante el posible guiño. Sabía que él entendía de forma muy distinta a ella el significado de las palabras «asunto pendiente». ¿De verdad le funcionaban aquellas gilipolleces con las mujeres?

—Sé que es tarde, pero estaba en las montañas haciendo fotos de flores. —Le mostró la cámara y pasó a su lado—. Al volver decidí acercarme por si veía luces. Espero que no te importe. Quería preguntarte por qué no puedo acceder a mi laboratorio.

—¿Importarme? ¡Estoy encantado! —contestó Berman, que cerró la puerta detrás de Pia y se adentró en las profundidades de su mansión.

Ella lo siguió al salón y al entrar se fijó en que la puerta que daba a la sala de estar estaba cerrada. Por lo demás, todo estaba igual que la última vez que había estado allí. Al igual que sucedía con su apartamento y a pesar de todos los accesorios domésticos, la mansión de Berman tenía un aire claramente impersonal, a excepción de la sala de estar.

—Primero deja que te ofrezca una copa —dijo Berman con una sonrisa—. Quiero ser un buen anfitrión.

—Tomaré una copa de vino, pero una sola. No quiero que se repita lo que sucedió la última vez que estuve aquí.

—Sí, tienes razón. Pero yo me tomaré un trago de verdad de todos modos. Tengo muchas cosas que celebrar. Pero créeme, lo de la otra noche no se repetirá.

—¿Qué celebras? —preguntó Pia, pero Berman se había metido en la cocina a preparar las bebidas.

Respiró hondo. Necesitaba mantener la calma. Berman regresó con lo que parecía un whisky solo y una copa de vino blanco. Bajo el brazo llevaba la botella de vino envuelta en una servilleta.

—¿Qué te parece? Es un Pinot Grigio. A mí me gusta bastante, aunque no suelo beber vino salvo con las comidas. ¿Te gustará?

Ella asintió y cogió la copa. Su intención era beber muy poco, así que daba igual lo que fuera.

Berman la invitó a sentarse en uno de los enormes sofás del salón y él se acomodó en el sillón contiguo.

Pia le dio la vuelta a la cámara para que quedara a su lado, pero no se quitó la correa del hombro. Se preguntó cómo iba a ingeniárselas para sacarle las fotos a Berman.

—Así que dices que no puedes entrar en tu laboratorio. Si no me equivoco, te pidieron que esperaras una evaluación médica.

—Sí. Mariel me llamó cuando aún estaba en el hospital y me dijo que no volviera a Nano hasta que estuviera totalmente recuperada. Pero creo que, a pesar del cabestrillo, ya lo estoy a todos los efectos. Por cierto, tengo entendido que viniste a visitarme al hospital y que Jason Rodriguez también fue una vez. Te lo agradezco, pero no volviste, y Jason tampoco.

—Últimamente he viajado mucho por negocios. La cuestión de la financiación se ha convertido en un asunto capital y he estado más tiempo fuera que aquí. No obstante, me he mantenido al tanto de tu evolución, si hubiera surgido alguna complicación habría estado allí.

—En lo que se refiere a las facturas del hospital, se han pagado todas, o al menos eso me han dicho, y tengo que suponer que ha sido obra de Nano. Este miércoles pasado intenté volver a mi laboratorio para comprobar cómo iba todo, pero no pude entrar. Según los de seguridad, mi pase había sido «revocado». Fue después de ese incidente cuando vine a verte aquí. Era una buena empleada. Soy una buena empleada, de modo que creo que me merezco un trato mejor.

—Estoy seguro de que así es, Pia —repuso Berman. Su expresión no transmitía nada.

—¿Estás seguro de que lo merezco o de que creo que lo merezco? Porque hay una gran diferencia.

—Está bien, Pia. —Berman se inclinó hacia delante en su sillón de cuero—. Por supuesto que mereces que te traten mejor, pero Nano exige la mayor discreción a sus empleados, y lo hemos dejado bien claro en numerosas ocasiones. La seguridad es la máxima preocupación de la empresa, como ocurre en todas las que se dedican a la nanotecnología. La competencia es feroz, ya lo sabes. Hay miles de millones de dólares en juego. Somos especialmente contrarios a toda forma de publicidad, sobre todo si es negativa.

—¿Cuándo no he sido discreta?

—Cuando tú y ese médico de Urgencias os dedicasteis a perseguir la furgoneta de Nano que llevaba al ciclista. No sé qué pretendíais, pero está claro que vuestra intención era interceptarla.

—Ah, o sea que sabíais adónde nos dirigíamos. —Pia había lazado el tono de voz.

Berman parecía estar admitiendo algo importante. ¿La habrían estado vigilando?

—No he dicho que lo supiéramos. Pero tú reconoces que ibas tras unos empleados de Nano que se ocupaban de un asunto de la empresa que no tenía nada que ver contigo ni con el Boulder Memorial. Encajamos las piezas después del accidente. Las conversaciones por radio con los paramédicos de la ambulancia, la llamada que te hizo el doctor Caldwell desde Urgencias…

—¿Cómo sabíais que Caldwell y yo intentábamos interceptar la furgoneta con el ciclista?

—… la historia que tu amigo el médico y tú estáis tratando de urdir acerca de la implicación de Nano en vuestro accidente. ¡Por el amor de Dios, Pia!

La joven dejó de intentar hacerse oír por encima de Berman.

—No se puede decir que hayas sido muy discreta, ¿no te parece? —concluyó este.

—Estás reconociendo muchas cosas con tus palabras… —señaló Pia.

Zachary se estaba mostrando transparente y a ella le estaba costando reaccionar. Ella esperaba oír más mentiras y evasivas.

—No estoy reconociendo nada. Alguien oyó al doctor Caldwell llamarte desde Urgencias. Tanto tu declaración a la policía de Boulder sobre el accidente como la de él son de dominio público. Después abordaste en el aparcamiento de la empresa a un empleado de Nano a quien se le había advertido que no hablara contigo…

—Hablé con Jason Rodriguez. Era mi compañero. Y creía que también mi amigo, aunque está claro que me equivocaba.

—Pia, en estos momentos yo soy el mejor amigo que tienes, créeme. Mariel Spallek quería…

—¿Qué? ¿Qué quería?

—Cálmate, por favor. Y siéntate.

Pia se había levantado del sofá y paseaba arriba y abajo por el salón, furiosa contra su jefe por su tranquilidad y sus acusaciones calculadas. Seguía llevando la cámara colgada del hombro, totalmente olvidada.

—Escucha. Míralo desde mi punto de vista, desde el punto de vista de Nano. Tu extraño comportamiento empezó tras tu desgraciado encuentro con un corredor de Nano aquejado de una crisis pasajera.

—¿Una crisis pasajera? ¡Ese hombre estaba en parada cardiorrespiratoria cuando lo encontré!

—Imposible. Se encuentra bien, y me alegra poder decir que ya se ha reincorporado a sus obligaciones en Nano. Te equivocaste con el diagnóstico, te lo aseguro. Y se te pidió expresamente que te olvidaras del asunto. Está claro que no aceptaste el consejo. Lo siento, Pia. Sí, has sido una buena empleada y sin duda has contribuido al principal proyecto de la empresa y a todo lo que lo rodea. Pero no has querido cooperar, por no hablar de tus intolerables sugerencias de que Nano tuvo algo que ver en el desgraciado accidente que sufriste por conducir a demasiada velocidad. Y ahora, por si todo eso fuera poco, te tengo grabada en una cámara de seguridad tras presentarte en mi casa sin invitación y haciéndome gestos obscenos.

—Venga ya, eso solo fue pura frustración. Infantil, quizá, pero perfectamente comprensible.

—No estoy seguro de que todo el mundo lo considerara una conducta comprensible. No me parece una defensa convincente.

Pia se sentó, abatida, y se mordió el labio. ¿Y ahora qué?

—¿O sea que fuiste tú el que dio instrucciones a la gente para que no me devolviera las llamadas?

—Mariel insistió en que te despidiera, aunque en realidad no está en posición de hacerlo. Yo preferí dejar una puerta abierta. Iba a exigir el certificado médico que se te había pedido para comprobar que estabas recuperada por completo, y después quería hablar contigo personalmente. Pero te has adelantado y aquí estamos.

—¿Y qué pensabas decirme personalmente?

—Creía que podríamos tener una conversación de adultos, de hombre a mujer.

Berman le guiñó el ojo y volvió a sonreír. Aquello le recordó a la joven la clase de persona con la que estaba tratando. Apartó la mirada, tentada de salir corriendo, pero no lo hizo. Había dicho de hombre a mujer, no de jefe a empleada. Aquello lo decía todo.

—Tenía en mente una conversación como la que estamos teniendo ahora —siguió diciendo Berman tras tomar un sorbo de whisky—. Confío en que estés dispuesta a abandonar tu actitud de disidente peligrosa que representa un riesgo para la seguridad y te conviertas en una jugadora de equipo. Por lo que a mí respecta, me gustaría mantenerte a bordo.

—¿Qué está pasando en Nano? —le espetó Pia—. ¿Quiénes son esos corredores y ciclistas que van desplomándose por los caminos y que parecen estar muertos? ¿Por qué no puedo cruzar las puertas dobles del cuarto piso? Esa es la conversación adulta que yo quiero mantener.

—Vamos, Pia. En Nano no está pasando nada que no esté ocurriendo en cualquier otra empresa de investigación nanotecnológica del mundo. Sería ingenuo pensar lo contrario. Todos forzamos los límites. Lo que diferencia a Nano es que cuenta con una pequeña ventaja sobre la competencia por sus adelantos en la manufactura molecular. Gracias a los nanorrobots, hemos sido capaces de pasar de la teoría a la realidad. Pero tenemos que ser discretos, como ya he dicho, porque nuestros competidores podrían alcanzarnos en un abrir y cerrar de ojos. Hemos intentado patentar nuestros avances en manufactura molecular, pero es complicado. Se basan en el funcionamiento de los ribosomas de las células vivas y, como lo ha diseñado nuestro buen Dios, es del dominio público y no podemos protegerlo por completo, aunque lo hemos intentado.

—Lo siento, pero necesito saber más. Tengo que estar segura de que esa gente no está siendo maltratada.

—¡Vamos, Pia! —repitió Berman como si estuviera hablando con una niña pequeña—. Nadie está sufriendo maltrato alguno, confía en mí. Todo el mundo participa de forma voluntaria. Nuestro sistema se basa en contratar a gente con talento que se conforma con trabajar en su área sin preocuparse de… otros asuntos. Lo llamamos compartimentalización. Son muy pocos los que lo saben todo. Como acabo de decirte, me gustaría que siguieras con nosotros, pero si sientes que necesitas saber lo que está pasando en cualquier otro rincón de la empresa, no creo que vaya a funcionar. Llegaremos a un acuerdo para rescindir tu contrato, un acuerdo muy generoso. Como es lógico, durante un período de tiempo razonable tendrás algunas restricciones respecto a poder trabajar para otras empresas del sector. No estás al corriente de todo lo que se hace en Nano, pero sabes mucho de nuestro proyecto más importante. Dejar Nano te dará la oportunidad de acabar tu residencia médica en otra parte.

Berman tomó un buen trago de whisky y se terminó la copa. Era el primero del día, así que no lo preocupaba. En su día había jugado sus cartas de modo parecido con Whitney. Había llegado el momento de que todo lo que le había dicho calara en el cerebro de Pia.

Se levantó, entró en la salita de estar y salió enseguida removiendo otro whisky. Miró a la chica y sintió que, en su interior, el ardor se desbordaba. Sabía que ni siquiera debería estar hablando con ella. Mariel tenía razón: Pia era muy inteligente, muy entrometida, muy tenaz y muy peligrosa. Sabía que no podía confiar en ella, pero no podía soportar la idea de perderla, ya fuera despidiéndola o mediante alguna alternativa más drástica que le metiera suficiente miedo en el cuerpo. Quería tenerla, poseerla hasta que se cansara de ella. Era un hombre acostumbrado a triunfar en todas las áreas de la vida, y lo bastante vanidoso para creer que podía conseguir todo lo que deseaba. Y deseaba a Pia con toda su torturada alma. Creía que había hecho progresos, pero ella no se había inmutado. Seguía sentada en el sofá, más sexy que nunca, a pesar del yeso y el cabestrillo. Quería verla bailar de nuevo y después tener una sesión de sexo salvaje. Su imaginación lo arrastraba hacia ese maravilloso lugar.

Por su parte, Pia estaba casi segura de que lo sabía todo sobre Berman. Era rico y sofisticado, como si aquello importara, y controlaba una importante y floreciente empresa que mantenía una extraña relación con los chinos, seguramente les cedía secretos patentados a cambio de capital. Nano tenía muchos secretos, y Pia sabía que los chinos disponían de enormes reservas de moneda extranjera. Estaba claro que Berman se consideraba especial y con derecho a todo. Estaba convencido de que podía dedicarse a jugar con ella como había hecho antes con muchas otras mujeres. Había estado a punto de reconocer que en Nano sucedía algo que ella no debía saber. No, lo había admitido sin tapujos, y sin embargo allí seguía, sonriendo con fanfarronería, recostado en su sillón como si fuera el rey del mundo. Y detrás de aquella fachada no había más que otro salido esperando que la suerte le sonriera.

A lo largo de su relativamente corta vida, Pia había conocido a muchos tipos como él, hombres obsesionados con su poder que deseaban poseerla de un modo u otro, aun cuando sabían que no debían, bien porque tenían una posición de confianza y responsabilidad para con ella, bien porque eran su jefe —como en aquel caso—, o bien —y este era el peor de los supuestos— porque eran parientes suyos. Pia veía en Berman a otro depredador que quería abusar de su poder y salirse con la suya. Aunque sabía que se trataba de un juego peligroso, estaba dispuesta a darle la vuelta a la situación para conseguir sus propósitos sin sucumbir a él.

41

Mansión de Zachary Berman, Boulder, Colorado
Domingo, 21 de julio de 2013, 22.22 h

—¿Qué tal si me sirves un poco más de Pinot Grigio?

Pia alargó su copa vacía hacia Berman. Habían dejado en el aire la cuestión de su futuro. Cuando su jefe se había marchado a la sala de estar, Pia había aprovechado la ocasión para vaciar su vaso de vino tal como lo había hecho durante su última visita: debajo de la mesa. Tenía intención de fingirse borracha, y pensó que así resultaría más convincente.

—Faltaría más —contestó Berman, encantado con la petición.

Tal vez Pia estuviera ablandándose. Se levantó con la botella y le llenó la copa hasta arriba sin dejar de mirarla y sonreír. Pia le devolvió la sonrisa y, tras hacer como si bebiera un gran trago, dejó la copa sobre el posavasos. Acto seguido, cogió la cámara y le quitó la tapa del objetivo. Se levantó y fingió que le costaba mantener el equilibrio.

Berman observó sus payasadas con una ligera sonrisa, pero frunció el ceño cuando Pia levantó la cámara réflex de objetivo fijo y le enfocó con ella.

—¡Eh, un momento! —exclamó al tiempo que extendía la mano hacia la cámara—. ¿Qué estás haciendo?

—He estado haciendo fotos toda la tarde —le explicó Pia con una risita—. Quería sacar unas cuantas más, pero esta vez a ti.

—¿Por qué? —quiso saber Berman.

Sentía una aversión innata a ser fotografiado. Ya había tenido más de un tropiezo con los *paparazzi*. Las cámaras siempre le despertaban recelos.

—Eres un hombre muy atractivo —repuso Pia.

—No me gustan las cámaras.

—Vamos, relájate. —Pia volvió a mirar por el visor, pero la mano de Berman continuaba tapándole el campo de visión. Bajó la cámara de nuevo—. No pasa nada, es digital. Si no te gusta, podemos borrarla.

—Puede que luego —dijo Berman—. Quizá podamos hacernos unas cuantas el uno al otro.

—¿Ni siquiera un par de ellas?

—¡No! Siéntate. Quiero que hablemos de tu indemnización.

Pia volvió al sofá y depositó la cámara a su lado. Iba a tener que prolongar aquella comedia.

—De acuerdo —dijo Berman, visiblemente más tranquilo—. Esta es mi propuesta.

A continuación expuso los términos de la indemnización de Pia y, en efecto, era sumamente generosa. Cuando siguió hablando, la joven se sintió confusa.

—Un momento, ¿me estás ofreciendo un trabajo?

—Sí, se trata de un contrato de servicios personales, no con Nano, sino directamente conmigo. Algo parecido a lo que la señorita Jones firmó cuando empezó a trabajar para mí. Y, como ya sabes, es una empleada muy apreciada y bien remunerada.

—Has mencionado un acuerdo de confidencialidad.

—Sí, claro. Es parte integral de la negociación. Tienes que firmar un acuerdo de confidencialidad que cubra la naturaleza de esta conversación.

—¿Te refieres a antes de que negociemos los detalles del empleo?

—Sí. Es estándar para los empleados de más alto nivel que trabajan directamente conmigo. Es muy exhaustivo. Aquí tengo uno para que lo firmes, y también un contrato.

—¿Ya lo tienes listo? —Se había fijado en que Berman también llevaba unos papeles en la mano cuando había salido de la sala de estar con su segundo whisky.

—No exactamente. Como te he dicho, es estándar. Son los términos que pacté con Whitney.

—Espera un momento, estás yendo demasiado deprisa. ¿Qué clase de trabajo tendría que hacer para ti?

—Bueno, eso tendríamos que acabar de concretarlo. Con ciertos empleados prefiero asegurarme sus servicios bajo contrato y después encontrar el nicho donde mejor encajan. Sé que serás un miembro importante de mi personal gracias a tus conocimientos científicos y tus otros… talentos.

—¿Qué otros talentos son esos?

—Te he dicho que creo que el laboratorio no es el mejor sitio para ti, pero que quería que continuaras con nosotros. Me gustaría que estuvieras aquí y que me acompañaras en algunos de mis viajes. Eres muy inteligente, perceptiva y persuasiva, y lo cierto es que preferiría tenerte trabajando para mí que contra mí. Serías un gran activo. Además me siento muy atraído por ti. Creo que es obvio, especialmente después de aquel lamentable incidente en la puerta de tu apartamento.

—Y por eso quieres tenerme bajo contrato. Qué romántico.

—Vamos, Pia. Te has presentado aquí voluntariamente pasadas las nueve de la noche. ¿Qué tenías en mente? ¿De qué creías que íbamos a hablar? ¿Qué pensabas que íbamos a hacer? Somos adultos.

Berman hablaba en voz baja e inclinado hacia delante, de modo que estaba muy cerca de Pia. Ella permanecía sentada en una esquina del sofá.

Olvidándose de la precaución, la joven se levantó y fue a sentarse en el apoyabrazos del sillón de Berman. Le rodeó los hombros con el brazo sano y luego acercó la boca a su oído y le susurró:

—Solo dime que no tuviste nada que ver con mi accidente.

Berman levantó la cabeza para mirarla y dijo en voz baja:

—Lo juro.

—¡Mentiroso! —exclamó Pia, y le asestó un fuerte codazo en el costado con el brazo que tenía sobre sus hombros. Luego se levantó rápidamente y rodeó la mesa de centro mientras Berman la perseguía.

—¡Ven aquí, zorra! —rugió él con una gran sonrisa dibujada en los labios, disfrutando con la caza.

—¿Qué vas a hacer? ¿Pegarme?

—Me has golpeado tú…

Pia serpenteó entre los muebles hasta detenerse junto al vestíbulo. Levantó el brazo.

—Eso no ha sido nada. Mírame. Tengo el brazo fracturado por dos sitios, además de unas cuantas costillas rotas y un corte en la cabeza. Y me han extirpado el bazo.

—Yo no tuve nada que ver con eso —contestó Berman, y levantó las manos en gesto de falsa rendición.

Se estaba riendo y, al mismo tiempo, casi suplicaba.

Pia se dio cuenta de que no se había equivocado al juzgarlo. Probablemente Berman fuera un cobarde que disfrutaba infligiendo dolor. Le recordaba a su odiado tío.

—¿Disfrutas pensando en mujeres que sufren dolor?

—No, Pia, créeme. Me gusta jugar un poco, pero siempre que sea consensuado y lo pasemos bien. Vamos, Pia, me estás torturando.

—Lo sé.

—¿Es por el dinero? Puedo ofrecerte más.

—Muy bien, ofrécemelo.

—Doblo la oferta.

—Lo quiero por escrito.

Berman corrió al escritorio y escribió algo en el contrato con una pluma. A Pia le pareció débil, desesperado y patético. Si no podía controlar una situación, la solucionaba con dinero. Su confianza aumentó al darse cuenta de que era ella quien se había hecho con el mando.

—Enséñame la cifra.

Berman le entregó el contrato.

—Así está mejor. Ahora ven aquí.

Berman se acercó, y ella lo empujó para que cayera de espaldas sobre el sillón.

—¿Dónde guardas tus juguetes?

—¿Mis juguetes?

—Ya sabes a qué me refiero. Un hombre como tú, solo en una casa tan grande…

—En el dormitorio. En la mesita de noche de la derecha.

—Quédate aquí.

Pia apagó las luces del salón y subió al dormitorio. La mesita de noche, tal como había imaginado, estaba llena de juguetes sexuales, máscaras, un rollo de cuerda de nailon y otros objetos que no reconoció. Intentó darse prisa por si perdía los nervios. Buscó una venda para los ojos y unas esposas. También cogió la cuerda de nailon, a pesar de que no estaba del todo segura de qué iba a hacer. A continuación se quitó los vaqueros ceñidos y la blusa y se quedó en bragas y sujetador. Recogió su ropa y los juguetes sexuales y volvió al salón.

Berman abrió los ojos de par en par cuando la vio aparecer semidesnuda y cargada con el botín de la mesilla.

—¡No te muevas! —le ordenó Pia mientras dejaba caer todo lo que llevaba en el sofá, a excepción de la cuerda.

—No me he movido. ¿Qué vas a hacerme?

Berman era bueno interpretando su papel de sumiso. Estaba cautivado por el cuerpo y la actitud de Pia, observaba fijamente todos sus movimientos.

—Ya lo verás —contestó ella.

Se situó tras él y le ordenó que se inclinara hacia delante y colocase las manos a la espalda. El hombre obedeció sin dejar de intentar atisbarla por encima del hombro. Con cierta dificultad debida al cabestrillo, Pia logró atarle las manos, pero no demasiado fuerte. Quería que Berman fuera capaz de desatarse, pero con un poco de esfuerzo. Después volvió a situarse ante él y lo empujó de nuevo contra el respaldo del sillón.

—He dicho que ya lo verías, pero era mentira —prosiguió.

De pronto le cubrió los ojos con la venda y a continuación le abrió la camisa tirando de los corchetes hasta dejarle al descubierto el pecho y el vientre admirablemente plano.

—¿Es esto lo que te gusta?

Le acarició el torso con la mano y se detuvo al llegar al cinturón. Después tiró de él.

Berman dejó escapar un gruñido y se revolvió en el sillón.

—Lo que estoy intentando conseguir —le explicó Pia— es que te hagas una idea de lo que te aguarda cuando esté plenamente recuperada. Ya te he dicho que me he roto un montón de huesos, así que por desgracia tendremos que esperar un poco para que llegue lo bueno, ¿verdad?

—¿Qué estás diciendo? ¡Yo no quiero esperar!

Pia cogió la cámara, se colocó justo delante de Berman y se aseguró de tenerla bien enfocada. Entonces alargó la mano, le quitó la venda de los ojos y le hizo una rápida serie de primeros planos con los ojos muy abiertos a causa de la sorpresa.

—Pero ¡qué demonios…! —gritó Berman.

—Perfectas —dijo Pia—. Quedarán muy bien con mis flores silvestres.

—¡Ya te he dicho que no me gusta que me hagan fotos!

—Me has dicho que no te gustan las cámaras —lo corrigió Pia.

Volvió a ponerle la venda sobre los ojos de inmediato, antes de que Berman se diera cuenta de lo que estaba pasando. El hombre sacudió la cabeza violentamente para intentar librarse de ella.

—¡Eh! ¡Quítame esta cosa de la cara!

—Lo siento —contestó Pia.

Le sacó otra foto con la venda puesta y después recogió a toda prisa su ropa y la tapa del objetivo de la cámara.

—¿Qué estás haciendo? —quiso saber Berman mientras forcejeaba para desatarse las manos.

—Vas a tener que esperar a la próxima vez. Quiero estar totalmente recuperada. Y por si te interesa, quería tener unas cuantas fotos tuyas para que no fueras tú quien se guardara todos los ases en la manga. Te aseguro que son para mi uso exclusivo.

Zachary se puso en pie con dificultad y a continuación hundió la cabeza entre los cojines del sillón en un intento de librarse de la venda.

Pia cogió el contrato de encima de la mesa y corrió hacia la puerta principal con la ropa en la mano. No le apetecía estar allí cuando Berman se liberara de sus ataduras. Tampoco se molestó en vestirse cuando llegó al coche, no quería perder el tiempo. Desconocía si su jefe podía bloquear por control remoto la verja del final de camino de entrada, pero supuso que sí y no quiso arriesgarse a quedar atrapada dentro de la finca. Respiró con alivio cuando se acercó a ella y vio que se abría. Mientras se alejaba por la carretera se dijo que seguramente sus acciones le acarrearían consecuencias, pero al menos tenía las fotos.

42

Apartamento de Pia, Boulder, Colorado
Lunes, 22 de julio de 2013, 1.04 h

Lo primero que hizo Pia nada más llegar a casa fue darse una ducha rápida para quitarse de encima el olor de Berman. A continuación descargó en su ordenador las fotos de la cámara y comprobó que las imágenes de su jefe no podían ser mejores. Con la sorpresa de verse sin la venda y el destello del flash, tenía los ojos completamente abiertos. Se le veía todo el blanco que rodeaba el iris y el enfoque era tan preciso que casi parecía tridimensional. Era mejor foto que la de sus propios ojos, y aquella había funcionado bien.

Como había hecho con su imagen, Pia amplió los ojos a tamaño real y luego transfirió la fotografía a su iPhone. Trabajó deprisa y con la intensidad que se había apoderado de ella desde que había salido de la mansión. Ni siquiera se había molestado en vestirse cuando había llegado a su bloque de apartamentos. A aquella hora no había nadie por allí, era casi medianoche, así que entró corriendo con la ropa y la cámara en la mano.

Desde entonces no había parado. En aquel momento se estaba preparando para ir a Nano. Cogió su bata de laboratorio del perchero donde llevaba colgada más de seis semanas y se recogió el cabello en una cola de caballo antes de volver al coche. De camino hacia la empresa repasó mentalmente la lista que había hecho. Sabía que iba a necesitar mucha suerte para que todo saliera bien, y cuanto más se acercaba, más nerviosa se ponía. La seguridad que había sentido en su apartamento se desvaneció. Lo único que tenía a su favor era que conocía a los vigilantes de seguridad del turno de noche. Había hablado con ellos muchas veces, probablemente más que cualquier otro miembro del personal científico, a causa de sus frecuentes visitas a altas horas de la noche. Tenía la esperanza de que el hecho de que no la hubieran visto desde hacía más de un mes no levantara sospechas. En otras ocasiones ya habían transcurrido períodos de tiempo similares sin que tuviese que ir de noche. Pero nada de eso evitaba que su nerviosismo fuera en aumento. Había muchas razones para que lo que estaba a punto de hacer no funcionara.

Para cuando llegó a la garita de la entrada principal estaba temblando. Se mordió el labio al entregarle su pase al guardia, pero para su satisfacción el hombre apenas le echó un rápido vistazo antes de devolvérselo. Luego se tocó la visera de la gorra a modo de saludo, le dio las buenas noches y alzó la barrera.

Haber superado el primer obstáculo con tanta facilidad le dio ánimos, aunque lo que le quedaba por delante sería más complicado. Estaba casi segura de que reconocería al menos a uno de los vigilantes, y de que él a su vez sabría quién era ella. Había charlado a menudo con ellos al marcharse y solían bromear con ella acerca de su dedicación al trabajo. Confiaba en que aquella familiaridad ayudara a que no la vigilasen demasiado de cerca.

Aparcó y caminó hacia la entrada con toda la confianza que pudo reunir. Había dos vigilantes de guardia. Reconoció a uno, Russ, pero el otro era un hombre mucho más joven al que no conocía. Supuso que sería nuevo.

—Hola, doctora Grazdani —la saludó Russ—. Cuánto tiempo sin verla. Lamento lo de su accidente.

—Sí, hola, Russ. Ya estoy de vuelta.

Pia gruñó para sus adentros.

Russ había estado de guardia el día en que había conseguido entrar utilizando la imagen de sus propios ojos. Pia miró hacia el mostrador de recepción y se sintió aliviada al ver que no había nadie sentado ante el ordenador. Le preocupaba que el guardia que se ocupaba de la pantalla pudiera ver que el sistema estaba dando acceso a Zachary Berman, el presidente de la compañía, y no a aquella mujer a la que nadie había visto desde hacía más de un mes. De todas maneras, si no lograba entrar poco importaría quién estuviera allí sentado. Volvió a centrarse en Russ, pero vio que este estaba hablando con su joven colega y había dejado de prestarle atención.

Sacó rápidamente el móvil y, sin mirar atrás, situó la imagen de los ojos de Berman delante de los suyos. Oyó un pitido tranquilizador y la luz verde se encendió. Había funcionado a la primera. Abrió la puerta de cristal y se dispuso a cruzarla.

—Doctora Grazdani.

Era Russ.

—¿Sí? —preguntó ella, consciente de que no tenía adónde huir.

—Bienvenida.

—Gracias, Russ —contestó—. Me alegro de estar de vuelta.

Se marchó rápidamente, pulsó el botón del ascensor con impaciencia y entró en cuanto las puertas se abrieron, temerosa de volver a oír su nombre por segunda vez. Cuando las puertas se cerraron y el ascensor inició su suave ascenso, dejó escapar un suspiro de alivio. Una vez que llegó a la cuarta planta, se dirigió a su laboratorio sin pérdida de tiempo. Volvió a utilizar el truco del móvil y el escáner cooperó una vez más. Segundos después estaba dentro.

Aunque sintió la tentación de echar un vistazo a los experimentos en curso para hacerse una idea de cómo progresaban los ensayos con mamíferos, sabía que no tenía tiempo. Lo más probable era que Berman estuviera furioso, además de sexualmente frustrado, y bien podía reaccionar declarándola persona no grata. Lo dudaba, sabiendo lo que sabía de él, pero no podía estar segura. Además, quería averiguar todo lo posible acerca de Nano por si era la última vez que ponía un pie en sus instalaciones.

Consciente de que había cámaras de seguridad por todas partes, sabía que no podía pasearse por ahí vestida con su bata y unos vaqueros haciéndose la despistada. Muchos empleados llevaban uniformes de quirófano, como en un hospital universitario, y ella quería pasar lo más inadvertida posible. Encontró uno en el despacho de Mariel. Le quedaba demasiado holgado, pero se lo puso de todos modos y remató el disfraz con una mascarilla y un gorro.

A varios kilómetros de allí, un móvil tintineó en la mesilla de noche de un apartamento de lujo. Había recibido un mensaje de texto. Unos minutos después volvió a sonar, y aquella vez una mano salió de entre las sábanas y lo cogió para ver de qué se trataba. Whitney Jones se maldijo por haberse olvidado de silenciarlo antes de apagar la luz. El hecho de que hubiera sonado no era extraño. Su número estaba vinculado con numerosos sistemas de la empresa que la alertaban de los movimientos de ciertas personas, pero la única que importaba de verdad era Berman, y si este deseaba hablar con ella no tenía más que utilizar la línea de casa, cosa que hacía a menudo. A veces la llamaba por los motivos más triviales, como cuando no podía dormir.

Whitney miró la pantalla. Había dos mensajes de texto. El primero la informaba de que Zachary Berman había entrado en Nano a las 2.02; el segundo de que a las 2.08 había entrado en uno de los laboratorios del cuarto piso. Suspiró. No era nada raro que Berman se presentase en Nano a cualquier hora de la noche o del día, pero, aún adormilada, se preguntó por qué habría querido visitar aquel laboratorio en concreto. Se encogió de hombros y dejó el móvil a la mesilla. Volvió a dormirse rápidamente, antes de que le diera tiempo a hacerse más preguntas.

Una vez vestida con el uniforme quirúrgico, Pia se dirigió hacia la puerta que daba al pasillo. El laboratorio estaba prácticamente igual que la última vez que había estado allí, con los mismos bancos llenos de aparatos sobre los que había trabajado durante meses. Se preguntó quién trabajaría allí en aquellos momentos, pero enseguida descartó el pensamiento. No había tiempo para los recuerdos. Tenía trabajo que hacer. Pero sí se fijó en los bancos ocupados por jaulas de ratones.

Abandonó la relativa seguridad del familiar laboratorio y salió al pasillo. Su plan era encaminarse hacia las puertas que daban al puente que había intentado cruzar sin éxito en varias ocasiones. Eran las mismas puertas por donde salía Mariel cada vez que volvía de hacer lo que fuera que hiciese en otras partes del complejo.

A medida que se acercaba, comenzó a preguntarse qué podría encontrarse al otro lado del puente. Las instalaciones de Nano contaban con varios edificios, pero aquel siempre le había parecido el más prometedor. Estaba cerca del que albergaba la mayoría de los laboratorios de biotecnología y conectado físicamente con él. Si Nano contaba con algún tipo de instalación médica, lo más probable era que estuviera allí.

Se esforzó por caminar a paso normal. No quería dar la impresión de tener prisa ni tampoco de no saber adónde iba. Cuando se acercó a la puerta, trató de ocultar el móvil con la mano para que no se viera mucho y se aseguró de que la imagen de Berman aparecía en la pantalla. Se lo colocó al lado derecho de la cabeza. A su izquierda, en el techo, había lo que parecía ser una cámara de seguridad: un objeto semiesférico, pequeño y de plástico marrón oscuro. Se acercó al escáner, y se puso el móvil ante los ojos. En cuanto sonó el pitido, lo bajó y se lo guardó en el bolsillo de los pantalones de quirófano. La luz se puso en verde y la puerta se abrió. Lo había logrado.

El corazón le latía con fuerza por una mezcla de miedo y expectación. Pero el pasillo que se extendía al otro lado era exactamente igual que el que acababa de dejar atrás: paredes blancas, suelo blanco de conglomerado e iluminación deslumbrante. Ni siquiera tenía la impresión de hallarse en el puente que unía los dos edificios. Después de avanzar unos cuantos metros calculó que ya había entrado en el otro edificio, y aquel dato le confirió al aséptico pasillo un toque siniestro. Había varias puertas sin número ni distintivos y más semiesferas de plástico marrón repartidas a intervalos regulares por el techo. Pasó ante las gigantescas puertas de una hilera de ascensores que quedaba a su izquierda.

De repente vio que alguien se acercaba a ella caminando por el pasillo. A juzgar por su corpulencia, debía de ser un hombre, pero tenía el rostro oculto por una mascarilla quirúrgica, igual que ella. Llevaba un maletín blanco de aspecto moderno que encajaba con el entorno. A Pia le dio un vuelco el corazón cuando el hombre dirigió la mirada hacia ella a medida que se acercaban el uno al otro. Cuando estuvo a su altura, el desconocido la saludó con un gesto de la cabeza y siguió su camino. Pia le devolvió el saludo sin detenerse. Se cruzaron sin decir palabra, como dos barcos en plena noche.

Dejó escapar el aliento que había contenido por instinto. Se dijo que era natural que hubiera gente por allí, y también siguiéndola en alguna pantalla de seguridad. Era lo esperable. Tenía que mantener la calma y seguir andando. Pero ¿adónde iba? Pasó frente a varias puertas dotadas de escáner de iris. ¿Cuáles debía cruzar? Dio por hecho que se encontraba en el cuarto piso, pues venía desde el cuarto piso del edificio de biotecnología, pero no podía estar segura. En teoría, la idea de explorar el edificio le había parecido sencilla. En la práctica no lo estaba siendo en absoluto.

El pasillo giró a la izquierda y enseguida llegó a un cruce. Unas líneas pintadas en el suelo señalaban en direcciones opuestas: verde, a la izquierda; rojo, a la derecha. ¿Cuál debía tomar? El panorama era el mismo en ambas direcciones: más pasillo. «El verde es vía libre», pensó, pero luego cambió de opinión y siguió hacia la derecha. Al cabo de unos treinta metros se topó con otro giro a la izquierda y luego, delante de ella y tras un puesto de control sin vigilantes, vio unas pesadas puertas dobles con un escáner de iris a un lado. Fuera lo que fuese lo que había al otro lado, tenía que ser importante.

Pia seguía sin saber qué andaba buscando, pero su intuición le decía que acababa de dar con algo. Por cuarta vez aquella noche, colocó su iPhone ante el escáner y aguardó a que se encendiera la luz verde. Cuando se encendió, abrió una de las puertas y entró. Cuando vio lo que contenía la habitación, abrió los ojos de par en par y tragó saliva con dificultad.

—¡Dios mío! —susurró asombrada.

Cuando el móvil despertó a Whitney Jones por segunda vez, la mujer vio que era Berman de nuevo. Se estaba moviendo por las instalaciones de Nano. ¡Por Dios! En aquellos momentos se encontraba en la sala principal de la zona secreta, de modo que únicamente los dispositivos por cable, como los escáneres de iris, podían establecer comunicación con el mundo exterior. De haber podido lo habría telefoneado para averiguar si todo estaba en orden y preguntarle por qué demonios estaba paseándose por todas partes a aquellas horas. Decidió enviarle un mensaje de texto para que lo viera cuando saliese de las instalaciones médicas.

«¿Qué pasa? —tecleó—. ¿Va todo bien? No olvide que Londres llamará a las ocho de la mañana, hora local.»

Dejó el móvil en la mesita de noche y masculló algo entre dientes antes de darse la vuelta para seguir durmiendo. La preocupaba no ser capaz de volver a conciliar el sueño.

43

Nano, S. L., Boulder, Colorado
Lunes, 22 de julio de 2013, 2.48 h

Pia se hallaba frente a un enorme depósito de cristal de casi tres metros de altura lleno de líquido. A la altura de sus ojos, suspendido verticalmente en el fluido, flotaba el cuerpo de un hombre, o, para ser más exactos, dos terceras partes del cuerpo de un hombre. Parecía chino o asiático. Su cerebro estaba totalmente al descubierto y una mascarilla muy ceñida, similar a las de los equipos de buceo, le cubría la boca. Tenía los ojos abiertos y miraba al vacío. Pia se fijó en que le habían abierto el tórax y le habían amputado un fragmento para dejar al descubierto el pulmón que se contraía y expandía. Le habían cortado un brazo y una pierna y le habían sellado los muñones cuidadosamente con una sustancia blanca. Los músculos del brazo y la pierna que le quedaban también estaban expuestos y tenían electrodos clavados en nudos musculares concretos.

El hombre no se movía, y Pia vio con espanto lo que lo mantenía en su sitio: estaba anclado o empalado por una barra vertical que le atravesaba el cuerpo a lo largo del eje céfalo-caudal, y también por una serie de tubos que salían de su cuerpo y desaparecían en varias cajas herméticamente cerradas situadas en el suelo. De estas salían, a su vez, más vías que iban hasta la pared, donde había varios paneles con hileras de luces de advertencia y llaves de paso. Pia observó los tubos con más detenimiento y vio que por uno de ellos corría un líquido rojo. Era sangre brillante, oxigenada.

Aquel medio hombre estaba vivo, o casi. Y empalado en una estaca como el espécimen de un coleccionista de mariposas.

Pia retrocedió hasta toparse con la pared. Solo entonces contempló la cálida y húmeda estancia y comprobó que era enorme, con un techo alto y pintado de negro lleno de tuberías y conductos a la vista. La luz que provenía de lo alto era débil y, a juzgar por su tono azulado, parecía ultravioleta. La principal fuente de iluminación de la sala era el propio tanque, que tenía muchas luces encima, como una especie de acuario gigante. Pia se percató de que había más depósitos como aquel, quizá diez. Desde donde se hallaba no podía asegurar que todos estuvieran ocupados, pero la mayoría lo estaba.

Había más gente en la sala, probablemente trabajadores de laboratorio o vigilantes, todos ellos vestidos con batas largas y mascarillas quirúrgicas. Estaban a unos doce metros de distancia, reunidos alrededor de uno de los tanques e inmersos en una discusión. Pia no podía oír lo que decían a causa del constante zumbido de las máquinas y el borboteo de las potentes bombas. Había tres, no, cuatro individuos. No podía asegurarlo. Uno de ellos volvió la cabeza y la vio. Pia echó a andar hacia una mesa cercana donde había una carpeta. La cogió y fingió estudiar los documentos.

—¡Dios mío! ¡Dios mío! ¡Dios mío! —murmuró para sí.

¿Qué demonios estaba ocurriendo allí? En su mente se repetía una y otra vez el comentario que Berman le había hecho solo unas horas antes: «Nadie está sufriendo maltrato alguno, confía en mí. Todo el mundo participa de forma voluntaria». «Sí, claro —pensó Pia—. Estas personas medio diseccionadas se presentaron voluntarias para ser experimentos fisiológicos humanos.» Se acordó de los pobres perros que habían utilizado en el laboratorio durante la carrera. Aquello había sido desagradable, pero ¿y lo que tenía delante?

—¿Voluntarios? —susurró—. ¡Y una mierda!

Enfrente del primer tanque había otro igual con una mujer dentro. A Pia se le ocurrió la morbosa idea de que quizá se estuvieran mirando el uno al otro. La mujer estaba sumergida en líquido, igual que el hombre, y del mismo modo que él, también había sido parcialmente diseccionada. Se le veía parte de los pulmones, que se expandían y contraían con cada respiración. Pia se estremeció. Lo que estaba contemplando era mucho más horrible que la peor de sus pesadillas. Mantenían a toda aquella gente a medio camino entre la vida y la muerte, con respiración asistida y monitorizada. Pero ¿por qué?

La sangre.

Observó los conductos de ambos tanques y vio la sangre que entraba y salía de los cuerpos. Los mantenían con vida para estudiar y analizar su sangre. Examinó a la mujer con más atención y vio que llevaba un número muy parecido al del corredor chino tatuado en el antebrazo. Se maldijo por no haber seguido aquella pista en su momento. Intentó imaginar lo que podían significar aquellas cifras, pero su mente regresaba una y otra vez a la cuestión de la sangre. Si era objeto de tanta atención en aquella sala, debería echarle un vistazo por sí misma. Empezaba a sospechar qué sucedía, pero necesitaba pruebas.

Contempló la estancia y a los operarios sin dejar de fingir que estudiaba los papeles del portadocumentos. Vio que llevaban más ropa protectora que ella: trajes de protección biológica completos, cubrebotas, gorros y mascarillas. Procuró mantener uno de los tanques entre ella y los operarios para que no vieran que iba calzada con zapatos de calle y que no llevaba una bata encima del traje quirúrgico. Los conductos que transportaban la sangre de los cuerpos atravesaban los grandes depósitos y contaban con válvulas, así que supo que si conseguía una jeringuilla podría tomar una muestra.

En el centro de la estancia vio una mesa con todo tipo de material, desde matraces y otros elementos de cristal hasta tubos y, supuso, jeringuillas. Pero para llegar hasta allí debía acercarse a los otros trabajadores. No había forma de evitar que vieran que no iba debidamente ataviada y que estaba fuera de lugar. Se dijo que, en definitiva, hiciera lo que hiciese, era imposible que no la descubrieran.

Tras la partida de Pia, Zachary Berman apenas se había movido. Ni siquiera se había molestado en desatarse. Estaba enfadado, humillado, excitado y nervioso, pero sobre todo frustrado. Su enfado derivaba del hecho de que Pia lo hubiera dejado plantado y del descaro con el que le había hecho aquellas fotografías aunque él le hubiera advertido que no lo hiciera. Aun así, no le preocupaba especialmente que las hubiera tomado, al fin y al cabo, ¿qué podría hacer con ellas? La chica parecía estar convencida de que tener una foto suya podía suponerle alguna ventaja. ¿Qué iba a hacer? ¿Colgarla en alguna red social? Lo único que se veía era que llevaba la camisa abierta y los ojos vendados. ¡Qué gran problema! Puede que le resultara un poco embarazoso durante un tiempo, pero lo más importante era que no tendría el menor efecto sobre los dignatarios chinos con los que estaba tratando. Todos ellos tenían amantes y disfrutaban de los juegos. En ese sentido se parecían a los franceses.

En realidad lo que ocupaba la mayor parte de los pensamientos de Berman era lo formidable que le parecía aquella mujer. ¡Qué provocadora! Lo había llevado al borde del abismo y deseaba volver a ese punto desesperadamente, y que lo lanzara al vacío. Oyó el aviso de que había recibido un mensaje de texto y se preguntó qué podía ser tan importante a aquellas horas de la noche. De pronto se le ocurrió que quizá Pia hubiera conseguido de algún modo su número privado y le estuviera escribiendo para seguir con el juego.

Se liberó rápidamente de las ligaduras de nailon de las muñecas y cogió el aparato. Mierda, era un mensaje de Whitney para recordarle las llamadas que tenía que hacer a la mañana siguiente. ¿Cómo sabía que aún estaba levantado? Por Dios, ¡aquella mujer necesitaba buscarse una vida propia! Lanzó el móvil contra el sofá que hacía poco había ocupado la sugerente figura de Pia. En su fantasía, Berman se imaginó que volvía, así que se recostó en el sillón y soñó con lo que iba a hacerle la próxima vez que tuviera una oportunidad. Pia había logrado escabullirse dos veces, la primera con consentimiento de Berman y la segunda por su cuenta, pero no volvería a ocurrir. Un poco de provocación estaba bien, pero había un límite.

De repente, dos de los técnicos salieron de la estancia por una segunda puerta que tenían al lado y que Pia no había visto. Los otros dos estaban ocupados, al parecer atendiendo un problema junto al tanque en torno al que habían estado reunidos. Pia aprovechó la situación y se acercó a la mesa sobre la que descansaba el material clínico. Vio todo tipo de parafernalia médica y de laboratorio, pero ¿dónde estaban las jeringuillas? Abrió unos cuantos cajones y las encontró. Cogió tres y regresó al primer tanque, el más próximo a las puertas dobles por donde había entrado.

Examinó las válvulas y enseguida encontró dónde debía conectar las jeringuillas. Introdujo la primera, abrió la llave de paso y llenó el cilindro de sangre. La tapó e hizo lo mismo con las otras dos. Se arriesgó a echar un vistazo al fondo de la sala y se dio cuenta de que un tercer operario se había marchado. El que quedaba parecía absorto en lo que estuviera haciendo, así que Pia se sacó el móvil del bolsillo, abrió la aplicación de la cámara, desconectó el flash y tomó una fotografía sin levantar el teléfono por encima del nivel de su cadera.

Después salió de la sala sin mirar atrás. ¿La habrían visto? Estaba segura de que allí dentro había cámaras de seguridad, pero quizá no hubiera despertado sospechas. No obstante, si alguien comparaba los registros de entrada con su aspecto, vería que no se parecía mucho a Zachary Berman. Temía que no le quedara mucho tiempo. Mientras caminaba, trataba de procesar mentalmente lo que acababa de ver. Eran experimentos de laboratorio con seres humanos a los que, de algún modo, mantenían vivos y cuyos sistemas circulatorios estaban conectados a toda una serie de aparatos de análisis. Se detuvo un momento, convencida de que iba a vomitar. Lo que Nano estaba haciendo vulneraba todas las normas de la ética, era una atrocidad. Pero no tenía tiempo para dejarse arrastrar por las emociones. Se recompuso a toda prisa. Tenía trabajo que hacer.

Mientras volvía sobre sus pasos hacia su laboratorio, no pudo evitar pensar en el corredor chino al que había ayudado a trasladar a Urgencias. ¿Era él a quien había visto en aquella cámara de los horrores? Si no era él exactamente, sí alguien muy parecido, una persona tatuada y encerrada en una pecera para experimentos fisiológicos. Berman había dicho que en Nano se hacían cosas que también se llevaban a cabo en otras muchas empresas del mundo. ¿Se refería a eso, a lo que ella acababa de ver? De nuevo, sintió náuseas y se estremeció.

Cuando llegó al laboratorio pensó en llamar a la policía de inmediato, pero su significativa desconfianza en la autoridad se lo impidió. Había entrado en Nano de forma ilegal, y a los servicios de seguridad de la empresa no les costaría demostrar que lo había conseguido utilizando una identificación falsa. La policía no conseguiría acercarse ni de lejos al laboratorio aquella noche, y seguramente Nano contara con planes de emergencia para hacer frente a ese tipo de contingencias. Cabía incluso la posibilidad de que fueran capaces de desmantelar toda la sala o de sustituir los cuerpos humanos por animales en caso de que fuese necesario. Cuanta más información lograra reunir, mejor.

Tenía que examinar la sangre. Aunque su trabajo en Nano había estado relacionado con los microbívoros, sabía que la empresa podía estar fabricando otros nanorrobots con las mismas técnicas de manufactura molecular que habían perfeccionado. Tras ver los cuerpos de los tanques, se preguntaba de qué otras cosas sería capaz una empresa como Nano. Tal vez se tratara de versiones de pesadilla de pruebas que en circunstancias normales se habrían realizado con animales, pero que, en su ansia por llegar a los mercados, se las hubieran saltado y hubiesen empezado directamente con seres humanos.

Ya en el laboratorio, sometió la sangre a un centrifugado lento y selectivo sirviéndose de un tipo de aféresis especial para separar los elementos sólidos del plasma y a continuación los sólidos entre sí. Sabía que los nanorrobots podían convertirse a flotación neutra por medio de ultrasonidos, así que se los aplicó a la muestra a antes de colocarla en la centrifugadora.

Mientras el aparato hacía su trabajo, Pia puso en marcha el microscopio de barrido electrónico para que fuera cargándose. Una vez hecho eso y con el resto de la sangre debidamente escondida en una de las muchas neveras del laboratorio, decidió quitarse la ropa de quirófano. Entonces se le ocurrió otra idea. Tenía que analizar también la sangre del corredor chino que Paul había conservado. Eso hacía que su tarea se tornara mucho más peligrosa, porque la obligaba a salir de Nano y volver a entrar. Aun así, sabía que debía hacerlo. Encontrara lo que encontrase en la muestra de sangre del individuo diseccionado del tanque, necesitaba saber si también estaba presente en la del corredor.

Dejó las luces del laboratorio encendidas, regresó a los ascensores y se dirigió a la planta baja. Una vez allí, cruzó las puertas de vidrio con la mayor calma posible y se encaminó hacia la salida principal. Russ seguía de guardia y estaba sentado tras el desierto mostrador de recepción leyendo el periódico.

—¿Ya ha acabado por esta noche, doctora?

—No, Russ. Vuelvo enseguida.

44

Apartamento de Paul Caldwell, Boulder, Colorado
Lunes, 22 de julio de 2013, 3.25 h

Al igual que millones de estadounidenses, Paul Caldwell no tenía teléfono fijo en casa y dependía únicamente de su móvil para comunicarse. Cuando no tenía que trabajar, desconectaba de verdad, así que no recibía llamadas nocturnas como la mayoría de sus colegas médicos. Para él aquello significaba que, cuando se iba a dormir, apagaba el móvil.

Pia conocía aquella costumbre desde que se habían hecho amigos. Por lo tanto, si quería hablar con él cuando ya había acabado su turno en el hospital, tenía que ir a su apartamento. Si lo necesitaba por la noche, significaba sacarlo de la cama.

Era la primera vez que se veía en esa tesitura. Tras salir de Nano, no se molestó en intentar llamarlo. Fue directamente en coche hasta su casa. Al llegar dejó el motor en marcha, corrió hasta la puerta principal del edificio de su amigo y apretó el interfono durante más de un minuto, hasta que Paul contestó.

—¿Quién es? —preguntó con voz soñolienta.

—Soy yo, Pia. Tengo que hablar contigo.

—¿Pia? ¿Eres tú? Son las tres y media de la mañana. ¿No puede esperar?

—No, no puede esperar. Si así fuera, no habría venido.

—¿Qué ocurre? ¿Estás bien?

—¡Ábreme de una vez!

Paul la dejó pasar y ella subió a toda prisa los tres pisos de escalera hasta su apartamento.

—¿Estás acompañado? —le preguntó. Quería asegurarse.

—No. Estoy solo. —Paul sujetaba la puerta vestido solo con unos bóxers, los ojos medio cerrados y el pelo revuelto—. ¿Se puede saber qué es eso tan importante que no puede esperar? —Cerró la puerta y se quedó de pie en el vestíbulo con aire desdichado.

—¿Dónde tienes la muestra de sangre? La del corredor chino.

—¿Qué? ¿Por qué la necesitas ahora?

—Porque sí. ¿Dónde está, Paul? ¡Tengo prisa!

—Ya lo veo. Está en el congelador de la nevera que hay en la sala de médicos del hospital. Al menos ahí la dejé. ¿No puedes sentarte y explicarme qué está pasando?

—No, lo siento pero no. No tengo tiempo. Tengo que examinar esa muestra. Analizarla a fondo. Tienes que confiar en mí, Paul. Sé lo que hago. Si te vistes, puedes seguirme con tu coche. Iremos al hospital, cogerás la muestra y me la darás. Si quieres, podrás estar de nuevo en la cama en menos de treinta minutos. No podemos esperar a mañana por la mañana. Puede que entonces ya no me dejen volver a entrar en mi laboratorio.

—Yo creía que ya no podías entrar. ¿Qué ha cambiado?

—No tengo tiempo para explicártelo. Debo volver a Nano de inmediato. Creo que he quemado varias de mis naves, puede que todas, pero me he hecho una idea de lo que están haciendo allí, y de lo que no querían que supiera. En pocas palabras: es mucho peor de lo que pudiera haberme imaginado. Vamos, Paul. Dentro de un par de horas volveré y te lo explicaré todo, suponiendo que tenga razón.

Paul empezó a protestar, pero Pia ya había salido dejando la puerta de su apartamento abierta de par en par tras de sí. Sabía que podía darse media vuelta y meterse de nuevo en la cama, pero también que Pia regresaría de inmediato y lo sacaría de ella sin miramientos. Se puso unos vaqueros y una camiseta, se calzó unos mocasines y salió tras ella. Pia lo esperaba con impaciencia sentada al volante de su coche y con el motor en marcha. El médico se acercó al vehículo y ella bajó la ventanilla.

—No tenemos tiempo para hablar, Paul. Si me das la muestra, estaré de vuelta enseguida y ya tendremos todo lo que necesitamos.

—¿Lo que necesitamos para qué?

Pia cerró la ventanilla y él se quedó sin alternativas, así que subió a su coche y la siguió hasta el Boulder Memorial. Cuando llegaron al hospital todo estaba tranquilo. Dejaron los coches junto a la entrada de Urgencias y Paul acompañó a Pia por el silencioso departamento hasta la sala de personal. Era la primera vez que Pia veía Urgencias sin pacientes esperando.

Sin hablar, porque uno de los médicos de guardia estaba durmiendo en el sofá, Paul abrió la nevera donde sus colegas guardaban el almuerzo y metió la mano en el congelador para sacar una bolsa de papel marrón.

—¿La tenías ahí?

Paul se encogió de hombros.

—Nadie limpia nunca el congelador. Conseguiste que me pusiera paranoico tras la pérdida de la primera muestra, así que pensé en esto. Dicen que lo mejor es esconder las cosas a la vista de todo el mundo.

—Pero la sangre está congelada. Necesito examinarla al microscopio.

—Sí, Pia, ha estado en el congelador. No sabía cuánto tiempo se suponía que debía conservarla. Y nunca pensé que la necesitarías de inmediato y en mitad de la noche.

—Vale, vale. Vete a casa y yo iré a verte tan pronto como pueda, ¿de acuerdo?

Salieron deprisa y Pia se puso de nuevo al volante de su coche, que había dejado en marcha. Cuando fue a cerrar la puerta, Paul se lo impidió.

—¿Tengo que preocuparme por ti?

—No, no tienes que preocuparte. Me encantaría contártelo

todo, pero tardaría demasiado. Volveré lo antes que pueda a tu apartamento y te lo explicaré. Conecta el móvil y te llamaré, o volveré a apretar el interfono. ¡Lo que sea, pero déjame cerrar la puerta!

Cerró con brusquedad, dio marcha atrás y se dirigió hacia la salida a toda velocidad. Paul la vio alejarse. Era todo un caso, de eso no había duda. La palabra «cabezota» no bastaba para describirla. Podía resultar exasperante, pero aquello era parte de su encanto. A pesar de las protestas de Pia, Paul se dio cuenta de que estaba preocupado por ella. Sabía que no volvería a dormirse hasta que apareciera de nuevo.

Whitney Jones solía tener problemas para volver a dormirse una vez la habían despertado. Pero aquella noche, cuando su móvil al fin había dejado de informarla de los movimientos de Zachary Berman, se había sumido en un profundo sueño. Oyó el pitido que avisaba de que su jefe había salido de la zona restringida y otro más mientras, al parecer, se movía por las instalaciones. Pero para cuando Pia salió del edificio del biolaboratorio y el teléfono pitó de nuevo, Jones ya estaba dormida.

No obstante, su descanso duró poco.

Aquella vez, cuando la despertaron de nuevo, se puso de mal humor. Encendió la luz de golpe para ver qué ocurría. Deseó poder desconectar sin más el dichoso móvil, pero mantenerse al tanto de los movimientos de su jefe formaba parte de sus obligaciones. Fue a buscar un vaso de agua a la cocina y se sentó en la encimera. Vio que Berman había regresado al complejo de Nano pasadas las cuatro de la mañana. Pero sabía que acababa de marcharse. ¿Dónde había estado? ¿Qué demonios estaba haciendo?

Repasó los mensajes de texto para ver cuál había sido la respuesta de su jefe a la pregunta de qué estaba haciendo. Pero vio que no había ninguna. Se sintió momentáneamente confusa, pero luego se dio cuenta de que lo que había imaginado que era un mensaje de Berman era en realidad el sistema de seguridad de Nano diciéndole que Zachary acababa de entrar en el laboratorio donde ya había estado hacía un rato. ¿Por qué entraba y salía de allí? No tenía sentido.

También vio que se le había pasado por alto el mensaje que indicaba que Berman había salido de Nano. Tamborileó con los dedos sobre la encimera de mármol. Su jefe no había contestado a su mensaje. Aunque no era lo habitual, no era la primera vez, dado que se mostraba muy activo a aquellas horas de la noche. Whitney supuso que Berman lo había visto y simplemente lo había ignorado. Se lo podría haber tomado como una afrenta, pero ya había aprendido que no valía la pena.

El teléfono tintineó de nuevo cuando aún lo tenía en la mano. La informaba de que Berman estaba entrando otra vez en aquel laboratorio de la zona común de Nano. ¿Qué interés tendría en aquella habitación en concreto?

Pensó en el laboratorio y entonces recordó quién había trabajado allí. Repasó mentalmente y a toda velocidad las distintas alternativas que aquel dato planteaba.

—¡Mierda! —exclamó en voz baja, y al final llamó al teléfono de casa de Berman.

Pia miró por el ocular del potente microscopio para estudiar la sangre centrifugada del individuo del tanque. Ajustó el enfoque y la imagen ganó nitidez. Tal como había esperado, vio una multitud de formas esferoides que a todos los efectos parecían microbívoros. Aun así dudó si realmente lo eran, porque bajo la luz del microscopio las estructuras tenían un tono azul cobalto, mientras que los microbívoros eran negros. Pero seguía sintiendo que sus sospechas eran justificadas. La sangre del individuo sumergido y diseccionado contenía miles de millones de algún tipo de nanorrobots.

Entonces se acercó a la consola del microscopio de barrido electrónico. Había preparado una muestra de la misma sangre, así que la colocó en la cámara de especímenes y conectó las bombas de vacío. Cuando el vacío fue total, puso en marcha la fuente de electrones. Poco después obtuvo una imagen en la pantalla del monitor. Comprendió que estaba viendo nanorrobots, y que sin duda no se trataba de microbívoros. Estos últimos eran esferoides, y los que estaba contemplando en aquel momento eran esféricos. No tenía la menor idea de qué clase de nanorrobots tenía ante sí. Incrementó los aumentos al orden de trescientos mil para verlos mejor y esperó mientras se realizaba el barrido. Cuando finalizó, volvió a ajustar el enfoque.

Entonces pudo observar los microbívoros con mucha más claridad. Como la imagen que ofrecía el microscopio electrónico era solo en blanco y negro, no pudo apreciar el tono azulado que había visto bajo la luz del otro. Lo que sí pudo distinguir allí fue que parte de la superficie de los nanorrobots, desde el ecuador hasta más o menos la mitad de los polos, estaba llena de lo que parecían rotores nanoeléctricos. Desconocía por completo qué función desempeñaban.

Cogió la muestra de sangre que le había entregado Paul, que ya se había descongelado, y siguió la misma secuencia de observación. Empezó buscando nanorrobots con el microscopio normal, pero solo vio glóbulos rojos y algunos blancos. Siguió buscando durante más de diez minutos y estaba a punto de desistir cuando halló una de las esferas azuladas. El corredor chino tenía nanorrobots en la sangre, pero en una concentración menor. No obstante, su presencia le dio a Pia una idea de lo que podían ser.

Cuando empezó a trabajar en Nano e hizo sus primeras indagaciones en torno a los nanorrobots, descubrió que Robert Freitas, el científico que había diseñado los microbívoros, había creado también un respirocito, un nanorrobot capaz de transportar oxígeno y dióxido de carbono de forma mil veces más eficiente que los glóbulos rojos naturales. Si en aquel momento hubiera tenido que aventurar una conclusión acerca de lo que estaba viendo, habría dicho que era un respirocito. Las implicaciones eran obvias: Nano estaba utilizando prematuramente glóbulos rojos artificiales en sujetos humanos con resultados catastróficos. Ni siquiera trató de comprender el motivo.

Consciente de que ya había conseguido todo lo que podía en aquellas circunstancias, recogió sus muestras y el resto de sangre y lo guardó todo en la bolsa de papel marrón que había utilizado para llevar la sangre del corredor.

Apagó los instrumentos del laboratorio y comprobó la hora. Faltaba poco para que dieran las cinco de la mañana. No había perdido el tiempo y estaba contenta de que no la hubieran interrumpido. No necesitaría volver porque estaba convencida de que tenía todo lo que precisaba para denunciar a Nano y, de paso, a Zachary Berman por los crueles e inhumanos experimentos que estaban realizando. Disponía de pruebas: dos muestras de sangre de dos sujetos diferentes —una de uno vivo y la otra de un segundo prácticamente muerto— y, con suerte, una fotografía que todavía no había podido ver.

A pesar del tranquilizador silencio que reinaba en el laboratorio vacío, sabía que había corrido un gran riesgo al salir y después regresar a Nano, sabía que tenía que confirmar la presencia de nanorrobots en las dos muestras de sangre.

La participación de Paul era decisiva. Sin él, sus afirmaciones podrían considerarse meros actos de desesperación por parte de una empleada descontenta a la que acababan de despedir, o incluso de una amante despechada del jefe de la empresa, especialmente si al final Pia desaparecía sin más. A pesar de que tan solo ella había visto los cuerpos de los tanques y de que su testimonio quizá resultara fácil de desacreditar, el de Paul no lo sería tanto. Él había estado a su lado cuando tomaron la primera muestra de sangre y era un profesional de la medicina con una excelente reputación que corroboraría que aquella sangre provenía del corredor chino. Aquella noche había descubierto muchas más cosas de las esperadas, así que tenía que actuar sin pérdida de tiempo.

Le envió a Paul un mensaje de texto diciéndole que estaba de camino, pero no esperó a que le contestara porque supuso que se habría vuelto a dormir. Iría a su apartamento respondiera o no al mensaje. Lo despertaría tal como había hecho antes. Salió del laboratorio a toda prisa y bajó a la recepción. Estaba muy nerviosa y tuvo que hacer un esfuerzo para caminar con normalidad. En el vestíbulo, era el momento de mayor tranquilidad para el turno de noche y Russ debía de estar tomándose un descanso, porque en el mostrador solo vio al guardia de seguridad que no conocía. Este se limitó a saludarla con un gesto de cabeza. Pía no tenía más que salir al aparcamiento y sería libre.

El viejo Toyota arrancó sin problemas. A aquellas alturas, a Pia le preocupaba cualquier contratiempo posible, pero llegó hasta la verja de entrada y la franqueó sin problemas. Pasó por un momento de angustia cuando el vigilante tardó más de lo habitual en levantar la barrera, pero finalmente lo hizo y Pia pudo salir a la desierta carretera. Conduciría con la mayor prudencia posible, se mantendría justo por debajo del límite de velocidad permitido y se aseguraría de llevar bien abrochado el cinturón. Por muy emocionada que pudiera estar, no quería cometer errores de ningún tipo.

Pero entonces, a pesar de toda la atención que había prestado a los detalles, un coche patrulla de la policía apareció de repente en su retrovisor. Para espanto de Pia, se colocó justo detrás de ella y empezó a seguirla. Segundos más tarde, encendió las luces de emergencia e hizo sonar la sirena una sola vez.

—¡Deténgase, por favor! —dijo una voz metálica.

Pia obedeció a regañadientes mientras se preguntaba qué infracción podría haber cometido. Detuvo el coche en el arcén y dejó el motor en marcha.

«Pero ¿qué demonios es esto?», pensó. Quizá llevara una luz trasera fundida, pero lo dudaba. Nadie salía del coche patrulla y se le pasó por la cabeza que tal vez debería llamar a emergencias, pero no lo hizo. En aquel momento, dos enormes 4 × 4 se detuvieron detrás del coche de policía. Alarmada, Pia levantó el pie del freno, pero antes de que pudiera moverse otro 4 × 4 se acercó en dirección contraria, se cruzó en medio de la carretera y se detuvo justo delante de ella. Las luces largas del coche la deslumbraron. Dos hombres se apearon rápidamente del vehículo, uno por cada lado, y un tercero que al parecer se le había acercado por detrás dio unos golpecitos con los nudillos en su ventanilla y le abrió la puerta. Se inclinó hacia ella.

—Hola, Pia —la saludó Zachary Berman—. Me alegro de volver a verte tan pronto. Tenemos que hablar.

Berman mantuvo la portezuela abierta, y Pia no vio más alternativa que bajar del coche.

—Acabo de llamar a la policía —mintió a la desesperada—. Solo conseguirás empeorar las cosas.

—Cómo puedes ver, Pia, la policía ya está aquí. Y no parece que se den mucha prisa por acudir en tu ayuda. Mira, la señorita Jones acaba de llegar.

Whitney se acercó a donde estaban, y Pia se sintió algo más segura con la presencia de otra mujer. Tenía la sensación de que no le ocurriría nada violento estando Jones delante.

—Siento mucho todo esto, Pia, de verdad —dijo Whitney, y antes de que la joven pudiera reaccionar, le clavó una aguja en el brazo y apretó el émbolo de la jeringa.

Uno de los guardias de seguridad de Nano agarró a Pia antes de que cayera al suelo inconsciente.

45

Apartamento de Paul Caldwell, Boulder, Colorado
Lunes, 22 de julio de 2013, 9.55 h

Repasando los tres meses de amistad que había compartido con Pia, Paul Caldwell hizo una lista mental de la cantidad de ocasiones en que ella le había dicho algo parecido a «enseguida vuelvo» y después no había cumplido su palabra. Sabía que la joven podía ser poco de fiar. A menudo cuando hablaban por teléfono ella le decía «vuelvo a llamarte dentro de un momento», y la mitad de las veces no lo hacía. En un par de ocasiones la había invitado a tomar algo con sus amigos y, aunque ella le había dicho que iba para allá, después había cambiado de opinión. No era que ese rasgo suyo lo molestara especialmente, se trataba de un elemento más de su única y por lo demás encantadora personalidad que había aprendido a aceptar como contrapartida a sus otras y mejores cualidades.

Había acabado por asumir que la sensibilidad hacia los sentimientos de los demás que solía esperarse de un amigo no era uno de los puntos fuertes de Pia, a causa del trastorno de vinculación afectiva que desde el principio había reconocido padecer. Después de que se lo confesara, Paul se había informado sobre el problema y sus investigaciones lo habían ayudado a aceptar sus peculiaridades, como la impulsividad, la aparente falta de empatía y la dificultad a la hora de confiar en alguien. Pero Pia nunca se había mostrado tan insistente como cuando había salido de

Urgencias hacía unas horas y le había asegurado que volvería rápido a su apartamento. Incluso le había enviado un mensaje diciéndole que estaba en camino. Y por eso a Paul le preocupaba que no hubiera aparecido.

La había dejado marchar del hospital sin hacer grandes esfuerzos por impedírselo, y en aquellos momentos lo lamentaba. Pero no era la primera vez que Pia le decía que iba a hacer algo cuando en realidad estaba claro que pensaba hacer otra cosa completamente distinta, como ir a ver a Berman o entrar en Nano. Estaba seguro de que aquello era lo que había ocurrido en aquel caso. Respetaba el derecho de Pia, como adulta que era, a asumir la responsabilidad de sus propios actos y sabía que iba a seguir con sus planes aunque él no los aprobara. A pesar de todo, un pensamiento no dejaba de acosarlo: ¿y si…?

Además, la cuestión básica era, después de cinco horas desde que se había marchado, ¿dónde estaba Pia? Tampoco contestaba al teléfono.

Si, tal como Paul suponía, su amiga se había marchado después de recoger la muestra de sangre, cabía la posibilidad de que se hubiera metido en problemas. Había tres alternativas posibles. La primera, que Pia no hubiera vuelto a Nano, se hubiese llevado la muestra a cualquier otra parte para analizarla y no hubiera tenido tiempo de decirle dónde estaba o hubiera decidido no hacerlo. El problema de aquella teoría era que no había muchos sitios en los que pudiera encontrar un microscopio, y menos a aquellas horas de la noche. La segunda alternativa era que hubiera conseguido analizar la muestra en Nano sin problemas y después de salir hubiera preferido marcharse directamente a casa y desconectar el móvil en lugar de pasar por su apartamento y despertarlo por segunda vez. La tercera y menos probable era que siguiera en Nano. Paul decidió empezar por la opción más sencilla de comprobar y, puesto que su turno en Urgencias no empezaba hasta más tarde, cogió el coche y se dirigió hacia el oeste.

Cuando llegó a casa de Pia vio que el Toyota de sus padres

no estaba en el aparcamiento. Aquello no demostraba de manera concluyente que ella no estuviera en su apartamento, pero sí apuntaba en tal dirección. No se dejó desanimar y llamó varias veces a la puerta. Al final cogió la llave que Pia escondía en el dintel. Le había reprendido muchas veces por escoger un escondite tan obvio, pero ella siempre le contestaba que no tenía nada que valiera la pena robar y que no había otro sitio donde ocultarla. Además, le dijo a Paul que siempre guardaba la llave en casa cuando entraba.

—¿Estás ahí, Pia?

Al pronunciar su nombre, casi esperó recibir una ráfaga de insultos seguida de un grito preguntándole qué demonios se creía que estaba haciendo, pero no oyó nada. Pia no estaba en la cama, que parecía no haberse deshecho aquella noche, aunque tratándose de ella era difícil adivinarlo. Las tareas del hogar no eran su fuerte, y a veces cuando volvía de trabajar de madrugada no se molestaba en desvestirse y se tumbaba encima de la colcha o en el sofá.

Su falta de posesiones y el hecho de que siempre tuviera la nevera vacía no ayudaría a la hora de saber si había estado allí hacía poco. Nunca había platos sucios en el fregadero ni un libro abierto en la mesilla de noche por la sencilla razón de que Pia casi nunca tenía comida, carecía de mesilla de noche y había muy pocos libros. Un vistazo al armario no le reveló nada especial, porque, a pesar de que reconoció algunas prendas, no vio que faltara nada. Se sentó en el reposabrazos del sofá y miró de nuevo el móvil por si tenía algún mensaje de ella. No fue así.

¿Qué opciones tenía? Repasó mentalmente la conversación que tendría con la policía si los llamaba: «Sí, la vi por última vez hará unas seis horas. No, técnicamente hablando no está desaparecida. ¿Por qué estoy preocupado? Porque creo que pueden estar reteniéndola en la empresa para la que trabajaba, donde ya no es bien recibida. De hecho es posible que la hayan considerado una intrusa y que hayan llamado a la policía. No tendrán constancia de que hayan detenido a alguien llamado Pia Grazdani, ¿verdad?».

No era optimista con respecto a tal llamada. Si Pia había sido detenida y le habían concedido la famosa llamada de teléfono, lo habría telefoneado a él. Por lo que sabía, no tenía familia, y George vivía en California, a miles de kilómetros de allí. Pensó que él estaba allí, en Boulder, y que conocería la situación. Pero no había recibido llamada alguna, ni de Pia ni de nadie.

Lo único que podía hacer era irse a casa y esperar.

46

A bordo de un Gulfstream G550,
camino al Aeropuerto de Milán-Linate
Lunes, 22 de julio de 2013, 12.00 h

Whitney Jones no estaba ayudando a mejorar el humor de Zachary Berman. Con el zumbido sordo de los motores del jet de fondo, Zach repasó mentalmente los acontecimientos de las últimas quince horas. Whitney estaba sentada frente a él y de tanto en cuanto lo fulminaba con la mirada sin disimulo. Él se sentía engañado por Pia, lo había hecho quedar en ridículo. Ya estaba bastante enfadado sin que su ayudante tuviera que recordarle con sus gestos hasta qué punto había estado en peligro todo el proyecto de Nano por culpa de su encaprichamiento con una mujer. «¡Serás idiota!», decía la ceñuda expresión de Whitney.

No obstante, cuanto más lo pensaba, más se convencía Berman de que sus meticulosos planes y las incontables horas de trabajo y sacrificio dedicadas a lo largo de los años se habían visto amenazados pero no en verdadero peligro. Estudió todos y cada uno de los detalles en su mente en busca de algún cabo suelto o de alguna posibilidad que no hubiera contemplado y que lo pusiese todo en riesgo. No encontró nada.

La irrupción de Pia en lo que llamaban la zona reservada de Nano había desencadenado una apresurada pero minuciosa operación para eliminar de Nano todo rastro de cuerpos viviseccionados y sustituir el contenido de los tanques por cadáveres de perros. Era algo que de todos modos se había planeado para un futuro cercano, ya que los experimentos para los que habían utilizado a los humanos habían finalizado con éxito. Berman también sabía que contaba con la ventaja de que Pia era una persona muy arisca y reservada, una loba solitaria que no tenía relaciones de amistad duraderas aparte de la de George Wilson, que estaba en California y al que, a decir de Whitney, Pia procuraba mantener a cierta distancia.

Todo lo que sabía sobre la joven provenía de los informes redactados por un detective local al que había contratado en varias ocasiones para que la siguiera. Gracias a ellos estaba al tanto de que la única posible amenaza era aquel médico de Urgencias, el doctor Caldwell. El jefe de seguridad de Nano estaba de acuerdo y también lo consideraba un obstáculo potencial. Pero siempre y cuando Pia lo hubiera mantenido al margen o no se lo hubiese contado todo, como parecía ser el caso, Caldwell representaba una amenaza menor si seguía con vida que si lo mataban. Una desaparición, la de Pia, sería relativamente fácil de explicar dada su personalidad; pero si una segunda persona relacionada con la primera desaparecía también, se convertía en un patrón.

Zachary confiaba en que Pia no hubiera archivado ni transmitido la información que había obtenido tras analizar las muestras de sangre. En el microscopio electrónico había un par de microfotografías, pero nada indicaba que hubieran sido transferidas, descargadas o copiadas. Tampoco habían encontrado nada en su portátil ni en su móvil, salvo una apresurada foto de uno de los tanques. Le había enviado un mensaje de texto a Caldwell, pero nada de correos electrónicos. La imagen no representaba ningún problema, puesto que no se podía adivinar lo que contenía el tanque. En el mensaje le decía a Caldwell que iba a verlo a su casa y no se había presentado. De nuevo, aquello podría plantear alguna dificultad menor, pero el médico no tardaría en averiguar que Pia se había marchado.

En cuanto a las pruebas propiamente dichas, el personal de seguridad de Nano había recuperado la sangre que Pia había recogido dentro de la empresa y también la pequeña muestra del corredor chino. Un repaso a las grabaciones de seguridad mostraba cuánta sangre había extraído, así que compararon las cantidades. Después, un discreto registro llevado a cabo en el Boulder Memorial demostró que no había más viales de sangre en Urgencias, incluso tras revisar las cintas de las cámaras de vigilancia.

Berman no estaba nada contento con los fallos de seguridad que habían permitido a Pia acceder a Nano, y menos aún con el vergonzoso papel que él mismo había desempeñado en ellos. Whitney había tardado un rato en descubrirlo, pero al final había averiguado cómo se las había ingeniado Pia para burlar los escáneres de iris. Saber que el sistema indicaba que era Zachary Berman y no Pia Grazdani quien se movía por Nano le había sido de gran ayuda. También había sido ella quien había encontrado las imágenes de los ojos de su jefe en el iPhone de Pia y quien se las había enseñado al avergonzado encargado de seguridad de la empresa antes de ordenarle que buscara un software que en el futuro evitara la posibilidad de que una imagen bidimensional burlase los escáneres.

Asimismo había dado instrucciones para que un vigilante de seguridad fuera a Nano cuando el Gulfstream llevara más de una hora en el aire y pasara el iPhone de Pia por el sistema dos veces más, una de entrada y otra de salida. Whitney pensó que si Pia había dejado tras de sí el truco que le había permitido engañar al sistema, ¿por qué no utilizarlo en su propio beneficio? El mismo guardia debía ir a continuación al apartamento de la chica para dejar unos cuantos objetos, llevarse algo de ropa y destruirla una vez de vuelta en Nano. Además, una empleada de la empresa iba en aquellos momentos hacia el este en el coche que Pia había estado utilizando para abandonarlo en algún lugar apartado con su móvil dentro. Whitney intentaba fabricar coartadas tanto para ella como para Berman y dejar un rastro que hiciera pensar que Pia había pasado por su apartamento después de salir de Nano y, a continuación, había partido hacia el este con destino desconocido.

Más que en cualquiera de aquellos asuntos, mientras volaba hacia Europa Berman pensaba principalmente en sí mismo. Aquella mujer se había reído de él, lo había hecho quedar como una persona ridícula e inmadura. Pero mientras Pia yacía inconsciente en la parte trasera del 4 × 4 de camino al aeropuerto, en lugar de sentirse furioso había comprendido que la deseaba más que nunca. Así que había tomado la decisión de no dejar su destino en manos de su jefe de seguridad o de Whitney. Seguía estando al mando y todavía no había acabado con Pia Grazdani. Ya antes de que la hubieran interceptado al salir de Nano, Berman había llamado a Jimmy Yan, que estaba en China pasando unos días con su familia antes de sumergirse en el bullicio de los Campeonatos del Mundo de Atletismo. O al menos eso le había dicho.

Por teléfono, Jimmy se había mostrado muy calmado y aquello había tranquilizado a Berman. En respuesta a una pregunta concreta sobre la privacidad, Jimmy le contestó que hablaba por una línea tan segura como la de él y que podía contarle con exactitud todo lo ocurrido. Cuando acabó de relatarle toda la historia de Pia, Jimmy guardó silencio un momento y después le dijo lo que tenía que hacer. Berman le prometió que se encargaría personalmente de la chica y que podía partir de inmediato, tal como él le había pedido.

Durante semanas se habían estado preparando para que la fase experimental de la relación entre Nano y los superiores de Jimmy en el gobierno chino tuviera un final satisfactorio. Una vez se hubiera alcanzado el resultado deseado en Londres, se efectuaría la primera transferencia de los nuevos fondos, y China comenzaría a tener acceso a la primera de las webs seguras que contenían miles de páginas de especificaciones técnicas sobre algunos de los secretos patentados de Nano, la mayor parte en el campo de la manufactura molecular, pero también de muchos de sus productos. Jimmy le había dicho que dos días después lo recogería en el aeropuerto y lo llevaría a la casa que le había descrito. Luego colgó.

La actitud imperturbable de Jimmy había sido un alivio para Berman, pero este sabía que su amigo tendría que dar unas cuantas explicaciones si decidía mencionarle el incidente a cualquiera de sus superiores. Jimmy se había referido en alguna ocasión al politiqueo interior del gobierno chino y había reconocido que ciertos individuos y facciones se mostraban contrarios a llegar a acuerdos con occidentales, especialmente si eran estadounidenses. Aseguraban que China era capaz de alcanzar aquellos objetivos tecnológicos por su cuenta. Desde luego, concedía Jimmy, claro que China era capaz de realizar tales progresos, pero ¿cuánto tiempo tardaría? Tenían una oportunidad de oro y debían aprovecharla sirviéndose de todas las reservas de divisa extranjera, sobre todo dólares, de las que disponían. Además, si lo hacían lograrían de paso algo que deseaban casi por igual: el reconocimiento internacional en el terreno deportivo para compensar la pérdida de autoestima sufrida tras siglos de abyecta explotación colonialista a manos de las potencias occidentales.

Berman apartó la vista de la ventanilla y vio que Whitney seguía mirándolo con aire furibundo.

—¡De acuerdo, de acuerdo! —exclamó—. ¡La he cagado! ¿Qué quieres que diga?

—No he abierto la boca.

—Ni falta que hace. Tu cara habla por ti. Sé lo que estás pensando: el estúpido de Berman tenía que liarse con esa mujer. No ha podido mantenerse apartado de ella, como si fuera un adolescente enamorado. Pues sí, lo siento, tengo debilidad por las mujeres guapas. No quiero tener que recordarte que tú misma te has beneficiado personalmente de ese… interés.

—Zachary, te lo prometo, no he dicho nada.

—Ya te he oído —dijo Berman—. Tal vez tuviera que decirlo en voz alta para sentirme mejor. Estoy convencido de que Pia no le ha contado a nadie nada de lo que ha averiguado, salvo quizá a ese médico de Urgencias. No ha tenido tiempo. Y si se lo hubiera contado, él habría salido corriendo a avisar a la policía, y sabemos que no ha sido así. Ahora mismo está sentado en su casa y las únicas llamadas que ha realizado han sido al móvil de Pia. Tenemos constancia de ello. Lo que hará será ir a trabajar a las tres en punto, que es cuando empieza su turno, y solo comenzará a actuar si al salir del hospital no ha tenido noticias de Pia, y eso puede suceder a horas intempestivas.

—¿Estás seguro?

—Sí. No puedes hacer sonar las alarmas solo porque una mujer hecha y derecha no te haya llamado en las últimas horas. ¿Te imaginas la avalancha de llamadas a la policía que se produciría? Aunque pase todo el día, las autoridades no harán nada. Y para entonces ya estaremos en la casa segura de Jimmy.

—Creo que tienes razón —concedió Whitney—. Sé que todo irá bien.

Se sentía algo más tranquila, pero en su opinión Berman había cometido un error enorme. Ya que estaban hablando con franqueza, no veía motivo para callárselo.

—El único problema de verdad es esa mujer. —Señaló con la cabeza la parte de atrás de la cabina—. ¿Qué tienes pensado hacer con ella?

—¿No te parece bien que la haya traído con nosotros?

—Desde luego que no. Es el eslabón más débil de la situación. Ha causado todo este caos, y aun así sigue con nosotros. Puede estropearlo todo. Si hubiera dependido de mí, la habría dejado en manos del jefe de seguridad. En última instancia, él es el responsable de todo esto por no haberla mantenido alejada de Nano.

—Sabes muy bien lo que le habría ocurrido si hubiéramos hecho lo que dices. ¿No te parece un problema?

Whitney guardó silencio durante unos instantes. Sabía lo que habría ocurrido, pero prefería no pensar en ello, del mismo modo que nunca había querido pensar en los sujetos de los tanques. Se había dejado arrastrar por la forma de ver las cosas de Berman y su futuro estaba unido al de su jefe, era consciente de ello. Si él caía, ella también lo haría. Pero tenía sus límites.

—La verdad es que no. Procuro no darle demasiadas vueltas. Pero el hecho de que esté aquí con nosotros sí es un problema.

Se volvió y miró por encima del hombro. Berman siguió la mirada de su ayudante y vio a Pia, inconsciente y tendida sobre dos asientos, con la boca abierta y el pecho moviéndose al ritmo de su pausada respiración. Al igual que cualquiera de los atletas chinos que habían viajado hacia el oeste en aquel mismo avión, estaba esposada a la mesa que tenía delante.

—La has traído con nosotros. Puede estropear todo nuestro trabajo. ¿Qué piensas hacer con ella?

—Eso es en lo que he estado pensando —repuso Berman con una sonrisa—. Su destino dependerá de su disposición a convertirse en un miembro más del equipo. Quizá podría ser tu ayudante.

—¿Mi ayudante? —bramó Whitney—. ¡Ni lo sueñes! No pienso permitir que me endilgues a esa zorra cabezota. No quiero ser la canguro de tu último capricho, sobre todo porque te conozco y sé que no tardarás en cansarte de ella. La tendría todo el día colgada de mí, y no tengo ni tiempo ni fuerzas. Ya tengo bastante trabajo siguiéndote la pista.

—Vamos, Whitney, cada día tienes más responsabilidades y necesitas un ayudante. Pia es inteligente y tenaz, muy trabajadora. Te iría bien.

—No sé.

Era consciente de lo mucho que le debía a Berman y le resultaba difícil no plegarse a sus deseos. El problema era que estaba casi convencida de que el asunto de Pia iba a acabar mal, y no quería intimar con la chica para luego tener que encargarse de librarse de ella, de librarse de ella de una vez por todas.

La vieja vicaría, Chenies, Reino Unido
Martes, 23 de julio de 2013, 6.01 h (hora local)

Berman tenía el reloj biológico totalmente descompensado.
A las dos horas de haber recibido instrucciones, había volado
doce horas entre Boulder y Milán, donde había repostado y
vuelto a despegar hacia el oeste. El vuelo desde Italia hasta el
Aeropuerto de Stansted, el tercero de Londres, fue mucho más
corto.

Se alegraba de tener a Jimmy Yan como socio en aquella fase
de las negociaciones con el gobierno chino, porque era capaz de
resolver con calma y ecuanimidad problemas que de otro modo
habrían sido intratables. Berman tenía buenos contactos en el
Aeropuerto de Milán-Linate con una empresa de aviación comercial, de modo que aterrizar y despegar discretamente no había constituido ninguna dificultad.

Sin embargo llevaba un cargamento complicado que debía
introducir en Inglaterra, un país mucho más riguroso que Italia
con los trámites y normas de importación. «No hay problema
—le había dicho Jimmy—, convertiré tu vuelo en uno del gobierno chino en viaje oficial. Nadie meterá las narices. En cuanto
al cargamento, las valijas diplomáticas pueden ser de cualquier
tamaño. Tan solo asegúrate de que la mercancía no se mueva y
de que puedas trasladarla en una bolsa de viaje grande. En cuanto al alojamiento, olvídate de tu hotel del West End. ¿En qué

estabas pensando? El tráfico de Londres es malísimo. El gobierno chino tiene una casa en las afueras para fines diplomáticos. Será mucho más adecuada y segura.»

Jimmy y sus hombres habían recogido a Berman y sus acompañantes y los habían llevado en coche hacia el oeste por la M25, la circunvalación de Londres. El estadounidense se fijó en los indicadores de pueblos con nombres tan pintorescos como Potters Bar, Frogmore y Chorleywood, que fue donde abandonaron la M25. No tardaron en llegar a Chenies —que se pronunciaba igual que el apellido del antiguo vicepresidente de Estados Unidos—, en el condado de Buckinghamshire.

Jimmy había estado muy callado durante el trayecto en la gran limusina negra. Se había limitado a comentar que tanto él como sus compatriotas solían viajar en berlinas o furgonetas Mercedes cuando estaban en el Reino Unido porque los 4 × 4 resultaban demasiado llamativos. Con el precio de la gasolina por las nubes, solo los que podían permitirse quemar el dinero —casi literalmente— conducían esa clase de vehículos. La delegación china prefería ser más discreta.

En aquellos momentos Berman estaba sentado en la cocina de una enorme y vieja casa de piedra situada en aquel minúsculo pueblo. Contemplaba un cuidado jardín inglés rodeado por un seto. Se había fijado en las gigantescas puertas de hierro de la entrada y en los numerosos vigilantes y cámaras que representaban la parte visible de las medidas de seguridad. Aunque Jimmy había dicho algo acerca de fines diplomáticos, Zachary creía que lo más probable era que se encontrara en una casa franca del gobierno chino, seguramente propiedad del Guoanbu, la versión china de la CIA. En cualquier caso, sabía que era mejor no preguntar.

—¿Qué tal está el té? —preguntó Jimmy, que acababa de servirle uno en una taza con el logotipo de la BBC.

—Muy bueno, gracias.

—He aprendido a respetar la forma inglesa de prepararlo —explicó Jimmy—. Lo tomo fuerte, con leche y azúcar. El agua

345

debe estar muy caliente, pero no llegar a hervir. Nada de tazas de agua tibia con una triste bolsita dentro, como en tu país. Eso es sacrilegio.

—El té es vigorizante —comentó Berman, que sabía que iba a necesitar algo más que una taza de té para recuperar una mínima apariencia de normalidad—. ¿Adónde la has llevado?

—Una de las cosas buenas de las casas inglesas es que las antiguas, como esta, disponen de grandes sótanos. Hemos reformado el nuestro para poder alojar a los visitantes ocasionales, sobre todo a los que están, como solemos decir, detenidos.

—Qué práctico —contestó Berman en tono frívolo.

Jimmy descargó un puñetazo contra la mesa, y Berman dio un respingo. Se salpicó los nudillos con el té caliente. Nunca había visto a Jimmy enfadado y se sobresaltó.

—No es el momento de hacerse el gracioso. Me estoy arriesgando por ti al hacer esto, y mucho. No hay lugar más traicionero que una casa llena de espías, y eso es lo que tenemos aquí. La hemos metido ahí abajo y solo lo saben un par de personas. ¿Cómo podría explicárselo a mis superiores?, ¿cómo podría decirles que te dejas arrastrar por tu libido como un adolescente?

—Pero si fuiste tú quien me dijo que la trajera. Fue idea tuya —repuso Berman un tanto perplejo.

—Preferiría que esa mujer no existiera, pero no es así. Me di cuenta de que en Colorado no podíamos hacerla desaparecer de manera adecuada, no con los recursos disponibles y con la molesta independencia de vuestra policía. De la mayor parte de ella, al menos. Debemos contener este problema. Estamos muy cerca del éxito y no quiero que nuestra colaboración se vea amenazada. —Jimmy miró a Berman con fijeza—. Así que me ocuparé de esto personalmente.

—Escucha, Jimmy, tengo un asunto pendiente con ella...

—Eres un estúpido. Hay millones de mujeres disponibles.

—No como ella —repuso Berman, y tuvo la impresión de que Jimmy se relajaba un poco.

—Mira, sé que los hombres poderosos tienen esas debilidades —prosiguió Jimmy con un suspiro de resignación—. Yo también tengo las mías, al igual que mis superiores. Sabemos cómo manejar este tipo de situaciones. Hemos de obrar racionalmente. Las precauciones que has tomado están bien. Ahora mismo no hay nada que relacione a esa mujer con esta casa, y eso es lo importante. Y tú te encargarás de que no hable.

—Whitney Jones se ocupa de eso. Pia está inconsciente y seguirá sedada durante los próximos días. Lo único que quiero es una oportunidad de convencerla para que se una al equipo.

Berman miró el reloj. Según sus cálculos, en Colorado eran las once de la noche y Paul Caldwell no tardaría en acabar su turno en Urgencias. «¿Cuánto tardará en dar la alarma?», se preguntó.

48

Apartamento de Pia Grazdani, Boulder, Colorado
Martes, 23 de julio de 2013, 1.12 h

Paul se había quedado trabajando en el hospital más de una hora después de que hubiera finalizado su turno. Estaba agotado y muy angustiado por Pia, pero tenía pacientes a los que no podía desatender, ni siquiera en aquellas circunstancias. Habían transcurrido veintidós horas desde que había visto a su amiga por última vez y seguía sin tener noticias de ella. Ya de camino a su apartamento, estaba convencido de que le había ocurrido algo.

Una vez más, volvió a pulsar el timbre y a golpear la puerta con frustración antes de llamarla a voces. Mientras esperaba, una puerta se entreabrió al final del pasillo y la voz de una mujer anciana dijo:

—Joven, si no le importa, es muy tarde.

Paul se dio la vuelta y se acercó a ella.

—Disculpe, no sabe cuánto lo siento. ¿Podríamos hablar un segundo? —Oyó que la mujer ponía la cadena de seguridad y añadió—: Soy médico.

—Eso ya lo veo —contestó la mujer, que solo había dejado abierta una rendija por la que asomaba un ojo—. Es por la bata. Es la única razón por la que no he cerrado. Me parece que ya lo he visto a usted antes. ¿Qué quiere de esa joven? Creo que le he visto antes. ¿Es su novia?

—Es una amiga, y estoy preocupado por ella. Hace un par de días que no tengo noticias suyas.

—Ya le he visto por aquí. Es el tercer hombre que viene a verla. Otro intentó entrar, pero ella no se lo permitió. Estuve a punto de llamar a la policía, ¿sabe? Ella no sabe que he visto a varios, pero así es. No es que lo vea todo, pero sí mucho.

—Disculpe, señora, pero ¿me dejaría pasar?

—¡Desde luego que no! Vi a esa joven anoche más o menos a esta misma hora. No duermo muy bien por las noches, así que oigo cosas, como a usted ahora, por ejemplo. Vino a casa alrededor de esta hora, y con la ropa en la mano.

—¿Perdón? —dijo Paul. No estaba seguro de haber oído bien—. ¿Quiere decir que iba desnuda? —Le costaba creerlo.

—No, no iba desnuda. Por alguna razón iba en ropa interior y llevaba el resto de las prendas en la mano. Y una cámara, creo. Yo la vi, pero ella a mí no. No sé si debería estar contándole esto.

—No sabe cuánto le agradezco que lo haga. ¿Volvió a verla después?

—Sí. Poco después volvió a salir. Ya se había vestido y parecía tener mucha prisa. La verdad es que no entiendo a los jóvenes de hoy en día.

—¿Y la ha visto desde entonces?

—No, ya no.

—¿No la ha visto en ningún momento del día? ¿Ha oído algo?

—No, pero duermo más durante el día que por la noche, no sé por qué.

—¿Y ha pasado alguien más por aquí?

—Sí. Usted ha venido esta mañana. Y un hombre que parecía agente de policía salió del edificio hace un rato, pero no sé de qué apartamento venía. No vaya a creerse que me paso todo el día aquí de pie espiando a los vecinos.

—Estoy seguro de que no, señora.

—Bueno, si es amigo de esa joven, la llave está en el dintel, aunque eso ya lo sabe. —La anciana cerró la puerta y puso fin a la conversación.

Paul se fijó en el ángulo de visión de la puerta de la anciana sobre la de Pia y se dijo que la mujer solo podía verla si se asomaba como acababa de hacer. A menos que estuviera todo el día espiando por la rendija de su puerta, era probable que alguna visita se le pasara por alto. Si oía un ruido y se limitaba a atisbar por la mirilla, no podría ver nada.

Eso quería decir que aún cabía la posibilidad de que Pia estuviera dentro.

Volvió a su puerta, cogió la llave y abrió.

«Que esté en casa, que esté en casa», rogó para sus adentros.

Pero no había nadie.

Sin embargo, había estado allí. Vio rastros de vida diseminados por el apartamento. En la cocina encontró un cartón de dos litros de leche abierto junto a un ejemplar del día anterior del *Denver Post*. Entró en el dormitorio y vio que la cajonera estaba abierta y que faltaban algunas prendas. Miró en el cuarto de baño y no encontró el cepillo de dientes, pero tampoco estaba seguro de que hubiera habido uno en algún momento.

Poco a poco fue asimilando aquella información. Pia había pasado por allí pero no lo había llamado. ¿Por qué? ¿Tan urgente era lo que la empujaba a marcharse que ni siquiera había podido enviarle un mensaje? Le pareció poco probable. Más aun, le pareció del todo imposible. Se fijó nuevamente en la leche y el periódico. ¿Pia bebía leche? Nunca había visto que en la nevera tuviera más de un litro y tampoco había cajas de cereales que justificaran un consumo mayor. Y un periódico. No recordaba haberla visto jamás leyendo la prensa local. Además, ¿para qué iba a comprar un diario si después iba a dejárselo en casa sin apenas abrirlo? Intentó pensar como lo habría hecho ella y se imaginó la peor hipótesis posible para explicar una serie de circunstancias. Alguien había pasado por allí para hacer que pareciera que Pia había estado en casa. Quienquiera que estuviese detrás de aquello intentaba establecer una cronología, y ¿qué mejor que un diario para conseguirlo?

Continuando con aquella línea de razonamiento, se acercó al

Mac de Pia y pulsó una tecla. La pantalla cobró vida y mostró una página web con un mapa que indicaba cómo llegar por carretera a un laboratorio de investigación nanotecnológica de New Jersey. «Esto ya es demasiado», se dijo Paul. Pero sin Pia para contradecirlo, ¿qué otra explicación podía tener lo que había encontrado en el apartamento?

De repente se puso muy nervioso y abandonó el piso tan sigilosamente como pudo. Cerró con la llave, la dejó en el dintel y miró hacia el otro lado del pasillo. La puerta de la anciana estaba cerrada. Se le pasó por la cabeza una pregunta: si Pia había desaparecido de verdad y se abría una investigación, ¿lo considerarían sospechoso?

Se quedó un rato sentado en su coche mientras revisaba sus opciones. Aunque estaba seguro de que no serviría de nada, por la mañana llamaría a la policía. Antes de eso podía hacer una llamada que sin duda le garantizaría una reacción inmediata. Miró la lista de contactos de su móvil y marcó el número de George Wilson.

49

La vieja vicaría, Chenies, Reino Unido
Martes, 23 de julio de 2013, 15.58 h (hora local)

Era un bonito día de verano inglés. Zach Berman se encontraba algo mejor tras su siesta de tres horas, pero deseaba sentir el contacto del aire fresco en el rostro. El interior de la vicaría era un laberinto de pasillos y corredores que unían las distintas alas del edificio, y en ellos se respiraba un aire enrarecido. La mayoría de las habitaciones, incluido su dormitorio, eran pequeñas y de techo bajo. Grandes vigas de madera, que según Jimmy procedían de viejos barcos de guerra ingleses del siglo XVIII, corrían a lo largo de las paredes y en torno a las puertas.

El jardín era una preciosidad. Estaba lleno de flores estivales y el césped estaba tan impecable como el de un campo de golf. Había incluso un juego de croquet. En uno de los grandes prados que se veían a lo lejos pastaba un rebaño de ovejas que le confería al paisaje el aspecto de un cuadro decimonónico. Era como si los chinos jugaran a ser hacendados ingleses.

Berman paseó rodeando la casa un par de veces mientras pensaba en lo que iba a decirle a Pia y en cómo presentar sus argumentos. Sabía que no le resultaría fácil, tanto por lo tozuda que era como por lo moralizadora que se esperaba que se mostrase. Ya podía oír su indignación fingida. Si el premio no fuese tan importante para él, no se tomaría la molestia de hacer el esfuerzo. Desde su punto de vista era absolutamente necesario que

Pia actuara por voluntad propia. Por principios, Berman jamás había pagado a cambio de sexo y, en su opinión, tampoco había forzado nunca a una mujer. Su placer dependía tanto del de su acompañante como del suyo propio. Lo que Berman deseaba más que la satisfacción física era la inyección de autoestima.

Tras su segunda vuelta a la casa se detuvo delante de ella y contempló el pueblo. Vio el pequeño parque en el centro y las casas modestas y de una sola planta diseminadas a su alrededor. Daban la impresión de formar parte del paisaje, como si hubieran brotado de él en lugar de haber sido construidas por la mano del hombre. Cerca de allí, un coche circulaba por una carretera secundaria de un solo carril y de vez en cuando desaparecía tras los setos. Más allá, las espigas de trigo ondulaban en minúsculos campos.

Jimmy se le acercó.

—Es muy bonito —comentó contemplando el paisaje.

—Desde luego, y muy tranquilo.

—Mucho. Aquí nadie nos molesta ni nos hace preguntas. Reina el silencio, y nosotros procuramos reducir el tráfico al mínimo.

Ambos permanecieron en silencio un momento. Jimmy se volvió y señaló otro edificio grande situado al oeste y casi oculto por un bosquecillo espeso.

—Esa es la casa solariega, construida en 1460, una época bastante caótica en la historia de este país. También es nuestra, pero todavía no se ha decidido si vamos a restaurarla. Requerirá mucho dinero. Es irónico que seamos los chinos los que compremos terrenos y propiedades aquí después de todas las barbaridades que sufrimos durante el colonialismo. Pero es una mansión preciosa, y bastante antigua. Por supuesto, la civilización china es la más antigua de todas. No creo que en tu país estuvieran ocurriendo demasiadas cosas en 1460.

«En realidad en el continente norteamericano ocurrían muchas cosas antes de la llegada de Colón», pensó Berman, pero no tenía ni fuerzas ni ganas de enzarzarse en un debate académico con Jimmy Yan.

—Bueno, ¿has decidido qué vas a hacer con la chica? —continuó este.

—Lo estaba pensando ahora mismo.

—Bien, pues vete preparando, porque acaban de informarme de que se está despertando. Tienes que ir a verla. Como te he dicho, nos gusta que las cosas estén tranquilas por aquí. No es que nadie vaya a oír lo que ocurre, pero no nos gustan los alborotos de ningún tipo. Espero que lo comprendas.

Berman asintió y Jimmy regresó a la vicaría. El estadounidense se quedó un momento escuchando el canto de los pájaros y después lo siguió al interior de la casa.

Estaba de pie en una habitación, pero la luz resultaba tan cegadora que apenas podía distinguir los detalles. Cuando intentó apartarse de ella, descubrió que no podía moverse. Estaba inmovilizada, con las piernas y los brazos pegados al cuerpo. Ni siquiera podía cerrar los ojos para protegerse del resplandor. Entonces las luces se apagaron y quedó sumida en la más completa oscuridad. Solo alcanzaba a oír su propia respiración, hasta que percibió voces y gente moviéndose por la habitación. ¿Qué estaban haciendo? No podía hablar, no podía ver, no podía moverse.

Las luces volvieron a encenderse, pero ya no eran tan brillantes, y distinguió un ser humano sumergido en un tanque lleno de líquido. Aquella persona estaba muerta, seguro, porque le faltaba la mitad del cuerpo. No tenía nada de cintura para abajo. Pia no podía apartar la mirada del cadáver, así que cuando la figura amputada se volvió en el líquido y la miró no pudo hacer nada sino gritar en silencio. Luego notó un golpe en el brazo y empezó a caer y a caer hacia la negrura de la nada.

Poco a poco Pia pudo distinguir lo que la rodeaba con mayor precisión, pero lo que más claramente notó fue que algo le impedía mover el brazo derecho. Estaba tendida sobre un colchón y maniatada con un trozo de cadena sujeto a un eslabón que colgaba de la pared de una estancia grande y húmeda. Hacía un calor infernal y la cabeza le latía al ritmo de su acelerado corazón. ¿Dónde demonios estaba? ¿Qué le había ocurrido?

Comenzaron a llegarle retazos de un sueño.

Recordó haber estado en Nano y ver aquellos siniestros tanques con individuos mutilados en su interior. Paul. También había visto a Paul y lo había obligado a acompañarla a algún sitio, pero no recordaba dónde. Entonces fue como si estuviera mirando a través de un potente microscopio, pero sin saber qué era lo que veía. Paul acudió de nuevo a su mente. Él iba a ayudarla, pero no podía porque no había vuelto a llamarlo. Zachary Berman se lo había impedido, y después ya estaba allí, dondequiera que fuese. Sintió que el miedo la atenazaba y empezó a temblar a pesar del calor. «Tengo que controlarme», se dijo mientras aspiraba una bocanada de aire y la exhalaba lentamente. Los temblores cesaron.

Miró a su alrededor. La estancia tenía unos seis metros de largo por tres de ancho y más de tres y medio de alto. Era toda de ladrillo. En la pared situada frente a la cama había una puerta de roble sin ningún tipo de detalle. Una fina capa de condensación hacía brillar todas las superficies. Junto a la cama había un inodoro sin tapa, y a su lado un lavamanos con un solo grifo. En la esquina de una pared, ya a la altura del techo, había una pequeña ventana, pero la luz provenía de unas grandes lámparas fluorescentes que colgaban de lo alto de forma desordenada. No tenía la menor idea de dónde podía estar, y tampoco recordaba que la hubieran llevado a ninguna parte. No obstante, tenía la impresión de que había transcurrido cierto tiempo. Vio que fuera brillaba el sol y se preguntó qué día de la semana era cuando habían ocurrido todas aquellas cosas. ¿Lunes, quizá?

Cerró los ojos e intentó concentrarse en algo que no fuera su dolor de cabeza. Domingo. Sí, ese era el día en que había ido a ver a Berman a su casa. Con eso los recuerdos acudieron de golpe a su mente: Berman, la cámara, lo que había visto en Nano, Paul Caldwell, la muestra de sangre que habían cogido en Urgencias, Nano otra vez, los nanorrobots esféricos y el coche patrulla que la detenía cuando se dirigía de nuevo a casa de Paul. Ya sabía lo que le había ocurrido. Zachary Berman la había secuestrado. Sabía que tendría que concentrarse mucho en aquellos acontecimientos para recordar todos los detalles, pero aún no se sentía capaz.

Además de la cabeza, le dolía el resto del cuerpo, especialmente las heridas del accidente que todavía estaban sanando. Se sentía como si hubieran vuelto a romperle el brazo izquierdo por el mismo sitio. Seguía llevándolo en cabestrillo y con la venda semirrígida. Aquello estaba bien. Con algo de esfuerzo consiguió sentarse a un lado de la cama. Vio que la cadena era lo bastante larga para permitirle llegar al inodoro y al lavabo, pero no más allá. Al sentarse, el brazo le dolía menos.

Cuando pudo empezar a pensar con algo más de claridad, intentó recordar si alguien podía haber visto cómo la raptaban. Paul debía de estar esperando que regresara, pero a menos que alguien hubiera presenciado el secuestro, sería como si hubiera desaparecido sin más. ¡El coche patrulla que la había detenido era de la policía de Boulder! Tenían aspecto de policías del Boulder en un coche patrulla de la policía de Boulder, por eso había parado en el arcén. A menos que Berman los hubiera comprado, sabrían lo que había pasado. Sopesó aquella posibilidad y volvió a desplomarse sobre el colchón. Se dio cuenta de que la policía estaba implicada. Los agentes se habían quedado en el coche mientras su jefe se la llevaba. Si es que eran policías de verdad.

No era la primera vez que se veía en una situación así, pero en aquella ocasión se sintió más desesperada. No solo ignoraba por completo dónde la retenían, sino que además no había visto ni oído nada desde que había recobrado el conocimiento. Pensó en gritar, pero no creía que su dolor de cabeza fuera a permitírselo. ¿Estaba en algún rincón de Nano? No tenía ni idea.

Unos minutos después percibió casi con alivio que alguien descorría los pesados cierres de la puerta que había frente a ella. Una figura agachó la cabeza para pasar bajo el dintel y Pia no necesitó mirarla para saber que se trataba de Zachary Berman.

50

Apartamento de Paul Caldwell, Boulder, Colorado
Martes, 23 de julio de 2013, 10.13 h

Paul caminaba arriba y abajo por su apartamento mientras esperaba a que George llegase para poder contarle todo lo que sabía. Tras escuchar a Paul hablarle por teléfono durante un par de minutos, George lo interrumpió para decirle que no siguiera. Ya había oído bastante y cogería el primer avión con destino a Boulder que encontrara. Rechazó el ofrecimiento de Paul de ir a recogerlo al aeropuerto diciéndole que debía quedarse en casa por si Pia regresaba. Caldwell había tenido la impresión de que George parecía mucho más tranquilo que él. Aunque costara creerlo, George ya había compartido con Pia una experiencia parecida a aquella.

Cuando sonó el interfono, Paul abrió y George se plantó de inmediato en su apartamento.

—¿Alguna novedad? —preguntó nada más entrar por la puerta.

—Un mensaje de texto. Lo he recibido hace una hora.

—¿De Pia?

—Mira.

Paul le pasó su móvil. El mensaje identificaba a Pia como remitente y decía: «De camino a casa. No te preocupes. Llamaré pronto».

—¿Has contestado? —preguntó George.

—Claro. Llamé y respondí al mensaje. Me llegó otra contestación: «No te preocupes».

—¿Qué opinas? —volvió a inquirir George.

—Que no es Pia. Eso opino. Alguien le ha cogido el teléfono.

Paul le contó lo que había encontrado en la pantalla del ordenador de Pia.

—No creo que Pia piense en la costa Este como su casa, ¿y tú?

—Yo tampoco —repuso George.

Ambos se miraron durante unos instantes. Se habían conocido a través de su amiga común y solo habían tenido ocasión de tratarse brevemente tras el accidente, cuando George había dormido unas horas en casa de Paul. Aquel no era el mejor momento para afianzar su amistad, pues los dos estaban nerviosos, tensos y cansados.

—Gracias por llamarme. —Las palabras de George eran sinceras.

—No sabía qué otra cosa podía hacer —reconoció Paul—. Tú eres nuestro caballero andante.

A Wilson le extrañó aquel comentario, pero lo dejó pasar y preguntó:

—¿Has seguido llamándola al móvil?

—Sí, pero sin suerte. Solo consigo conectar con el buzón de voz. Si fuera Pia, contestaría.

Paul observó a George. Iba hecho un desastre y saltaba a la vista que se había puesto lo primero que había encontrado: un pantalón de chándal y una sudadera encima de una camiseta de algodón. A Paul no lo habrían pillado con aquella ropa ni muerto, sobre todo porque Wilson llevaba zapatos de vestir con calcetines blancos. George se dio cuenta de que el médico le miraba los pies.

—Ya lo sé. Estos zapatos no quedan bien. Mis zapatillas de deporte estaban empapadas porque había salido a correr bajo la lluvia. Cuando me llamaste solo tuve tiempo de avisar a mi supervisor y salir a toda prisa para coger el primer avión a Denver, que despegaba en menos de una hora. Salí sin nada, pero conseguí coger el vuelo. Tendré que buscar algo de ropa. Pero ahora tenemos que unir fuerzas. Cuéntamelo todo otra vez, y no te ahorres los detalles.

Los dos hombres se sentaron después de que Paul le diera una Coca-Cola a George, que se la había pedido alegando que necesitaba una inyección de cafeína. Caldwell le relató la historia completa empezando por el final, treinta horas antes, cuando Pia le había mandado un mensaje de texto diciéndole que iba directa hacia su casa. George asentía de vez en cuando para demostrar que lo seguía. La historia llegó a su fin.

—Entonces ¿no sabes qué encontró en Nano?

—No, pero creo que debió de ser algo extraordinario, porque estaba tan nerviosa que no quiso perder tiempo en explicármelo. Me dijo que me lo contaría todo cuando regresara y que lo haría lo antes posible, supongo que después de analizar las muestras de sangre. La creí. Por desgracia. Y me mandó el mensaje diciendo que ya venía hacia aquí. Estoy seguro de que ese sí lo envió ella.

—¿No tienes ni la menor idea de qué podría haber encontrado?

—Pia sospechaba que Nano tal vez estuviera realizando algún tipo de experimento con seres humanos.

—¿Con los nanorrobots con los que ella trabajaba?

—No sabría decirte más. Lo que sabemos es que al parecer había deportistas implicados en el asunto. Pia se topó por casualidad con uno de ellos mientras corría, y luego hubo otro. Supongo que lo recuerdas, ¿no?

—Desde luego. ¿Qué más sabes de la noche en que desapareció?

Paul le contó lo de los escáneres de iris, lo de la cámara y la idea de Pia de hacer la prueba con imágenes de sus propios ojos y después, por lo que parecía, ir a ver a Berman para hacerle las fotos necesarias.

—¡Mierda! —exclamó George—. ¡Típico de Pia! ¿Se jugó el

tipo volviendo a casa de ese gilipollas para conseguir una foto que le permitiera colarse en Nano?

—Intenté convencerla de que no lo hiciera. Era la segunda vez que iba sola a esa casa. La primera fue para registrar su casa. —Paul omitió que él le había dado dos cápsulas de Temazepam. Se avergonzaba de haberlo hecho—. Imagino que en la segunda visita debió de conseguir la imagen que necesitaba. Creo que gracias a ella logró entrar en una zona reservada de Nano en la que descubrió algo turbio.

A continuación Paul le relató la historia de la muestra de sangre que había guardado en Urgencias y de cómo Pia lo había despertado en plena noche para que se la entregara, ya que quería estudiarla bajo un microscopio.

—Me pregunto qué encontraría. —George se quedó mirando al vacío mientras intentaba imaginarlo. Después volvió a fijarse en Paul y admitió—: Esto es de lo más preocupante, por decirlo con delicadeza.

—Coincido plenamente contigo. Los vigilantes de seguridad de Nano que irrumpieron en Urgencias parecían un equipo de élite. Y por si eso fuera poco está lo del accidente.

—¡Cierto! —George sintió que la rabia lo invadía por momentos—. Pia estaba convencida de que no había sido un accidente, ¿y aun así la dejaste volver a Nano aquella noche? ¿Y que fuera a casa de Berman sola, dos veces, para seguir con esa locura de plan? ¿Qué clase de amigo eres?

George se había prometido a sí mismo que no iba a gritar a Paul, ni a darle a entender que la desaparición de Pia era culpa suya si al final resultaba que ella solita se había metido de nuevo en un lío. Sabía mejor que nadie lo tozuda y temeraria que podía llegar a ser. Durante los días que George había pasado en Colorado con ella tras el accidente, había llegado a respetar y apreciar a Paul, sabía que era un buen amigo para Pia. Pero una vez allí, no había podido contenerse.

—Si no estabas dispuesto a acompañarla, al menos podrías haberme llamado.

—No es que no estuviera dispuesto George, es que Pia no me contó nada. Por el amor de Dios, era casi de madrugada. Ya le había soltado muchos sermones sobre ser una persona responsable, pero es una mujer adulta. Tenía que confiar en que sabía lo que estaba haciendo.

—¿Sí? ¡Pues mira adónde la ha llevado eso!

—¡Ya lo sé, George! ¿Crees que no le he estado dando vueltas durante las últimas treinta horas? «Tendrías que habérselo impedido.» «Tendrías que haber avisado a la policía.» «Tendrías que haber llamado a George.» Me he repetido todas esas cosas una y otra vez. Pero a las cuatro de la mañana estaba muy dormido y no pensé como podría haberlo hecho a las cuatro de la tarde. Pia siempre tenía buenas razones para actuar sola.

—Siempre es así, esa es la cuestión.

—Escucha, George, deberíamos dejar esta conversación para otra ocasión. Creo que ahora tenemos que concentrarnos en lo qué vamos a hacer para localizar a Pia. ¿De acuerdo?

George bajó el tono y asintió.

—Tienes razón —dijo—. Y no eres el único que se reprocha cosas. Yo tendría que haber venido cuando me explicó por encima lo que pensaba hacer. Repasémoslo todo de nuevo, a ver qué conseguimos deducir. Debemos tenerlo todo muy claro cuando vayamos a ver a la policía, cosa que me temo que tendremos que hacer nos guste o no, aunque no tengamos gran cosa que decirles. Es el caso de una mujer que no ha aparecido cuando dijo que lo haría. No creo que la policía vaya a hacer mucho. Es decir, no hay indicios de juego sucio ni nada por el estilo.

—Esa es en parte una de las razones por las que no les he llamado aún —convino Paul.

—Lo más obvio es mirar en casa de Berman. Vamos.

—Si está allí con ella, no creo que vaya a dejarnos entrar —objetó Paul.

—Tenemos que intentarlo. ¿Me dejas tu coche? Si no quieres venir, ya voy yo.

—Te acompañaré, faltaría más.

Mientras se dirigían a casa de Berman en el Subaru de Paul, este planteó una hipótesis que, teniendo en cuenta lo que sabía de Pia, le parecía factible.

—Deja que te pregunte una cosa, George. Tú conoces a Pia mejor que yo, pero los dos sabemos que puede ser muy testaruda y, debo decirlo, insensible a los sentimientos de los demás. ¿Crees posible que después de descubrir lo que fuera que encontrase el domingo por la noche pensara «Al cuerno, no quiero saber nada más de Nano», y se largara sin más a alguna parte?

George lo meditó un momento antes de responder. Era verdad que Pia, por decirlo amablemente, tenía sus propias opiniones y a menudo mostraba escasa consideración hacia los sentimientos de los demás —y hacia los suyos en particular—, pero ¿se marcharía sin más? No, no lo creía posible.

—No —contestó finalmente—. No lo creo. Es lo que has descrito, pero también muchas otras cosas. Es tenaz por encima de todo. Es la persona más testaruda que he conocido. Si descubriera algo, no desistiría. Puedes creerme cuando te digo que iría tras ello aunque tuviera que cruzar el infierno.

Paul asintió.

Cuando llegaron ante la verja de Berman, George se apeó y llamó al interfono, pero no obtuvo respuesta.

—Seguro que el sistema de vigilancia de este tío es de primera —dijo Paul desde el coche.

—Ahora mismo nos están grabando, hay una cámara ahí arriba. —George se la señaló.

—¿Y qué hacemos ahora? No veo el Toyota aparcado frente a la casa.

—Berman lo habría movido si ella aún estuviera aquí —objetó George—. Quizá podría saltar la verja… Espera, viene alguien.

Un camión blanco bajaba lentamente por el camino. Las pesadas puertas de hierro se abrieron y el vehículo se detuvo. Tanto Paul como George vieron que el conductor no era Zachary Berman.

—Preguntémosle a ese tipo —propuso George—. A ver qué sabe.

El conductor del camión tocó la bocina; el Subaru de Paul le bloqueaba el camino. Asomó la cabeza por la ventanilla. Era un hombre rubio con el rostro muy bronceado.

—¡Venga, chicos! ¿No podéis mover ese coche?

—¿Sabe si el jefe está en casa? —le preguntó George.

—¿El señor Berman? No lo he visto, pero es normal que no lo vea. Soy el podador. Lo siento, pero ahora tengo que ir a otro trabajo y no puedo dejarles pasar. ¿Han llamado al interfono?

—Vamos, George, sube al coche —dijo Paul—. Le estamos cerrando el paso.

—Espera un momento. —George se acercó al camión y metió la cabeza por la ventanilla del pasajero—. Disculpe, no pretendemos entretenerle, pero nos gustaría saber si el señor Berman está en casa. Es importante. Somos viejos amigos. Acabo de llegar de Los Ángeles y quería saludarlo.

George le habló con gran amabilidad. Su atuendo le daba un aspecto de lo más inofensivo y el hombre solo deseaba seguir su camino.

—Creo que no está. Uno de los jardineros dice que se ha ido de viaje.

—¿Al extranjero? —quiso saber George.

—No lo sé. Solo sé que cuando está en casa todo el mundo trabaja a destajo, y en estos momentos hay un par de jardineros sentados en la parte de atrás tomando café y charlando. Les he hecho un comentario al respecto y me han contestado que Berman estaba fuera. Pero no sé dónde. No creo que tarden en salir, pueden preguntarles a ellos si quieren.

—Gracias —contestó George—. Volveremos más tarde.

—Si veo a alguien cuando vuelva mañana, ¿quién debo decir que vino a verle?

—Un amigo —repuso George, que se despidió con un gesto de la mano y volvió al coche donde lo esperaba Paul.

—¿Qué te ha dicho? —preguntó este mientras daba marcha atrás para dejar pasar al camión.

—Que al parecer Berman ha salido de viaje, o eso le han dicho los jardineros. Pero no sabe si está en el extranjero o dentro del país. ¿Qué te parece si nos acercamos a Nano a ver qué podemos encontrar por allí?

—Supongo que no es mala idea —concedió, y se encaminaron hacia Boulder—. No creo que averigüemos nada allí. En esa empresa están obsesionados con la seguridad.

—Debemos cubrir todas las posibilidades —dijo George. Parecía tener más temple del que Paul recordaba—. Es posible que no sepan qué coche conducía Pia. De todos modos, si no conseguimos nada volveremos a su apartamento.

—Los de seguridad anotarían en qué coche llegó…

—Sí —lo interrumpió George alzando la voz—, pero tenemos que intentarlo.

Hicieron el resto del camino en silencio. Ninguno de los dos creía que fuera fácil superar el primer control de seguridad, y ambos estaban en lo cierto.

—Hemos venido para una entrevista de trabajo —le dijo George al vigilante desde el asiento del pasajero. Se le había ocurrido la excusa de camino hasta allí.

—Hoy no hay entrevistas programadas —contestó el guardia, que era un hombre de mediana edad con aspecto eficiente—. Siempre me avisan para que prepare pases temporales para los candidatos, y hoy no me han dicho nada.

—Es extraoficial. Se trata de una reunión informativa con Whitney Jones en el despacho del señor Berman.

—Me consta que la señorita Jones no está aquí hoy. ¿Podría ver su carné de conducir, señor?

—¿Para qué lo necesita?

—Todas las visitas tienen que identificarse. Y usted también, señor —añadió el hombre mirando a Paul.

Los médicos intercambiaron una mirada. Si mostraban sus permisos de conducir, los de Nano sabrían que habían estado allí. Si no lo hacían, los obligarían a dar media vuelta en el acto. George se encogió de hombros y sacó el carné de la cartera. Paul lo imitó. El vigilante se los llevó a la garita y llamó por teléfono. En la entrada se había formado una cola de coches cuyos impacientes conductores no dejaban de pitar.

—Oye, George, creo que deberíamos acudir a la policía —dijo Paul.

—Quizá no sea mala idea dejar que Berman sepa que hemos estado aquí.

Paul no dijo nada. El guardia colgó el teléfono.

—Aparquen ahí —dijo. Señaló un espacio situado a la derecha de la garita y les devolvió los carnés.

Tan pronto como Paul hubo aparcado, apareció un gran 4 × 4 negro y un individuo vestido con traje se apeó del asiento del pasajero.

—¿Puedo ayudarles, amigos?

Era más joven que el guardia de la barrera, estaba mucho más en forma y, a pesar de su sonrisa y su actitud desenfadada, resultaba mucho más intimidante.

—Hemos venido para una entrevista —contestó Paul.

—Hoy no hay entrevistas, doctor Caldwell. —Aquel individuo sabía exactamente quién era Paul—. Será mejor que comprueben sus agendas, creo que se han equivocado de día. Pueden salir por donde han entrado. —Señaló el puesto de control, que en aquel momento tenía la barrera levantada. Luego añadió—: Que tengan un buen día, caballeros.

51

La vieja vicaría, Chenies, Reino Unido
Martes, 23 de julio de 2013, 18.04 h (hora local)

—Hola, Pia.

Berman se detuvo en el umbral del sótano y observó a Pia mientras ella seguía tendida en el sucio colchón mirando el techo. Se dio cuenta de que estaba encadenada a un eslabón que colgaba de la pared de ladrillo y la vio muy pequeña e indefensa; con el brazo roto, sabía lo vulnerable que estaba. Pero aquella era la mujer que se había burlado de él, la que lo había humillado y había puesto en peligro el que iba a ser el mayor logro de su vida. Consideraba que tenía todo el derecho de enfadarse con ella. Sin duda lo había tenido la otra noche en Boulder. No estaba acostumbrado a que jugaran con él ni a que lo dominaran, en ningún sentido de la palabra. Si decidía vengarse de ella, incluso de un modo definitivo, estaría justificado.

—¿No piensas decir nada? —preguntó.

Aunque la furia lo consumía por dentro, se percató de que necesitaba ver una reacción en ella, la que fuera. La mezcla de deseo y frustración que experimentaba volvió a desconcertarlo. Nunca había sentido algo así, o al menos eso pensaba. A pesar de que sabía que estaba contemplando a una joven indefensa, estaba tan nervioso como si el prisionero fuera él. De un modo extrañamente irracional casi seguía creyendo que Pia podía tener una posición de ventaja frente a él si así lo quería. Sabía que era ridículo, pero era lo que sentía. Se adentró en la estancia y el centinela chino cerró la puerta con llave tras él. Se encontraba mejor sin que el vigilante los observara, pero seguía estando incómodo.

—Lamento que hayamos tenido que llegar a esto, Pia, pero tienes que comprender que no nos has dejado otra elección. Te presentaste en mi casa y me engañaste. Y no era la primera vez. Empecé a pensar que estaba algo más que borracho la primera vez que viniste, y al final descubrí lo que habías hecho. Aun así decidí concederte el beneficio de la duda. El domingo tenía la esperanza de que tus motivos fuesen más sinceros, pero ahora me doy cuenta de que todo fue un engaño para sacarme una foto de los ojos con la que entrar en Nano.

Se interrumpió, pero Pia siguió sin mostrar reacción alguna.

—Utilizaste las fotografías para acceder a una zona restringida y robar una muestra de sangre de un experimento fisiológico delicado. Ya antes te habías hecho con una muestra de sangre, aunque Nano se había tomado la molestia de conseguir una orden judicial para confiscártela. También sabemos que utilizaste sin autorización equipamiento de la empresa para analizar esas muestras. Son asuntos muy graves.

—Mengele —contestó Pia en voz baja.

—Perdona, no te he oído.

—¿Sabes quién fue Josef Mengele?

—Pues claro, un médico nazi de los campos de concentración…

—Pues eso es lo que eres. Un Mengele de nuestro tiempo.

—Pia, eso es ridículo. Comprendo que lo que viste necesita una explicación por mi parte. No es lo que parece.

—¿Una explicación? ¡Serás cabrón!

Pia se incorporó y le lanzó una mirada cargada de odio y rabia. Berman dio un paso atrás aun sabiendo que estaba encadenada. El intenso poder que ejercía sobre él le resultaba sumamente perturbador.

—¿Dónde demonios estoy? Me tienes encadenada en esta

mazmorra medieval que parece sacada de Robin Hood. Está claro que eres un tipejo patético e impotente.

Berman se puso colorado.

—Me parece que no estás en situación de hacer esa clase de juicios. Nunca me has dado la oportunidad de mostrarte cómo soy, ni personal ni profesionalmente. Estoy a punto de encabezar el mayor avance médico y científico de los últimos cincuenta años, puede que de todo el siglo. Y para abreviar, he venido a proponerte que te unas a mí. Ya te lo propuse en mi casa. Quiero que formes parte del equipo. Te estoy haciendo una oferta que solo se presenta una vez en la vida.

Pia soltó una amarga risotada y sacudió la cabeza.

—¿Estás seguro de que quieres que me una a ti? Por eso me has encadenado a la pared de una mazmorra, claro.

—Cuando estuviste en mi casa la otra noche no quisiste escucharme. Nunca lo haces, te limitas a seguir con tus maquinaciones. Si para que me prestes atención tengo que encadenarte, que así sea. Además, tenía que evitar que lo estropearas todo en el último momento. Ahora mismo solo quiero hablar contigo.

—¿Tengo elección?

—Por desgracia, no. Pero te pido que pienses en lo que te estoy diciendo como científica, como investigadora, como médica interesada en salvar miles de millones de vidas, no como una joven inmadura que se deja arrastrar por los sentimientos y una falsa ética.

—Supongo que mi ética es un simple «acto reflejo», como tú sugieres, sobre todo si opino que hay algo malo en mutilar individuos y meterlos aún vivos en tanques de suspensión.

—Eres una buena científica, y tienes potencial para llegar a ser una de las mejores. Mariel Spallek me lo dijo, y me fío de su criterio, especialmente después de que propusieras aplicar glicopolietileno a la estructura de los microbívoros. Pero también me dijo que no puedes evitar interferir en asuntos que no son de tu incumbencia.

—¿No es eso lo que se supone que debe hacer un buen científico? ¿Preguntarse cosas? ¿Acaso no fue eso lo que hizo Oppenheimer cuando enjuició su trayectoria como padre de la bomba atómica?

—Eso es lo que hacen los filósofos. Un científico debería dedicarse a ampliar los límites de la ciencia. Y eso es lo que estamos haciendo en Nano, y con tu ayuda. Pia, sabes lo que la nanotecnología va a significar para el mundo. Lo sabes tan bien como yo. Es una revolución, una inminente avalancha de técnicas y productos, y tenemos que estar en la vanguardia, ser los primeros y no quedarnos en el pelotón con los europeos y otras naciones miopes que son incapaces de apreciar la visión general.

—Y ahí es donde entras tú, imagino. Para mantener la visión general en perspectiva.

—Exacto. Ese es mi papel. Aspiro a lo más alto convirtiendo la teoría en práctica.

—Cuéntame algo más de esa visión general, Zachary. Ilumíname, por favor.

Berman miró a Pia. Seguía tan desafiante y sarcástica como siempre. Estaba verdaderamente cabreada, bufaba como una gata acorralada. Entonces comprendió que aquella era precisamente la situación a la que había llegado con ella, tanto literal como metafóricamente, y no vio razón alguna para ocultarle nada a aquellas alturas. El juego iba a acabar, bien con su participación, bien con algo mucho más desagradable, de manera que no tenía nada que perder. Y lo más importante, al menos Pia estaba hablando.

—La visión general tiene que ver con el dinero. Por supuesto, ¿acaso no está todo relacionado con él? En Estados Unidos podemos operar con relativamente poca supervisión de las autoridades, pero toda cantidad significativa de financiación viene acompañada de condiciones. El gobierno habla de cumplir con las normas, tenemos que asegurarnos de seguir tal regulación y no sé qué estatuto para tener contentos y satisfechos a los burócratas de turno. Los trámites y cortapisas son increíbles. Y desde la crisis de 2008 las vías de financiación privada dentro de Estados Unidos se han complicado, cuando no se han vuelto imposibles. Te sientas con los bancos y hablas con ellos durante semanas, y cuando les has dado todo tipo de garantías y aceptado todas sus condiciones, te dan una cantidad que es calderilla comparada con lo que necesitas. Ya sabes, te sueltan diez o veinte millones y se creen que son dioses.

»Pero en China las cosas funcionan de otra manera. Allí saben hacer las cosas con rapidez, y cuanto más grandes, mejor. Miran hacia el futuro y no se dejan limitar por el presente, y mucho menos por el pasado. Puede que no sepa exactamente con qué rama del gobierno estoy negociando, pero sus representantes se sientan conmigo y me dicen: «Queremos esta tecnología. ¿Qué necesita para desarrollarla y compartirla con nosotros?». Y yo les contesto: «Bueno, unos quinientos millones para empezar». Y ellos responden: «Vale».

—¿Quinientos millones?

—No les intimidan esos presupuestos de investigación y desarrollo. Saben que el negocio de la nanotecnología ya es un fenómeno que mueve unos setenta mil millones anuales. Son lo suficientemente inteligentes para darse cuenta de que están comprando una ganga teniendo en cuenta la ventaja que lleva Nano al resto de la competencia en el terreno de la manufactura molecular. Es impresionante lo rápido que se deciden, porque saben que están invirtiendo en el porvenir. Quisieron formar parte del futuro de Nano desde la primera reunión que tuve con ellos. El único problema fue que querían estar seguros de que los nanorrobots funcionarían tan bien como yo les decía, así que condicionaron su inversión en los microbívoros y en los procesos de manufactura molecular a la obtención de pruebas definitivas. Entonces uno de los peces gordos del gobierno que al parecer no estaba satisfecho con el rendimiento de los atletas chinos en las Olimpiadas de Pekín dice: «Ese tío tiene que demostrarnos que su producto funciona. Si coge a un buen atleta y logra convertirlo en una figura mundial, nos habrá demostrado que sabe lo que hace».

—¿A qué producto te refieres? —quiso saber Pia—. Has dicho «tiene que demostrarnos que su producto funciona». ¿De qué estás hablando?

—De lo que supongo que encontraste en esas muestras de sangre.

—Los nanorrobots azules.

—Exacto. ¿Sabes lo que son?

—Supongo que son respirocitos.

—Estoy impresionado.

—Tenía que ser algo que contribuyera al rendimiento de los atletas. Portadores de oxígeno supereficientes. Leí algo al respecto cuando empecé a trabajar con los microbívoros en Nano. Supongo que su presencia explica algunas de las anomalías clínicas que detecté en el corredor.

—Los respirocitos suministran oxígeno al torrente sanguíneo de los atletas de forma mucho más eficiente que los glóbulos rojos normales. Mil veces mejor, para ser exactos. Son tan efectivos que el corazón del sujeto ni siquiera necesita latir para que su cerebro reciba oxígeno durante varias horas. Esa es la razón por la que los sujetos que sufrieron paradas cardiorrespiratorias no presentaron daños neurológicos después de haber estado clínicamente muertos durante una o dos horas. Como averiguamos más tarde, el problema del paro cardíaco estaba causado por los propios respirocitos, simplemente porque funcionaban demasiado bien. Descubrimos que provocaban un estado hiperóxico e hipermetabólico que desembocaba en una especie de ataque al corazón. Los primeros sujetos de prueba recibieron dosis demasiado elevadas, pese a que no eran más que cinco centímetros cúbicos de la suspensión de nanorrobots. No teníamos ni idea de lo efectivos que demostrarían ser los respirocitos. Es un gran presagio para el éxito de los microbívoros.

—¿Y los chinos querían pruebas de que esos respirocitos, diseñados y fabricados por Nano, serían capaces de aumentar la efectividad de los atletas?

—Básicamente, sí. Entrenamos a un ciclista y ganó una etapa

del Tour de Francia. Pero los peces gordos fueron más concretos. El objetivo era que un ciudadano chino ganara una carrera internacional en un campeonato importante. Da la casualidad de que el corredor que te encontraste disputará el maratón en los Campeonatos Mundiales de Atletismo, que empiezan el viernes.

—En Londres.

—Sí, en Londres.

—¿Dónde estamos? —preguntó Pia—. ¿En Londres?

La expresión facial de Berman no dejó traslucir nada.

—Estáis haciendo trampas y descubrirán a vuestro corredor.

—No lo creo. Ninguno de los tests antidopaje detectará algo tan inerte como un nanorrobot de superficie diamantoide. Aun suponiendo que las autoridades decidieran realizar análisis de sangre, con las concentraciones tan bajas que utilizamos sería raro que encontraran un respirocito. Tengo el presentimiento de que nuestro corredor chino ganará, con suerte por un margen no demasiado amplio, pues así se lo han advertido. Y una vez que gane, Nano se retirará del mundo del deporte. Está claro que tarde o temprano alguien averiguará lo que los respirocitos pueden hacer por los atletas y que algún día se diseñarán pruebas para detectarlos, pero para entonces tanto los chinos como yo nos estaremos dedicando a otras actividades. A mí me da igual, y la facción del gobierno que quiso que le ofreciéramos pruebas habrá conseguido lo que quería. Es más, estarán disfrutando de la gloria que conlleva un éxito deportivo a nivel internacional.

»El gobierno chino no solo quiere dominar la economía, sino que también desean éxitos deportivos y demostrar que su sistema de gobierno es superior a cualquier otro. En ese sentido son tan malos como los soviéticos y los alemanes orientales durante la Guerra Fría, cuando estaban dispuestos a hacer lo que fuera con tal de arrebatarle una medalla de oro a Estados Unidos. Estoy convencido de que también tiene algo que ver con el ansia del gobierno chino por borrar los aproximadamente trescientos años de humillaciones que su país sufrió durante el colonialismo.

A Pia los deportes no le interesaban, pero comprendía el sentido de lo que Berman estaba diciendo. Sonaba muy manido. El fallo saltaba a la vista. No era más que un patético intento por parte de Berman de justificar los medios por unos fines presuntamente honorables. Mientras había estado hablando, ella no había podido quitarse de la cabeza las imágenes de aquellos cuerpos sumergidos en los tanques. Con tal de alcanzar sus objetivos, Berman estaba dispuesto a sacrificar a personas, a experimentar con seres humanos.

—O sea que estás haciendo todo esto para los chinos con la única intención de conseguir su dinero.

—Inversión. Para conseguir una inversión que pueda destinarse al proyecto de los microbívoros, sí.

—¿Y con qué fin? ¿Para acelerar el proceso de investigación de los microbívoros? ¿Cuánto tiempo crees que te ahorrarás con esa inversión? ¿Dos años, cinco?

—Unos diez —repuso Berman—. Sin el dinero de los chinos creo que tendríamos que esperar unos diez años antes de poder comercializarlos. Y eso suponiendo que no surjan problemas inesperados. Piensa en lo que supondrán cuando estén disponibles. Revolucionarán el tratamiento de las enfermedades infecciosas. ¡Piensa en el cáncer! Será una cura específica y no tóxica. Se acabarán la quimioterapia y la radioterapia, se considerarán el equivalente de la medicina medieval. Y es muy probable que los microbívoros también prevengan y curen el Alzheimer. Estamos hablando de una revolución médica.

—Sí, pero ¿a qué coste?

—Al coste que has visto. Como te he dicho, estoy seguro de que en Nano no estamos haciendo nada que no estén haciendo en otras empresas de la competencia.

—Eso no me lo creo.

—Tengo constancia de ello.

—Me dijiste que todos los sujetos de Nano estaban allí de forma voluntaria. ¿Vas a decirme que esas personas se presentaron voluntarias para que los viviseccionaran?

—Sí, te dije que eran todos voluntarios y no mentía. Eran convictos por penas capitales en China. Todos los sujetos que han llegado a Nano eran prisioneros condenados en su país. Allí ejecutan a, no sé, ¿trescientas mil personas al año? No estoy diciendo que esté de acuerdo, porque muchos de ellos lo son por delitos como el fraude o la malversación. El gobierno hizo una selección y les preguntó si estarían dispuestos a participar en unos ensayos médicos.

—¡Los mutilasteis!

—Los cuerpos que viste en los tanques de suspensión eran de sujetos que habían sufrido las consecuencias irreversibles de una parada cardiorrespiratoria hipermetabólica provocada por el oxígeno. Antes de servir como preparados fisiológicos estaban cerebralmente muertos. Gracias a su sacrificio pudimos descubrir los niveles de concentración seguros. Ninguno de ellos fue viviseccionado, como tú crees, al menos no en el sentido estricto del término. Sé que sus muertes fueron un episodio lamentable, pero en Nano nunca matamos a ningún sujeto sano.

—¡Qué bien! ¿Se supone que eso debe hacer que me sienta mejor? ¿Dónde está ese contrato que me habías preparado? Te lo firmaré ahora mismo.

Berman miró fijamente a Pia. Notó que la rabia y la frustración volvían a inundarlo ante su evidente sarcasmo. Aquello demostraba que no estaba realizando los avances que solo minutos antes creía estar consiguiendo. Se aclaró la garganta.

—Escucha, esos individuos de los tanques ya estaban muertos a todos los efectos antes de que los metiéramos en ellos; y habrían fallecido de todas formas si no se les hubiera permitido ir a Nano para participar en nuestro trabajo. Mucho antes, de hecho. La ciencia tiene que avanzar, y es necesario hacer sacrificios. La gente lleva siglos muriendo en aras de la investigación médica. Si conseguimos alcanzar nuestro objetivo con los microbívoros aunque solo sea cinco años antes de lo previsto, podríamos salvar un millón de vidas, ¿quién sabe?

—Las cosas no funcionan así y lo sabes. Cuando los nazis

fueron llevados a juicio tras la Segunda Guerra Mundial, quedó establecido que ningún país podía experimentar con prisioneros. Es imposible considerarlos voluntarios.

—El gobierno de Estados Unidos inoculó la sífilis a varios sujetos al final de la guerra…

—Sí, pero eso se acabó. Y los experimentos a los que te refieres han quedado totalmente desacreditados.

Berman no respondió. Aquello no estaba yendo como había esperado, pero tampoco le sorprendía. No era probable que Pia cediera a la primera ocasión. Y si finalmente lo hacía, llevaría tiempo. Berman había pensado que se mostraría más receptiva de lo que lo había hecho a su argumento de sacrificar a unos cuantos para salvar a muchos. No estaba dispuesto a rendirse.

—Tan solo hemos perdido a unos diez sujetos en un proyecto con el que podemos salvar a millones de personas.

—¿Cuánto tiempo lleva en marcha el proyecto de los respirocitos?

—Cuatro años —respondió Berman, contento de que ella por fin le hiciera preguntas legítimas.

Pia dejó escapar un suspiro y lo miró. Él la estaba observando con una expresión que no fue capaz de interpretar. ¿De verdad creía que lograría convencerla? ¿Que podría persuadirla de que su perversa forma de ver el mundo estaba justificada? Lo que más la apesadumbraba era comprender que Berman creía firmemente que podía convertirla. Se preguntó qué podía hacer para conseguir una oportunidad de escapar. ¿Estaría de verdad en algún lugar del Reino Unido? ¿Sería capaz de volver a engañarlo a pesar de que ya la hubiera descubierto no una, sino dos veces? ¿Qué le ocurriría si no aceptaba el papel que Berman quería que asumiera? ¿Intentaría forzarla sexualmente? Demasiadas preguntas sin respuesta.

—Nunca me acostaré contigo —le espetó.

—No soy ningún monstruo, Pia. Es posible que ahora pienses eso de mí, pero deberías meditar sobre todo lo que te he contado. Piensa en las oportunidades científicas que se abrirían para una mujer como tú si accedieras a los mejores equipos médicos y tuvieses financiación ilimitada. Créeme, si te incorporas a nuestro equipo de investigación no tendrías a Mariel Spallek encima todo el día. Sé que es lo que te gusta, y te estoy ofreciendo una oportunidad sobre la que cualquier científico se abalanzaría.

—No, si tuvieran que tocarte, no lo harían. ¿Es así como consigues que las mujeres se acuesten contigo, haciéndoles chantaje?

—Al contrario. Ya te he contado lo de Whitney. Tuve varias discusiones muy acaloradas con ella antes de que estuviera de acuerdo con mi forma de ver las cosas, y ahora es una de mis empleadas más fieles. Tienes suerte de que no te haya dejado en sus manos en Boulder. Puedes estar segura de que no estaríamos teniendo esta conversación.

—Paul Caldwell me encontrará.

—Lo dudo mucho. En estos momentos tu amigo George está con él. Han ido a mi casa y después a Nano, donde fueron tan amables que incluso entregaron una identificación. Han pasado por tu apartamento unas cuantas veces. Ahora los dos están de brazos cruzados en casa de Paul retorciéndose las manos. Tal vez hasta estén haciendo manitas, sé que a Paul le gustaría.

—Paul es diez veces más hombre que tú.

—Bueno, me temo que nunca lo sabremos.

—Acudirán a la policía.

—Sí, seguro que lo harán, pero no creo que consigan gran cosa trasladando a las autoridades su preocupación por tu bienestar. Recuerda de cuánta ayuda te resultó la policía la última vez que la viste.

Pia no lo había olvidado. Estaba claro que Berman tenía comprados como mínimo a unos cuantos agentes de policía de Boulder. Cabía la posibilidad de que Berman mintiera al hablar de Paul y George, pero no le sorprendería que tuviera el apartamento de Caldwell bajo vigilancia. Tenía que ser fuerte y resistir.

—Me duele el brazo —dijo—. ¿Hay algún médico por aquí? —Deseaba ver otra cara, cualquiera menos la de Berman.

Él asintió.

—Me alegro de que lo preguntes.

Pensó que era buena señal que Pia pidiese un médico. Aquello indicaba que era capaz de pensar más allá de su indignación. Además, para él era importante que su salud mejorase. Deseaba con desesperación poseerla físicamente, como ella imaginaba, pero no mientras continuara lesionada. Tenía unos estándares que mantener.

Dio media vuelta y golpeó la puerta dos veces con los nudillos. La abrieron y entró un hombre chino de unos sesenta años vestido con una bata blanca. Berman se dio unos golpecitos en su propio brazo donde Pia tenía la rotura. El hombre asintió y se acercó a ella. Después le pidió que se pusiera de pie para examinarle el brazo lesionado.

—Me olvidaba de decirte una cosa que quizá influya en tu decisión —anunció Berman—. Si tus amigos se las ingenian de algún modo para que un juez expida una orden de registro contra Nano, para buscarte a ti o cualquier otra cosa, quiero que sepas que los sujetos que viste en los tanques han sido sustituidos por perros. Los humanos cumplieron su propósito y han sido reemplazados. Sus cenizas serán debidamente enviadas a China y entregadas a sus familiares.

Sin más, Berman volvió a llamar a la puerta para que lo dejaran salir.

52

Centro de Orden Público, Boulder, Colorado
Miércoles, 24 de julio de 2013, 8.05 h

Paul y George se dirigieron a la comisaría central de Boulder. Llegaron poco después de las ocho de la mañana y, durante unos minutos, se quedaron sentados en el coche sopesando cuál sería la mejor manera de plantear la situación. George estaba muy impaciente. Lo había estado desde su llegada a Colorado, y con la ropa desaliñada y barba de dos días, su aspecto encajaba con su estado de ánimo. Tenía la sensación de que tenía que haber algo más que pudieran hacer después de sus fallidos intentos de entrar en casa de Berman y en Nano. En cambio Paul aconsejaba paciencia. La noche anterior había hecho su turno en Urgencias, y aquel día también tendría que trabajar. Había intentado tomarse unas horas libres, pero la empresa que ostentaba el contrato para dirigir el servicio disponía solo de dos médicos, porque el resto estaba disfrutando de las vacaciones de verano con la familia. En consecuencia, Paul tendría que compaginar el trabajo con la búsqueda de Pia. George, por el contrario, disponía de todo el tiempo del mundo. Antes de salir de Los Ángeles había solicitado dos semanas de vacaciones con carácter de urgencia. Sus superiores se las habían concedido porque no había solicitado ningún permiso prolongado desde que comenzó la residencia, pese a que lo habían animado a hacerlo.

Había hecho todo lo posible por convencer a Paul de que

intentaran alguna otra cosa, pero este opinaba que sus iniciativas —entrar por la fuerza en la mansión de Berman o en su empresa— eran ridículas y terminarían siendo contraproducentes. Por dentro Caldwell estaba tan nervioso como George, pero no lo demostraba. Estaba convencido de que no tenía sentido precipitarse y que los arrestaran. Primero tenían que ir a la policía y actuar según las normas. Eso era lo que harían aquella mañana si no tenían noticias de Pia. Y no las habían tenido.

La conclusión de la charla estratégica fue que Paul insistía en ser él quien hablara con la policía. De hecho habría preferido ir solo, pero George no quiso ni oír hablar del asunto y únicamente transigió en dejarle llevar la voz cantante. Caldwell le había dicho que conocía la situación mejor que él. También había sido Paul quien había visto a Pia por última vez y era su casa a la que se suponía que debía regresar. En realidad lo que preocupaba a Caldwell era que George perdiese la compostura y empezara a lanzar graves acusaciones que no podía confirmar contra Berman y contra Nano. Debían obrar con calma y serenidad, y esa era su especialidad.

Pero reunirse con la policía no estaba resultando tan fácil como habían previsto. Llevaban media hora esperando en las incómodas sillas de plástico del vestíbulo en compañía de media docena de indigentes, algunos de ellos aún menos presentables que George, e incluso Paul empezaba a perder la paciencia. Wilson no dejaba de caminar de un lado a otro como un animal enjaulado mientras comprobaba su móvil y resoplaba con fuerza.

—¡Vamos! —exclamó más para sí mismo que para Paul—. ¿Es que nadie va a ayudarnos?

Por fin una agente los llamó por su nombre y los condujo hasta una mesa situada en la zona pública de la comisaría.

—¿No vamos a entrar? —preguntó George, que conocía lo bastante los procedimientos de la policía para esperar lo contrario.

La joven uniformada, cuya placa identificativa rezaba Gomez, lo miró.

—Aquí es donde realizamos las entrevistas preliminares, señor.

—Desde luego, agente, gracias —intervino Paul tras dedicarle una mirada de reproche a George

Recordó un dicho que aseguraba que sabes que te estás haciendo viejo cuando los agentes de policía empiezan a parecerte jóvenes. Aunque se sentía demasiado joven para compartir tal sentimiento, lo cierto era que la agente Gomez no parecía tener ni dieciocho años.

Tomaron asiento, y entonces Paul le relató la historia a grandes rasgos, incluyendo lo que George y él habían hecho. Sí omitió que Pia había narcotizado a su jefe y entrado ilegalmente en su antigua empresa. Mientras hablaba notaba que George se movía incómodo en su asiento. Al cabo de un rato, la agente Gomez dejó de escribir y los miró.

—Comprenderán que no es ilegal que alguien mayor de edad se marche de casa sin avisar. Las personas tienen derecho a la intimidad. Aunque apareciera en Denver y la encontráramos, si nos dice que no quiere que ciertos individuos se pongan en contacto con ella, no podríamos decirles dónde está.

—Lo comprendo. Soy médico de Urgencias y veo constantemente casos de violencia doméstica. Para usted yo podría ser un tipo violento que solo busca a su novia para darle una paliza.

—Paul, esto es ridículo —lo interrumpió George—. Agente Gomez, Pia Grazdani ha sido secuestrada. Estoy seguro. No se trata de pedir un rescate, sino de quitársela de en medio y cerrarle la boca. Mi amigo no se lo ha contado porque teme que no nos tomen en serio, pero yo estoy convencido de que la situación es tal como acabo de decirle.

Paul suspiró y miró a George con una mezcla de enfado y frustración. La agente Gomez se irguió en su asiento. Como Paul se temía, empezó a mirar a George, desaliñado y sin afeitar, de manera diferente.

—Agente Gomez —dijo Paul con su tono más tranquilizador y profesional—. Mi amigo está muy nervioso. Sabemos que antes de desaparecer, Pia había entrado en su lugar de trabajo con una identificación prestada.

Paul no dio más detalles sobre su eufemística descripción del elaborado engaño de Pia para burlar los sistemas de seguridad de Nano y poder saltarse la orden de mantenerse alejada de su laboratorio.

—Me dio a entender que había descubierto que Nano estaba metida en algo ilegal —prosiguió con calma—. Me consta que ustedes están obligados a actuar si existen pruebas de que una persona ha sido secuestrada o está en peligro. Pues bien, yo creo que ese es el caso de Pia Grazdani. La última vez que nos vimos, en la madrugada del lunes, después de que realizase el inquietante descubrimiento que me dijo que me explicaría más tarde, me aseguró que luego volvería directamente a mi casa. Poco después me envió un mensaje de texto diciéndome que estaba en camino, pero nunca llegó.

—Básicamente me está diciendo que su amiga entró en las instalaciones de Nano de forma ilegal —señaló Gomez—. ¿Estamos hablando de esa empresa que está en la falda de la montaña y que dispone de grandes medidas de seguridad para evitar el espionaje industrial?

—Sí. —George contestó la pregunta que iba dirigida a Paul.

—¡Esperen aquí! —ordenó Gomez, que se levantó y se alejó.

—¡Estupendo, George! Se suponía que el que tenía que hablar era yo. Ahora Pia ha pasado de ser una persona desaparecida a ser una sospechosa que se ha dado a la fuga.

—¿Y qué? —replicó George—. ¿A cuál de los dos casos crees que dedicarán más tiempo?

Gomez reapareció media hora más tarde acompañada de un individuo que tenía el típico aspecto del detective veterano que era: corte de pelo desfasado, bigote gris, sobrepeso y traje pasado de moda.

—Soy el detective Samuels —dijo mientras les estrechaba la mano a Paul y George—. Bueno, hemos llamado a la empresa donde trabaja su amiga y nos han dicho que está de baja y que, hasta donde ellos saben, no ha habido irregularidades ni problemas con visitantes no autorizados. También he hablado con el responsable de seguridad, que me ha confirmado que no se ha producido ningún caso de irrupción ni de acreditaciones perdidas que pudieran haberse utilizado para entrar en Nano ilegalmente. Lo que sí me ha dicho es que ayer ustedes dos se presentaron allí e intentaron entrar sin éxito.

Paul cruzó una rápida mirada con George.

—Nos preocupa mucho nuestra amiga —insistió Caldwell—. Estaba muy alterada por algo que había descubierto en el trabajo.

—¿Les dijo de qué se trataba?

—No, ya se lo he explicado a la agente Gomez, pero podría aventurar que tenía algo que ver con cierto corredor chino...

—¿Un corredor chino? —lo interrumpió Samuels con escepticismo—. De acuerdo, la agente Gomez me ha informado de lo que ustedes le han contado, caballeros. Parece que sus historias, o al menos la interpretación que hacen de la situación, difieren bastante. Usted, doctor Caldwell, dice que su amiga estaba muy alterada y que, después de haber entrado en Nano de forma ilegal, no fue a verlo a su casa a altas horas de la noche. En cambio usted, señor Wilson, opina que esa mujer, que está de baja médica, ha sido secuestrada.

—Sé que es así —replicó George.

—Fueron al apartamento de la señorita Grazdani —prosiguió Samuels leyendo las notas de Gomez— y encontraron una página web con instrucciones sobre cómo llegar por carretera a un punto de New Jersey.

—¡Alguien dejó esa página abierta a propósito! —George comenzaba a levantar la voz—. Ella nunca se molestaría en buscar la forma de llegar, se lanzaría a la carretera sin más. Es muy cabezota...

—¿Se refiere al tipo de cabezonería que empuja a entrar en los sitios sin autorización? —preguntó Samuels.

—Nadie ha denunciado una intrusión de ese tipo, ¿verdad? —replicó George.

—Y usted también dice que ha recibido un mensaje de texto que no cree que haya enviado ella. —Samuels dejó la cuestión suspendida en el aire—: Caballeros, ¿no se les ha ocurrido pensar que la señorita Grazdani esté intentando llamar su atención? No veo el menor indicio de que haya sido secuestrada. Nos quedaremos con las fotos que han traído. No me importaría interrogar a su amiga sobre esa entrada ilegal de la que hablaba. Conozco a muchos de los vigilantes de seguridad que trabajan en Nano. Son gente muy profesional y preocupada por proteger la propiedad industrial en sus distintas formas. Tomaré nota de todo lo que nos han contado, y nos pondremos en contacto con ustedes. Gracias por su visita.

—¿Está dando a entender que eso era lo que estaba haciendo Pia Grazdani? ¿Robar secretos industriales?

—No estoy dando a entender nada, señor Wilson —contestó Samuels—. Creo que esta entrevista ha terminado. De nuevo, gracias por su visita. Vamos, agente Gomez, tenemos que empezar con este asunto.

El inspector y la agente se marcharon.

—No digas nada —murmuró George.

—Tengo que hacerlo —repuso Paul—. Cuando una persona mayor de edad desaparece es necesario contar con pruebas de que no lo ha hecho por voluntad propia. En este caso, el único delito conocido lo ha cometido la propia Pia.

—Pero nosotros sabemos que se la han llevado.

—Sí, pero tienes que verlo desde su punto de vista.

—Ya has oído a ese detective —dijo George, que ya salía del edificio seguido por Paul—. Es amigo de la gente de seguridad de Nano. Sé que a veces Pia puede parecer paranoica, pero ¿no te parece un arreglo demasiado conveniente? Me pregunto si los de Nano reclutaron a los miembros de su equipo de seguridad entre las fuerzas del orden de Boulder. ¿Qué me dices del FBI? Creo que deberíamos hablar con ellos. Dudo que haya ex federales entre el personal de Nano.

—¿Crees que el FBI va a actuar de forma diferente? Son tan

exigentes como la policía con las pruebas, y seguro que lo remiten de nuevo a las autoridades locales.

—O sea, que a partir de ahora es cosa nuestra. ¿Es eso lo que me estás diciendo? —preguntó George—. ¿Y si sencillamente ponemos una denuncia de persona desaparecida?

—Creo que es justo lo que acabamos de intentar.

—Supongo que tienes razón. Es la clase de situación en la que la tendencia a aislarse de Pia juega en su contra. Pero no podemos quedarnos cruzados de brazos.

—No se me ocurre qué más podríamos hacer. Escucha, George, estoy dispuesto a ayudarte, faltaría más, pero no entiendo cómo entrar ilegalmente en casa de Berman o algo parecido podría sernos de ayuda, si eso es lo que estabas pensando.

—Sé que si pudiera entrar en Nano…

—¿Qué harías, George? Ese lugar tiene más medidas de seguridad que una base militar. Recuerda lo poco que tardaron en descubrir a Pia, y eso que ella trabajaba allí.

—¿Qué me dices de su jefa, Mariel? No me acuerdo de su apellido. Es un personaje de cuidado, pero ¿quién sabe? Podríamos empezar por ahí, hablar con ella a ver si nos dice algo.

—Supongo. Si encontramos la manera de localizarla. Es miércoles, de modo que imagino que estará trabajando.

—Tengo la impresión de que es de las que no hacen más que trabajar —repuso George—. Es posible que nos cueste contactar con ella, pero tenemos que hacer algo. Nos iría bien averiguar dónde vive. —Le guiñó un ojo a Paul.

Este se encogió de hombros y no dijo nada. Al menos era mejor que intentar allanar la mansión de Berman o entrar en Nano.

53

La vieja vicaría, Chenies, Reino Unido
Miércoles, 24 de julio de 2013, 17.14 h (hora local)

Pia había pasado la mayor parte del día durmiendo en una cama, en una de verdad, no en el sucio colchón del sótano donde había hablado con Berman. Después de que el médico la examinara, dos hombres vestidos con monos y mascarillas quirúrgicas la habían trasladado a un pequeño y espartano dormitorio tras subir los peldaños de cemento que se alejaban del sótano y atravesar un pasillo con el techo más bajo que Pia hubiera visto jamás. Incluso ella había tenido que agacharse al caminar. Una bombilla desnuda colgaba en medio del techo uniforme.

Se sentía aturdida y desubicada. Había perdido la noción del tiempo y no estuvo segura de dónde se encontraba hasta que su mente empezó a aclararse. De camino al dormitorio había visto una pequeña ventana por la que había atisbado un jardín y varios árboles. Fuera llovía y hacía un día gris. En aquel momento se había preguntado dónde podía estar, ¿quizá en Colorado? Pero los árboles no encajaban. Y todo era demasiado verde. Berman había mencionado Londres. «¿Será esto Londres?», se preguntó.

Los dos hombres la habían esposado al cabecero de metal de la cama. La habitación carecía de muebles y ventanas, y la puerta era de acero pesado. No era más que otra celda, solo que menos húmeda que la mazmorra del sótano. Estaba furiosa con Berman por ponerla en aquella situación. Vio una cuña y comprendió que no tendría más remedio que utilizarla. Entonces la humillación se sumó a la rabia. La estaban tratando como a un animal.

Unos minutos después de despertarse, la puerta se abrió y entró el médico chino.

—¿Habla inglés? —le preguntó.

El hombre la miró impertérrito. Era difícil determinar su edad, y tenía una cara mofletuda e inexpresiva.

—Si es usted médico, ¿qué ha sido de su juramento hipocrático? ¿Quiere explicármelo?

El hombre bajó la mirada, y Pia supuso que estaba a punto de inyectarle de nuevo la sustancia que habían estado utilizando para mantenerla inconsciente.

—¡No, ni hablar! —gritó Pia cuando él le cogió el brazo—. ¡No quiero que vuelvan a sedarme! ¡Déjeme en paz, capullo!

Se zafó de su presa sin dejar de gritar y vociferar. Él no intentó retenerla y tampoco dijo nada. Se limitó a dar unos golpes en la puerta y a apartarse cuando dos centinelas chinos entraron en la habitación.

—¡Déjenme en paz! ¡Les exijo que me digan dónde estoy! ¿Dónde está Berman? Quiero hablar con él.

Pia aulló de dolor cuando uno de los centinelas la agarró brutalmente por el brazo lesionado. En el reducido espacio de la celda, la redujeron en cuestión de segundos.

El médico le mostró las manos para que viera que no llevaba ninguna jeringa y le examinó el brazo.

—¡Usted no es más que otro sádico nazi experimentador, como Berman! Sé que entiende lo que le digo. No se saldrán con la suya. ¡A usted también lo cogerán!

El médico la observó sin mover un solo músculo de la cara, y a continuación salió con los guardias de la habitación sin decir palabra. Pia no lo había visto siquiera parpadear.

54

Livingston Circle, Niwot, Colorado
Miércoles, 24 de julio de 2013, 12.34 h

Cuando Paul Caldwell vio que la dirección de Mariel Spallek no figuraba en ninguno de los registros públicos, recurrió a un amable teleoperador del directorio 411 para localizarla. La mujer vivía en una próspera urbanización de las afueras de Boulder, en una casa de alquiler de una sola planta que formaba conjunto con otras tres. El teleoperador también le dijo que en aquella dirección no había registrado nadie más, cosa que no sorprendió a Caldwell lo más mínimo.

—Y ahora que estamos aquí, ¿qué vamos a hacer? —preguntó Paul, que por prudencia había aparcado a unos cincuenta metros de la casa—. ¿Piensas plantarte ante la puerta y llamar el timbre?

—¿Por qué no? —contestó George.

—¿No dijiste que os habíais conocido? ¿Qué vas a decirle, que acabas de mudarte a la casa de al lado y necesitas un poco de azúcar? ¿Que acabas de ingresar en el cuerpo de policía?

—No creo que vaya adecuadamente vestido para eso.

George había ido a comprar ropa, pero solo había añadido unas zapatillas de deporte baratas a su indumentaria de pantalón de chándal y camiseta.

—No lo sé. Ya se me ocurrirá algo —concluyó.

—Según Pia, esa mujer es impredecible. Tendrás que inventarte una buena excusa.

—Afrontémoslo, Paul, a esta hora del día seguro que está trabajando. Cuento con ello.

George se apeó del coche antes de que Paul pudiera responder y avanzó por la calle hasta la puerta de Mariel. La entrada estaba separada de la vivienda de al lado por una valla de madera. Llamó al timbre tres veces y aguardó. No hubo respuesta ni ladridos de perro de los que preocuparse. Acto seguido fue hasta la casa contigua, la última de la hilera, y también llamó a aquel timbre. De nuevo, no obtuvo respuesta. Si hubiera tenido que apostar, habría dicho que aquellas viviendas estaban alquiladas por solteros: tenían garajes de una sola plaza y los jardines estaban cuidados pero desordenados. No había juguetes esparcidos por el suelo y tan solo contaban con un cubo de basura pequeño al final de cada camino de acceso.

Con una calma que lo sorprendió incluso a él, George rodeó las viviendas y comprobó que los patios traseros estaban separados por vallas que terminaban antes de llegar a una zona de árboles. Ninguna estaba bloqueada. «¡Bien, nadie tiene perro!», pensó George. Se acercó, trepó a la valla de Mariel y una vez en el patio se acercó a la puerta trasera e intentó abrir. Estaba cerrada, así que cogió una piedra del jardín, rompió el cristal por encima del picaporte y entró con cuidado. «Ha sido fácil», se dijo.

Buscó la alarma para desconectarla, pero no había ninguna. Entonces se dirigió a la puerta principal, la abrió y se asomó a la calle para pedirle a Paul con gestos que entrara. Al ver que Caldwell no se movía, corrió hasta el Subaru y se apoyó en la ventanilla del conductor.

—¿Te has vuelto loco? —le preguntó Caldwell.

—Probablemente. ¿Tienes unos guantes de quirófano en el coche? Limpiaré lo que ya he tocado.

—¿Y qué pasa con los vecinos? ¿Y con la alarma?

—No hay alarma, y me juego lo que quieras a que tampoco hay vecinos a esta hora del día. Vamos, estamos perdiendo el tiempo. Coge los guantes y ven a ayudarme.

—No te creo —protestó Paul—. Haré lo que quieras para

ayudarte, pero siempre que esté dentro de la ley. En esto te has quedado solo. —Cogió un par de guantes y se los pasó a George. Los llevaba en el botiquín del coche junto con otros elementos médicos por si se topaba con una emergencia en la carretera.

—Muy bien —contestó George—. Quédate de centinela. Si la ves llegar, llámame, toca la bocina o lo que sea.

Hacía tres horas que Eric McKenzie y Chad Wells habían comenzado su turno. Les habían encargado seguir a aquel Subaru con baca y a los dos individuos que el día anterior habían intentado entrar en Nano. El jefe de seguridad de la empresa les había dicho que no eran peligrosos y que no debían acercarse a ellos. Su tarea consistía simplemente en seguirlos sin ser detectados.

En esto último fue en lo primero que pensó Chad cuando vio que el Subaru cruzaba el pórtico de una urbanización acomodada después de haber estado más de una hora aparcado frente a la que había sido su comisaría.

—¿Por qué paras? —le preguntó Eric.

El Subaru había desaparecido en la distancia.

—Mira este sitio. Hileras y más hileras de casas y ni un coche a la vista. Si entramos, nos verán al instante.

—¿Y qué?

—Pues que el jefe nos ha dado órdenes estrictas de pasar desapercibidos, idiota. No nos pagan para que pensemos, y eso en tu caso es una suerte. No sería fácil vivir con seis dólares a la semana.

—Muy gracioso.

—Será mejor que bajes y camines un poco.

—¿Qué?

—Entra e intenta encontrarlos. Conozco esta urbanización. Este es el único acceso. Entretanto llamaré por radio a la base y les diré dónde se han metido, a ver si el jefe sabe lo que andan buscando.

—La radio sigue funcionando aunque circulemos —protestó Eric.

—¡Baja de una vez!

—¡Qué mierda de trabajo! —exclamó Eric en voz alta diez minutos más tarde—. ¿Quién querría vivir aquí? Todas las calles son iguales y no se ve un alma. La mitad de las casas parecen vacías.

No había visto ni rastro del Subaru, nada sorprendente teniendo en cuenta el tamaño de la urbanización. Pero McKenzie siguió caminando, abrasándose bajo el sol de mediodía. Odiaba tener que llevar aquella cazadora en pleno día para poder ocultar la pistola.

La radio conectada a su auricular chisporroteó.

—¿Dónde estás, Eric?

—Ni idea. Por aquí todas las calles son iguales.

—Está bien, acércate a un cruce y dime los nombres. Los genios de la base han adivinado a quién quieren ver esos dos cretinos.

—De acuerdo. Estoy en la esquina de Franklin con Jackson.

—Muy bien. No te muevas, te veo dentro de cinco minutos.

George se puso los guantes de látex y registró metódicamente el apartamento de Mariel. Encontró unas cuantas carpetas en un cajón sin llave, pero solo contenían documentos personales, facturas del coche y manuales de los electrodomésticos. Su móvil sonó de repente y se le cayó la que tenía entre las manos.

—¿Has encontrado algo? —preguntó Paul.

—¿Viene Mariel? —repuso George.

—No, no viene nadie. Solo llamaba para ver cómo vas.

—Pues no lo hagas. Me has dado un susto de muerte. Sigo buscando —contestó antes de cortar la comunicación.

Eric detuvo el coche en la calle donde vivía Mariel, tan lejos de la casa de Spallek como del coche de Paul, que estaba aparcado en la otra acera. Cogió los prismáticos y vio que había alguien dentro del vehículo.

—Hay alguien al volante, así que supongo que el otro estará dentro. Debe de haber conseguido entrar de algún modo. Nos han dicho que esos dos tíos son médicos o algo parecido. No sabía que los médicos se dedicaran a allanar casas.

—¿Por qué has parado tan lejos? Cojamos a ese tío y acabemos de una vez —propuso Chad, que siempre estaba dispuesto para una pelea.

—Tranquilo, tío —repuso Eric—. Voy a llamar a Nano.

—No podrías ser más aburrido —protestó Chad, que no paró de moverse en su asiento mientras su compañero hablaba brevemente con el jefe de seguridad.

—Vamos a llamar a la policía —informó a Chad tras cortar la comunicación—. Esas son nuestras instrucciones. Según el jefe, en esa casa no hay nada que pueda resultar comprometedor. La mujer que la ocupa es demasiado prudente para llevarse a casa algo importante, así que ese tío puede seguir ahí dentro y buscar tanto como quiera porque no encontrará nada. Si la policía los pilla, los arrestará, y eso debería bastar para que se les pasaran las ganas de jugar a los detectives. En cambio, si entramos y nos encargamos de ellos, solo conseguiremos que busquen con más ahínco. Si tienen huevos. Esos tíos no tienen ni idea de lo que están haciendo.

—Pues menudo chasco.

—Ya lo sé. De todas maneras, si no desisten tendremos que darles un toque, así que no te pongas de morros y llama a tu colega del Departamento de Policía para darle los detalles. Aquí tienes la dirección exacta.

Le entregó un trozo de papel.

Paul le echó un vistazo al reloj y se agitó en su asiento. George llevaba unos veinticinco minutos en la casa. Luego miró por el retrovisor y vio que al final de la calle había aparcado un coche que no estaba allí instantes antes. Su presencia llamaba la atención por la ausencia de tráfico. ¿Cuánto tiempo llevaría allí exactamente? Aguzó la vista intentando ver si había alguien dentro y creyó distinguir al menos una figura. Volvió a llamar a George.

—Oye, acabo de ver un coche aparcado detrás de mí, al final de la calle. No lo he visto llegar.

—¿Está delante de la casa?

—No, pero creo que hay dos hombres dentro, aunque realmente solo alcanzo a ver uno. En cualquier caso, no me gusta.

—¿Y no se han movido?

—No.

—Escucha, en esta casa tiene que haber algo —insistió George—. Esa Mariel está metida en esto hasta las cejas.

—George, sal de ahí. Llevas demasiado tiempo dentro.

—Un minuto más —contestó Wilson antes de colgar.

Paul estaba cada vez más inquieto. Aquel minuto se convirtió en dos, en tres y después en cinco. Caldwell sudaba copiosamente, así que puso en marcha el motor para conectar el aire acondicionado. Le pareció oír que el otro coche también arrancaba. No dejaba de observarlo a través del retrovisor. Después, a lo lejos, vio que se aproximaba otro vehículo y notó que se le formaba un nudo en el estómago. Lo sabía: era una patrulla de la policía. Marcó a toda prisa el número de George.

Wilson estaba tumbado en el suelo, buscando bajo el sofá con el brazo extendido. Cuando sonó el móvil, se exasperó. Paul se estaba poniendo verdaderamente pesado. Se levantó, miró por la ventana y vio movimiento. Mientras se acercaba a la parte delantera de la habitación, vio que un vehículo de la policía aparcaba justo delante del camino de entrada de la casa de Mariel.

—¡Mierda! —exclamó, y echó a correr hacia la puerta de la cocina como si su vida dependiera de ello. Cruzó el patio trasero a toda prisa y se internó en la zona arbolada que había detrás de la casa. A pesar de la maleza y los árboles, consiguió avanzar a buen ritmo. Un par de minutos después, se detuvo y miró hacia atrás. Entonces llamó a Paul.

Al ver que George no contestaba a su última llamada y que dos agentes de policía uniformados se apeaban del coche y se encaminaban hacia la puerta principal de la casa de Mariel, Paul se alejó lentamente del bordillo. Miró hacia atrás y vio que el Malibú que había aparcado detrás de él lo seguía a cierta distancia. Esperaba que comenzaran a sonar sirenas y que le ordenasen detenerse, pero no fue así. Entonces pensó que sería un coche de policía de incógnito. Tenía el móvil en la mano cuando comenzó a sonar.

—¡George!

—Estoy detrás de la casa, en el bosque. ¿Qué está pasando? —Le faltaba el aliento.

—La policía acaba de entrar en la casa y a mí me está siguiendo un coche. Pero no pueden ser policías, porque ya me habrían obligado a parar.

—Lo mejor es que vuelvas a casa. Seguramente sean de seguridad de Nano.

—¿Por qué lo dices?

—¿Qué otra cosa podría ser? Escucha, tengo que seguir alejándome de aquí.

George cortó la comunicación. Caminó otros diez minutos entre la vegetación hasta dar con una carretera secundaria. Siguió la dirección del sol y tras veinte minutos avanzando entre las sombras llegó a un cruce. Volvió a llamar a Paul, que contestó utilizando el manos libres.

—He llegado a un cruce de carreteras —le explicó George—. No parece que me esté siguiendo nadie.

—Gracias a Dios.

—¿A ti te siguen todavía?

—No lo sé, George. Ahora mismo no veo el coche. Todo esto me está poniendo enfermo. Y se supone que dentro de una hora tengo que estar en el trabajo.

—Ve. Yo buscaré mis coordenadas en el móvil. Llamaré a un taxi y te veré más tarde.

—Estás muy tranquilo a pesar de todo —comentó Paul.

—Creo que acabamos de descubrir muchas cosas. Nos están siguiendo, ¿verdad? Tiene que ser gente de Nano. Si Pia se equivocaba respecto a que hubiera algo turbio en esa empresa, ¿por qué iban a molestarse en hacerlo?

—Entonces ¿tienes algún plan?

—No, pero necesitamos ayuda.

—Eso está claro, pero ¿quién va a ayudarnos?

—No lo sé, Paul. La verdad es que no lo sé.

55

La vieja vicaría, Chenies, Reino Unido
Jueves, 25 de julio de 2013, 14.10 h (hora local)

Pia tenía la sensación de estar sumergida en melaza. Como no habían vuelto a inyectarle sedantes, había tardado una eternidad en conciliar el sueño, pero una vez que lo consiguió, durmió profundamente. Estaba claro que su cuerpo estaba todavía bajo los efectos de los barbitúricos. Se despertó poco a poco y se preguntó cuánto tiempo habría perdido. No había vuelto a ver a Berman desde que este se había marchado del sótano tras pronunciar su gran discurso sobre la nanotecnología. Le resultaba imposible no perder la noción del tiempo. La habían privado de toda diferencia entre el día y la noche, pues la luz de su habitación estaba siempre encendida. ¿Cuándo había visto a Berman? ¿El día de antes? ¿La semana anterior? Hasta donde ella sabía, bien podría haber pasado un año. Le dolía la cabeza y veía borroso. Se encontraba fatal, pero no tenía más remedio que intentar concentrarse en lo que le estaba ocurriendo.

Al margen de cuánto tiempo hubiera pasado, Pia no había tenido demasiadas oportunidades de pensar en su situación por culpa de los sedantes que le habían administrado. Sin embargo, en aquel momento, mientras repasaba mentalmente todos los detalles que era capaz de recordar, entendió muchas cosas. Berman le había contado demasiado para que liberarla fuera una opción viable. Se hallaba en una posición delicada.

Tendría que plegarse a la voluntad de Berman o afrontar las consecuencias.

No tardó más de unos segundos en estudiar su habitación. Para evitar que se deshidratara, le habían puesto una vía intravenosa. En la estancia no había nada más que pudiera utilizar como arma, ni aunque lograra alcanzarlo, pues seguía atada aunque con cierta holgura.

Cuando aún estaba intentando despejarse la cabeza vio que, en la puerta, una mirilla en la que no había reparado se abría y se cerraba rápidamente. Descorrieron el cerrojo y el médico chino volvió a entrar. Pia se sentó en la cama, lista para plantarle cara de nuevo.

—Vengo para mirarle el brazo. Quieren que se ponga bien. —El hombre evitó mirarla a los ojos.

—O sea que habla mi idioma… ¿Y para qué quieren que me ponga bien? ¿Quiénes son «ellos»? Si usted es médico, tiene la obligación de ayudarme.

La puerta se abrió otra vez y un guardia muy alto y corpulento entró en la habitación. Cerró a su espalda y se quedó mirando a Pia en silencio. Su presencia resultaba intimidante.

—¿Dónde está Berman, el estadounidense…?

—No puede hablar, señorita.

El médico empezó a examinarle el brazo. Además de sentirse mentalmente espesa, le dolía la fractura. Sabía lo bastante de aquel tipo de lesiones como para comprender que lo ideal habría sido llevarlo siempre en cabestrillo y así mantener la alineación adecuada para que el hueso pudiera soldarse. Pero había pasado la mayor parte del tiempo tumbada boca abajo, puede que incluso se hubiera apoyado sobre el brazo. No tenía forma de saberlo. Por mucho que odiara a aquel médico, dejó que le manipulara el brazo con delicadeza. No quería que el húmero le quedara mal alineado o no se soldara. En ambos casos tendría que pasar por el quirófano para que se lo arreglaran.

—¿Cómo lo nota?

—Bien. Es decir, algo sensible, pero nada preocupante.

—Ya sabe que podría convertirse en un problema si no se lo cuida.

—Estoy prisionera no sé dónde y me tienen esposada a la cama. No puede decirse que sea responsabilidad mía, ¿no le parece?

—Si no se cura el brazo puede quedarle mal para siempre.

—Como si ese fuera el mayor de mis problemas —replicó Pia.

Sabía que no se encontraba en su mejor momento y se preguntó si sería esa la razón de que Berman no la hubiera forzado todavía.

—Soy vulnerable en muchos aspectos —añadió.

El médico no contestó.

—Puede que estar débil tenga sus ventajas. Quizá el americano ricachón no se haya aprovechado de mí por eso.

Apenas había acabado de formular la frase cuando se le pasó por la cabeza un pensamiento terrible.

—A menos que sí lo haya hecho… No se ha aprovechado de mí, ¿verdad?

Pia creía que no, pero cuando estaba despierta no podía recordar gran cosa, y mientras estaba sedada no se habría dado cuenta. Pero habría sentido algo, y Berman habría presumido de ello. ¿O no?

—Sabe para qué clase de hombre trabaja, ¿no? —le dijo al médico.

El hombre no reaccionó y se limitó a anotar algo en una pequeña libreta. Luego se la guardó en un bolsillo y salió de la habitación. Un momento después regresó con un cuenco de sopa y una botella de agua. Llevaba un sobre de papel Manila bajo el brazo.

—Le traigo sopa y agua. Debería comer. El jefe americano quiere que lea esto.

Dejó el cuenco en el suelo, al alcance de Pia, y se marchó. El sobre contenía un documento de unas diez páginas. Llevaba el sello rojo de CONFIDENCIAL y las páginas tenían impreso como marca de agua un número de serie. Pia lo hojeó brevemente antes de arrojarlo al suelo en un rincón. Era un informe económico para posibles inversores que detallaba los planes de expansión de Nano hasta 2020. «Está intentando impresionarme —pensó—, y se supone que con este documento va a demostrar que es un hombre de negocios serio. ¿Los hombres de negocios serios hacen estas cosas?», concluyó mirándose el brazo esposado a la cama. Le dolía demasiado la cabeza para leer lo que sin duda no era más que una sarta de gilipolleces que ensalzaban al presidente de Nano.

—¡Si quieres que me lea esa mierda, sácame de aquí! —gritó a la puerta.

Luego se tumbó en la cama con la mirada perdida en el techo. No se encontraba bien, pero no quería dormir más. Al cabo de un rato se acordó de la sopa que el médico le había dejado. Se incorporó y pensó que iba a estallarle la cabeza. Un minuto después el dolor disminuyó y se tomó la sopa fría. Luego arrastró la carpeta con la punta del pie hasta donde pudo cogerla y, por puro aburrimiento, leyó su contenido.

Según aquel documento, la nanotecnología iba a cambiar la medicina para siempre. «Dime algo que no sepa», pensó Pia. Los nanorrobots eran capaces tanto de devorar la placa dental como de desobstruir arterias. Podían acabar con las infecciones y las células cancerígenas más resistentes. Eran capaces de atacar las inflamaciones, de cicatrizar heridas, incluso de limpiar dientes.

En el informe se destacaba una de las aplicaciones de los nanorrobots por encima de las demás: podían tener un impacto favorable en la acumulación de proteínas en el cerebro de los pacientes de Alzheimer incipiente. Tal vez incluso tuvieran propiedades profilácticas que harían posible que una persona con riesgo de desarrollar la enfermedad pudiera ser tratada antes de que aparecieran los primeros síntomas. Berman le había contado que su madre padecía Alzheimer y que estaba recluida en una residencia clínica cerca de Nano.

«¡Claro! —se dijo cuando lo comprendió—, esa es la razón

de que Berman esté corriendo tantos riesgos, tomando tantos atajos. Por eso está tan desesperado por adelantarse diez años a la competencia.» ¿Cuántos años tenía? ¿Cuarenta y largos? Si era susceptible de desarrollar la enfermedad, en su cerebro podrían estar produciéndose ya los primeros cambios. Dentro de diez años, seguramente serían irreversibles. Pia estaba convencida de que no se equivocaba. Pero ¿qué podía hacer con aquella información?

Pensó en las motivaciones de Berman. Curar el Alzheimer era una razón sobradamente legítima para dedicarse a la investigación. Podía ser un trabajo vital, incluso noble; pero no si se llevaba a cabo como él lo estaba haciendo. Se acabó la sopa y bebió un poco de agua. Sabía que no podría hacer nada hasta que volviera a ver a Berman.

56

Club nocturno Incense, Mayfair, Londres
Viernes, 26 de julio de 2013, 2.27 h (hora local)

Jimmy nunca dejaba de sorprender a Zach Berman. Él apenas era capaz de mantener los ojos abiertos y sin embargo Yan seguía sentado en la zona VIP de aquel carísimo club nocturno de Mayfair charlando con una joven china asombrosamente guapa que medía al menos un palmo más que él. La otra mujer, que se había acomodado junto a Berman cuando habían llegado, se había aburrido y había desaparecido hacía media hora. La discoteca vibraba al ritmo de la música y estaba llena de hombres y mujeres jóvenes y atractivos. Por mucho que intentara sumarse a la fiesta, Berman tan solo deseaba irse a la cama.

—¿No te lo estás pasando bien? —le preguntó Jimmy a gritos para hacerse oír por encima del ruido.

—Apenas te oigo —contestó Berman colocándose la mano detrás de la oreja.

—Pero este tipo de sitios te gusta. En Milán fuimos a muchos parecidos.

—Lo sé, pero es tarde y estoy cansado.

Lo que Berman deseaba era tener a Pia allí a su lado. Lo intentaba con todas sus fuerzas, pero no lograba quitársela de la cabeza, especialmente sabiendo que estaba pudriéndose en su celda de la vicaría. Había albergado la esperanza de que el médico chino le dijera que ella quería verlo, pero no había sido así.

Incluso se lo había preguntado directamente, pero el hombre había insistido en que Pia no había comentado nada en ese sentido. Zachary tenía la impresión de que se encontraban en un callejón sin salida, porque tanto Pia como él estaban acostumbrados a salirse con la suya. Maldecía la testarudez de la joven, pero al mismo tiempo sabía que formaba parte de su encanto.

Bostezó y se cubrió la boca con la mano para tratar de disimularlo. No había duda de que estaba cansado. Jimmy y él no habían parado en todo el día. La diferencia era que Jimmy seguía estando tan fresco como por la mañana. Habían ido en un coche oficial desde Chenies hasta el Estadio Olímpico, situado en el este de Londres, donde estaban teniendo lugar los Campeonatos Mundiales de Atletismo. El viaje de sesenta kilómetros que tendría que haber durado una hora duró tres por culpa del tráfico, que era malo incluso para lo habitual de la zona.

Después Yan lo había llevado al apartamento donde se alojaba Yao Hong-Xiau. Berman no había dejado de darle la lata a su colega chino para que le permitiera ver al hombre de cuyos pies dependía su futuro. Lo encontraron tumbado en la cama de su pequeño piso. Parecía estar tranquilo y preparado. Les dijo que no salía mucho porque había demasiadas distracciones y que prefería ceñirse a su programa de entrenamiento ligero y descansar.

Más tarde, Berman le dijo a Jimmy que Yao tenía razón en cuanto a las distracciones. Londres estaba en plena efervescencia veraniega. Yan había dejado el coche y a su chófer en Stratford, donde se celebraban los campeonatos, y había llevado a Berman en metro —Zachary no había pisado el metro de Londres desde su época de Yale— al centro de la ciudad. Los pequeños vagones estaban abarrotados. Oyeron hablar multitud de lenguas, y dos tercios de los pasajeros parecían ser turistas. Un músico callejero empezó a desafinar con una canción de Frank Sinatra, pero no tardó en ser acallado por una pandilla de australianos aferrados a sus cervezas.

Las estrechas aceras del centro estaban llenas de turistas y londinenses. Grupos de agentes armados montaban guardia en los cruces más importantes, y la policía local procuraba mantener a los peatones fuera de la calzada. De las tiendas salía el estrepitoso sonido de la música rock, y el aroma de cientos de especialidades gastronómicas internacionales impregnaba el ambiente. Era un día soleado y caluroso, así que Berman se preguntó qué había sido del famoso mal tiempo inglés.

—¿Qué estamos haciendo aquí, Jimmy?

—Esto es Leicester Square, el centro de Londres. Es divertido, ¿verdad?

—No. En mi vida había visto tanta gente.

—Yo soy chino, en casa veo más gente todos los días. Vamos.

Jimmy lo cogió del brazo y lo guió por una serie de callejuelas hasta una puerta sobre la que colgaba un pequeño letrero en chino. Abrió y le hizo pasar.

—Estamos en el barrio chino. Aquí sirven la mejor comida china de Europa. Esta gente es de mi provincia.

Estaba claro que Jimmy conocía al propietario, pues el hombre se deshizo en reverencias. Cuando les sirvieron la comida, Berman la encontró muy picante, y distinta a todos los platos chinos que había probado hasta entonces.

—¿Demasiado especiada? —preguntó Jimmy—. Les he pedido que la suavizaran un poco, pensando en ti.

—Está buena, pero sí que pica —repuso Berman mientras masticaba un trozo de carne que casi hacía que se le saltaran las lágrimas.

—Quiero que te saques a esa mujer de la cabeza. No va a ceder, y lo sabes.

¿Por qué pensaba así Jimmy? Berman se dio cuenta de que probablemente las habitaciones de la vieja vicaría estuvieran llenas de micrófonos, así que Yan habría oído la respuesta de Pia a sus ruegos.

—Sí cederá —contestó—. Tiene que hacerlo. Por cierto, te agradezco que estés siendo tan discreto respecto a Pia con tus jefes.

—¿Quién ha dicho que no se lo he contado?

—Confío en que no sea así. Hasta el momento no ha ocurrido nada que pueda poner en peligro nuestra colaboración. El único inconveniente que ha surgido por habérnosla llevado de Boulder ha sido que un par de amigos suyos se han presentado ante la policía y han hecho unas cuantas preguntas. Pero no van a llegar a ninguna parte. Es más, creo que son ellos los que puede que estén metidos en un lío, no nosotros. Para el resto del mundo, Pia se ha esfumado.

Jimmy hizo un gesto de indiferencia. Berman sabía que Pia no significaba nada para él, pero mientras el trato estuviese en el aire ella podría seguir siendo su invitada. Faltaban dos semanas para el maratón, de manera que Berman tenía mucho tiempo para persuadirla. Nunca había fracasado en semejante tarea.

En aquellos momentos, muchas horas después del almuerzo, después de más turismo y de una cena interminable, Berman solo deseaba dar el día por terminado.

—Como quieras —dijo Jimmy—. El coche está fuera si quieres marcharte. Mi amiga y yo estábamos hablando de la política agrícola china. En serio. Yo iré más tarde.

Jimmy se volvió hacia su nueva acompañante. «Me alegro por ti —se dijo Berman—, pero yo estoy harto.» Se preguntó hasta qué punto se sentía así por culpa de Pia o porque eran las dos y media de la mañana. Tenía la sensación de que sus sentimientos hacia ella no eran solo carnales; de ser así, se habría asegurado de que podía poseerla nada más llegar a la vicaría. Deseaba que aquella mujer reconociera que era un pionero y que podían dirigir la empresa juntos, él al timón y los científicos brillantes como ella a su lado. La fase china del proyecto estaba a punto de finalizar y con ella la necesidad de realizar experimentos clandestinos. Habían sido precisos para lanzar el programa, para conseguir la financiación, pero todo aquello pronto sería agua pasada. Pia podía llamar a las autoridades sanitarias y guiarlas ella misma durante una inspección de Nano si eso la tranquilizaba.

Un nuevo ritmo le taladró el cerebro cuando el disc-jockey cambió de canción. Vio que Jimmy no tenía intención de marcharse pronto, de modo que se levantó del sofá de piel, le dio las gracias por la agradable jornada y se abrió paso entre la multitud de gente guapa hacia la salida.

Apartamento de Paul Caldwell, Boulder, Colorado
Jueves, 25 de julio de 2013, 19.55 h

Paul y George discrepaban sobre si la policía iría a verlos tras su excursión a casa de Mariel Spallek, y a Caldwell no le hizo ninguna ilusión descubrir que era él quien tenía razón. George no había rechazado de pleno la hipótesis de Paul, así que pudieron acordar sus versiones antes de que aquella noche el detective Samuels llamara a su puerta acompañado por un colega al que presentó como detective Ibbotson. Los cuatro se instalaron en la sala de estar de Paul; el anfitrión y Wilson en el sofá y los policías frente a ellos en sendas sillas de cocina. El ambiente estaba tenso. Samuels tomó la palabra.

—Podemos hablar aquí o hacerlo con mayor formalidad mañana en la comisaría —dijo mirando a Paul.

Sin embargo, fue George quien respondió:

—Aquí está bien.

—¿Adónde fueron ayer después de charlar conmigo?

—Dimos una vuelta con el coche mientras pensábamos qué hacer a continuación. Estábamos preocupados por nuestra amiga, y no conseguimos gran cosa de nuestra visita a la policía.

—Lamento que lo vea de ese modo, pero seguimos estudiando el caso. ¿Adónde fueron?

—Alrededor de la una y media llegamos a Niwot. Sabíamos que Mariel Spallek, la jefa de Pia en Nano, vive allí. Se nos ocurrió que quizá estuviera en casa y dispuesta a contestar unas cuantas preguntas. Lo cierto es que estamos muy perdidos y no sabemos cómo actuar. Pero no estaba en casa y nos fuimos pensando que quizá sería mejor volver por la noche.

—Estuvieron por allí cerca de la una y media —dijo Samuels.

—Sí, más o menos —confirmó George sin dar más detalles.

Habían estado en Niwot, pero para esa hora él ya se hallaba en un taxi de camino a casa.

—¿Y usted puede confirmarlo? —le preguntó Samuels a Paul.

—Sí. Recuerdo la hora porque tenía que ir a trabajar al hospital. Iba a llegar tarde.

—Él se fue con el coche y yo cogí un taxi. Desde Niwot.

George sabía que si lo comprobaban averiguarían que, en efecto, había cogido un taxi, pero desde una localización que requeriría ciertas explicaciones.

—¿Por qué cogió un taxi?

—Paul tenía que ir a trabajar. Preferí cogerlo desde allí que hacerlo desde el hospital. Quería volver a casa.

Samuels los observó. Sabía que no estaban siendo en absoluto sinceros, pero en el contexto global tampoco importaba mucho.

—¿Y dicen que llamaron al timbre de la señorita Spallek y nadie les contestó?

—Exactamente —contestó George.

—¿Vieron a alguien más? ¿A alguien que quizá diera la impresión de no encajar con el vecindario?

—Había un coche sospechosamente aparcado en la misma calle.

—¿Qué quiere decir con «sospechosamente aparcado»?

—Bueno, me refiero a que estaba aparcado y sus dos ocupantes seguían dentro. Estaba un poco más abajo de la casa de Mariel. No había más coches ni gente. Nos pareció sospechoso y lo comentamos.

Paul asintió.

—¿Puede describir el vehículo?

—Azul oscuro —respondió Paul—. Un sedán grande. Un Buick o algo parecido. La verdad es que pensé que se trataba de un coche de la policía. Tenía el típico aspecto un tanto desvencijado. Sin ánimo de ofender, claro.

Samuels miró a Paul y después a George. «Muy listos», se dijo, y a continuación cerró su libreta. Aquella situación no merecía que le dedicara más tiempo. Sabía que la policía había recibido el chivatazo de Nano, lo cual sugería que la empresa los había estado siguiendo, seguramente por haber intentado entrar en sus instalaciones. Samuels intuía que en toda aquella historia había un elemento romántico extraño, pero a aquellas alturas no estaba dispuesto a especular. Los hechos del caso eran que alguien, tal vez los dos hombres que tenía sentados enfrente, había entrado a la fuerza en casa de Mariel Spallek, pero no había robado ni roto nada salvo el cristal de la puerta trasera. Y aún más importante: la propia Spallek había rehusado presentar una denuncia cuando contactaron con ella, y los agentes que habían acudido a la escena no habían visto a nadie a pesar de que había pruebas claras de una intrusión.

—Detective Ibbotson, ¿por qué no me espera en el coche? Me reuniré con usted enseguida —dijo Samuels.

Su compañero asintió y se fue.

—No sé qué está pasando aquí —continuó el detective—, pero me parece que harían bien en dejar de jugar a los detectives antes de meterse en un problema serio. Conozco a la gente de seguridad de Nano y no son tontos. La próxima vez que intenten algo parecido, espero que no los cojan ellos primero.

—Eso suena a amenaza —señaló George.

—No lo es. Más bien se trata de un consejo amistoso. Su amiga regresará, si es que quiere hacerlo. Eso es lo que sucede en el 99,9 por ciento de este tipo de casos. Y si no quiere, pues no aparecerá. Pero tenemos unos hechos comprobados y seguiremos con el caso. Estamos en contacto directo con el departamento de personal de Nano. Contamos con la descripción de la joven y su foto. Había pruebas de que regresó a su piso tras enviarle a usted un mensaje de texto, doctor Caldwell, además de indicios de que se había marchado hacia el este. Naturalmente seguiremos todas esas pistas, así que, amigos, tranquilícense antes de que los arresten o les hagan daño.

Samuels se levantó y se fue.

—Tiene gracia que hayan aparecido por aquí justo después de que haya acabado mi turno en Urgencias —comentó Paul cuando el policía hubo salido.

—He estado pensando, Paul. Está claro que los de Nano nos están siguiendo, que la policía no nos quita ojo y que no estamos más cerca de encontrar a Pia. Ha desaparecido, estoy seguro. No me creo ni por asomo que se haya largado al este. Opino que alguien se la ha llevado, y que ese alguien es Berman. Y no tenemos los recursos necesarios para encontrarla.

—¿Y qué demonios hacemos? Es obvio que las autoridades no nos hacen ni caso.

—La otra vez que Pia se metió en problemas, su padre la salvó. Odio hacerlo porque es un gángster de la peor calaña, pero creo que debo pedirle ayuda.

—¿Su padre? No sabía que Pia tuviera familia.

—Es un pez gordo de la mafia albanesa del área metropolitana de Nueva York. No tengo razón alguna para pensar que quiera ayudarnos, pero lo hizo la última vez que Pia se metió en un lío de este tipo. Debo decir hay muchas similitudes entre aquella situación y lo que está sucediendo ahora. Entonces también la secuestraron. Dios, es como si fuera un imán para las desgracias.

—¡La mafia albanesa! ¡Cielo santo! Creo que vi una película sobre ellos. Son unos tipos muy violentos.

—Los que más.

—¿Cómo se llama el padre?

—Burim Graziani o algo parecido.

—¿No es Grazdani, como Pia?

—Al parecer el padre tuvo que cambiarse el apellido por algún motivo.

—¿Y cómo la salvó?

—Pia había sido secuestrada por un clan albanés rival al que unos financieros habían contratado para que la mataran. No lo hicieron porque se dieron cuenta de que su apellido era albanés. Llamaron al padre, que es un tío con muchos contactos, y él demostró que era su hija. Los albaneses se parecen un poco a la mafia italiana, porque tienen su propia idiosincrasia sobre la familia y el honor por encima de todo.

—Con mafia o sin ella, creo que deberías llamar al tal Burim. ¿Qué te hace pensar que tal vez no quiera ayudarnos?

—Después de ingeniárselas para salvarla, intentó recuperar cierta relación con su hija, pero Pia se negó en redondo. Ni siquiera le hablaba. Cuando ella tenía más o menos seis años, su padre la abandonó en manos del programa de acogida de Nueva York, y a partir de ahí sufrió todo tipo de torturas psicológicas. Burim se puso en contacto conmigo para llegar hasta ella, por eso tengo su número. Me pidió que intercediera para que Pia lo llamara, y fui lo bastante estúpido como para intentar ayudar. Pia se puso hecha una furia conmigo por entrometerme en su vida. Aquella fue la última vez que la vi hasta que me presenté aquí en abril.

Paul hizo un gesto de impotencia.

—No parece el padre del año, pero no creo que tengamos más elección. Por desgracia está bastante claro que la policía de Boulder no va a hacer nada salvo que aparezcan pruebas de que ha sido secuestrada. Tengo la corazonada de que ya no está aquí, en Boulder.

—Eso creo yo también.

—Tengo un contacto en el aeropuerto. Quizá para empezar podría averiguar si el avión de Nano está aquí, y si no es así, adónde ha ido. No sé si es una información difícil de conseguir, pero los pilotos tienen que rellenar planes de vuelo.

—No estaría de más —contestó George—. Mierda, no me gusta la idea de tener que hablar con tipos como Graziani. Es lo peor, pero no se me ocurre qué otra cosa podemos hacer.

—Supongo que lo mejor será que lo llames —dijo Paul.

—La verdad es que ya lo he hecho. Naturalmente, no me contestó, así que tuve que dejar mi nombre y mi número.

La llamada que George esperaba llegó una hora más tarde. En cuanto Wilson empezó a hablar, la persona que llamaba, que reconoció no ser Burim, dijo que no quería oír los detalles por teléfono. Si George pretendía hablar con Burim, tendría que ser cara a cara y en un sitio público, lo cual significaba que debería viajar al este. Luego le advirtió que más le valía no estar haciendo perder el tiempo a nadie. Por muy arisca que fuera, aquella invitación era lo que George necesitaba oír. Pero entonces surgió la cuestión de cómo salir de Boulder sin que lo vieran. Ni él ni Paul consideraban que fuera buena idea revelar adónde se dirigía Wilson mientras Nano siguiera vigilándolos.

George reservó un billete en el avión de United que salía hacia Newark a las 8.37 y después ideó con Paul una manera de llegar al aeropuerto de Denver sin ser visto. Y por eso Paul estaba sentado en su Subaru frente a su apartamento a las cuatro de la mañana con el motor en marcha.

—Eh, Eric, se han puesto en marcha.

Después de no haber podido conseguir que detuvieran a George y Paul en casa de Mariel, a Chad Wells y Eric McKenzie les había tocado encargarse de hacer el turno de vigilancia de la noche. Habían aparcado al final de la calle del edificio de apartamentos de Paul, en un lugar desde donde divisaban el aparcamiento. Chad tuvo suerte: se había dormido, al igual que Eric, pero se despertó a tiempo de ver que las luces del Subaru se habían encendido y que los hombres estaban dentro con el motor en marcha.

—¿Están los dos en el coche? —preguntó Eric mientras intentaba que sus ojos enfocaran—. ¡Joder! ¿Qué hora es?

—Más de las cuatro.

—¿Y qué coño están haciendo despiertos a esta hora? ¿Adónde demonios van?

—Creo que eso es lo que debemos averiguar. No olvides que son médicos, así que es posible que hayan recibido una llamada de emergencia.

—Parece que están los dos en el coche.

—Eso mismo creo yo —convino Chad, aunque no podía estar seguro a causa de la distancia.

Pero le parecía más prudente sonar convencido que admitir que no lo tenía claro. Además, como hasta aquel momento aquellos dos lo habían hecho todo juntos, parecía apostar sobre seguro. No quería tener que salir a comprobarlo con aquel frío en caso de que Eric se lo ordenase.

—Muy bien, sigámoslos, pero mantente a bastante distancia, ¿vale?

—Entendido.

Cinco minutos más tarde, Paul se puso en marcha y salió lentamente del aparcamiento, asegurándose de iluminar con los faros el coche que suponía que los vigilaba. El plan era que él condujera hasta casa de Berman, diese unas cuantas vueltas por allí y volviera pasando por el hospital. El paseo le llevaría al menos una hora, tiempo suficiente para que George pudiera salir por la parte de atrás del edificio y subir al taxi que debía recogerlo en una gasolinera situada a quinientos metros de distancia en dirección contraria. Ninguno de los dos creía que hubiera más de un coche siguiéndolos, y aunque dejaran a alguien vigilando la casa no podría verlo salir por la parte de atrás. Al menos eso esperaban.

George vio a Paul alejarse y volvió a colocar la cortina en su sitio. Esperó quince minutos y puso en marcha su parte del plan.

Salió del apartamento de Caldwell, se dirigió a la puerta trasera del edificio y caminó por la calle a paso vivo sin mirar atrás. Había cogido prestada una de las cazadoras de Paul y un pantalón de vestir que le sentaba bastante bien. Por alguna razón, deseaba estar presentable para la reunión que tenía prevista a las cuatro de la tarde de aquel día. Solo de pensar en ella se ponía nervioso y el pulso se le aceleraba. No le gustaba correr riesgos, pero sabía que debía hacerlo, y cuanto antes mejor. Cuando se acercó a la gasolinera, vio un taxi aparcado junto a la acera y supuso que sería el suyo.

Entonces sí se atrevió a echar la vista atrás y comprobó que no lo seguía nadie. Lo había conseguido.

58

Área de servicio Vince Lombardi,
autopista de New Jersey
Viernes, 26 de julio de 2013, 16.14 h (hora del Este)

George Wilson estaba sentado al fondo del restaurante Roy Rogers. El establecimiento le recordaba los largos viajes familiares de su infancia, cuando se habían detenido en sitios así. Sus padres siempre llevaban su propia comida, de modo que se limitaban a comprar las bebidas, y George tenía que comerse su sándwich de huevo casero mientras los demás niños disfrutaban de sus hamburguesas. Supuso que por eso aquel día se había pedido una, pero le había dado un bocado y no había sido capaz de comer más. En aquellos momentos jugueteaba con su refresco gigante sin azúcar y esperaba.

Veinte minutos después, con más de media hora de retraso, llegó su cita.

—Sigue aquí —dijo Burim Graziani, nacido Grazdani, sorprendiendo a George, que no lo había visto entrar.

Iba acompañado de otro individuo que podría ser pariente suyo. Burim era tal como George lo recordaba: delgado, de estatura media, de unos cincuenta años, con la tez oscura y unos ojos penetrantes y negros como el carbón. Una cicatriz le torcía la boca hacia la izquierda en un amago de sonrisa. Para George era el típico matón con una actitud que denotaba la más absoluta incapacidad para el remordimiento. Iba vestido con una chaqueta de cuero negro holgada y un jersey de cuello alto del mismo color. Cuando se sentó, mantuvo las dos manos bajo la mesa y George supuso que iba armado. El otro individuo, más corpulento, permaneció de pie donde estaba con los brazos cruzados. Miraba a George como lo haría un gato con un ratón aterrorizado.

—Claro que sigo aquí —logró articular George. Se aclaró la garganta y añadió—: Quería verle.

—No puedo decir lo mismo. Nos hemos visto otras veces y siempre ha sido una pérdida de tiempo. Le pedí ayuda, pero la cagó y lo empeoró todo. Le salvé el pellejo a mi hija hace casi dos años y lo único que pedí a cambio fue algún tipo de… —Hizo una pausa para buscar la palabra adecuada.

—¿Tregua? —sugirió George.

—No se haga el listo conmigo —espetó Burim, que lo fulminó con la mirada—. Pero sí, algo así. Lo único que quería era conocerla un poco mejor, pero tiene demasiado nivel para relacionarse conmigo, porque es médica y esas cosas.

—Pia corre un gran peligro.

—Así es como va a ser, ¿no? ¿Cada vez que corra peligro tendré que quedar con usted?

—Escuche, su jefe en Colorado…

Burim alzó la mano.

—Alto ahí. Primero tiene salir un momento con mi amigo, tiene que registrarlo.

—¿Registrarme? ¿Para qué?

—Si no le gusta, puede dar esta conversación por acabada. ¿Entendido?

George obedeció. El matón que iba con Burim lo acompañó fuera y lo obligó a subir a la parte trasera de una furgoneta azul, donde otro individuo lo registró a conciencia y con brusquedad. Por alguna razón, le guiñó un ojo cuando le pasó los dedos por el cabello. ¿Sería el tío de Pia, del que ella le había hablado? Cuando regresó a la mesa, prefirió no preguntar. Burim había acabado su refresco.

—Muy bien, tipo listo, cuénteme la historia. —Señaló la silla que George había dejado vacía.

Wilson le contó todo lo que sabía e hizo hincapié en el hecho de que el jefe de Pia, Zachary Berman, había intentado propasarse sexualmente con ella. Le explicó que su hija estaba convencida de que en la empresa donde trabajaba, llamada Nano, estaba ocurriendo algo turbio, y que al intentar averiguar de qué se trataba se había puesto en peligro. De lo único de lo que podía estar segura era de que los chinos estaban implicados de algún modo, porque ella y otro médico amigo se habían tropezado con un atleta de esa nacionalidad también relacionado con Nano. Al parecer, Pia había descubierto finalmente la trama y entonces había desaparecido.

—Le envió un mensaje de texto a su amigo diciéndole que se dirigía a su casa para contárselo todo, pero nunca apareció. Desde entonces nadie la ha visto, y tanto yo como ese amigo estamos convencidos de que ha sido secuestrada por su jefe.

—¿Cuándo ha sucedido todo esto?

—Hace unos cuantos días. El lunes por la mañana, para ser exactos.

Burim miró a su colega.

—Suena igual que hace dos años. ¡Por Dios, esa chica es imposible! —El otro asintió, y Burim se volvió hacia George—. Mi hija me recuerda a su madre. Ella también era un peligro, y eso no es bueno. Me causó muchos problemas cuando yo estaba empezando. Ninguna de las dos me mostraba el menor respeto.

—Pia ha tenido una vida muy dura. Aquellos hogares de acogida…

—Vaya con cuidado, tipo listo.

George tragó saliva, pero continuó:

—Aquellos sitios hicieron que le resulte muy difícil relacionarse con la gente. No se fía de nadie, ni siquiera de mí. No tiene muchos amigos. De hecho, yo solo le conozco dos: yo mismo y ese médico gay.

—¡Por favor! —exclamó Burim alzando las manos por encima de la mesa—. ¡No quiero saber nada de eso!

—Lo que intento decirle es que, aparte de mí y de ese médico, nadie hará sonar las alarmas por la desaparición de Pia. Escuche, si de verdad quiere llegar a conocerla, va a costarle años de esfuerzo. No le resultará fácil. Pia nunca se le abriría de la noche a la mañana, como usted pretendía. Tendrá que ser paciente.

—¿Y para qué iba a molestarme?

—Porque es sangre de su sangre. Es su familia. Por eso la salvó la primera vez. Supongo que fue también fue una putada, pero lo hizo. Pia no es de las que hacen reverencias y dan las gracias en una situación así. Tiene mucho orgullo; eso debe de significar algo para usted. Después de mi intento de ayudarlo, ella se ha pasado casi dos años sin verme ni hablarme.

—¿De verdad?

—Desde luego.

Burim asintió.

—Sangre de mi sangre… Se parece mucho a su madre, ¿sabe?

—Su esposa debía de ser una mujer muy guapa cuando la conoció.

Burim lo miró con los ojos entrecerrados.

—¿Sigue estudiando para médico?

—Sí.

—¿Para psiquiatra?

—No, en absoluto. Estoy haciendo la residencia en radiología.

—Entonces, ¿cómo es que sabe toda esa mierda sobre Pia?

—No hace falta ser un profesional para comprender por lo que pasó en su niñez. La cuestión es que ha tenido una vida muy complicada, pero es una persona muy especial: inteligente como pocas, y muy guapa. Muchos hombres se sienten atraídos por ella. Yo mismo, si le interesa saberlo. Estoy muy preocupado por Pia. Ese médico de Boulder y yo hemos llevado el caso a la policía, pero no parecen dispuestos a hacer nada. No hay pruebas concretas de que Pia fuera secuestrada. De hecho creen que tienen indicios de que se largó en coche hacia el este, quizá por un bajón repentino, lo cual es ridículo. La cuestión es que la policía se conforma con esperar y dice que en la mayoría de estos casos la mujer reaparece. Pero Pia no reaparecerá, se lo digo yo. Ese tipo, Berman, le ha hecho algo, estoy convencido. La ha secuestrado. Puede que incluso haya abusado de ella, que la haya violado, que la haya asesinado. Estamos hablando de Pia. De su hija.

George se interrumpió. Confiaba en no haber ido demasiado lejos.

—Si ese Berman la hubiera secuestrado, ¿dónde se la llevaría? ¿Tiene alguna idea?

—Ninguna concreta. Pero el otro médico tiene un amigo que trabaja en el aeropuerto de Boulder y gracias a él hemos sabido que el avión de Nano, probablemente con Berman a bordo, despegó la misma mañana de la desaparición de Pia.

—¿Adónde fue?

—El plan de vuelo indica que a Italia, a uno de los aeropuertos de Milán.

Burim miró por la ventana en silencio durante un buen rato.

—Sangre de mi sangre… —murmuró—. Espere aquí.

Pasaron diez minutos y George empezó a pensar que Burim lo había dejado plantado. Pero volvió.

—¿Qué le hace pensar que podrían haberla matado? —preguntó—. O, dicho de otra manera, ¿qué posibilidades cree que hay de que ya la hayan asesinado?

—No creo que lo hayan hecho. Creo que la tienen prisionera en algún sitio, supongo que en Italia.

—El problema es que en Denver no hay ningún clan albanés. Aunque en realidad no es tan grave.

—¿Y en Italia? —preguntó George.

—En Italia no hay problema. Incluso viví un tiempo allí antes de trasladarme a Estados Unidos. Fue donde conocí a mi esposa y me casé con ella. Tenemos mucha gente en Italia. Albania está a solo unos ochenta kilómetros de allí.

—Rezo para que la encuentren rápidamente y a tiempo de salvarla.

—¡Mierda! —exclamó Burim—. Ya hice esto una vez, y me parece que voy a tener que hacerlo de nuevo. Más vale que en esta ocasión muestre un poco más de agradecimiento, porque no habrá una tercera.

Sus finos labios esbozaron una sonrisa torcida.

A las 23.30 de aquella noche, Burim Graziani estaba sentado en un asiento de clase turista superior a bordo de un Airbus de British Airways con destino al Aeropuerto de Heathrow, Londres, y miró de nuevo el reloj. Hacía cinco minutos que el avión tendría que haber despegado, pero los auxiliares de vuelo seguían yendo de un lado para otro y comprobando que los pasajeros tuvieran abrochados los cinturones de seguridad. Aparte de su coche y su casa, aquel billete era lo más caro que había comprado legalmente, o casi, porque el nombre que aparecía en su pasaporte no era el suyo. A pesar del precio, el agente de viajes le había dicho que podía considerarse afortunado por haberlo conseguido con solo tres horas de antelación. Un grupo había cancelado a última hora, y los pasajeros que estaban en lista de espera habían copado todos los asientos menos uno. Burim compró el billete sin fijarse siquiera en el precio.

Había estado media hora más con George Wilson en el restaurante del área de servicio Vince Lombardi de la autopista de New Jersey. Le había confirmado que había hecho lo correcto. La policía no iba a ayudarlos, y George no podía hacer más. Necesitaba un profesional con los medios de la mafia albanesa. Burim no había utilizado la palabra «mafia». Había dicho «familia», pero George comprendió a qué se refería.

Luego Graziani le pidió al médico que se lo explicara todo una segunda vez para estar seguro de los detalles. No tomó notas, pero absorbió la información sin problemas… No es que hubiera mucho que recordar. También le hizo unas cuantas preguntas sobre el tal Berman, y George le contó que sabía que era muy rico, que tenía un yate, o al menos acceso a un yate, y, desde luego, un avión.

Con aquella información tenía suficiente. Llevó a George a la estación de tren de Paramus, ya que este le había dicho que quería entrar en Manhattan para ver cómo evolucionaba Will McKinley. Graziani no hizo más comentarios acerca de los sucesos ocurridos dos años antes. Él había participado activamente en aquellas circunstancias que habían desembocado en las heridas de McKinley. Ya había rescatado a Pia una vez, y estaba preparado para intentar hacerlo de nuevo.

A continuación se dirigió a la casa que su jefe, Berti Ristani, tenía Weehawken. La valía de Burim como lugarteniente de confianza no había hecho sino acrecentarse con los años, y Berti estuvo encantado de ayudar a su amigo. Al fin y al cabo, era un asunto de familia. Berti hizo una llamada en nombre de Graziani. En el mundo del crimen organizado albanés, Ristani siempre se sentía muy orgulloso cuando se daba cuenta de hasta dónde se extendían ya los tentáculos de la bestia. Como era habitual para él en las llamadas de negocios, tuvo que urdir una elaborada farsa. El FBI ya había pinchado los teléfonos de los albaneses demasiadas veces. Berti utilizó un móvil de tarjeta para llamar a otro que terminó por devolver la llamada a un tercero que Ristani utilizaría una sola vez y que después arrojaría, junto con el primero de los teléfonos, a las aguas del Hudson.

Berti le explicó a Burim que, a través de su contacto con una familia amiga de Los Ángeles, había averiguado que otra familia tenía numerosos intereses en el mundo de la aviación de todo el país, especialmente en el sector de los servicios de los aeropuertos municipales y en la Aviación Federal. Si uno quería que algo entrara o saliese de Estados Unidos rápidamente, podía utilizar un aeropuerto importante o bien uno más pequeño, como el Teterboro en New Jersey o el de Boulder.

Aquel era otro aspecto en el que la gente normal como George Wilson se mostraba fatalmente limitada. Eran incapaces de pensar como los delincuentes. Burim no tenía duda de que aquel cabrón millonario había sacado a Pia del país. Al igual que la otra vez, la chica se había topado con alguien que estaba haciendo lo que no debía y se había convertido en una molestia. Graziani no tardó en averiguar que el tal Berman se tenía por una especie de donjuán, de manera que no le costó imaginarse a su hija plantándole cara y al tipo llevándosela a alguna parte. Sintió rabia. Y siempre que aquello ocurría, alguien acababa pagándolo tarde o temprano.

Luego Berti había hecho otra llamada, en aquella ocasión a alguien ajeno a las familias albanesas, pero con contactos y un favor que devolver. Burim se pasó otra hora sentado en el despacho de su jefe esperando que sonara otro móvil de usar y tirar. Berti no hacía más que mascar chicle y beber agua. Tras haber sufrido un problema de salud hacía seis meses, había anunciado que iba a adelgazar y, para sorpresa de su gente, había perdido veinte kilos y estaba disfrutando de la vida.

—¿Sabes? Si nosotros fuéramos la policía, las cárceles estarían llenas —comentó Berti—. Encontramos la mierda cincuenta veces más deprisa que ellos o el FBI.

—Porque conocemos a todos los delincuentes —contestó Burim.

—¡Exacto! Quizá debería dejar esto y dedicarme a dirigir la CIA. A servir a mi país. —Sonrió—. Dicho eso, espero que esos gilipollas no me dejen colgado.

—Berti, si necesito cogerme unos días a causa de esto…

—No te preocupes por nada, Burim. Lo que necesites. Espera. Deben de ser ellos.

Ristani respondió a la llamada. Tenía que ser el contacto del oeste, porque nadie más tenía aquel número. Berti no le dijo nada a la persona que llamaba, pero habló con Burim mientras tapaba el micrófono con una mano.

—Sí, el avión de Berman salió de Boulder esa noche, confirmado. Se dirigía a Milán. Eso decía el plan de vuelo.

Burim se levantó.

—Espera. Hay más. —Berti prestó atención a lo que le decían desde el otro lado de la línea—. Lo saben por un contacto que estaba en la torre cuando el avión despegó. El piloto pidió otro plan de vuelo, para Stansted, dondequiera que esté eso. Bien —añadió Berti—. Y gracias. —Colgó.

—El piloto habló de que iban a presentar un segundo plan de vuelo. Dijo que despegarían de Milán y desde allí volarían a Stansted, que está cerca de Londres. Ese era el destino final.

—Gracias, Berti —repuso Burim—. Te debo una.

—Eh, no es nada —contestó Ristani—. Conocemos a gente en Londres. Tenemos mucha familia allí, y podrán ayudarte cuando llegues. Haré otra llamada para que te recojan cuando bajes del avión. Harán una señal que puedas reconocer. Tan solo vuelve sano y salvo. Ya sabes lo valioso que eres para mí. Y ocúpate como es debido de esa basura que se ha llevado a tu hija.

Por fin la pasarela de acceso se apartó del avión y el aparato se alejó de la terminal mientras en la cabeza de Burim resonaban las amables palabras de Berti.

59

La vieja vicaría, Chenies, Reino Unido
Sábado, 27 de julio de 2013, 13.15 h (hora local)

Pia no tenía manera de llevar la cuenta de los días, pero sabía que hacía mucho que no veía a Berman. Las únicas personas a las que veía eran el médico chino y el centinela que nunca la miraba a los ojos. En una ocasión se abrió la mirilla de la puerta y tuvo la certeza de que era Whitney Jones quien la observaba, pero la mujer no llegó a entrar en la habitación. Aunque tenía el brazo un poco mejor, se sentía entumecida y abotagada. ¿Cuánto tiempo seguiría Berman torturándola de aquel modo? Notaba que tenía los músculos flácidos por la falta de movimiento.

Habían pasado seis días desde su primera visita cuando Berman reapareció.

—¿Qué quieres? —le preguntó Pia.

Creyó ver un asomo de sonrisa en los labios del hombre, y aquello la enfureció todavía más.

—¿Qué tal si damos un paseo? —propuso Berman como si fuera lo más normal del mundo.

—Cualquier cosa con tal de salir de aquí —contestó Pia.

Había intentado flexionar los brazos y las piernas con unos ejercicios de pilates básicos, pero sabía que si caminaba mucho tendría agujetas.

El centinela le quitó las ligaduras que la sujetaban a la cama y le ordenó que se levantara. Se sentía terriblemente débil y le dolía la cabeza, pero si se apoyaba en la pared era capaz de mantenerse en pie. El hombre la ayudó a llegar hasta la puerta, donde Berman la esperaba con un andador. Pia se sintió mejor, casi humana, cuando se agarró al aparato y empezó a caminar arrastrando los pies detrás de Zachary.

—Lamento mucho todo esto, Pia. Ojalá te hubieras mostrado más dispuesta a colaborar. Tienes que comprender que me la estoy jugando al mantenerte aquí.

Pia se alarmó. Las palabras de Berman le habían parecido siniestras.

—¿Adónde me llevas?

—Ya te lo he dicho, a dar un paseo.

Una pesada puerta se abrió desde fuera y salieron al jardín trasero de la vicaría. Tenía unos cincuenta metros de largo y estaba rodeado por entero de árboles que le daban sombra. Una valla alta de madera cercaba el césped, había bancos en las esquinas y un camino que recorría todo el perímetro.

—Quiero que recuperes fuerzas —dijo Berman—. ¿Has pensado en nuestra conversación? ¿Leíste lo que te dejé?

—Claro que he pensado en lo que hablamos. Y sí, leí el documento. Muy impresionante. En 2020 Nano será la empresa de investigación médica más importante del mundo. Pero estás pasando por alto algunos detalles importantes de tu no menos que glorioso pasado.

—Pia, te ruego que mires más allá de eso. Los cuerpos que viste eran de personas que iban a morir de todas maneras, y sus muertes habrían sido inútiles, anónimas. Yo pienso en ellos como en una especie de pioneros. Gracias a su sacrificio podremos lograr grandes avances médicos.

—Eso es ridículo y lo sabes. No es un sacrificio si te obligan a hacerlo.

Caminar le estaba sentando bien, así que lo presionó un poco más. Quería que aquella conversación se prolongara todo lo posible. Berman volvió a hablar.

—¿Te acuerdas de lo emocionada que estabas cuando empezaste a trabajar en Nano? El entusiasmo con el que hablabas de tu labor era realmente contagioso. Cuando viniste a cenar a casa con aquel chico, tú y yo charlamos acerca de las posibilidades de lo que estamos haciendo. Y esto es todo un nuevo mundo de posibilidades. Una nueva frontera para la medicina. Va a aportar nuevos tratamientos y remedios para miles de enfermedades. Y hay algo más: va ahorrar mucho dinero. Nano está a punto de entrar en una nueva era. Para mí se acabaron los respirocitos en los atletas. A partir de ahora podremos dedicarnos a la experimentación y el desarrollo legítimos, utilizando primero animales y después personas. ¿Te imaginas inyectarle unos cuantos centímetros cúbicos de respirocitos a una víctima de ahogamiento? ¿Y qué me dices de alguien que padezca una obstrucción pulmonar crónica y apenas sea capaz de subir un par de peldaños? Se curarán con respirocitos. El bien que vamos a hacer en el futuro será mil veces mayor que cualquier mal que hayamos hecho en el pasado. ¡Diez mil veces mayor! No necesitamos el tipo de experimentación que se precisaba para desarrollar los respirocitos tan rápido como querían nuestros patrocinadores chinos. Para serte sincero, hasta cierto punto ahora me arrepiento.

Pia fulminó a Berman con la mirada.

—¡Y una mierda! Sigues dispuesto a hacer lo que sea.

—Entiendo que no me creas, pero es verdad.

—Querías coger el camino más corto para salvarte a ti mismo.

—¿Qué quieres decir?

—Me hablaste de que tu madre padece Alzheimer. Los documentos que me diste hacen hincapié en esa enfermedad. Te aterra detectar síntomas de ella en ti y harás lo que sea para encontrar una cura.

—No está garantizado que vaya a padecerla, pero sí, tengo probabilidades. Tanto mi padre como mi madre la han padecido, y para mí fue trágico ver a mi padre marcharse como lo hizo. En cuanto a mi madre, está cada día peor. Además, soy portador del gen asociado con el mayor riesgo de desarrollarla, y eso significa que lo tengo doblemente complicado. Así que sí, estoy muy interesado en investigar el Alzheimer, y también las enfermedades infecciosas. ¿Tan malo es eso?

—De modo que lo admites. Pues claro que está mal, porque estás matando a gente para lograr tu objetivo.

—Diez individuos, como mucho, y eran delincuentes condenados a muerte, con fecha para ser ejecutados. Habrían muerto de todas maneras si nuestro programa no hubiera existido. No teníamos intención de matarlos, ese no era el objetivo. En realidad lo único que hicimos fue cambiar la fecha de su muerte.

Pia se había prometido que adoptaría un tono más conciliador con Berman si tenía otra oportunidad de hablar con él. Tenía que ceder, era consciente de ello, de lo contrario, ¿quién sabía lo que podía ocurrirle? Si no aceptaba los términos de Berman, no había posibilidad alguna de poder regresar a Estados Unidos. Incluso sabía que existía una fecha límite: la del maratón de los Campeonatos del Mundo de Atletismo. Pero cuando llegó el momento, no pudo contenerse. Se sorprendió diciendo cosas que sabía que no debía decir. Era una mala costumbre, por expresarlo con suavidad.

De repente se sintió físicamente exhausta, pero quería seguir caminando. Por lo que podía deducir, había pasado casi una semana desde que fue a ver a Berman a su casa. Le habían parecido diez años. Se preguntó si aquel hombre la llevaría de vuelta a casa si fingía acceder a sus demandas. Quizá pudiera prometerle que, cuando volvieran a estar en territorio norteamericano le concedería los favores físicos que él tanto había ansiado una vez; pero conociéndolo como lo conocía, lo dudaba mucho. Sabía que no podía hacer nada mientras la tuvieran encerrada allí.

—¿Cuánto tiempo más vas a tenerme así?

—¿Cuánto tiempo más vas a resistirte a lo inevitable?

—Puede que para siempre.

—Ya te he dicho que en ese caso las consecuencias serían desastrosas para ti.

—¿No podrías al menos encerrarme en una celda con un

cuarto de baño de verdad? ¿O es que así es como vive tu madre, manchándose los pañales? Te gusta que las mujeres de tu vida se sientan humilladas, ¿es eso Berman?

Pia se puso en tensión, preparada para que el hombre la pegara. Pero él se limitó a dejar de caminar. Pia lo miró y su rostro era de fuego.

—Tienes suerte de resultar tan patética. Estoy seguro de que sabes que habría podido salirme con la mía respecto a ti si esa hubiera sido mi única intención. Lo cierto es que te estoy protegiendo de nuestros anfitriones y corriendo el riesgo, añadiría, de acabar con su paciencia. Sin embargo, eso no significa que tenga que protegerte para siempre. Vuelve a pensar en tu situación. ¿Qué vas a hacer, saltar ese muro?

Pia contempló el cercado que rodeaba el jardín. Era una valla imposiblemente alta, sobre todo teniendo en cuenta lo débil que estaba. No habría podido saltarla ni aunque Berman se lo hubiera permitido. Sabía que él tenía razón. Estaba atrapada y sin esperanzas de que la rescataran. La única persona que podría llegar a la conclusión de que la habían secuestrado era Paul, ¿y qué iba a hacer él, sobre todo teniendo en cuenta que no tenía forma de averiguar qué le había ocurrido?

Lansdowne Road, Tottenham,
norte de Londres, Reino Unido
Domingo, 28 de julio de 2013, 15.35 h

—¿Te gusta ver esto, Burim?

—En otras circunstancias me gustaría —repuso Burim.

Estaba intentando ser un buen invitado, pero llevaba horas allí sentado delante del televisor. En aquellos momentos los hombres estaban viendo lo que parecía una competición de billar. Graziani no podía más, y después de la tercera cerveza rechazó las demás. Necesitaba mantener la cabeza despejada.

Era consciente de la suerte que había tenido hasta el momento. Había llegado a Heathrow, cansado y desorientado, y allí lo había recibido un individuo de aspecto inconfundiblemente albanés con un cartel donde se leía AMIGO DE BERTY. El letrero no solo estaba mal escrito, sino que habría sido prescindible. Aquel tipo moreno, despeinado y con aspecto de matón era inconfundible. Se presentó como Billy y le dijo que iba a ocuparse de él. A continuación le informó de que Berti había llamado para decir que el coche que Pia estaba utilizando había aparecido en Iowa, pero que la policía seguía sin considerar sospechosa su desaparición. Burim le contestó que era imposible que su hija estuviera en Iowa. Estaba seguro de que había llegado a Londres en aquel avión procedente de Italia.

Después, los dos fueron en el coche de Billy sin decir una

palabra hasta llegar a aquella casa pareada de un barrio en decadencia pero funcional del norte de Londres. Graziani tenía un montón de preguntas que hacer, pero le siguió el juego a su chófer y no abrió la boca.

Billy le abrió la puerta de una vivienda estrecha, con olor a humedad y un papel de pared espantoso. Después le presentó a Harry, un individuo algo mayor y mejor vestido que él.

—¿Billy y Harry? —preguntó Burim en la lengua que los tres compartían.

—Lo sé —repuso Harry—, pero cuanto menos sepamos los unos de los otros, mejor.

—De acuerdo.

—Tenemos una habitación en el piso de arriba. Es pequeña, pero tampoco te quedarás mucho tiempo. Date una ducha si quieres. Hay poca presión de agua, y no gastes toda la caliente. Necesitarás ropa.

—No te preocupes por eso. ¿Qué vamos a hacer para localizar a mi hija?

—Claro. Para eso estamos aquí. Tenemos la foto que nos han enviado, y su descripción. Es una joven encantadora, y eso nos facilitará la tarea. Hemos distribuido la imagen entre todos nuestros socios y colaboradores, que a su vez cuentan con sus propios amigos y colegas. Saben que hay una recompensa en juego. Porque la hay, ¿no?

Burim asintió. Sabía que aquella cuestión surgiría en algún momento y estaba dispuesto a pagar. Aunque no tenía claro cuánto. Apartó aquel pensamiento de su cabeza y pasó a otra cosa.

—¿Qué pasa con los chinos? El avión que aterrizó en Stansted encaja con la descripción y aparecía como un vuelo diplomático chino.

—Así es —confirmó Harry—. Eso nos hace pensar que el contacto de Estados Unidos podría haberse equivocado. Estamos comprobando otros aeropuertos.

—Pero sé que los chinos estaban relacionados con el caso que mi hija estaba investigando.

—Es cierto, pero la verdad es que si era un vuelo del gobierno chino nuestro trabajo será mucho más difícil. Hay ciertos países de los que resulta muy complicado ocuparse, y China es uno de ellos. Las tríadas de Londres son un verdadero problema. Tienen mucho poder y es imposible infiltrarse en ellas, así que tenemos la esperanza de localizar el avión en otra parte.

—¿Qué puedo hacer yo?

—Nada. Tienes que quedarte con nosotros mientras nuestra gente hace su trabajo. No conoces Londres. Es una ciudad enorme y no harías más que meterte en problemas. Hay facciones albanesas con las que no tenemos buenas relaciones y debemos evitarlas. Ya sabes cómo son estas cosas. Seguro que ocurre lo mismo en vuestro caso.

Burim asintió. Siempre había cierto nivel de conflicto entre los clanes albaneses rivales.

—Tómate una cerveza y procura ver la competición de billar. Es un juego muy guay.

Harry sonrió y Burim se encogió de hombros. Le seguiría la corriente, por el momento.

Apartamento de Paul Caldwell, Boulder, Colorado
Miércoles, 31 de julio de 2013, 10.35 h

George Wilson estaba asombrado de la capacidad que tenía Paul Caldwell para compartimentar su vida. Iba a trabajar, hacía los turnos de noche y siempre se quedaba alguna hora más. Cada dos horas llamaba a George para comprobar si había novedades, pero él nunca tenía nada que decirle. La policía no se había puesto en contacto con él. Los de Nano no contestaban a sus correos electrónicos. Seguía sin conseguir el teléfono de Zach Berman y Burim Grazdani tampoco lo había llamado.

A George le resultaba imposible concentrarse en nada. Después de visitar brevemente a Will McKinley en Nueva York y de comprobar que su amigo seguía igual, había regresado a Boulder, donde mataba el tiempo dando vueltas por el apartamento de Paul. Nunca se había sentido tan deprimido y frustrado en toda su vida. Sabía que no podía hacer nada, y aquello lo estaba volviendo loco.

Aquella mañana había telefoneado nuevamente a la policía de Boulder, pero habían comenzado a desviar sus llamadas a un enlace civil. Paul había vuelto del hospital y se había centrado en intentar localizar a Whitney Jones. En aquellos momentos repasaba el listín telefónico intentando encontrar a algún pariente suyo. El mismo teleoperador del 411 que había dado con el apartamento de Mariel Spallek le había facilitado una dirección, pero

Paul enseguida se dio cuenta de que en realidad era la de Nano, S. L. Tal vez aquella mujer viviera permanentemente en la oficina. Entretanto, la maldijo por apellidarse Jones y no Johansson o de cualquier otra forma menos corriente.

Entonces, cuando George estaba a punto de hacer una llamada, su móvil comenzó a sonar y en la pantalla apareció una ristra de números. Eran más de los diez habituales. Una llamada internacional. «¡Es Pia! —pensó—. ¡Está a salvo!» Contestó:

—¿Pia?

—Nada de nombres, recuerde.

Era una voz masculina, áspera y seca. George tardó unos segundos en identificarla. Era Burim.

—¿La ha encontrado?

—No.

Graziani llamaba desde un lugar púbico. George oía voces de fondo y el sonido de un sistema de megafonía a lo lejos.

—¿Dónde está? —preguntó.

—¿Ha tenido alguna noticia de ella? Si aparece o usted descubre algo hágamelo saber, ¿de acuerdo?

—Claro. ¿Quiere que utilice el número de móvil que tengo para usted?

—Sí, pero no diga nada. Ya le devolveré la llamada cuando vea que ha intentado contactar conmigo. Entonces ¿nada nuevo?

—Nada, ni una palabra.

—Bien. En ese caso, quiero que mueva el culo hasta aquí —dijo Burim.

—¿Qué? —preguntó George—. ¿Por qué?

—Porque yo no paro de ir de un lado a otro y usted está cómodamente sentado en un lugar en el que sabemos que no está, ¿vale?

—¿Quiere que lo ayude?

—No se emocione, tipo listo, que no le estoy ofreciendo trabajo. Está siendo una tarea lenta y pesada. Pero deberíamos sacarle el máximo partido a lo que tenemos. Sé que usted la reconocería si nos topáramos con ella. Y ahora véngase para acá y lo llamaré dentro de veinticuatro horas, ¿de acuerdo?

—¿Dónde está, en Milán?

—En Londres. Venga a Londres y póngase en contacto conmigo. Yo le devolveré la llamada.

Burim colgó en la cabina.

Su búsqueda de Pia en Londres no había dado frutos. Harry le había confirmado que, efectivamente, el avión procedente de Milán era un vuelo oficial del gobierno chino. También le dijo que no conocía a nadie con contactos con las mafias chinas, y menos aún con las autoridades gubernamentales de aquel país. Graziani comprendió que ya había recibido toda la ayuda que los albaneses iban a ofrecerle. La conexión china era como un muro metafórico. No obstante, también sabía que no les importaría que se quedase para proseguir la búsqueda por su cuenta.

Así pues se había dedicado a recorrer el centro de Londres, había entrado en pensiones de mala muerte, hoteles de tercera, prostíbulos y clubes masculinos para enseñar la foto de Pia, que empezaba a estar arrugada y sucia de tanto manosearla. Estaba convencido de que drogada sería muy cotizada por su belleza, como muchas otras jóvenes y mujeres de Europa del Este. Pero cuando sus amigos albaneses le dijeron que no habían conseguido nada se temió que sus esperanzas de dar con ella se desdibujaran a la misma velocidad que su fotografía. En cuanto la imagen se tornase irreconocible, sabría que la había perdido. Aun así su determinación era inquebrantable. Ayudaría a su hija si estaba en peligro. Solo necesitaba una pista que no fuese la de la conexión china, que había resultado ser un callejón sin salida.

La vieja vicaría, Chenies, Reino Unido
Jueves, 1 de agosto de 2013, 18.35 h (hora local)

Cuando Berman fue en busca de Pia, la encontró sentada en la cama, leyendo. También tenía una mesita de noche con una lámpara pequeña. El hombre había accedido a sus peticiones y le había conseguido una habitación mejor y con un baño decente. Había una ventana minúscula, con cristales de plomo, en lo alto de una de las paredes. Cuando Pia había acercado la mesilla a ella y se había encaramado al mueble, había visto árboles y prados verdes. Pero lo mejor era que la ventana le permitía distinguir entre el día y la noche y ajustar su reloj biológico. Ya no estaba encadenada, pero la puerta seguía estando cerrada a cal y canto y un centinela montaba guardia ante ella las veinticuatro horas del día. Berman le había conseguido unos cuantos libros viejos para que pudiera leer y se había encargado personalmente de que le permitieran salir a pasear por el jardín una hora al día, aunque con correa, igual que un perro, y el centinela siguiéndola a todas partes. «Palos y zanahorias», pensaba el empresario.

Pia se sentía fuerte y estaba lista para saltar como un resorte, pero mantenía una actitud distante y un tanto lastimosa con la esperanza de que la preocupación que Zachary creía sentir por ella no se transformase en la lascivia de la que lo sabía capaz.

Berman se sentó a su lado. Ella se puso tensa cuando le puso una mano en la pierna.

—¿Cómo te encuentras?

—Estupendamente —contestó Pia con sarcasmo.

—Ahora dispones de los libros que te di, y de un baño. Y tienes mejor aspecto, mucho mejor.

—Estoy casi lista para la pasarela del desfile de modelos.

Iba vestida con la sencilla camiseta negra y los pantalones cortos del mismo color que le habían proporcionado.

La mano de Berman ascendió hasta su muslo y Pia se la apartó de un manotazo.

—No te conviene seguir por ahí —le advirtió—, así que quítame esa asquerosa mano de encima, pervertido.

Lo fulminó con la mirada, pero él apretó un poco más su pierna contra la de ella. Pia se escabulló y le dio un puñetazo con la mano buena. Se controló para no asestarle un golpe de taekwondo en el cuello. Podría haberlo tumbado, el problema era que probablemente ella hubiese acabado encerrada de nuevo en el sótano.

—¿Es esa tu nueva manera de intentar convencerme? Bueno, pues olvídalo, no va a funcionar.

Volvía a tener la mano de Berman en el muslo, aún más arriba. Pia se la volvió a quitar de encima bruscamente.

—¡Déjame en paz! —gritó a pleno pulmón.

Su repentina e inesperada reacción sobresaltó a Berman, que se levantó.

—Vale, mensaje captado. Solo te estaba provocando para ver cómo reaccionabas.

—Bueno, pues ya lo sabes.

—La verdad es que he venido para decirte que te he preparado una pequeña sorpresa. Esta noche tú yo cenaremos en la cocina.

—¡Qué romántico! —repuso ella sarcásticamente. Desde que le habían quitado la vía intravenosa, había tomado en su habitación las sencillas comidas que le llevaban—. Si envenenas mi plato, te prometo que me lo comeré.

Berman se echó a reír.

—Bueno, solo quería avisarte. Quizá te apetezca arreglarte un poco. Volveré dentro de una media hora.

Fiel a su palabra, regresó a la hora prometida y dejó salir a Pia de la habitación. Al pasar, ella se fijó en que el centinela de la puerta era el del rostro inexpresivo, al que había visto más a menudo. El hombre los siguió. Aparte de él, no vieron a nadie más en la inmensa vivienda. La cocina se encontraba en la planta del sótano y estaba dominada por una gran estufa de hierro sobre la que había varias sartenes y cacerolas tapadas. Un agradable olor a comida inundaba la habitación. En un rincón había una mesa de madera maciza con tres cubiertos y tres sillas. El centinela entró en la cocina y se quedó junto a la puerta.

—¿Esperamos a alguien más? ¿Quién es? Deja que lo adivine. ¿Whitney Jones?

—No, no es ella. Está muy ocupada. Otro colega dijo que tal vez se nos uniera.

Berman se afanó con los fogones. Pia lo observó trabajar. Hacía unos cuantos días se habría negado en redondo a sentarse a aquella mesa, pero en aquellos momentos ya tenía claro que debía ceder en algo si deseaba sobrevivir y que le convenía evitar los comentarios sarcásticos e insultantes. Estaba convencida de que Berman se engañaba a sí mismo. Qué situación más extraña. Aquel hombre estaba preparando la cena como si tuvieran una cita.

—Imagino que debes de estar harta de sopas, así que he preparado una ensalada para empezar. —Berman le presentó una bandeja llena de verduras estivales frescas—. ¿Un poco de pan tierno?

—¿Me das también un cuchillo de carne bien grande y afilado para la mantequilla?

—Me temo que no. Te pondré la mantequilla yo mismo. Vamos, Pia, estoy haciendo un esfuerzo. Solo pretendo dialogar contigo en un ambiente agradable.

Pia empezó a comer. La cena estaba buena a pesar de lo grotesco de las circunstancias.

—No sé si te lo había comentado, pero me gusta cocinar —dijo Berman intentando iniciar una conversación—. He preparado pescado, trucha con almendras. Esta semana he practicado un par de veces para descansar de la comida china que suele comerse en esta casa, y el plato no está mal. Estoy impaciente por conocer tu opinión.

—Tú mismo —contestó Pia.

Se estaba mareando de nuevo, y la paciencia para con aquella farsa se le estaba agotando. «¿Dialogar? ¡Y un cuerno!», pensó, pero no lo dijo.

—¿Quieres un poco de vino? —preguntó Berman.

—¿Por qué no? —dijo intentando no sonar demasiado sarcástica.

Berman fue hasta la nevera y sacó una botella de Chablis helada. En aquel momento se abrió la puerta de la cocina y entró un hombre. Pia se percató de que el guardia se erguía en posición de firmes y comprendió que, quienquiera que fuese, era alguien importante. Era chino, de la edad de Berman, pensó Pia, tal vez un poco más joven, pero no podía estar segura. Siempre le costaba calcular los años de los orientales, ya fueran hombres o mujeres. El recién llegado tenía una expresión relajada y agradable. Vestía una camiseta que parecía cara, seguramente de seda, y unos vaqueros elegantes. También lucía un corte de pelo a la moda y de estilo occidental.

—Hola —la saludó Jimmy con indiferencia.

Después se limitó a hacerle un leve gesto con la cabeza a Berman, pero no se presentó. Los dos hombres habían convenido que no darían su nombre si acudía a la cena.

Zachary cerró la nevera con brusquedad y se concentró en abrir la botella de vino.

Pia se dio cuenta de que a Berman le disgustaba la presencia de aquel hombre, porque quería estar a solas con ella para mantener aquel supuesto diálogo que tenía en mente. Ella se alegraba de verlo, fuera quien fuese.

—¿Quién es usted? —le preguntó.

¿Qué significaba aquello? Berman siguió comportándose con grosería cuando tiró el corcho y cerró el armario de un portazo. Se acercó a la mesa y dejó el vino sobre ella con un golpe sordo. Pia desvió la mirada de él hacia el recién llegado. El ambiente se había cargado de tensión repentinamente. Si Berman hubiera sido el superior de aquel hombre, le habría ordenado que se marchara, o eso supuso ella. Una cosa estaba clara: tenía que manejar aquella situación con cuidado.

—Ah, veo que están a punto de cenar —dijo el desconocido—. No quiero interrumpir.

—No está interrumpiendo —intervino Pia—. El señor Berman está jugando a las familias felices y hace semanas que yo no hablo con nadie más. Tenemos una silla de sobra, así que siéntese. Entonces ¿quién es usted, si no le importa que se lo pregunte?

—Claro que no me importa que me lo pregunte, y espero que a usted no le importe que no se lo diga.

Jimmy sonrió y miró a Berman, que se mostraba visiblemente incómodo.

—Está claro que esta es una situación muy extraña y que debemos resolverla —dijo sin apartar la mirada de Berman.

—¿Quiénes son «nosotros»? —preguntó Pia—. Y, por cierto, estoy aquí mismo, así que si quieren hablar sobre mí, este es el momento. Podrían incluirme en su conversación. Lo que les diría es que me están reteniendo aquí en contra de mi voluntad y que exijo que me liberen. Cada día que pasa me interesa menos esa historia de la nanotecnología, así que estaría encantada de poder volver a trabajar en la salmonela en cualquier otra parte. ¿Qué me dicen?

Jimmy estaba impresionado; aquella joven no demostraba el menor miedo. Percibió su tenacidad.

Pia le sostuvo la mirada. Volvía a dolerle la cabeza, pero intentaba aparentar decisión.

—Bueno, sea como sea, el señor Berman y yo tenemos que resolver la situación.

—La estamos resolviendo —le espetó Berman—. Yo la estoy resolviendo. Tenemos mucho tiempo.

—¿Tiempo para qué? —quiso saber Pia.

—Para demostrar que tú y yo podemos trabajar juntos, Pia. Tu potencial como científica sería muy valioso para Nano cuando pasemos a la siguiente fase. Sé que en el fondo de tu corazón te das cuenta de que es así. Quizá simplemente no te lo hayas reconocido a ti misma.

Berman le dedicó una sonrisa a Pia y ella volvió a mirarlo. Lo que Jimmy vio en aquel momento le desveló muchísimas cosas. Sin duda era una mujer muy atractiva, en ese sentido Zachary no se estaba engañando a sí mismo, pero además en ella había una dureza que iba más allá de la tenacidad y que estaba claro que el empresario no había valorado correctamente. Berman solo veía a la mujer, no a la tigresa.

—Bueno, ya veremos. Señor Berman, solo quería anunciarle que mañana iremos al Estadio Olímpico a ver unas cuantas competiciones.

—¿«Iremos»? —contestó Berman.

—Usted, la señorita Jones y yo. Me temo que la señorita Grazdani tendrá que quedarse aquí. Pero nosotros disfrutaremos de un día fabuloso, se lo prometo. Viajaremos en barco. Cuando el tráfico está como estos últimos días, el río es la única manera de desplazarse. Las pruebas de atletismo están empezando. Será divertido. Saldremos a las ocho.

—Tenía planes para pasar el día aquí, pero si es lo que desea…

—Lo es.

—Yo no tengo ningún plan —dijo Pia mirando a Jimmy—. ¿Por qué no me llevan? Sería una fiesta.

La sonrisa de Jimmy se ensanchó aún más. Le resultaba evidente que era una mujer extraordinaria en muchos aspectos, y peligrosa.

—Disfrute de su cena.

—¿Por qué no se queda y la comparte con nosotros? A mí me gustaría.

—Señorita Grazdani —dijo sin más, y salió de la cocina.

—¿Quién es, Berman? —preguntó Pia al cabo de un instante—. ¿Es el tío de la pasta, tu enlace con el gobierno chino? ¿El que te proporciona los futuros cadáveres sacados de la cárcel? Habla un inglés perfecto. ¿Es chino-americano?

Berman no contestó. Era posible que hubiera micrófonos en la cocina o que el centinela hablara inglés. Probablemente ambas fuesen ciertas.

—Voy a ver cómo va la trucha —contestó.

Jimmy Yan volvió a su dormitorio de la tercera planta de la vicaría. Había confirmado lo que pensaba de Pia, y aquello significaba que la jornada siguiente sería un día aún más ajetreado de lo que creía. Cogió el móvil e hizo la primera de las llamadas que debía hacer.

—Hola. Sí, soy yo. El plan del que hablamos, debemos ejecutarlo mañana. Es crucial llevarlo a cabo en el momento oportuno. Te llamaré más tarde con la hora exacta.

63

Estación de metro de Oxford Circus,
Londres, Reino Unido
Viernes, 2 de agosto de 2013, 7.54 h (hora local)

Burim le mostró la fotocopia en color de la fotografía de Pia a otra joven que vivía en la calle. A aquellas alturas debía de habérsela enseñado a diez mil vagabundos y fugitivos. Le habían ofrecido jóvenes como aquella, le habían preguntado si ese era su tipo o si quizá prefería una más joven. En muchas ocasiones le habían dicho que podían darle la dirección de la joven de la foto a cambio de veinte, cincuenta o cien libras. Pero nadie había visto a Pia. Burim sabía que era inútil, pero seguía insistiendo. Era mejor que quedarse sentado sin hacer nada, y cada vez estaba más desesperado. En realidad sabía que la única forma de averiguar algo en algún momento era que la mafia albanesa de Londres se enterase de algún rumor. Cogió el móvil que Harry le había prestado el día anterior y llamó a la casa de Tottenham. No, Harry no tenía novedades. ¿Y en qué estaba pensando para llamar a aquellas horas de la mañana?

Colgó y se preguntó si George estaría teniendo más suerte que él o si simplemente habría duplicado su propia futilidad al arrastrarlo hasta Londres. Por supuesto, en parte lo había hecho viajar hasta allí para vengarse por haberlo implicado en una búsqueda tan inútil.

El hombre que había estado siguiendo a Burim durante las

últimas tres horas anotó la hora de la llamada y le envió un correo electrónico a su jefe con un resumen de lo observado. Aquello era lo que le habían pedido que buscase, y al fin lo había presenciado.

George había dado con Graziani a última hora de la mañana del jueves. Burim había decidido incluso antes de su llegada que lo más inteligente sería no informar a sus colegas albaneses de que había hecho ir al muchacho hasta allí, así que le había dicho a Wilson que se buscara un alojamiento en otra parte de la ciudad. También le había dado un fajo de billetes para que se comprase un móvil. Después le dio unas cuantas copias de la foto de Pia y le dijo que tuviera el teléfono siempre encendido. Nunca sabría cuándo iba a llamarlo. George estaba cumpliendo obedientemente con todas las órdenes del padre de Pia, recorriendo las principales estaciones de autobús, tren y metro. Al igual que Burim, estaba viendo una faceta de Londres que la mayor parte de los turistas estadounidenses no llegaba a conocer.

Jimmy Yan llevaba dormido solo un par de horas cuando su despertador sonó el viernes por la mañana. Aun así, no sintió la tentación de dormir unos minutos más. No tenía costumbre de hacerlo, y aquel día era muy importante que todo se hiciese con puntualidad. Había pasado despierto casi toda la noche para ultimar los complicados preparativos y había terminado con una larga llamada telefónica a su superior en Pekín —realizada a través de la línea segura— durante la que habían repasado todos y cada uno de los detalles del plan, especialmente el capítulo dedicado a su inesperada huésped.

Sabía que tanto Berman como Jones se habían despertado pronto, así que llamó a su socio para que se reunieran todos ante la puerta de la vicaría tras un desayuno ligero.

—Buenos días, Whitney —la saludó Berman cuando salió de la casa—. Llevaba tiempo sin verte.

—He estado muy ocupada —repuso ella mirándolo con irritación—. No resulta fácil dirigir una empresa que está en Colorado desde la campiña inglesa.

Berman ignoró aquel comentario. Esperaba que Whitney hiciera su trabajo hubiera siete horas de diferencia horaria o no.

Entonces Jimmy se unió a ellos y les hizo un gesto para que lo acompañaran en el segundo de dos coches.

—Vamos a hacer un recorrido turístico hasta Windsor —explicó. Estaba tan de buen humor como siempre. Había aprendido muy pronto en la vida que era mejor no mostrar todas sus cartas—. Little Chalfont… Amersham… Beaconsfield.

Jimmy era un guía entusiasta. Mientras subían por una empinada colina para salir de la pequeña ciudad de Amersham, les explicó que se llamaba Gore Hill en recuerdo de una antigua batalla contra los vikingos, tras la que la sangre había descendido por la ladera hasta el pueblo.

Berman y Jones asintieron solícitamente. A ninguno de los dos les interesaba lo más mínimo.

—Por ahí se llega a la casa de John Milton, en Chalfont St. Giles —comentó Jimmy al tiempo que señalaba una carretera todavía más estrecha que por la que circulaban—. Pero está demasiado lejos. Puede que vayamos a visitarla la próxima vez que salgamos.

Media hora más tarde, se hallaban a bordo de una rápida embarcación que los llevaba hacia el este por el Támesis. Whitney disfrutaba de su libertad fuera de los confines de la sórdida habitación donde llevaba días encerrada trabajando. Berman parecía totalmente distraído. Jimmy consultaba su móvil cada dos minutos. Un flujo incesante de mensajes lo mantenía informado de la situación. Todo iba según lo planeado.

Tumbada en la cama en el silencio de la mañana, Pia oyó que se cerraban las portezuelas de dos o tres coches y el sonido de los neumáticos sobre la gravilla al alejarse. Supuso que serían Berman y Jones que se marchaban con el chino que había conocido la noche anterior. ¿Quién era aquel hombre? Durante los últimos días había disfrutado de sus paseos por el jardín, pero dudaba que le permitieran salir en ausencia de Berman. Aquellas jornadas le habían resultado más soportables gracias a la comida y el baño. Incluso la ridícula cena de la noche anterior había sido una agradable distracción de su aburrimiento generalizado.

Estaba pensando en todo ello cuando se abrió la puerta de su habitación y entró el médico chino seguido de un guardia, uno diferente, por una vez. El médico fue directo hacia ella y la cogió por el brazo sano.

—¡Eh! ¿Qué significa esto? —protestó Pia mientras intentaba zafarse.

El hombre evitó mirarla a los ojos, y ella comprendió que se trataba de una mala señal.

—¿Qué va a hacerme? —exigió saber cuando el guardia la cogió por los hombros y la obligó a tenderse boca arriba en la cama.

Un instante después, Pia notó una punzada en el brazo seguida de una sensación de cosquilleo; después, una especie de espiral de negrura se cerró sobre ella como si fuera el lento obturador de una cámara vieja.

El móvil prestado de Burim sonó una vez, y él contestó antes de que pudiera volver a hacerlo.

—¿Sí?

—Soy Harry. Hemos oído algo, viene de un contacto de fiar. Está en la Tubería.

—¿La Tubería? ¿Qué demonios es eso? ¿Dónde está?

—No sabemos dónde se encuentra. ¡Escucha con atención! Recuerda los nombres de estas personas, ve a una biblioteca y búscalos en internet. Así descubrirás lo que es la Tubería.

Harry le dio dos nombres albaneses y Burim los anotó.

—¿Tienes todo lo que te dimos?

Harry le había entregado el móvil por el que estaba hablando y una pistola automática SIG Sauer con un cargador de recambio. En la casa de Tottenham, Burim lo había metido todo en una pequeña mochila. La llevaba colgada a la espalda.

—Sí, lo tengo todo.

—De acuerdo. Estate preparado. Es posible que no sepamos nada más hasta dentro de varias horas. Tendrás que reaccionar con rapidez si quieres tener alguna posibilidad de conseguirlo, así que mantente alerta.

Burim miró el reloj. Eran las dos en punto. Estaba en la estación de tren de King's Cross, una terminal concurrida. Dos minutos después, ya estaba de camino hacia la cercana biblioteca de St. Pancras.

Zachary Berman se quedó perplejo cuando se enteró de que las pruebas de atletismo en el Estadio Olímpico no empezaban hasta las siete de la tarde. ¿Por qué habían salido tan temprano? ¿Por qué tenían que estar sentados en aquella suite codeándose con funcionarios chinos? A diferencia de él, Whitney Jones parecía estar pasándoselo bien, o eso dedujo Berman al observarla.

Whitney estaba encantada. Era la primera vez que podía relajarse desde que habían llegado a Londres hacía casi dos semanas. A pesar de que el futuro de Nano se estaba decidiendo en aquellos campeonatos, algo de lo que era consciente en su fuero interno, seguía habiendo un montón de detalles rutinarios de los que ocuparse. Había muchos experimentos en marcha en Boulder, aparte del día a día del funcionamiento de las instalaciones. Era necesario gestionar la plantilla, así como otras muchas tareas mundanas, y su jefe había mostrado poco interés en todas ellas, ya que tenía que ocuparse de Pia. Por eso todo había recaído sobre sus capaces espaldas.

En aquellos momentos estaba sentada en la suite de la delegación china tomando champán y charlando con Jimmy Yan, un hombre que le resultaba deliciosamente intrigante. Era un soplo de aire fresco comparado con Berman, y Whitney no pudo evitar quejarse un poco de su jefe.

—Sí, parece bastante ausente —comentó Jimmy—, y estoy de acuerdo en que esa mujer no le conviene. Pero somos hombres de negocios. O personas de negocios, señorita Jones. Siempre y cuando el señor Berman cumpla con lo que nos ha prometido, estamos contentos. Todos tenemos nuestras debilidades. Solo espero que se haya ocupado adecuadamente de la situación en su conjunto.

—Puedo asegurarle que todo está a punto —repuso Whitney—. Los sitios web están listos, no hay más que acceder a ellos.

—Estoy convencido de todo irá como la seda, incluyendo el rendimiento de los atletas esta noche. Londres ha hecho un buen trabajo con estos campeonatos, igual que con los Juegos Olímpicos. No fueron tan espectaculares como los de Pekín, desde luego, pero los ingleses tenían interés en involucrar a la ciudadanía, cosa que para nosotros no supuso tanto problema.

—Tenían que garantizarles el acceso a los contribuyentes —dijo Whitney—. Se supone que así es como funcionan las democracias.

—Desde luego —concedió Jimmy—. Pero no aquí y ahora. ¿Un poco más de champán?

—Me he fijado en que usted no está bebiendo.

—Todavía no. Quiero brindar por una victoria china. Veo que primero tenemos una carrera de los cien metros femeninos. La velocidad no ha resultado ser uno de nuestros puntos fuertes como sí que lo es para los jamaicanos; tal vez tenga que esperar a las pruebas de larga distancia para que llegue nuestro éxito.

Burim se sentó ante la pantalla del ordenador de la biblioteca St. Pancras. El vagabundo al que acababa de apartar del terminal le había dicho que iba a buscar a «la dirección», así que se dio prisa por si el hombre realmente lograba convencer a alguien para que fuera a investigar el motivo de su queja. Se metió en el buscador y tecleó los dos nombres que le habían dado. Lo que encontró no resultó ser una lectura muy agradable.

Aquellos individuos eran figuras destacadas de una banda albanesa dedicada a la explotación sexual que estaba especializada en exportar mujeres de Europa del Este a Extremo Oriente, el norte de África y los estados árabes de Oriente Medio. La banda no tenía reparos en captar a jóvenes vulnerables en las calles de Londres, Manchester, Edimburgo o cualquier otra capital europea. A menudo las chicas eran adolescentes huidas de sus casas que no habían sido capaces de encontrar un trabajo decente en Praga, Budapest o Bratislava. Solían ser bastante atractivas según los cánones del actual mundo de la moda: jóvenes, delgadas pero con curvas y con los rasgos faciales marcados. Una de aquellas jóvenes de belleza excepcional podía llegar a valer medio millón de libras en el mercado árabe. Burim se apresuró en leer el artículo hasta el final. «La Tubería» era el nombre que recibía la cadena por la que pasaban las chicas secuestradas, normalmente obligadas a tomar grandes dosis de drogas ilegales. Según decía el texto, una vez que una joven entraba en la Tubería, era prácticamente imposible seguirle el rastro. Era el equivalente a ser absorbido por un agujero negro. Sencillamente desaparecían.

Burim salió de la biblioteca a toda prisa y llamó a Harry, pero no obtuvo respuesta. Entonces probó con George.

—¿Ha habido suerte? —preguntó.

—En absoluto. Hay demasiadas chicas fugadas. Tenía una visión equivocada de Londres —contestó George.

—Siga trabajando, pero tenga el móvil a mano —ordenó Burim antes de colgar.

No creía que George fuera a tomarse bien la noticia de la Tubería, pero quería tenerlo disponible.

Para ahorrar batería, se resistió a intentar llamar a Harry y siguió caminando por las calles de Londres mientras pasaban las horas; no podía estarse quieto. Deseó que todo aquello hubiera sucedido en Nueva York, donde tenía poder y contactos de verdad, y no en Londres.

Jimmy Yan tuvo que obligar a Berman a sentarse en la primera fila del palco para ver la última carrera de la tarde, la final femenina de los diez mil metros. El norteamericano había seguido de mal humor y había bebido más gin-tonics de los que debía. En la carrera participaba una atleta británica, y la posibilidad de que pudiera ganar la medalla hacía que el público local coreara su nombre y cantase himnos al unísono.

—Será una buena carrera, lo presiento —comentó Jimmy.

Al cabo de cinco vueltas, un grupo de cuatro mujeres —dos keniatas, la británica y una estadounidense— marchaba en cabeza y se estaba distanciando del pelotón. Las keniatas se turnaban para tirar y forzaban el ritmo de la carrera. Whitney animó a su compatriota gritando su nombre y Jimmy la reprendió en broma.

—Bueno, la corredora china va muy atrás —se defendió Whitney.

—Dele tiempo —repuso Jimmy—. Es de las que empiezan despacio.

Berman vio que Wei, la corredora china, atacaba cuando faltaban cuatro vueltas para el final. Era como si hubiera engranado otra marcha y comenzó a coger velocidad tranquila e imparablemente. Desde casi el final del pelotón, fue adelantando a sus adversarias una por una hasta que, a dos vueltas del final, solo las dos keniatas y la estadounidense se interponían entre ella y la victoria. El público la vio llegar y, cuando la corredora británica se desfondó, empezó a corear la heroica carga de Wei. En la gran televisión de la suite, Berman se dio cuenta de que la joven china corría con gran economía de esfuerzo. Miró a Jimmy Yan. Aunque los demás funcionarios que lo rodeaban gritaban y vitoreaban, él se mantenía impasible, como si aquello no lo sorprendiera. Jimmy le devolvió la mirada. Asintió, sonrió y señaló la pista.

—¡Miren cómo va! —gritó Whitney.

Durante la última vuelta, Wei alcanzó a las keniatas y se les pegó a los talones. Las dos corrían hombro con hombro para intentar cerrarle el paso a la china y evitar que ocupase la primera posición. Pero Wei no se dejó intimidar. Rodeó ampliamente a la pareja por el carril exterior en la última curva, tan ampliamente que dio la impresión de estar echando a perder sus posibilidades de ganar, pero se las ingenió para meter otra marcha más. Primero iba tras ellas, luego las adelantó con aparente facilidad y, mientras se acercaba a la victoria de la carrera y del campeonato del mundo, alzó los brazos al aire en un gesto de alegría.

En el palco se estalló el caos. En medio de aquel alboroto, los hombres que lo rodeaban se daban palmadas en la espalda. Era el delirio.

Berman se sintió fuera de lugar, de manera que salió del palco y se dirigió al aseo que había en la parte de atrás de la suite. Tras utilizar el inodoro, tiró de la cadena y después se miró en el espejo. Sabía que había bebido demasiado, pero la cabeza le funcionaba sin problemas. Lo que lo inquietaba era la manera en que la mujer había ganado la carrera. Había parecido demasiado ensayado, demasiado planificado, demasiado improbable teniendo en cuenta el nivel de la competición, en la que participaban atletas de primera fila, entre ellas la poseedora del récord del mundo. Había algo que desentonaba. Se lavó las manos distraídamente y regresó al palco.

—¿Qué ocurre?

Era Jimmy, que se había colocado detrás de Berman y le había apoyado la mano en el hombro con demasiada fuerza.

—Dímelo tú, Jimmy. Esa mujer ha ganado la carrera de un modo extraño.

—Ven conmigo y lo hablaremos.

—¿Por qué no puedes decírmelo aquí? —quiso saber Berman.

—Ven conmigo —repitió Jimmy—. Debo insistir.

64

Estadio Olímpico, Londres, Reino Unido
Viernes, 2 de agosto de 2013, 22.00 h

Dos de los miembros del equipo de seguridad de Jimmy acompañaron a Berman a una pequeña sala de reuniones que había al fondo de la inmensa suite, frente al lavabo. El empresario se sorprendió al ver que Whitney Jones ya estaba allí sentada con otro vigilante a su espalda. Sobre la mesa, delante de ella, había dos ordenadores encendidos. Sentados a su alrededor había varios hombres chinos vestidos con traje y corbata. Cada uno tenía también sobre la mesa su propio portátil.

Jimmy cerró la puerta a su espalda y le hizo un gesto a Berman para que tomara asiento junto a Whitney. Al ver que se resistía, los dos guardias lo sentaron a la fuerza.

—¡Quitadme las manos de encima! —gritó Berman con la voz pastosa por la bebida.

—Tranquilo, Zachary —le dijo Jimmy—. Sé que te debo una explicación.

—¡Desde luego que sí!

Berman estaba muy enfadado, sobre todo por cómo lo habían tratado los hombres de Jimmy. Yan era su amigo, eran socios, y a él no le gustaba que le tocaran. El día había tomado un cariz muy feo.

—Te aseguro, Zachary, que en nuestra relación no ha cambiado nada.

—Podrías haberme engañado. ¿Qué ha pasado ahí fuera? Si no me pareciera increíble, diría que la ganadora ha corrido con respirocitos en el sistema sanguíneo, ¿y me dices que nada ha cambiado? El único lugar del mundo donde se fabrican respirocitos es Nano.

—He dicho que no ha cambiado nada. Bueno, puede que el calendario que tenemos haya variado un poco.

—¿Qué quiere decir eso? ¿Y quién era esa corredora? Juro que no la había visto en mi vida.

—Es la nueva heroína de China y la campeona del mundo. Hay que felicitarla. Y también a ti, Zachary. Y a la señorita Jones.

—¿Qué tiene que ver conmigo su victoria? —quiso saber Berman.

—A Wei se le había administrado una dosis de respirocitos según el último protocolo de un centro de entrenamiento secreto de China.

—¿Qué? —Berman se levantó de la silla de un salto, pero los dos guardias lo obligaron a ocuparla de nuevo inmediatamente—. ¡Esto es inadmisible! ¡Las cosas tenían que ser de otra manera! ¡Tenemos un trato! ¡La tecnología apenas está perfeccionada y ya la habéis robado!

—Yo no diría tanto. Cogimos unos cuantos respirocitos como préstamo a cuenta de la suma, de la ingente suma, diría yo, que estamos a punto de pagar para compartir la tecnología que nos permita fabricar nanorrobots en China. Y estamos aquí sentados para completar nuestra parte del trato. Por lo tanto, no hemos hecho nada malo.

Jimmy se volvió y habló con uno de sus colegas de la mesa.

—¿Qué está diciendo? —le preguntó Berman a Whitney—. ¿Sabías algo de todo esto?

—¡No! Claro que no. Le está pidiendo que prepare una transferencia bancaria.

—No tengo las claves para descodificar las páginas web que contienen las especificaciones técnicas —dijo Berman—. No creí que fuera a necesitarlas hoy.

—Me he tomado la libertad de traerte el portátil —repuso Jimmy, que enseguida le pasó el ordenador.

—¿Por qué estáis haciendo esto? ¿Por qué no hemos esperado al maratón, como habíamos pactado?

—Decidimos que no teníamos que esperar. Mis superiores añadieron más condiciones al trato e insistieron en que no las compartiera contigo. Teníamos que duplicar el éxito previsto en los campeonatos con uno de nuestros propios corredores, solo para verificar que todo iba bien. Como el maratón es la última prueba, eso nos lo ponía un tanto difícil.

—¿Cómo conseguisteis los respirocitos? ¿Tenéis espías en mi empresa? ¿Quiénes son? Lo averiguaré aunque no me lo digas, y lo pagarán muy caro.

—Zachary, por favor, no te alteres. Estás malgastando energías. Todos estamos plenamente comprometidos con la nanotecnología y con nuestro trato, y este dinero es la prueba de nuestro compromiso. Señorita Jones, por favor, mire los detalles de la pantalla. Dígame si le parecen bien.

Jimmy acercó los dos portátiles a Whitney y ella leyó la información. La cantidad de dinero, la enorme cantidad de dinero, era correcta. Los datos bancarios también. Había memorizado el número de cuenta, y vio que no había errores.

—Me parece que está bien. Diría que todo está en orden —declaró.

Berman miró fijamente a Jimmy.

—¿Cómo voy a volver a confiar en ti? —preguntó con la voz temblorosa.

—No soy yo quien debe responder a eso, Zachary —contestó Jimmy—. Debes comprender que la situación estaba fuera de mi control. Tienes que creerme. Y ahora, por favor, si eres tan amable de pasarme los códigos, accederemos a las páginas web.

—Y entonces ¿qué?

—¿Qué quieres decir?

—¿Qué ocurrirá cuando te los haya dado?

—Pues que, tal como acordamos, el dinero va a parar a la

cuenta de Nano. Y nosotros tenemos acceso a las especificaciones técnicas de la empresa. Oficialmente. Luego podemos empezar a fabricar nanorrobots y colaborar con vosotros en las futuras investigaciones.

—¿Y después volveremos a la vicaría?

—Por desgracia, eso no podrá ser.

—Pero Pia... —farfulló Berman. Y de pronto comprendió la peor parte de lo que acababa de ocurrir.

Cuanto más tiempo pasaba sin que Harry lo llamase, más se desesperaba Burim Graziani. Había ido a Piccadilly Circus, la estación de metro que parecía estar mejor situada para desplazarse a cualquier punto de la ciudad. Supuso que aquel era el mejor medio de transporte si tenía prisa, porque el tráfico de los viernes por la noche en el centro de la ciudad era imposible. Eran casi las once y llevaba horas sin tener noticias. Si había un destino peor que la muerte, Burim había leído algo sobre él aquella tarde. Conocía a los traficantes de sexo y sabía a lo que se veían sometidas las chicas que caían en sus manos. Apenas podía contener la furia. Alguien iba a pagar por aquello, y aquel alguien se llamaba Zachary Berman.

—¡Serás cabrón!

—Zachary, te estoy salvando de ti mismo. Estas dos últimas semanas has estado totalmente fuera de juego. La señorita Jones ha tenido que dirigir Nano en solitario mientras tú te obsesionabas con esa tal Pia. Te has pasado los días y las noches pensando en ella. Y anoche vi que nunca se entregará a ti voluntariamente. Ya lo hemos hablado, no pasa nada por tener ciertas debilidades, pero esa mujer será tu ruina. Pareces el héroe de una obra griega.

—Ya me encargaré yo de que...

—No te encargarás de nada. Puedes gritar y patalear tanto

como quieras. Tú tienes tu dinero y nosotros tenemos las especificaciones técnicas. Lo hemos dispuesto todo para tu partida. Tu avión despegará de Stansted dentro de hora y media para llevarte de regreso a Boulder. Cuando llegues a casa habrás visto las razones de todo lo que hemos hecho y lo habrás entendido.

—Pero ¿dónde está Pia?

—Obviamente no voy a decirte nada. De hecho, no sé dónde se encuentra. Para mantener nuestra… imagen y posición… hemos recurrido a un intermediario para limpiar tu mierda. No podría decirte dónde está aunque quisiera. Ahora te marcharás. Por las buenas o por las malas, me da igual. Vete a casa, Zachary. Vuelve a ese castillo tuyo y búscate otra diversión. Te mereces un descanso.

—Sé que he estado distraído —reconoció Berman—, pero te ruego que reconsideres lo que estás haciendo. Sé que Pia habrá entrado en razón antes de que empiece el maratón. Ese fue el trato. Ella misma me dijo que estaba cambiando de opinión. ¡Maldito cabrón!

Jimmy se encogió de hombros y les ordenó a sus escoltas que se aseguraran de que Berman llegaba hasta el coche sin incidentes. Él los seguiría hasta el aeropuerto de Stansted.

Cuando sonó su móvil, Burim apenas pudo oírlo por encima del ruido de la multitud. Debía de haber un centenar de chicos en centro de la plaza, todos tocando la guitarra y cantando la misma estúpida canción.

—¿Eres Burim? —le preguntó una voz que no reconoció.

—¿Con quién hablo? —Graziani se tapó el otro oído con un dedo y se alejó del griterío tan rápido como pudo.

—Sé dónde tienen retenida a tu hija.

—Si le haces algo te mataré.

—No la tengo yo. Hay dos hombres —dijo la voz.

Burim intentaba localizar el acento. Desde luego no era albanés. Ni siquiera europeo.

—Dime dónde está.

—En Wimbledon.

—¿Donde el tenis? Dame la dirección.

El hombre le dio los detalles y él los memorizó.

—¿Dónde estás?

—En el centro de Londres.

—Será mejor que te des prisa.

Burim colgó y empezó a hojear la guía de Londres que había comprado precisamente para aquella ocasión. Cuando localizó la dirección llamó a Harry y le explicó la conversación que acababa de mantener por teléfono.

—Qué raro —le dijo Harry—. ¿Quién crees que era?

—Ni lo sé ni me importa. ¿Podéis venir conmigo o no? Tengo que llegar allí como sea. El tío me ha advertido que me diera prisa.

—De acuerdo, iremos, pero Wimbledon está al otro lado de Londres. Tardaremos un rato.

—Pues llegad lo antes que podáis. Es posible que necesite apoyo.

Colgó y, mientras se dirigía a toda prisa hacia la entrada del metro, llamó a George.

—¿Dónde está?

—En Hammersmith —respondió George—. Se ha enterado de algo, estoy seguro.

—Tiene que reunirse conmigo ahora mismo. Es una dirección de Wimbledon. Ahora le daré los detalles. Pia está allí, espero. Coja un taxi y espéreme, pero no haga nada hasta que yo llegue. No intervenga, ni siquiera si la ve, solo sígala. ¿Entendido?

—Vale, vale. Dios mío. Solo dígame adónde debo ir.

Burim le dio la dirección y le repitió la advertencia de que no hiciese nada hasta que él llegara. Añadió que podría ser peligroso tanto para él como para Pia. Cuando empezó a bajar las escaleras maldijo el hecho de tener que confiar en un estúpido crío universitario como George.

Jimmy sintió una punzada de compasión por Zachary Berman, pero la desechó de inmediato. Al fin y al cabo, el estadounidense era un hombre débil. Había triunfado admirablemente en la vida, pero había sido incapaz de controlarse en el momento más importante. A Jimmy le había resultado fácil acceder a los secretos de Nano, pero todo podría haber salido de forma diferente si Berman hubiera sido más hombre. Yan estaba tan harto de sus quejas y lloriqueos que se montó en un coche distinto. Después de que Berman hubiera subido al suyo, Jimmy había conducido a Whitney al otro vehículo y entrado tras ella.

—Debería haber acudido antes a mí —le dijo ella—. Yo habría hablado con él. Las cosas habrían salido de otra manera.

—Sé que habría hablado con él. Pero creo que es incapaz de quitarse a esa mujer de la cabeza. Pero se le pasará, y dejará de odiarme. O no. Me da igual —añadió con una sonrisa.

—Todo irá bien en Nano —dijo Whitney.

—Lo sé —convino Jimmy—. Sobre todo gracias a usted.

Miró la hora. Todo estaba saliendo a la perfección. Ya estaban cerca del aeropuerto, y era importante que Berman estuviera volando sano y salvo antes de que empezara el último acto.

—Medianoche —dijo, y se recostó en el asiento.

A pesar de que había conseguido hacer el trasbordo rápidamente en la estación de South Kensington, donde por un momento había considerado la posibilidad de salir del metro y buscar un taxi, Burim rogaba con todo su ser para que el convoy fuera más deprisa. ¿Por qué iba tan despacio? ¿Por qué tenían que estar las estaciones tan próximas unas de otras? Dio con una pasajera que se apeaba en Wimbledon, y ella le explicó que la manera más rápida de salir era situándose en el vagón de cabeza de District Line. Así pues avanzó de vagón en vagón abriéndose paso entre el feliz y mayoritariamente borracho gentío del viernes por la noche. Todos le miraban y le cedían el paso sin quejarse, pues se daban cuenta de que era un sujeto al que no convenía importunar.

Burim sabía que Hammersmith estaba más cerca de Wimbledon que Piccadilly, por eso le había dicho a George que cogiera un taxi, aunque aquello significara que llegase antes que él. Deseaba con todas sus fuerzas que el chico fuera capaz de contenerse y no actuara. Su misión consistía en asegurarse de que no trasladaban a Pia antes de que él llegara.

El tren llegó finalmente a su destino y Burim salió a toda prisa del vagón. Había cerca de un kilómetro y medio hasta la dirección que le habían dado y no veía taxis por ninguna parte. Echó a correr. Conocía el camino gracias a su guía de bolsillo, y cuando comenzó a acercarse a la casa vio a George de pie en la acera. Fue hacia él. Era una calle residencial y tranquila en una parte de la ciudad más próspera y elegante que aquella en la que él se había alojado. Todas las casas tenían cuatro plantas.

—¿Has visto algo? —consiguió preguntarle. Estaba casi asfixiado y jadeaba con fuerza.

—Nada —contestó George sin molestarse en saludarlo—. Creo que es el último piso de la segunda casa empezando por el final. La que tiene las luces encendidas. ¿Qué vamos a hacer?

Burim no contestó, pero sacó su arma y la cargó. Metió una bala en la recámara y se la metió en el cinturón. Echó una última ojeada a las ventanas iluminadas del apartamento y cruzó la calle corriendo hacia la entrada del edificio.

George vaciló un segundo. La visión de la pistola lo había puesto nervioso. Pero entonces, sin pensar mucho más en lo que estaba haciendo, siguió a Burim, que ya había llegado a la puerta y estaba sacando una palanqueta de su mochila.

Tras introducirla en la ranura del marco, Graziani empujó con fuerza y la puerta cedió con facilidad. Entró sin perder un segundo y corrió escalera arriba hacia el último piso. George le pisaba los talones. Una vez arriba, Burim buscó la puerta adecuada, la 4-A. Con ambas manos, metió la palanqueta entre la puerta y la jamba justo por encima de la cerradura. Luego se sacó la pistola del cinturón con la derecha y presionó la herramienta con la izquierda volcando todo su peso sobre ella. La puerta tenía el cerrojo echado y además una cadena de seguridad, pero Burim parecía poseído: su fuerza astilló el marco e hizo que la puerta saltara de sus goznes.

En un abrir y cerrar de ojos entró en el piso sosteniendo la pistola ante él con ambas manos. Dentro había dos hombres en un sofá. Comenzaron a moverse, pistolas sobre la mesa, rayas de cocaína… Burim disparó dos tiros en dirección a cada uno de ellos, apuntando a sus sorprendidos rostros. El primero cayó, pero el segundo intentó alcanzar su arma y Burim volvió a disparar, con más acierto esta vez.

George entró en la estancia y en el acto le entraron ganas de vomitar. Estaba claro que los dos hombres estaban mortalmente heridos. Ambos yacían en posturas grotescas. Uno gemía y el otro gorgoteaba. Burim tenía buena puntería y les había dado en la cabeza. La pared de detrás del sofá estaba salpicada de sesos y fragmentos de hueso. El televisor estaba encendido y el presentador seguía conversando con su invitado como si no hubiera pasado nada. Encima de la mesa, junto a las pistolas y la cocaína, había un grueso fajo de billetes de cien euros.

—¡Dios mío! —exclamó George.

Aún con la pistola en la mano, Burim empezó a registrar el apartamento. Primero entró en la cocina, que estaba hecha un desastre. Los platos sucios se amontonaban sobre la encimera y en el fregadero. Sin perder ni un segundo, corrió hacia el fondo del salón. Había dos puertas cerradas que llevaban, supuso, a los dormitorios. Cogió el picaporte de la primera mientras sostenía la pistola con la otra mano. Abrió rápidamente y entró agachado, listo para disparar de nuevo. Había una cama de matrimonio sin hacer, un armario ropero abierto y poco más. Entró en el pequeño cuarto de baño. Estaba vacío.

Se acercó a la segunda puerta sin prestarle atención a George, que estaba petrificado en medio del salón. Agarró el tirador de la última puerta con la pistola a punto. Entonces abrió de un tirón.

Jimmy Yan bostezó. Había sido un día muy ajetreado. Pero el avión de Berman ya estaba listo para volar de regreso a Boulder y, al cabo de unos cuantos minutos, él estaría de camino a Manchester, a otro aeropuerto, para subirse al avión que lo llevaría a su casa y a su nueva vida de hombre poderoso.

Se acercó al pie de la escalerilla del Gulfstream. Berman estaba a un lado, con aire abatido y un poco borracho. Jimmy hizo un gesto con la cabeza y sus hombres soltaron a Zachary, que caminó con paso vacilante hacia la escalerilla. Yan le tendió la mano para que se la estrechara si le apetecía, pero Berman no lo hizo. Se detuvo un momento, le lanzó una mirada de desprecio y subió al avión sin mirar atrás.

Ya arriba, giró a la derecha y se dejó caer en una de las butacas de piel. Se recostó y cerró los ojos. Los pilotos estaban ultimando las comprobaciones para el vuelo. Al cabo de un momento, cuando la puerta del aparato se cerró con un golpe sordo, Berman abrió los ojos y le hizo una señal con la cabeza a la azafata. Solo entonces se volvió y miró hacia la parte de atrás del avión. Se llevó una sorpresa. Él era el único pasajero. Whitney Jones no había subido a bordo.

Miró por la ventanilla ovalada que caracterizaba el diseño de los Gulfstream. Consiguió distinguir la figura de Jimmy y, sí, junto a él, de pie, estaba Whitney Jones. Se recostó de nuevo en su asiento. «He conseguido el dinero —pensó—, pero ¿por qué tengo la sensación de haberlo perdido todo?»

—¿Se encuentra usted bien? —le preguntó Jimmy a Whitney.

—Sí —respondió ella—. Mejor que bien. Estoy impresionada por lo que ha sido capaz de hacer. Nano funcionará mucho mejor con usted al frente.

—Con su ayuda —dijo Jimmy—. Usted garantizará la continuidad necesaria.

—Gracias por el reconocimiento —repuso Whitney—. La verdad es que me lo merezco, sobre todo después de lo mucho que he tenido que trabajar estos últimos meses para que la empresa siguiera funcionando. Pero todo el mérito le corresponde a usted.

—Me alegra que nos haya apoyado tanto en nuestro pequeño golpe de Estado.

—Como ya le dicho, si hubiera acudido a mí antes lo habría ayudado. Berman estaba descuidando el negocio por culpa de su estúpida obsesión de adolescente. Nano estará mucho más segura con usted. Lo que ha hecho ha sido extremadamente astuto.

Con Whitney Jones sentada a su lado en el estadio, Berman había examinado los datos de la transacción en la pantalla del ordenador y no había sospechado nada. En aquel momento, Whitney tampoco. Pero era una página falsa que solo imitaba la verdadera. No había habido transferencia bancaria. Berman creía que Jimmy solamente había robado unos cuantos respirocitos, pero la realidad era mucho peor. Todos los secretos y técnicas de Nano, que eran el principal activo de la empresa al margen de sus instalaciones —sobre las que pesaban gravosas hipotecas—, se hallaban en manos de los chinos. Unos días más tarde, los chinos comprarían la empresa para completar lo que de hecho ya era una realidad: Nano pertenecía a China. Jimmy conocía todos los secretos sobre las investigaciones de Nano, y en aquellos momentos los científicos asiáticos ya iban muy por delante de los de la empresa estadounidense. Jimmy iba a regresar a su país para dirigir la empresa con Whitney como recién nombrada número dos. En el futuro inmediato, China dominaría la nanotecnología médica.

—Me alegro de que piense así —dijo Jimmy—. Estoy contento.

Yan se sentía satisfecho consigo mismo. Nano estaba en buenas manos y la chica había desaparecido. Gracias a las tríadas chinas instaladas en el Reino Unido había sabido que Burim Graziani estaba en Londres buscando a su hija, así que había decidido utilizar al albanés para limpiar su propio rastro. Los servicios de información chinos de Estados Unidos ya se habían fijado en Burim, pues era un gángster poderoso y por lo tanto una persona potencialmente útil en la zona de Nueva York. Jimmy estaba convencido de que haber utilizado un equipo albanés para deshacerse de Pia y después enviar a Graziani para que despachara a los individuos que se habían ocupado de ella era una manera brillante de poner fin a tan sórdido asunto.

¿Dónde demonios se habían metido Harry y Billy? Burim había telefoneado al primero y le había dicho que se habían perdido la acción, muchas gracias, pero que su gente y él necesitaban desesperadamente que los recogieran. Mientras hacía la llamada, estaba acurrucado entre las sombras de la calle a varios cientos de metros de la casa de Wimbledon, que en aquellos momentos estaba llena de policías. Sabía que tenían que salir de allí y deprisa. Su móvil sonó. Era Harry, que llamaba para preguntarle dónde estaba exactamente.

—¿Dónde coño te metes? ¡Estamos acorralados y necesitamos salir de aquí ya!

—Vale. Vemos a la pasma desde donde hemos aparcado. Daremos la vuelta muy despacio y llegaremos por el otro lado, ¿conforme?

—Somos dos —aclaró Burim.

—Lo sé. Tienes a la chica.

Hubo una larga pausa antes de que Burim contestara:

—No, no la tengo —dijo mientras revivía mentalmente lo ocurrido—. No estaba allí. El piso estaba vacío. Llegamos demasiado tarde. Solo somos mi cómplice y yo.

Epílogo

A bordo de un Gulfstream G550,
a ochocientas millas de la costa de Irlanda
Sábado, 3 de agosto de 2013, 3.12 h

Media hora después haber despegado, Zachary Berman estaba todavía más borracho que antes de subir a bordo. Pia había desaparecido, ¿y qué demonios estaba haciendo Whitney Jones? ¿Se había enamorado de aquel sapo chino? ¡Después de todo lo que había hecho por ella era capaz de traicionarlo así! A pesar de haber conseguido el tan ansiado capital para financiarse, se sentía desconsolado. Sus respirocitos habían funcionado y los chinos habían conseguido su medalla de oro. Era muy probable que su atleta también ganara el maratón. Había visto cómo se realizaba la transferencia bancaria y tenía todo el dinero necesario para investigar, pero aquello era la definición perfecta de una victoria pírrica. El precio personal que había tenido que pagar era enorme. La vergüenza y la humillación eran insoportables. Se vengaría de algún modo, en algún momento.

Pia era demasiado para él. Era dura de pelar y no se podía confiar en ella. Nunca se rendiría ante él. Trabajaría incansablemente para destruirlo. Aquel cabrón de Jimmy Yan le había dicho todas aquellas cosas, pero Berman sabía que Jimmy no la conocía de verdad. Pia cedería, no le cabía la menor duda. Si Yan le hubiera concedido el tiempo que le había prometido, ella habría cambiado de parecer y se habría convertido en una lugarteniente tan valiosa y digna de confianza como Whitney o Mariel, él lo sabía. Al pensar en Jones se echó a reír estrepitosamente.

—¡Mira cómo ha acabado todo! —exclamó en voz alta, pero no había nadie en el fondo del avión para contestarle.

Aquellos fueron los pensamientos que ocuparon la mente de Berman mientras el avión volaba rumbo a casa.

La primera señal de que algo no marchaba bien en el vuelo de Zachary llegó cuando el copiloto no envió el informe previsto a las cuatro de la mañana. La torre de control de Irlanda que había estado siguiendo el reactor no pudo contactar con él, y cuando las autoridades de Terranova, en Canadá, informaron de que ellos tampoco podían establecer comunicación con el aparato, saltó la alarma. La fuerza de la explosión que hizo estallar la aeronave fue tal que resultó imposible encontrar el menor rastro identificable del Gulfstream de Zachary Berman en las frías y profundas aguas del Atlántico Norte.